BIBLIOTHÈQUE

DE

Monsieur Jean MAÎTRE

OEUVRES

DE

HENRI FONFREDE.

ŒUVRES

DE

HENRI FONFRÈDE,

RECUEILLIES ET MISES EN ORDRE

PAR CH.-AL. CAMPAN,

SON COLLABORATEUR.

TOME TROISIÈME.

BORDEAUX,

CHAUMAS-GAYET,   LAWALLE JEUNE,
LIBRAIRE,   LIBRAIRE,
fosses du Chapeau-Rouge.   allées de Tourny.

PARIS,
LEDOYEN, LIBRAIRE,
31 Galerie d'Orléans, Palais-Royal.

1845.

Bordeaux, Imprimerie de SUWERINCK, Bazar Bordelais.

De la Société, ---- Du Gouvernement,

ET

De l'Administration.

TOME III

DE LA SOCIÉTÉ,

DU GOUVERNEMENT

ET

DE L'ADMINISTRATION.

───────── ⇒◦◦⇐ ───────── ───

LIVRE XIII.

DU MINISTÈRE, DE SON ORGANISATION ET DE SON ACTION.

════════════

CHAPITRE PREMIER.

Des Moyens de Gouvernement.

──

L'ORDRE social, chez les peuples civilisés, repose sur deux bases principales :

1° Les croyances gouvernementales qui attirent aux autorités publiques la soumission et l'obéissance des masses nationales;

2° L'intimidation légale que les lois répressives maintiennent contre les individualités criminelles, que leurs passions privées ou leurs ambitions publiques poussent à la violation des lois et à la destruction de l'ordre gouvernemental.

Ces deux bases, toutes deux indispensables, toutes deux corrélatives et complémentaires l'une de l'autre, constituent essentiellement tout gouvernement régulier.

Les croyances gouvernementales, si généralisées qu'elles fussent, ne suffiraient jamais à elles seules, surtout chez une nation aussi nombreuse, aussi mobile, aussi agitée par des intérêts contraires, que le peuple français de notre époque; car il y aurait toujours une minorité dissidente en politique, une minorité vicieuse et turbulente dans l'ordre civil, qui enfanterait des mouvements insurrectionnels et des crimes privés, si la répression légale, le châtiment proportionné, les juridictions appropriées au genre des méfaits, ne protégeaient la tranquillité publique et l'ordre établi, surtout par l'intimidation que l'exemple du châtiment porte dans les âmes vicieuses et corrompues.'

D'un autre côté, sans croyances gouvernementales dans les masses de la population, l'intimidation légale, de quelque manière qu'on la calculât et qu'on voulût l'établir, serait impuissante à maintenir régulière et tranquille une société qui tomberait en dissolution morale. Cela se comprend facilement. L'adhésion des intérêts généraux, des volontés, des passions générales elles-mêmes, — et c'est là la partie la plus épineuse de la société! — est nécessaire à tout gouvernement. Quand il a contre lui toutes ces choses, l'intimidation légale se transforme inévitablement, entre ses mains, en despotisme et en barbarie. La force organisée maintient quelquefois, pendant un certain temps, un tel système. Mais cette tyrannie sans base finit toujours par crouler sous les publiques malédictions.

Tel est, en substance, le système véritable de gouvernement, système également éloigné de cette anarchie morale qui ne connaît, dans l'ordre intellectuel, qu'une licence illimitée sous prétexte d'indépendance, et du fanatisme qui, se croyant infaillible, cherche à commander l'assentiment des esprits;—également éloigné de cette intimidation barbare qui veut tout dominer par la force et le châtiment, et de cette niaiserie sentimentale qui veut couvrir tous les criminels privés ou publics d'une impunité masquée sous le nom dérisoire de clémence; — et il faut tenir pour des utopistes insensés tous ceux qui déclament contre l'intimidation légale, sans laquelle nul ordre social, nul gouvernement, nulle association humaine n'a jamais existé et n'existera jamais.

De ces bases naissent, pour les hommes d'État qui dirigent un pays, deux ordres de travaux qui doivent les préoccuper également et qui peuvent être distingués ainsi : le gouvernement des corps, — le gouvernement des esprits.

Sous ce premier nom, il faut comprendre le choix du ministère, son organisation, son action politique, judiciaire, administrative, les forces organisatrices et répressives dont il a la disposition.

Par le second, il faut entendre l'impulsion morale donnée aux esprits des citoyens, par l'action que le ministère exerce sur les chambres, sur la presse, sur l'éducation publique, au moyen de laquelle il aide à constituer de véritables mœurs politiques dans la nation qu'il gouverne.

C'est au développment de ces principes que je consacre ce livre et les suivants.

CHAPITRE II.

Du Pouvoir exécutif.

———

Le pouvoir exécutif, dans la monarchie constitutionnelle, appartient au roi, représentant héréditaire des intérêts du pays. —Il l'exerce par l'intermédiaire de ministres responsables.

Avant d'examiner quelle doit être l'action de ce pouvoir, rappelons sommairement les principes généraux que
nous avons émis dans les livres qui précèdent.

Le gouvernement constitutionnel n'est point, comme
on l'a prétendu, *le gouvernement du pays par le pays*, c'est-
à-dire, la république ; mais seulement l'admission d'une
portion du pays dans le pouvoir législatif, pour régulariser et surveiller l'action du gouvernement sur le pays
tout entier.

Le pays, considéré dans son ensemble, est complètement incapable de se bien gouverner lui-même ; le gouvernement républicain serait la dissolution complète de
tout ordre et de toute force publique ; sous ce système,
frappé de répulsion par nos mœurs, le peuple aurait d'autant moins de liberté qu'il aurait plus de droits politiques, dont il ne saurait ou ne voudrait pas faire usage.

La liberté doit être fille d'un gouvernement bien ordonné, et non pas l'adversaire permanent et hostile du
pouvoir ; car la liberté n'est que le résultat de l'action gouvernementale bien dirigée, et rien n'est plus faux que cet
axiôme insensé des révolutionaires, que *le pays le mieux*

gouverné est celui qui est le moins gouverné!... Immense sottise qui n'a dû sa vogue qu'à l'impossibilité où l'on était de la comprendre, alors qu'elle fut promulguée!

C'est cette vogue qui explique l'instabilité, l'inquiétude universelle que rien ne motive en apparence, et qui pèse cependant sur tout notre pays, depuis le palais jusqu'à la chaumière; depuis la grande représentation élective de la France jusqu'au dernier de nos conseils municipaux; tous imbus ou prédominés par la même erreur dogmatique; tous cherchant le remède du mal à la source du mal lui-même; tous s'imaginant que la spontanéité d'action accordée par la loi à l'individu, au citoyen agissant d'après son unique impulsion, est le vrai, le seul moyen de donner à l'action gouvernementale une plus forte base, un plus fort levier pour diriger ensuite les volontés individuelles dont on aurait cru s'assurer ainsi l'assentiment par avance!... Grands politiques, en effet, qui conçoivent le gouvernement du pays par le pays, de telle sorte que la couronne elle-même tomberait dans l'esclavage ou dans l'impuissance! On appelle cela le progrès des lumières! Peu importe; le mot est beau, mais il est un mensonge. La lumière, d'ailleurs, équivaut aux ténèbres, quand on porte son intensité au degré qui cause l'éblouissement. Lumière ou ténèbres, pourquoi disputer si le résultat est le même... l'aveuglement? Une lumière plus forte que nos yeux, nous ôte la vue; des droits plus forts que notre ame, nous ôtent à la fois la raison et la liberté.

Un gouvernement d'ordre et de repos, qui ait la force de protéger chacun contre les erreurs de tous, et tous contre les erreurs de chacun; un gouvernement qui, prenant son point d'action et sa force dans l'opinion de la partie

éclairée et morale de la nation, ait pour mobile la sanction des intelligences, et non la seule force aveugle du
nombre; un gouvernement d'attraction, non d'exclusion;
un gouvernement qui accepte la participation et l'appui
de toutes les forces vraiment sociales du pays, et ne repousse
de son sein que les notabilités qui se mettraient en hostilité effective contre lui; un gouvernement, enfin, dont la
légitimité soit formée par l'accession de tout ce qui comprend les nécessités gouvernementales de l'époque, sacri-
fiant, sur l'autel sacré de la patrie, toutes les personnalités
étroites qui chercheraient à lier d'une manière absolue les
destins de l'État à l'accomplissement d'un avenir chimérique, ou à des souvenirs impuissants,..... tel est le gouvernement qu'il faut à toutes les nations et surtout à celles
qui viennent d'échapper aux tempêtes révolutionnaires!
Car, qu'on le sache bien, le passé ne ressuscite pas, l'avenir ne s'anticipe pas. A chaque époque, il faut être de son
temps, ou se résoudre à perdre toute influence politique
et gouvernementale.

Or, pour avoir un gouvernement semblable, il faut
qu'il réunisse les conditions que nous avons déjà posées :
unité, direction et force.

Ce n'est donc pas seulement de nom que le pouvoir
exécutif doit exister dans l'État, il faut qu'il se manifeste
par ses actes; lui seul, en effet, peut donner l'impulsion
à la machine gouvernementale.

L'action est, par conséquent, la première condition du
ministère. — Il faut gouverner. — Un peuple ne se passe
pas plus de gouvernement que de pain. — Le plus grand
malheur qui puisse arriver à un pays, c'est de ne pas avoir
de ministère réel, c'est de ne pas avoir de gouvernement. —

Car le gouvernement est la vie des peuples, le *siné quâ non* de leur existence. On n'interrompt pas plus le gouvernement, qu'on n'interrompt la circulation du sang : c'est ce que je n'ai cessé de répéter, en faisant ressortir tout ce qu'il y a d'aléatoire, d'intermittant, et par conséquent d'anti-gouvernemental, dans le prétendu gouvernement des majorités.

CHAPITRE III.

Du Choix des Ministres.

La couronne a le droit de choisir librement pour ministres qui elle veut. Mais il ne suit pas de là que tous les choix possibles soient utiles à la royauté et au pays. Il ne suit pas de là que de mauvais conseils ne puissent être donnés à la couronne par ses alentours, et que ces conseils, en lui montrant l'état des choses sous un faux aspect, ne puissent obtenir d'elle des choix propres à affaiblir le pouvoir royal lui-même.

La royauté doit être forte, mais cette force ne dépend pas de sa volonté seule. La couronne ne pouvant agir sur les chambres et sur le pays que par l'intermédiaire des ministres, il est impossible de concevoir, dans le système constitutionnel, une royauté forte avec un ministère faible.

Le ministère doit donc être formé d'hommes véritablement progressifs et sociaux, d'hommes accoutumés à braver les calomnies et les attaques des factions, parce qu'ils

savent bien que les factions ne sont pas le pays, et que
l'avenir leur tiendra compte, en glorieux assentiment, de
toutes les piqûres empoisonnées, de toutes les accusations
mensongères, de toutes les insinuations iniques et fausses
auxquelles ils ne peuvent manquer d'être en butte.

Ces hommes devront avoir un système politique commun, bien compacte, bien sympathique, bien certain, basé
sur des doctrines publiques, et non pas sur des intrigues
occultes, sous peine de rester frappés d'impuissance politique, parlementaire et administrative, et de n'offrir en
perspective que le progrès toujours croissant de l'anarchie
morale, dont un ministère uni de vues et d'intention peut
seul délivrer le pays.

Le pouvoir exécutif, c'est-à-dire le ministère, n'est fort
que par ses principes ou par ses hommes : s'il a des principes bien nets, bien coordonnés, il pourra vivre, même
avec des hommes médiocres. S'il manque de ces principes,
et qu'il ait de grandes capacités, il vivra moins, mais il
vivra : la supériorité de celles-ci suppléera quelque temps
au défaut de ceux-là. Mais un cabinet qui manque à la
fois de principes et de capacités, ne saurait avoir qu'une
existence précaire et de peu de durée.

Si les membres du ministère ne peuvent avoir un système de politique arrêté et commun entr'eux, cela prouve
qu'ils sont incapables de gouverner ensemble, mais non
pas qu'ils peuvent se passer de système politique pour gouverner; car, de toutes les hérésies gouvernementales, la
conception d'un ministère sans doctrines et sans unité
politique est la plus dissolvante qu'il soit possible d'imaginer. Tant que le ministère n'a pas fourni une base commune, certaine, incontestable à l'action politique du gou-

vernement, le gouvernement végète sans force, sans confiance, sans direction, et demeure une combinaison contraire à toutes les règles du sens commun.

On peut comprendre la guerre contre le pouvoir, en dehors de lui, mais la guerre dans le pouvoir est incompréhensible; c'est comme si l'on admettait dans la place les assiégés et les assiégeants : c'est introduire l'anarchie dans une institution d'ordre, d'harmonie, de régularité, en lui ôtant l'unité qui fait l'ordre, l'harmonie et la régularité.

Une telle confusion est plus dangereuse même que l'action unique d'une politique fausse ou exagérée : l'anarchie dans le pouvoir est plus à craindre que la révolution au pouvoir. Je n'ai pas besoin d'expliquer la différence de ces deux choses, que l'on confond quelquefois : l'action politique de la Convention, par exemple, était révolutionnaire et non anarchique !

L'unité est donc la première condition d'un ministère, c'est là une incontestable vérité, une nécessité à laquelle n'échapperont pas les hommes d'État les plus éminents. — En pareil cas, en effet, les hommes s'effacent devant la position, les individus s'annihilent devant le système, et pour bien juger la situation, il faut chercher à savoir, non pas ce que les hommes pourraient faire par eux-mêmes, s'ils étaient libres et secondés chacun dans sa direction personnelle, mais ce qu'ils peuvent faire dans la situation respective où ils se sont mis les uns envers les autres, et en face des autres pouvoirs de l'État.

Les hommes isolés et les hommes réunis en corps ne doivent point être appréciés d'après leur seule valeur intrinsèque, mais bien d'après la valeur relative que leur donnent le cadre où on les place, la direction générale qui leur est imprimée, l'ensemble du drame dans lequel ils ont un rôle à jouer.

Or, si le cadre est absurde, si la direction manque, si l'ensemble du drame est faux; alors les hommes même éminents, qui doivent paraître en scène, n'ont rien de bon à y faire, et sentent tous leurs moyens paralysés.

Ce n'est donc pas seulement la valeur intrinsèque, la capacité spéciale des hommes qu'il faut voir en politique : c'est surtout l'usage qu'il leur est possible d'en faire dans la situation donnée où ils sont placés. Des hommes d'un très-grand talent peuvent être neutralisés par une position fausse : une bonne direction leur rendrait tout ce qu'une direction mauvaise leur avait ôté. Il ne s'agit que de trouver la droite route.

Un ministère de coalition est nécessairement placé dans les conditions que je viens de décrire. Cependant son avènement est d'ordinaire accueilli avec enthousiasme par les factions opposantes. On l'appelle habituellement du nom de *ministère de conciliation.*

Mais on ne doit tirer aucune induction favorable de cette apparente approbation : on n'y doit voir que la condamnation d'un tel ministère. Quand les factions s'accommodent aussi facilement d'un pouvoir, c'est apparemment qu'elles jugent ce pouvoir plus capable qu'elles-mêmes de faire leurs affaires. Lorsqu'au contraire elles recourent à toutes les ressources extrêmes, à toutes les débauches d'écrits et de paroles, c'est une preuve qu'elles se sentent mourir, et qu'elles éprouvent le besoin d'emprunter à un galvanisme énergique, les apparences d'une vitalité qui leur échappe de plus en plus.

Les factions aiment fort à n'avoir à combattre que ces gens qui, désunis entr'eux, étrangers à tout instinct de résistance, les laissent à leur aise protester contre les pouvoirs établis, et organiser plus complètement la lutte qu'elles soutiennent contre la royauté constitutionnelle ! En face de pareils ennemis, elles n'usent point de violences, cela est vrai ; elles se confient au temps et à l'impéritie des hommes qui gouvernent.

Loin de transiger donc, avec un pareil ministère, tous les bons citoyens doivent le combattre et le dénoncer au pays comme un instrument maudit de désordre et de ruine ; ils doivent appeler contre lui la juste réprobation d'un peuple généreux qui n'a pas versé son sang, qui n'a pas prodigué ses sueurs et ses peines pour devenir le hochet que se disputeraient des ambitions rivales, s'entendant pour renverser, se déchirant pour partager les dépouilles. — Le pays ne doit pas être réduit à cette honte de prendre pour guides ceux qui ne savent pas se conduire eux-mêmes.

Le danger de confier le gouvernement à des hommes qui n'ont aucun système, aucune vue d'ensemble, est immense, bien qu'il ne soit pas durable. Avec des ministres sans puissance et sans conviction, la politique n'est pas la justice, le droit et la force ; ce sont des promesses mensongères à tous les partis, c'est l'art de prendre des engagments avec tous, et de ne les tenir avec aucun ; c'est le talent de substituer la ruse à une noble franchise, l'habitude de tromper à la droiture, le mensonge à la vérité. Avec une politique semblable, on tombe inévitablement d'un côté ou de l'autre, en emportant la haine des partis que l'on a abusés et le mépris du pays dont on a compromis tout l'avenir.

Mais pendant la durée d'un tel ministère, la couronne perd momentanément toute sa force impulsive et directrice, et grâce à cette confusion universelle, un brouillard d'impuissance et de doute descend de plus en plus du sommet du gouvernement jusque dans les plus humbles régions de la société. — Citoyens, administrateurs, magistrats, militaires, industriels, tous se regardent étonnés, confondus, et se demandent mutuellement : — Où nous conduit-on? Que faisons-nous? Comment tout cela finira-t-il?

L'inévitable résultat que produit par conséquent un ministère sans doctrines politiques, un ministère de bascule, un ministère d'expédients,... c'est qu'il enfante un mouvement politique universel, privé de toute direction, de toute boussole, de toute doctrine; un mouvement politique tellement fractionné par l'influence délétère du gouvernement lui-même, que personne n'y reconnaît plus ni ses amis, ni ses ennemis, ni son drapeau, ni son but. Alors, l'absence de doctrines dans le gouvernement réagissant sur l'incertitude native des populations découragées, il n'y a sorte de quiproquo, d'erreurs, de confusions politiques qui ne devienne possible et probable. Le ministère verse à grands flots sur le pays ces *ténèbres visibles* dont parle le grand poëte anglais, et, de tous ces tiraillements, de l'incertitude qui en résulte, naît une absence de toute direction rationnelle et d'ensemble qui remet en question tout l'avenir du pays, depuis ses intérêts généraux jusqu'aux plus humbles ramifications des intérêts particuliers!...

On a donc tort de dire : *Les hommes ne sont rien, les principes sont tout;* en parlant ainsi, on dit une sottise, et l'on s'expose aux plus grands malheurs.

Le personnel du gouvernement en est, au contraire, une partie très-importante : la sincérité, la haute moralité, le caractère, les principes, la fixité d'opinions, les doctrines fermes, publiquement connues et constamment pratiquées par les personnages politiques, sont toujours une des bases les plus fortes, les plus stables, les plus solides de la confiance que méritent et obtiennent les gouvernements que ces personnages politiques composent ou soutiennent. Il est donc impossible d'isoler entièrement la question politique de la question des personnes. L'une et l'autre sont, au contraire, intimement liées.

L'union politique des ministres, comme je l'ai dit, n'est pas moins indispensable que leur moralité : le gouvernement s'énerve quand il n'est pas dans les mains d'un ministère homogène, complet, uni dans une seule et même opinion, exempt de toutes ces combinaisons plâtrées, véritables sépulcres blanchis qui ne renferment que de nouveaux germes de dissolution et de mort. Ce n'est qu'un ministère fortement constitué, uni de vues et de principes, qui peut faire disparaître l'émeute intellectuelle de la polémique gouvernementale, comme l'émeute matérielle a disparu des cités, comme la guerre civile a disparu des champs : lui seul peut donner une solution morale aux difficultés politiques qui préoccupent les esprits, et faire qu'il y ait enfin force de chose jugée, et que tous les moyens d'appel aient été vainement invoqués, ou soient périmés pour toujours. Chose importante! car jusque-là il n'y aura ni confiance active de la part des gouvernants,

ni foi véritable, ni dévoûment fidèle de la part des gouvernés; et l'état prétendu définitif sur la stabilité duquel
s'endormira le pays, s'ouvrira quelque beau jour sous ses
pieds, pour le laisser rouler de nouveau dans toutes les
convulsions du provisoire révolutionnaire.

Or, un jugement définitif ne pourra jamais être prononcé, si aucune cause complète, entière, homogène, n'est
jamais représentée et défendue par le gouvernement lui-
même? Quelle solution définitive pourrait-on donner à
une question qui ne serait jamais définitivement posée?
Et quelle question serait jamais définitivement posée, si,
dans la composition du cabinet qui doit soutenir le procès
devant le tribunal de la représentation nationale, on amal-
gamait des notabilités gouvernementales ayant des significations politiques diverses ou contraires, et ce qui serait
peut-être pis encore, des notabilités prétendues gouvernementales qui n'auraient de significations politiques d'aucune espèce?

La société tout entière est maintenant en travail, et
vainement promettrait-elle de rester calme, d'ajourner la
solution des mystères qui la fatiguent en fermentant dans
son sein : cette promesse, elle la ferait peut-être si on la
lui demandait. Et pourquoi ne la ferait-elle pas, puisque
déjà vingt fois, son désir insatiable de repos l'a engagée
à se promettre à elle-même de rester calme et tranquille?
Mais cela ne dépend ni d'elle ni de nous. Il y a en elle une
force que je ne dirai pas surnaturelle, mais que j'appel-
lerai divine, précisément parce qu'elle est naturelle; force
intelligente, et qui cependant ne peut comprendre sa destinée, dont elle travaille sans cesse à résoudre le problème.
Si cette force n'est pas entièrement appaisée par une con-

viction consciencieuse de la vérité , si le gouvernement
vers lequel elle tourne nécessairement ses regards, ne lui
montre pas clairement ses principes, ses moyens et son
but, cette nouvelle incertitude, placée si haut et si puissante, redoublera toutes les incertitudes intérieures de la
nation. Le travail qui se fait en elle redoublera d'ardeur
et de violence; et comme il n'y aura plus de liaison morale entre le gouvernement et le peuple, qui peut répondre des résultats de cette interruption fatale? Qui peut
voir rien de définitif dans ce bizarre édifice gouvernemental, où rien, depuis la base au sommet, ne serait d'accord,
ne serait sympathique, ne serait décidément ni proposé
ni accepté?

Si donc on veut que l'incertitude disparaisse dans les
masses, il faut d'abord qu'elle disparaisse dans le pouvoir.
Il faut que le ministère, qui en représente toute l'action,
soit homogène, complet, définitif, durable. Il ne faut pas
qu'on y voie un président factice, un ministre pour quinze
jours, un autre pour trois mois, chacun gardant un porte-
feuille pour autrui, comme un chapeau garde une place
sur les banquettes du théâtre. Il faut un ministère d'hommes de parole et d'action, fermes, forts, tout ce que l'on
pourra trouver de plus ferme et de plus fort, mais dans
une seule couleur. Que les rangs soient bien nettement
séparés, bien distincts. Que le pays sache ce que l'on veut.
Qu'on lui présente un ministère où chacun puisse lire à
livre ouvert. Alors, en peu de temps, on verra la marche
des affaires se simplifier : le procès, bien instruit, sera
bientôt jugé; mais si on le complique en mettant, dans le
ministère, des avocats de causes diverses ou des hommes
insignifiants, au lieu d'y mettre, comme pouvoir dirigeant

et décidé, tous les plus fermes défenseurs de la cause que l'on croit bonne, alors on désorganisera non-seulement le pouvoir exécutif, mais encore la chambre élective, qui achèvera de perdre complètement toute unité, toute direction.

Ce n'est donc point par exagération, par hostilité d'un esprit exigeant, que je me prononce pour un ministère homogène et complet. C'est qu'en définitive, il n'y a que ce moyen de gouverner, de forcer un peuple, surtout au sortir d'une révolution, de se classer, de se hiérarchiser, de se régulariser lui-même. Si l'on présente un front de bataille régulier aux démocrates les plus ardents, il leur faudra bien, ou quitter la partie, ou régulariser leurs attaques. Et que deviendront-elles alors? Elles périront de ridicule et de réprobation. Mais si on laisse un vide, une brèche au pouvoir ministériel; bien mieux, si l'on y introduit un homme, un seul homme qui, peu ou *prou*, ait des intelligences dans le camp opposé, n'est-ce pas comme si l'on était décidé à ne jamais rien finir, à ne jamais triompher, parce que jamais on ne veut courir la chance de succomber?

CHAPITRE IV.

Le Ministère doit avoir un système politique.

J'ai déjà établi la nécessité, pour tout ministère, d'avoir un système politique bien déterminé. Il est nécessaire de donner quelques développements à cette vérité.

En toute chose, la condition la plus essentielle, c'est de s'assurer un bon point de départ. Si la base est chancelante ou précaire, elle ne portera rien de solide. Le talent des hommes eux-mêmes deviendra stérile, s'il n'est pas utilisé dans une bonne voie.

Le gouvernement d'une nation est une sorte de phare, de signal, de drapeau, vers lequel tous les yeux, tous les intérêts, toutes les intelligences sont tournés.

C'est qu'en réalité toute la destinée du pays est là : tous les intérêts étant sous l'influence active et instante de l'action publique, la propriété, le commerce, l'industrie, n'ont de prospérité à espérer qu'en basant leur avenir, leur travail et leur fortune, sur la perspective certaine d'un ordre de choses défini, ayant des principes fixes, une marche avouée, complète, ne laissant aucun vide où l'anarchie puisse passer, pour ébranler après coup les combinaisons de l'intérêt privé, par la commotion et l'incertitude des intérêts publics.

Le premier besoin du pays est donc que ses gouvernants parlent à la nation un langage clair et précis, qui ne soit pas susceptible de deux interprétations contraires. Si l'on est obligé de chercher ce qu'ils ont dit après qu'ils ont parlé, ils auraient mieux fait de se taire.

C'est donc pour les ministres, qui exercent personnellement l'action morale de la couronne, un grand devoir de se servir de cette initiative primordiale, primitive, fondamentale, pour donner l'impulsion à toutes les affaires, pour ne pas laisser se disséminer, se gaspiller au hasard l'action gouvernementale, qui ne peut être utilement exercée que par le pouvoir exécutif.

Gouverner, c'est *diriger, guider, conduire.* — Si les mi-

nistres n'indiquent pas dans quel sens bien net, bien clair,
bien précis, ils veulent marcher, et, qui pis est, s'ils laissent voir qu'ils ne savent pas eux-mêmes où ils vont,
comment pourront-ils espérer que la nation les suive?
Comment la guideront-ils?

En effet, imaginer qu'un ministère sans système politique un, clair, formel, connu et approuvé de la nation,
puisse administrer avec succès les intérêts de l'État, ce
n'est autre chose que croire qu'il est possible d'agir sans
penser.

Or, il y a deux motifs principaux pour qu'un ministère sans système politique ne puisse ni penser, ni agir,
ni se faire un plan de gouvernement, ni l'exécuter.

En premier lieu, si, par cela seul que le ministère n'aurait ni doctrine, ni système politique, toutes les doctrines
et tous les systèmes politiques qui fermentent et bouillon-
nent dans la nation se trouvaient subitement engourdis, as-
soupis, éteints, et qu'il en résultât un néant universel de passions hostiles, une quiétude générale, une inertie passive,
décidée à laisser faire au pouvoir toutes les expériences administratives qu'il lui plairait d'essayer, on conçoit qu'un
ministère neutre, un ministère où des systèmes politiques
opposés se balanceraient et s'annulleraient réciproquement,
pourrait dire:—Voyons, laissons dormir la politique un
instant; puisque nous ne sommes pas d'accord sur le système à suivre, n'en suivons aucun. La nation n'en a souci
ni cure; elle se contente d'être administrée, eh bien! ad-
ministrons-la. Faisons ses chemins, gérons ses finances,
protégeons son commerce, défendons ses frontières, don-
nons des bals, des dîners, des fêtes; et puisqu'on nous fait
si beau jeu, profitons-en.

Mais il n'en va pas ainsi. Moins le ministère a de doctrines, de système, d'unité politique, plus toutes les dissidences politiques qui existent dans l'État s'exaltent, se réveillent, espérant trouver une occasion de prévaloir chacune à son tour. Du moment que le ministère n'a pas pour étendart une doctrine politique fixe, complète, certaine, chaque faction, chaque parti, chaque coterie veut lui faire adopter la sienne, la lui imposer par ruse ou par force, et jamais il ne sera plus impossible de bien administrer que dans une telle situation.

En outre que cette situation inspire une effervescence nouvelle à toutes les passions hostiles, elle alarme tous les citoyens calmes, réfléchis, propriétaires et pères de famille. Au lieu d'une solution définitive à laquelle ils croyaient arriver enfin, ils voient que nulle question n'est résolue, qu'on laisse tout en suspens, et qu'on se contente d'administrer au jour le jour; à mesure que chaque difficulté se présente, on a un expédient tout prêt pour y remédier : on le dit, du moins; mais personne ne le croit. Et au milieu de l'incertitude générale, le ministère qui veut suffire seul à tout, ne suffit à rien, et se trouve inévitablement paralysé par le pèle-mèle d'indécisions et d'attentes contradictoires qu'il a excitées.

Pour qu'un ministère puisse tranquillement, fortement, exclusivement, s'occuper d'administrer le pays, il faut donc, non pas que ce ministère soit sans système politique avoué; mais que, tout au contraire, son système politique soit si positif, si établi, si victorieux de toutes prétentions opposées, que le public n'ait plus à s'en occuper. Alors, un ministère qui est dans cette position de doctrines est libre de tous ses mouvements et de l'emploi de

toutes les ressources administratives; mais si, au contraire, cette fixité de la politique gouvernementale est supprimée; si on la remplace par un ensemble d'hommes,
de principes, de doctrines contradictoires, alors, précisément parce que la politique du gouvernement n'est plus
incontestable, tout le monde la conteste, l'interprète à sa
fantaisie; toutes les prétentions se réveillent, et l'administration devient impossible.

Un ministère sans système, n'ayant point d'idées générales sur les matières législatives, étant, en un mot, privé de
doctrines, n'a point de fil, de méthode, de cohérence dans
ses projets. — Il se courbe, ainsi que je l'ai démontré, sous
la nécessité de conquérir la majorité qui est tout à ses
yeux; il met dans ses propositions de loi tel article, parce
que cet article conviendra à trente ou quarante députés
de tel banc de gauche; il supprime tel autre article, parce
qu'il lui ferait perdre vingt ou vingt-cinq voix de tel banc
de droite. Il ajoute telle expression pour plaire à quatre
ou cinq bancs du centre. Il consent à y tolérer telle autre
disposition qui lui fera perdre quelques voix éparses,
parce qu'elle lui conciliera d'autres voix qu'il croit être en
plus grand nombre. Il passe son temps en intrigues occultes dans la salle des conférences, dans les bureaux des journalistes, dans le fracas d'un *rout* ou dans la solennité
diplomatique de quelques dîners d'ambassadeurs, pour attirer à lui quelques chefs de coterie; et pour les gagner,
Dieu sait les remaniements d'expressions et de dispositions que souffrent ces malheureux projets de loi! Ajou-
tez à cela la confusion des débats suscités dans une Chambre fractionnée par la réaction de toutes ces menées qui
ont pour but de remplacer la cohésion morale qui man-

que dans les doctrines, et vous aurez une imparfaite idée
de la législation administrative qui peut surgir d'un ministère sans système politique !

Car c'est une grande erreur de croire que la nature du
système politique n'influe pas, même sur la nature du
système administratif, et sur l'inévitable tendance de ses
résultats. La même mesure administrative peut être ap-
préciée tout différemment, et agir en effet très-différem-
ment sur le pays, selon le système politique dont elle éma-
nera, selon les hommes politiques qui l'exécuteront, et le
but politique auquel ils voudront la faire concourir. —
Imaginer, donc, qu'on pourra avoir une marche unitaire,
progressive, générale, en administration, lorsque la législation administrative naîtra au jour le jour, d'un ministère
sans système politique, agissant au milieu d'une chambre frappée de la même indécision politique, c'est le rêve
d'un cerveau étroit ou d'une étourderie indéfinissable.

Lorsque les esprits des législateurs ont dans leur système politique, dans leur doctrine commune et avouée, un
point de ralliement et de direction positif et certain, ils
modèlent sur ce type primitif tout l'ensemble de leurs lois
administratives, et il n'est pas besoin d'intrigues pour
recueillir sur des bancs opposés ou dissidents, des suffrages provoqués par des impulsions de détail ou d'intérêts
partiels. Mais quand la base morale et politique, l'unité
du but et des moyens manquent au ministère, alors, pour
recruter une majorité quelconque, il lui faut bien la men-
dier morceau par morceau, banc par banc, en substituant
à l'action générale du système l'attrait mesquin qui naît
de quelques concessions empruntées à divers ordres de
pensées politiques; et il résulte de cette marqueterie va-

riable et changeante une législation vaine, contradictoire,
impuissante, que le pays accueille avec dégoût, et que
l'on ne sait comment conduire à bon port.

Doute-t-on que la nature du système politique influe
sur la nature, sur la direction, sur l'effet des lois administratives? Eh! bon Dieu, il n'en est pas une, pas une
seule peut-être, où cette influence ne soit évidente.

Si l'on passe en revue toutes nos lois administratives,
partout on verra qu'elles peuvent avoir un bon ou mauvais effet, selon que le système politique auquel elles
sont liées et dont elles émanent, doit agir dans tel ou tel
sens. — Les lois civiles de succession, d'enregistrement,
de partage, les lois qui favorisent ou restreignent tel ou
tel genre d'industrie, les dispositions qui agissent sur les
alliances commerciales à l'extérieur, ou sur la cessation
de rapports avec telle ou telle contrée, tout change d'aspect, de nature de résultats, selon l'ordre d'idées politiques qui sert de base à l'action du gouvernement; et croire
qu'on peut avoir de l'ensemble dans l'ordre administratif
quand on n'a pas de principes, de système, de doctrines
communes, fixes, certaines en politique, c'est se livrer à
la plus frivole des illusions!....

Le défaut de système politique de la part du ministère
ouvre d'ailleurs la porte aux usurpations de la chambre
élective.

Si, au lieu d'indiquer, en effet, l'ensemble ferme et complet de leur marche future, les ministres laissent, comme à
dessein, planer une indécision universelle sur tous les points
qui attirent principalement l'attention publique, alors la
chambre élective se trouve placée dans la dangereuse al-
ternative ou de laisser, elle aussi, le pays dans l'obscurité,

ou d'usurper le rôle qui appartient à l'autorité royale, en indiquant la solution qu'il convient de donner aux questions publiques que celle-ci a passées sous silence.

Or, on peut être à peu près certain que c'est ce dernier parti que prendra la chambre des députés. Il est de sa nature démocratique de ne pas apercevoir un vide dans l'action du pouvoir royal, sans chercher à l'instant à y passer, pour s'attribuer une nouvelle part d'importance gouvernementale. Et le pays voyant que la royauté ne lui dit rien, se tourne vers le pouvoir démocratique pour écouter exclusivement ses paroles.

Voilà déjà un premier, un grand, un très-grand mal, auquel les ministres du roi donnent naissance, par l'abdication qu'ils font de l'initiative gouvernementale.

Mais ce mal en produit inévitablement un second bien plus grave encore : c'est que la chambre élective étant dans l'impuissance de traiter *ex abrupto* les questions gouvernementales dont elle veut parler, se trouve réduite à dire et à ne pas dire, à faire et à ne pas faire, à jeter un louche encore plus grand sur les prétendues solutions qu'elle veut donner, et qu'elle n'a aucun moyen d'accomplir. Les membres de cette chambre, arrivant du fond de leur département, où chacun s'est occupé de mille affaires incidentes et particulières, n'ayant pu se lier, s'identifier, se réunir en faisceau moral, n'ont d'opinion commune et complète sur quoi que ce soit. Il suffit de deux ou trois sophistes éloquents et adroits pour leur faire commettre les méprises les plus dangereuses; ils se laissent aller aux inspirations calculées que les intrigants ont préparées d'avance, et il sort de tout cela une œuvre confuse, une macédoine sans raison, sans ensemble organique, qui sème le trouble dans la nation, et qui énerve entre les mains de la royauté tous les moyens et toute l'action du gouvernement.

Jamais nous n'aurons un gouvernement réellement monarchique et constitutionnel, et nous tendrons toujours à voir la royauté se transformer en une sorte d'abâtardissement démocratique, si les ministres de la couronne ne comprennent pas enfin, d'une manière définitive, la force morale et l'emploi de cette initiative gouvernementale, qui est le droit de la royauté, et qui est le moyen le plus efficace pour elle de se défendre de l'empiètement des institutions républicaines toujours prêtes à déborder. — Leur devoir, leur devoir étroit et rigoureux, c'est de se présenter toujours aux chambres avec un système complètement formulé sur toutes les parties du gouvernement confié à leurs soins. S'ils se trompent dans la solution qu'il présenteront, eh bien! ils tomberont du pouvoir, et d'autres les remplaceront. C'est la condition de leur existence politique. Mais ils ne doivent pas chercher à durer en évitant de compromettre la faillibilité de leur jugement, en se cachant dans l'ombre, en laissant à la chambre élective le soin de se prononcer, pour traîner ensuite la royauté à la remorque derrière le pouvoir démocratique, et faire vivre le ministère aux dépens de la vitalité de la couronne et de la sécurité de la nation.

C'est ainsi qu'agissait le ministère de M. Laffitte, et cela ne lui sauva pas la chute qui l'attendait. C'est dans une voie toute contraire que marcha Casimir Périer, et cette fermeté sauva la France avec lui, en réduisant la chambre des députés à recevoir la direction gouvernementale des mains de la couronne, au lieu de chercher à la lui donner.

Celà me ramène à un point bien important et que j'ai déjà traité. Sans doute il faut que le ministère ait l'approbation de la majorité des chambres; mais là n'est pas son premier devoir; son premier devoir, c'est d'apprécier les besoins de la société, et de proposer aux chambres, en temps utile, les mesures législatives qui sont nécessaires à la conservation de l'ordre social. Si la majorité des chambres est spontanément disposée à accorder son vote à ces mesures, tant mieux, le gouvernement devient facile et prompt. Mais lors même que la majorité des chambres ne paraîtrait pas disposée à adopter les mesures que la société réclame, le devoir, le devoir impérieux du ministère n'en est pas moins de remplir sa charge, et de présenter les lois qu'il juge nécessaires au pays : faire en temps utile les lois nécessaires au pays, c'est le but; avoir la majorité, c'est le moyen. Si l'on sacrifie le but au moyen, que fait-on autre chose que de l'anarchie et de l'impuissance?

Et l'empire de la raison, du dévoûment, du patriotisme, que devient-il en pareil cas? Comment! si une mesure paraissait juste, bonne, utile, le ministère ne la présenterait pas aux chambres, s'il pensait que sur ce point elles différassent d'avis avec lui? Et une pareille administration croirait être un gouvernement, alors qu'elle ne se sentirait même pas la volonté, la force d'attirer à elle les consciences parlementaires par la démonstration de la vérité, de l'intérêt du pays et de la monarchie!... Que ceux qui veulent gouverner un pays, se souviennent de ceci : — Pour agir qu'ils n'attendent jamais d'y être forcés;

quand l'on est forcé d'agir, l'action n'a plus ni mérite ni puissance. Quand on est forcé d'agir, le moment d'agir avec efficacité est passé. Il ne faut donc pas mesurer ses efforts sur la facilité, sur la certitude du succès, mais bien sur les besoins du pays, sur l'état de la société. Quand une mesure paraît bonne et surtout pressante, il faut la présenter aux chambres, hardîment, non pas seulement parce que l'on sait que la majorité est disposée à l'adopter, mais parce que l'intérèt du pays passe avant tout, et que les chambres doivent s'y conformer. Si elles refusent, eh bien! le ministère aura fait son devoir, il aura rempli sa charge; les malheurs et les discordes publiques ne pourront plus lui être reprochés, et la conscience du pays imputera ses maux à ceux qui les auront causés.

Quand Casimir Perrier se présenta à la chambre élective comme premier ministre, elle n'avait pas de majorité; c'est un fait certain. Donc, elle n'était rien.

Il ne lui dit pas, comme M. Laffite l'avait fait, je viens vous demander un système. Dites-moi ce que vous voulez que je fasse, je le ferai.

Il lui dit : — Je viens vous apporter un système. Voilà ce qu'il faut faire. Faites-le, ou je m'en vais : vous ferez ensuite exécuter votre système, ou votre absence de système, par qui vous voudrez!

CHAPITRE V.

De l'Impopularité des Hommes d'État.

—

Il est des discussions qui, au premier coup d'œil, paraissent de pure théorie, ou qui semblent se résumer en argumentations oiseuses, et qui pourtant ne sauraient être mises trop souvent sous les yeux du public, à raison du profond enseignement qu'elles renferment. Tel est le mot *popularité* et les disputes qu'il soulève incessamment.

Accordons que la popularité consiste dans une sorte d'engoûment des masses, et nous allons voir quel cas il faut en faire. Personne n'a été plus populaire que Louis XVI, et ce malheureux roi est mort sur l'échafaud. Le populaire Marat a été jeté à la voirie, après avoir été traîné au Panthéon. Necker, idole du peuple, n'échappa à l'échafaud qu'en passant à l'étranger. Danton, Robespierre, le Directoire, ont recueilli successivement les douceurs de la popularité et les malédictions de la populace qui leur avait dressé des autels. Par une bizarrerie singulière, l'homme qui a mis en circulation cette maxime, qu'*un gouvernement doit être impopulaire*: l'homme qui, après avoir dû son élévation à la liberté, l'a foulée aux pieds; l'homme qui avait ramené la France révolutionnaire au despotisme de Louis XIV, Napoléon, enfin, a été et est encore le plus grand phénomène de popularité qui se soit jamais vu en France. Qu'on vienne nous dire après cela que pour être populaire, il faut flatter les passions de la masse. Eh! mon Dieu, le peuple a souvent plus de sens et de raison que les bavards qui, sans mission aucune, se

disent ses organes et dispensent son approbation ; le peuple
sait, par une triste expérience, qu'on ne le rend pas heureux en déchaînant tous ses mauvais penchants. Il en est
des masses comme des individus. Un fils de famille trouve
d'abord commode d'avoir des parents faciles et faibles qui
lâchent la bride à tous ses désirs ; mais lorsque, par suite
de cette facilité, il a dissipé son patrimoine, perdu le goût
du travail et des devoirs, lorsqu'il est seul avec ses réflexions dans l'abîme que son inconduite lui a creusé, il
accuse, il maudit ces parents faibles et les rend responsables de tous ses malheurs.

Nous avons eu, certes, depuis 1830, des hommes et
des ministres soi-disant populaires. Quel nom fut entouré
de plus de popularité que le nom de M. Laffitte? Sous son
ministère, l'émeute se promenait dans les rues, la tête
haute ; la populace pouvait dévaster à son aise Saint-Germain-l'Auxerrois et l'archevêché. Eh bien! la populace
a-t-elle été reconnaissante de cette impunité? Quand le
char ministériel de M. Laffitte a versé, le peuple s'est-il
présenté pour le relever et le ramener au triomphe? Non,
certainement ; M. Laffitte tombé, on ne s'en est plus occupé. Il avait la moitié des voix de la chambre, en 1831,
pour le porter à la présidence ; depuis, il ne lui est jamais
arrivé de compter trente-six voix. Enfin, cette même ville
de Paris, au commerce de laquelle M. Laffitte avait fait
tant de bien, la ville de Paris n'a plus voulu de M. Laffitte
pour député.

Voilà les désenchantements de la fausse popularité !
Comme elle est factice à son apogée, il n'est pas rare
qu'elle descende jusqu'aux apparences de l'ingratitude.

Les hommes, au contraire, qui se vouent, non pas aux

caprices de la multitude, mais au culte invariable du vrai, du juste et du bon ; ces hommes-là pourront bien être méconnus dans les moments d'effervescence, mais ils seront toujours appréciés à leur valeur quand la voix de la raison dominera la voix de la passion. Le peuple alors regardera comme un vil flatteur, comme un esclave digne de tout son mépris, l'homme d'État qui se sera fait remorquer par la foule au lieu de la diriger et de l'éclairer sur ses véritables intérêts.

Sous le règne des prétendus hommes populaires, il n'y a eu dans la société et dans l'État que malaise, désordre et ruine. Sous les hommes qu'elle accuse d'impopularité, la société a toujours été paisible, heureuse et sagement progressive. Si ce sont les résultats de leur administration qui les font appeler impopulaires, il ne s'agit plus que de s'entendre. et, si l'on nous dit que la popularité ne s'acquiert que par un laissez-faire et un laissez-passer accordé à tous les mauvais penchants de l'espèce humaine, non-seulement les hommes d'État doivent être impopulaires, mais ils doivent tenir à honneur de l'être, et de l'être beaucoup. Nous ajouterons qu'il n'est pas un honnête homme qui ne voulût être impopulaire de cette façon.

CHAPITRE VI.

Le Ministère doit faire prévaloir sa pensée en la défendant ouvertement.

Je n'ai jamais rien compris à cette prétendue habileté qui consiste à déguiser sa pensée, afin de la faire pénétrer *incognito*, et comme à l'aide de manœuvres frauduleuses, dans les actes publics. Que gagne-t-on donc à un succès qu'il n'est permis d'obtenir qu'en prenant l'habit et contrefaisant la voix de ses ennemis?

En politique comme partout, cette sorte d'habileté parvient rarement à faire des dupes. Il est beaucoup plus adroit et surtout beaucoup plus digne de savoir rester soi, et de se présenter au combat avec ses propres opinions, ses propres armes, son propre drapeau. On peut perdre tout, alors, tout, *fors l'honneur*; mais du moins ce dernier bien reste. C'est ce qui n'arrive pas à ceux qui s'abjurent eux-mêmes et se parent des vains artifices du langage, pour un intérêt de politique accidentelle, pour se ménager un triomphe auquel ils savent bien qu'il est impossible de prétendre par la seule force de leur position.

De véritables hommes d'État ne doivent jamais consentir à cette dissimulation de leur pensée et de leur but. —Pourquoi donner, en effet, à ses ennemis le prétexte de dire qu'on a besoin de contrefaire leur voix pour réussir? Il y a là un double tort : d'abord, parce que la raison, en s'attaquant à l'erreur, la vérité, en repoussant la calomnie, ont une dignité à garder qui ne leur permet pas, même lorsqu'il en serait besoin, de descendre à ce genre de ruse; ensuite, parce que ce besoin de ruse n'existe pas en réalité, et que, malgré les efforts qu'on fait pour pervertir la conscience publique, une grande et légitime influence est toujours assurée aux organes de la vérité et de la raison. Mais le moyen de la conserver et de l'accroître, cette influence, ne consiste certainement pas à l'abdiquer soi-même, à agir comme si on doutait de ses titres à l'invoquer. Ayez foi d'abord dans la puissance de votre droit, si vous voulez que les autres la reconnaissent à leur tour!

Si je m'élève avec quelque chaleur contre cette faiblesse, c'est qu'à mes yeux elle est le symptôme d'une tendance malheureusement trop générale dans notre pays. Ceux-là même qui défendent avec le plus de bonne foi les véritables doctrines sociales, qui luttent avec le plus de spontanéité contre les manœuvres des partis, sont quelquefois les premiers à se laisser entraîner à cette mollesse extérieure de convictions. Or, cette disposition fait, en conscience, trop beau jeu à l'audace et à la vanité des partis. Quand on a une bonne cause, il faut la soutenir hardiment, le front haut, le regard assuré, et non de cet air timide et embarrassé qui semble demander grâce aux factions de la liberté que l'on prend de les combattre. Pourquoi ne pas employer, pour la défense d'un principe juste, l'énergie que d'autres mettent au service de principes faux et subversifs? Si l'on veut faire quelque chose de bon, il ne faut pas qu'une continuelle prostration du gouvernement autorise la hardiesse agressive de ses ennemis, tout en décourageant la fidélité de ses amis. Il faut que l'autorité sache prendre une énergique initiative, elle verra bientôt se déployer autour d'elle un concours non moins actif!

Le gouvernement doit donc se placer franchement dans une voie de décision et de fermeté, et ses amis doivent faire comme lui. Alors ses ennemis le combattront en face. Les rangs seront distincts. Il n'y aura pas d'alliances trompeuses et de dévoûments factices.

Quand un système politique est exécuté ainsi, d'ailleurs, on peut promptement apprécier s'il est en harmonie avec le bien du pays, et si la société prospère par son impulsion. Lorsque, au contraire, par suite de la crainte que semble éprouver le gouvernement de faire connaître ses principes et ses doctrines, des ministres à leurs agents immédiats, de ces agents immédiats à leurs subordonnés, de ceux-ci à l'administration départementale et communale; lorsqu'en même temps, dans toutes les relations de la haute administration politique et judiciaire, un tiraillement perpétuel se fait sentir de l'un à l'autre, de telle sorte que le système est désorganisé par les bras chargés de son accomplissement ; que l'opinion publique est poussée en vingt sens contraires par ceux-là même que le gouvernement a associés à son œuvre ; lorsque les citoyens, incertains, sont portés à croire que le pouvoir est bien faible, qu'il a une conviction bien indécise de la bonté de sa propre cause, puisqu'il ne la défend ni avec ensemble ni avec vigueur, et qu'il la laisse flétrir par ses principaux agents : alors, dans un pareil état de choses, il est complètement impossible que la nation porte un jugement définitif sur une marche politique qui est toujours à ses yeux un mystère et une impuissance.

Quand on gouverne ainsi, on ne gouverne pas. Les peuples ont peu de confiance dans le pouvoir social quand celui-ci montre si peu de confiance en lui-même, et déserte la cause de son droit pour capter l'approbation de ceux qui le nient et le combattent.

Le gouvernement doit donc expliquer nettement au pays la portée politique des débats qui se présentent ; il doit combattre pied à pied pour conquérir les garanties de la société contre l'anarchie, de quelque part qu'elle vienne. En toute occasion, il doit mettre au grand jour, sous les yeux du pays, la volonté, le courage politique dont il est animé, la ferme direction qu'il veut suivre. S'il réussit, l'effet du succès est immense pour la sécurité de l'avenir. Mais j'admets la pire hypothèse : je veux qu'il échoue.

Eh bien! alors, il ne demeure pas comme un pouvoir mou, indécis, traîné à la remorque, ayant fait semblant d'approuver ce qu'il blâmait ; ayant rusé, reculé, courbé sous une opinion factice entraînée par des intérêts opposés au bien public ; osant à peine avoir raison quand l'évènement le contraint d'agir ; dépourvu, enfin, de spontanéité directrice et de volonté ferme à défendre la sûreté publique.

Non, il conserve, devant le pays, le prestige qui s'attache à un pouvoir moralement fort, décidé à défendre la raison contre l'erreur, à régler sa conduite sur son devoir, et non pas sur la force plus ou moins spécieuse des opinions égarées ; il garde cette haute estime, cette vénération qui est acquise à un pouvoir directeur, ayant foi en lui-même, marchant dans la voie droite de la vérité sociale, et combattant sans relâche pour la faire triompher. Les évènements qui surviennent amènent bien vite la preuve que le gouvernement avait raisonné juste, avait compris les véritables dangers de la société ; qu'il n'avait pas eu besoin qu'un fait extérieur vînt lui ouvrir les yeux et lui apprendre ce qu'il avait à faire ; qu'il le savait par lui-même ; que sa direction était forte et bonne, et que par conséquent une confiance morale, une soumission bienveillante des esprits, une hiérarchie volontaire de l'intelligence se serait manifestée, se serait établie dans la société, si des ambitieux ou des hommes égarés n'étaient venus arrêter le ministère dans sa carrière et mettre obstacle à ses projets pour le bien de la nation.

Il faut donc faire peu de cas de la stabilité apparente
qu'un gouvernement acquiert en faiblissant devant ses ennemis. Je ne crois pas que ce rôle négatif, cette situation
défensive, lui convienne et puisse jamais devenir un état
de repos et de force. Attendre les évènements, se mettre
en garde contre eux pour leur disputer la puissance matérielle, se croire établi parce qu'on résistera successivement aux assaillants qui se présentent; puis, se mettre à
la suite, à la remorque des impressions publiques pour
en obtenir tardivement quelques concessions légales qui,
fabriquées de pièces et de morceaux, offriraient au gouvernement des garanties presqu'illusoires contre les attaques
futures dont il se résignerait à être l'objet : tout cela me paraît essentiellement faible et précaire, tout cela me paraît
une abdication complète de l'autorité morale, du droit de
direction sociale qui appartient au gouvernement, et sans
laquelle il n'est qu'un grand fait accidentel, une organisation matérielle agissant sur la société qui le supporte,
mais dépourvu de toute puissance effective sur les esprits,
gouverné qu'il est lui-même par les impulsions extérieures, au lieu de gouverner réellement l'État.

Ce rôle négatif ne peut suffire à l'existence du gouvernement. Il ne lui suffit pas de combattre le danger quand
il se présente; il faut qu'il sache prendre avant l'évènement les mesures qui l'auraient empêché de naître; il faut
qu'il sache au moins, après l'évènement, prendre les mesures qui peuvent l'empêcher de renaître. Il ne suffit pas
de vaincre le désordre, il faut constituer l'ordre. — Sans
doute, nous savons qu'il faut tenir compte de la volonté
des hommes et des individualités. Sans doute, nous savons
que la volonté du pouvoir ne doit pas chercher à s'imposer

comme un fait absolu, comme une détermination infaillible; mais nous savons aussi que les volontés individuelles tendront toujours à se diviser et à se brouiller d'elles-mêmes par les intrigues, toutes les fois que le pouvoir ne sera pas investi d'une volonté forte qui leur serve de lien concentrique pour les réunir en faisceau, pour les diriger vers un but commun, pour en faire un organe gouvernemental. Il faut, sans doute, et autant que possible, que la volonté du pouvoir et la volonté des masses soient d'accord; mais jamais cet accord n'existera quand le pouvoir n'aura pas le courage d'avoir sa volonté propre, et de lutter, s'il le faut, pour la faire prévaloir, contre les fluctuations accidentelles des erreurs populaires ou parlementaires. Les masses elles-mêmes n'auront de vénération et de respect que pour un ministère qui saura leur montrer une pensée, une volonté véritable, une direction spontanée; elles n'en auront jamais pour les ministères faibles qui, afin de leur plaire, leur emprunteront leurs volontés à peine ébauchées ou courtiseront leurs caprices.

La nécessité d'avoir une volonté ferme et arrêtée, et de la faire prévaloir en la disant ouvertement, est donc une condition *sinè quâ non* de force et de puissance dans le gouvernement représentatif.

———— ✿ ————

CHAPITRE VII.

On ne doit jamais sacrifier ses convictions.

——

On a posé en principe que lorsqu'une opinion politique, fondée ou non, s'est emparée de la généralité des esprits, ce n'est plus le moment d'en discuter la validité; mais qu'alors le devoir du gouvernement est de céder à cette opinion, non comme décidément bonne, mais en la reconnaissant comme un *fait* devant lequel il faut faire, les uns, *le sacrifice de leur conviction*; les autres, *le sacrifice de leurs intérêts, pour compléter les institutions et terminer les révolutions.*

Ce principe est absolument faux.

Je ne connais pas de préjugé populaire qui puisse obliger un homme d'État à faire le sacrifice de sa conviction. Un homme qui fait le sacrifice de sa conviction s'anéantit : il n'est plus rien.

Le sacrifice de ses intérêts, c'est différent, pourvu toutefois qu'il n'entraîne pas celui de la conviction. Ainsi, un pair de France dont la conviction était pour l'utilité de l'hérédité, s'est rendu coupable s'il a fait le sacrifice de ses intérêts en abandonnant ce principe; il a nui au pays et à lui-même par une fausse délicatesse.

En pareil cas, faire le sacrifice de sa conviction et de ses intérêts, ce n'est pas terminer les révolutions; c'est, au contraire, leur fournir une nouvelle force et de nouveaux aliments.

CHAPITRE VIII.

Du Système de Gouvernement que doit adopter le Ministère.

Tout ministère, à son avènement au pouvoir, doit choisir la ligne de conduite qu'il veut suivre. Quatre directions se présentent à lui : Le système de la conservation absolue et celui de l'innovation radicale, que nous avons nommés en France, *le gouvernement de l'extrême droite* et *le gouvernement de l'extrême gauche;* — le système de bascule, qui consiste à s'appuyer alternativement sur l'un ou l'autre des partis opposés; — enfin, le système du juste-milieu, qui rallie toutes les opinions modérées qui ne veulent ni de l'absolutisme ni de la licence.

Le gouvernement des extrêmes est le plus impossible.

Le gouvernement de bascule est le plus immoral et le plus faible.

Le gouvernement de juste-milieu est le seul fort, le seul moral, le seul bon. — Mais il n'est pas donné à toutes les époques et à tous les hommes d'en réaliser les conditions. — Jusqu'à ce qu'on remplisse ces conditions, il n'y a ni stabilité ni liberté possibles pour un gouvernement.

Examinons sérieusement ces vérités.

En France, nous avons eu le gouvernement des extrêmes.

L'extrême droite, sous l'ancien régime, jusqu'à la révolution de 1792.

L'extrême gauche depuis 1792, jusqu'au moment où Bonaparte revint d'Égypte, sauf la bascule du directoire.

L'extrême droite, sous le règne de Napoléon; extrême droite exploitée au profit, non de l'ancienne aristocratie, mais au profit d'une nouvelle féodalité, moitié civile, moitié militaire. Monarchie absolue, et très-absolue, exercée par de ci-devant républicains.

La restauration, improvisée en France presqu'à l'insu de la France, crut n'avoir rien de mieux à faire que de tromper la France, en lui promettant un gouvernement de juste-milieu régularisé par la Charte constitutionnelle, et en s'appropriant le gouvernement de l'extrème droite napoléonienne pour l'adjuger à l'extrème droite bour- bonienne, tout-à-coup ressuscitée.—Cela seul était une folie qui devait nécessairement aboutir à un gouvernement de bascule, c'est-à-dire de ruine. Puisque la dynastie res- taurée ne voulait pas tenir les promesses de la Charte, elle aurait agi bien plus prudemment de ne pas donner la Charte; on était alors si fatigué du despotisme impé- rial et des malheurs nationaux qu'il avait déchaînés sur la France, qu'on aurait accueilli la restauration sans Charte, ni plus ni moins qu'avec la Charte.—Son gou- vernement d'extrème droite ne se serait pas établi paisi- blement pour cela, mais il aurait trouvé moins d'obstacles sur sa route, n'aurait pas été obligé de commettre tant de fautes, et aurait duré un peu plus long-temps.—Or, en pareil cas, qui a temps, a vie.

Mais la Charte promettant un gouvernement de juste- milieu et une part d'influence à la classe moyenne, pro- priétaire et industrielle, et l'extrème droite dynastique, aristocratique et sacerdotale composant le personnel im- posé à ce gouvernement, toute action gouvernementale de juste-milieu devint impossible, et la nation, désappointée, fut inévitablement conduite à prendre son point d'action et d'opposition dans l'extrème gauche.

La restauration n'était donc qu'un gouvernement d'ex- trème droite, usurpant le nom de juste-milieu, et luttant contre l'extrème gauche.

Dans tout cela la vérité n'était nulle part, le bon sens gouvernemental nulle part; car l'extrème gauche est plus mauvaise encore comme gouvernement que l'extrème droite. En effet, l'extrême droite ferait un gouvernement oppressif, sans doute, mais tempéré tacitement par l'action du temps et des nécessités de l'époque qu'il subirait lui-même ; tandis que l'extrême gauche, luttant par des moyens nécessairement violents contre une grande masse d'intérêts qui la désavouent, ne ferait qu'un gouvernement négatif, n'ayant en lui qu'une force révolutionnaire, et rien de constitutif. Les passions démocratiques peuvent bien rêver de temps en temps qu'elles réussiraient à gouverner, mais tout homme de bon sens voit bien qu'il n'en serait rien. Elles n'établiraient ainsi qu'une tyrannie provisoire, qui serait bientôt brisée par la nation elle-même. Un chaos n'est point une organisation, de quelque nom qu'on le décore.

L'extrême droite étant empêchée de gouverner, et l'extrême gauche forcément incapable de tout gouvernement, le juste-milieu, c'est-à-dire la Charte, étant renié et successivement ruiné par la faction légitimiste, nobiliaire et sacerdotale, la restauration fut forcément condamnée à un gouvernement de bascule, s'appuyant tour-à-tour sur deux mauvais points extrêmes, et cherchant l'équilibre dans ces secousses convulsives et contradictoires. Mais si M. Decazes d'abord, M. de Martignac ensuite, faute de juste-milieu à leur disposition, furent conduits à tenter d'y suppléer, ainsi, on ne peut, je crois, leur en imputer personnellement la faute. Ils ne pouvaient faire du juste-milieu, lorsqu'en réalité les conditions du juste-milieu étaient toutes violées par l'ensemble des faits publics qui les prédominaient. Ces deux hommes étaient venus l'un quinze ans, l'autre huit ans trop tôt.

Sur quoi, le mouvement de bascule ayant fini un beau

jour par tomber dans un des partis extrêmes, ainsi que
cela doit toujours arriver, et le gouvernement des ex-
trèmes étant impossible par lui-même, au moins d'une
manière durable, la restauration croula, et la révolution
de Juillet parut à la foule abusée devoir conduire à un
gouvernement d'extrème gauche, parce que la résistance
de l'extrème gauche à l'extrème droite, avait été la première origine de ce grand mouvement national.

Cette croyance était en elle-même une grande absurdité. Je n'ai pas à me reprocher d'en avoir été dupe un instant. Je vis à la minute que les doctrines de l'extrème
gauche et celles de l'extrème droite avaient dû se ruiner
par leur lutte et leur combat, et que les erreurs démocra-
ques qui semblaient victorieuses, étaient aussi mortelle-
ment atteintes que les erreurs absolutistes expirantes sous
les pavés de Juillet. Je vis que de la catastrophe devait
sortir pour le bonheur de la France un gouvernement de
juste-milieu :—ou que, si les passions de la foule ren-
dait ce dénoûment impossible, alors il n'y avait plus ni
repos, ni progrès, ni liberté, ni bonheur à espérer pour
la nation française; que l'expérience était pour elle sans
valeur; que ce peuple léger et brillant vieillirait sans mù-
rir, et perdrait une admirable occasion d'établir un gouvernement vraiment libéral et représentatif.

Ainsi malheureusement allèrent les choses dans les premiers mois; et depuis le 30 juillet 1830 jusqu'au 13 mars
1831, l'extrème gauche se mit bravement à démolir, non
pas l'extrème droite qui était déjà toute démolie, mais
le juste-milieu, la force virtuelle et morale, la classe
moyenne elle-même, l'immense majorité des droits et des
intérêts nationaux, pour y substituer des tendances faus-

ses de nivellement politique dont la réalisation devait trouver, dans la nature des choses, des obstacles tels qu'à chaque pas il en résulterait une convulsion politique.

Casimir Périer survint, et remit le gouvernement dans sa véritable voie. Il renia hautement les deux extrêmes. Il ne fut plus ni à droite, ni à gauche. — Il se plaça, il se posa, il s'assit dans le juste-milieu, c'est-à-dire dans la raison, dans la nationalité, dans le cœur même de la France, et s'y tint inébranlablement par l'empire d'une forte et irrésistible volonté.

Je ne ferai point l'historique des luttes que le gouvernement a eu à soutenir pour se consolider dans cette position, d'où les deux factions extrêmes se sont efforcées de l'arracher, pour le précipiter dans l'un ou l'autre abîme. Ces faits, encore tout récents, sont dans la mémoire de tous mes lecteurs. — J'ai hâte d'arriver au présent. — Les ministères qui se sont succédés ont prétendu continuer le système de Périer, et cependant, au lieu d'un gouvernement de juste-milieu, c'est du gouvernement de bascule dont la France a été dotée. — C'est-à-dire, le plus grand mal, au lieu du plus grand bien.

Une grande faute a été commise et nous en portons la peine. — Au lieu de chercher leur appui dans l'assentiment de la royauté, les cabinets qui se sont succédés depuis 1836 ont demandé leur force à la chambre élective. Qu'en est-il résulté? — C'est que, dans ce mécanisme parlementaire fractionné, multiple, variable, les ministères ont dû s'appuyer, tantôt sur une partie des centres, tantôt sur la gauche, tantôt sur les diverses nuances du centre coalisées avec des fractions de droite ou de gauche, tantôt enfin, dans les grands moments de détresse, sur la masse

des centres seuls. Dans ce jeu perpétuel, ils ont ressuscité
le système de bascule, système sans principe, sans unité,
sans morale, sans conscience, vivant au jour le jour, sans
auxiliaires fidèles, parce qu'il les trompe et les abandonne
chacun à son tour; sans confiance nationale, parce que la
nation ne peut se confier à un charlatanisme gouvernemental dont la mobilité n'a aucun temps d'arrêt, aucune
borne, aucune ancre qui puisse la mouiller sur un fond
solide; système versatile, qui aurait dû sortir de la cervelle de Scaramouche ou de Figaro; personnification de
l'intrigue élevée sur le pavois, et se pavanant de ses méfaits au grand jour, avec autant d'apparat qu'elle mettait
autrefois de soin à se cacher sous des dehors moins décon-
sidérés!....

Tel a été le résultat de la désertion des vrais principes,
pour suivre la bannière des préjugés parlementaires.

Dès-lors l'unité politique des cabinets, c'est-à-dire ce
qui faisait leur force et les constituait en gouvernement
réel, a disparu. — Sous prétexte de conciliation, on a réuni
dans une même administration les hommes ayant professé
les doctrines les plus opposées; on a voulu rapprocher les
personnes des deux camps, non pas en conciliant les principes, ce qui est bien évidemment impossible, mais en par-
tageant les faveurs du pouvoir entre les coryphées des deux
opinions. — Comme dans le monde égoïste où vivent les
hommes parlementaires de notre temps, on parle beaucoup de principes, et qu'en réalité chacun y songe beaucoup à ses intérêts, on a cru qu'en satisfaisant le mieux
possible les intérêts, on réconcilierait les personnes, malgré
la différence des principes qui les avaient séparées. C'est
un moyen vulgaire, à la disposition de tous les esprits

routiniers, *moyen qui réussit toujours et qui ne réussit jamais.*

Les ministères n'ont voulu ni faire ni laisser faire; ils ont voulu vivre, administrer les affaires courantes à leur guise, neutraliser toutes les forces actives qui pourraient vouloir y concourir, en leur faisant une petite part d'influence où il fût possible de les parquer dans leur dépendance. Ils ont donné des places à des notabilités opposées, pour les éteindre, des deux côtés, par l'impossibilité absolue où ils les mettaient réciproquement de faire triompher leurs principes. De là à l'abandon de tout principe, il n'y avait qu'un pas.... un pas qui s'est fait promptement sous le charme du magnétisme ministériel; et lorsque tous les meneurs ont eu ainsi paralysé en eux-mêmes tous leurs moyens de succès politique, on les a laissé gravement faire des inutilités solennelles, d'impuissantes investigations, pendant lesquelles ils consommaient les appointements de leurs places, et cachaient leur néant forcé sous les broderies de leur costume officiel.

Or, ce néant général, voilà précisément ce qu'il faut aux ministères de coalition, au gouvernement de bascule. Toute impulsion décisive et rationnelle leur est antipathique. Leur prétendu système de conciliation n'en comporte pas, car aussitôt que la tendance naturelle des partis conciliés peut se faire jour, la conciliation est brisée comme verre, et les cabinets *conciliateurs* sont renversés.

C'est que ce prétendu système de conciliation n'a qu'une seule base : *la corruption!* Corruption dont le germe existe malheureusement partout, et que les ministères de coalition cherchent à féconder avec une machiavélique persistance, bien secondés par le triomphe des préjugés

parlementaires dont ils ont été les défenseurs. Aussi la démoralisation sociale est prodigieusement augmentée. Il
n'y a plus ni juste-milieu, ni tiers-parti, ni opposition;
il a des gens à placer et des gens à déplacer. Toutes les
fois que, sur les trois partis, deux peuvent se coaliser pour
dépouiller le troisième, ils disent qu'ils se sont *conciliés*,
et se moquent, dans l'orgueilleuse impureté de leurs intrigues, de la complaisante candeur des pauvres dupes à
principes, qu'ils ont expulsés.

L'exposé des fautes commises en France depuis la révolution de juillet, dit assez clairement quelle est la ligne
de conduite qu'il faut suivre, quelles sont les erreurs qu'il
faut éviter.

Déroger à toutes les lois qui régissent les grandes
influences humaines; n'avoir ni amis bien chauds, ni
ennemis bien acharnés; se nourrir d'aliments qui se neutralisent sans cesse; végéter au milieu de l'indifférence
des uns et du mépris des autres; ne pas vivre, ne pas
mourir, mais traîner péniblement, dans un cercle tracé,
une existence en quelque sorte asphyxiée par le sentiment
de sa propre nullité, voilà le plus bel avenir que puisse
espérer un système de bascule : cet avenir est rarement
long, jamais il n'est honorable.

Le juste-milieu seul, au contraire, peut constituer un
gouvernement ayant une force d'action assez grande pour
régler et retenir dans la soumission aux lois tous les intérêts divers et passionnés qui s'agitent et se croisent sur le
vaste sol de la patrie. Tout en établissant cette force qui
doit être immense et partout obéie, il donne en même
temps, à chaque ordre d'intérêts généraux ou individuels,
des garanties efficaces contre l'abus sans cesse imminent

que le gouvernement ou ses agents pourraient faire des
grands pouvoirs qui leur sont confiés. — Seul il peut
constituer, sur ce sol ébranlé par tant de secousses, l'édifice de la monarchie du juste-milieu, c'est-à-dire également éloignée du despotisme et de l'anarchie, donnant de
la force à la royauté, de la liberté au peuple, du bonheur
et de la dignité à tous.

La nature de nos mœurs, le degré actuel de notre civilisation, ne comportent aucune autre espèce de gouvernement qu'un gouvernement de juste-milieu; non pas un
juste-milieu entre la révolution et la contre-révolution,
mais un juste-milieu entre l'absolutisme du droit divin,
et l'absolutisme radical exprimé par des institutions républicaines, qui, de quelque manière qu'on les combine,
doivent arriver au suffrage universel. Le juste-milieu
n'est autre chose que ce centre vivifiant, cette active force
centrale de la nation, cette essence politique de la France
qui fait vivre, mouvoir et agir la classe moyenne, la classe
industrielle, l'immense nombre des propriétaires, nombre
chaque jour croissant par l'influence salutaire de nos codes : ce juste-milieu, cette France intelligente et labo-
rieuse, c'est ce premier peuple du monde qu'une qualification dédaigneuse appelait jadis le *tiers-état*; et de même
que l'abbé Syèyes disait : — le tiers-état, c'est la nation,
—de même nous pouvons dire avec plus de vérité maintenant : le juste-milieu, c'est la France !

Le juste-milieu est donc le véritable principe social, la
croyance organisatrice du monde politique actuel. — On
a affecté de le regarder comme une force négative, ne vivant que par l'équilibre des deux principes extrêmes, dont
aucun ne peut triompher.

Moi, je dis, au contraire, que le juste-milieu est le principe actif et impulsif de l'ordre social.

Que l'ordre et la liberté ne peuvent se trouver que dans un gouvernement mixte.

Que le gouvernement mixte est celui qui ressort naturellement de la nature humaine.

En un mot, que la souveraineté du peuple et le pouvoir unique d'un chef légitime, loin d'être deux principes, sont deux mensonges.

CHAPITRE IX.

De l'Opposition.

Dans un gouvernement représentatif, la marche inévitable des choses est une lutte constante de l'opposition contre le ministère. Si de rares intervalles se rencontrent où le ministère a l'unanimité dans les chambres et dans la nation, ce ne peut être que dans des circonstances tellement graves et éclatantes, qu'elles ne sont pas de nature à souffrir le moindre dissentiment. Ces exceptions confirment la règle; l'expérience la confirme encore mieux.

Entre la minorité et la majorité qui existent toujours dans une nation sur les matières ordinaires qui alimentent l'action du gouvernement, la lutte se trouve régularisée par l'expression libre et légale de l'opposition dans les chambres, et de l'opinion dans les écrits imprimés.

C'est donc un droit accordé à ceux qui improuvent le système du ministère, de concourir, chacun selon ses moyens, à démontrer les vices de ce ministère, le mal qu'il peut faire au pays, et la nécessité d'y substituer un système meilleur ou plus efficace.

Le but de cette démonstration, c'est de faire perdre au ministère la confiance du roi et celle de la nation; mais, dans cette lutte incessante, l'opposition, si elle est dirigée par une conviction sincère et par le désir de faire le bien du pays, a, comme le ministère, une ligne de conduite à suivre, des devoirs à remplir. — Elle doit considérer la prise de possession du pouvoir, non comme le but de ses efforts, mais comme le moyen de réaliser les doctrines qu'elle professe et qu'elle croit utiles au pays.

CHAPITRE X.

S'il est toujours utile pour l'Opposition de venir au pouvoir.

Deux axiomes politiques dominent toute la matière : — Le premier, c'est qu'un parti politique qui tient le timon des affaires, n'est jamais détruit que par ses propres excès, et qu'il ne faut pas chercher à le déplacer par un escamotage; le second, c'est qu'un parti politique qui est dans l'opposition, ne doit jamais ni directement, ni indirectement passer au timon des affaires, que lorsqu'il a le moyen de les diriger librement. Jusque-là, qu'il souffre et qu'il attende....

Développons simultanément ces deux vérités.

C'est une chose certaine, qu'il faut plus de force et de

talent pour diriger la haute administration de l'État, que
pour diriger les attaques parlementaires de l'opposition.
Les ministres sont obligés d'agir dans des circonstances
très-difficiles; les membres de l'opposition n'ont rien à
faire, qu'à surveiller des fautes, quelquefois inévitables,
et à les publier : rôle beaucoup plus commode, en vérité.

L'opposition, par sa nature, n'est pas obligée, en effet,
d'avoir un système bien complet, bien coordonné, et par
conséquent elle n'a rien à défendre. Sa mission est d'attaquer, de chercher à mettre le pouvoir dans ses torts; et
pourvu qu'elle sache faire preuve d'un peu d'habileté dans
sa stratégie, qu'elle puisse relever une faute du gouvernement, et indiquer à peu près ce qu'il aurait mieux valu
faire, ses membres peuvent compter sur la popularité qu'ils
recherchent avec empressement; ils sont de très-grands
hommes déjà, et des sauveurs de la patrie en perspective.

Si donc le parti qui tient le ministère, en tombe lorsqu'il est encore dans sa force, lorsqu'il ne s'est pas encore
détruit par ses propres excès, lorsqu'on lui dérobe le pouvoir, au moyen d'une coalition factice, et non par l'emploi d'une supériorité véritable, en rentrant dans l'arène,
il sera plus fort comme opposition, qu'il ne l'était comme
pouvoir; ses adversaires, au contraire, seront plus faibles
comme pouvoir qu'ils ne l'étaient comme opposition, et
l'on doit s'attendre que le parti déchu vengera sa défaite
par des intrigues auxquelles le nouveau ministère, bien
attaqué et mal défendu, ne pourra résister.

C'est donc par la force de ses principes et non par suite
d'une coalition avec des opinions opposées, que l'opposition
doit arriver au pouvoir, si elle veut avoir quelque chance
de le conserver et de l'exercer avec honneur pour elle et

profit pour le pays. Les majorités, ceci est évident, ne se forment que lentement, que progressivement; elles sont conquises pied à pied, sur le terrain de la discussion, à la pointe de l'éloquence et de la vérité.

L'homogénéité, bien plus que le nombre, fait la force des partis. Or, qu'est-ce qu'une coalition? Qu'y a-t-il en elle qui ressemble à une organisation quelconque, à une discipline quelconque, à une volonté quelconque? N'est-ce pas une indigeste fusion d'opinions contradictoires, d'antipathies déclarées? N'est-ce pas une agrégation tout à fait accidentelle d'individualités hostiles à des degrés très-divers, agrégation qui n'existait pas hier, qui n'existera peut-être pas demain, dont en tous cas les éléments mobiles varieront chaque jour, se déplaceront si constamment et si bien, qu'il sera impossible à tous les sysiphes de l'opposition d'asseoir même une apparence de système sur des bases aussi flottantes?

Il n'y a donc pas d'existence réelle pour un ministère de coalition; sa position est telle, dans un gouvernement constitutionnel, que l'action lui est complètement impossible. — Esclave de la majorité qu'il n'a pas, esclave des minorités qu'il a coalisées pour simuler la majorité qu'il veut avoir, tiraillé dans son intérieur par des tendances opposées, désorienté dans son action apparente par la nécessité de masquer ses tiraillements, et surtout par la nécessité d'empêcher que ses tiraillements lui donnent extérieurement une direction qui serait fatale à l'un des éléments qui le composent, il est obligé de s'enfoncer de plus en plus dans son néant. Il vit sans doute, mais sa vie ne s'élève pas tout à fait jusqu'à l'animation complète. C'est une sorte de végétation étiolée, existence toute matérielle, sans libre arbitre et sans volonté.

On voit par-là qu'il vaut infiniment mieux, pour une opposition, demeurer en dehors du pouvoir, chaque fois qu'elle ne peut pas le conquérir par ses propres forces, que d'y entrer comme faisant partie d'une coalition.

CHAPITRE XI.

Si l'on doit attendre les actes des Ministres pour les juger.

Attendez nos actes pour nous juger, disent habituellement les ministres arrivés au pouvoir par l'intrigue; et tout fiers de cette apostrophe qu'ils adressent à leurs adversaires, ils restent les bras pendants, portant de temps en temps la main sur leur bascule gouvernementale, et ne sachant de quel côté ils la feront définitivement pencher.

La réponse est facile à faire :

Nous jugerons vos actes quand vous agirez. — En attendant, nous jugeons votre personne et votre position politique.

Les hommes politiques ne peuvent être acceptés à l'essai : le pays a besoin de voir plus clair dans ses affaires. Attendre vos actes pour vous juger !... Et combien de temps s'il vous plaît, devrons-nous attendre qu'il vous convienne enfin de vous décider ? Si vous restez six mois, un an, dans le même vague, dans la même incertitude,

dans la même inaction, faudra-t-il que le pays se ploie à
votre fantaisie, et ajourne patiemment son opinion sur
votre compte? Faudra-t-il que la presse reste comme vous
les yeux fermés, la bouche muette, la plume oisive? Faudra-t-il attendre que vous ayez définitivement préparé la
marche d'un mauvais système, pour nous y opposer, et
prémunir contre vous le pays, quand il ne serait peut-
être plus temps de vous arrêter dans vos desseins? Faudra-t-il vous prêter l'appui d'une tolérance provisoire, pour
que, fortifiés par cet appui, vous vous serviez de notre
force pour vous arranger par dessous main avec les adversaires de notre politique? Et pourquoi insistez-vous
tant sur cette nécessité d'attendre vos actes pour vous juger, s'il n'y a pas dans votre position actuelle quelque
chose de louche et de faux que vous voudriez dérober à
l'investigation de l'opinion publique?... Des hommes politiques sincères, francs, patriotes, sont toujours prêts à
être jugés; ils n'ont pas recours à des exceptions dilatoi-
res, pour masquer leur hostilité actuelle ou leur défection
future: ils se montrent ce qu'ils sont; ils ne demandent
pas au pays de consentir à une solution de continuité dans
sa vie politique, dans l'unique but de se ménager du
temps, du silence, du mystère, pour comploter, dans
l'ombre, de nouvelles intrigues de coterie à l'appui d'un
système bâtard qui promet à tous les partis une adhésion
contradictoire, impossible à réaliser dans quelque sens
que ce soit....

Les hommes politiques sont eux-mêmes des actes toujours permanents, toujours continus, toujours en jugement devant l'opinion du pays; et c'est une étrange prétention que de vouloir inspirer aux citoyens une confiance

sans motifs, une conviction à contre-sens, une adhésion
à rebours, parce qu'il plaira à des hommes d'État de déguiser leurs motifs et leurs convictions sous le voile anonyme
d'une détermination future, démentie à l'avance par toutes
les présomptions nées de leurs antécédents, de leurs liaisons
politiques, de leurs engagements de parti !...

CHAPITRE XII.

Sur la conduite que doit tenir une opposition consciencieuse quand elle arrive au pouvoir.

Toute opposition, de sa nature, tend à tomber en de
nombreuses erreurs de détail, quelque juste et raisonnable
que soit d'ailleurs son antipathie pour le pouvoir qu'elle
combat. Ces erreurs, elle ne les commet pas seulement par
l'entrainement et la chaleur de lutte; elle les commet surtout, parce que n'ayant eu aucune occasion encore de soumettre tous ses principes à l'épreuve des réalités gouvernementales, il lui est impossible, à moins qu'on ne la suppose parfaite et impeccable, de ne pas se faire quelque illusion sur l'efficacité et l'application de ces principes. Mais
ces torts partiels et inévitables n'empêchent point qu'une
opposition ne puisse avoir cent fois raison de lutter contre
les tendances du gouvernement.

La gloire d'une opposition consciencieuse consiste, non
pas à transporter au pouvoir qu'elle conquiert, tout le ba-
gage qui lui servait dans le combat, mais à n'y transporter
que ce qui lui appartient réellement, que ce qui peut servir
à l'organisation gouvernementale, son drapeau, sa loyauté,

tous les principes élémentaires sur lesquels elle avait jadis
pris position, laissant du reste sur le champ de bataille
toutes ces armes de fantaisie ou d'occasion, bonnes pour
l'attaque, inutiles après la victoire. Sûre d'avoir eu raison
dans le fond, d'avoir rendu service au pays, en combattant au nom de ses plus chers intérêts, elle ne doit point,
lorsque le moment est venu de faire passer ses théories
dans la pratique, c'est-à-dire lorsqu'une ère jusqu'alors
inconnue commence pour ses destinées, elle ne doit point
avoir regret de retrancher de ces théories quelques préjugés qui s'y sont attachés à son insu, et qui gêneraient
plutôt qu'ils ne seconderaient leur action. Les adversaires
du nouveau pouvoir s'en indigneront sans doute ; les niais
crieront à l'apostasie.... Qu'importe ! on les laissera crier.
L'histoire de Masaniello est l'histoire de toutes les oppositions victorieuses. Seulement il n'y a plus de catastrophe,
parce que les peuples sont plus sensés, et ne se prêtent plus
aussi facilement aux projets des ambitieux qui, le lendemain de la victoire, ont besoin qu'il soit demandé au vainqueur, naguère leur ami, un compte rigoureux de leurs
principes communs, même et surtout de ce qu'il y avait
de dangereux ou d'erroné dans ces principes.

Les gens éclairés et capables de l'opposition, quand ils
sont parvenus au pouvoir, doivent comprendre que lorsqu'un gouvernement est basé sur des principes de justice
et de liberté, lorsque son intérêt le plus direct est précisément dans le maintien de ces principes, il ne faut pas se
préoccuper des folles exigences d'une opposition *quand
même*, à qui la sage libéralité du pouvoir n'a guère plus
laissé que le monopole des théories inapplicables et des
vieux préjugés révolutionnaires.

Le grand tort des enfants perdus de toutes les oppositions, c'est de vouloir ressusciter contre le gouvernement
de leurs anciens amis, le système d'hostilité qui a existé
contre leurs adversaires. — Ils ne veulent pas voir que tout
a changé autour d'eux, que les principes libéraux qui ser-
vaient autrefois d'armes agressives contre le pouvoir sont
devenus depuis la base du pouvoir lui-même, et qu'il n'est
presque plus resté en leurs mains que de faux semblants
de ces principes, sorte de chrysocale politique au clinquant
duquel les esprits étroits peuvent seuls se laisser prendre.
La chaleur qu'ils mettent à repousser tout ce qu'ils repous-
saient sous l'ancien système, par la sublime raison qu'ils
l'ont repoussé déjà, prouve combien ils tiennent peu compte
des différences de mœurs et de situations politiques, combien ils se font d'illusions sur la nature et les conditions
du pouvoir.

Si l'on cédait trop à ces illusions de l'opposition nouvelle, si on la secondait dans ses attaques irrationnelles,
et qu'on la fît réussir, il arriverait infailliblement qu'elle
subirait à son tour, sous peine de tomber, la nécessité de
modifier ses idées, d'abandonner ses illusions, ses préjugés,
de faire, en un mot, du gouvernement réel, non du gouvernement platonique, et qu'on n'aurait gagné à tous ces
changements de politique qu'un exemple nouveau de la
faillibilité des hommes et des doctrines d'opposition. Cet
exemple, fort peu désirable en soi, serait d'ailleurs acheté
par de déplorables oscillations où se perdrait chaque fois
tout le bien acquis dans l'intervalle. — Ce résultat est-il
bien à ambitionner? Ce n'est pas mon avis.

CHAPITRE XIII.

Du danger qu'il y a pour le Ministère à s'allier avec certaines oppositions.

—

Un ministère conservateur ne doit jamais, et sous aucun prétexte, faire alliance avec une opposition désorganisatrice; car, par une semblable coalition, il manque non-seulement à sa mission, mais il se crée encore d'incessants embarras.

Voici, en effet, ce qui arrive : L'opposition, poursuivant son œuvre de négation perpétuelle, s'emparant des fautes commises, sans s'inquiéter de savoir comment et pourquoi elles ont été commises, attaque les résultats malheureux comme si elle en était tout à fait innocente, tandis que le ministère, à qui était échue la charge d'exécuter les systèmes arrêtés en commun entre lui et l'opposition, absorbe toute la responsabilité, et se voit obligé de défendre, contre l'inconséquente malveillance de ses propres complices, des actes dont son grand tort est d'avoir primitivement partagé avec eux la pensée.

Dans toutes les questions qui se présentent, l'opposition, pour ne pas perdre la fausse popularité qu'elle acquiert en blâmant les actes du pouvoir, ne manque pas d'attaquer les résultats des résolutions prises par le ministère d'après les conseils qu'elle lui a donnés ou les conditions qu'elle lui a imposées.

A cela, que veut-on que le ministère réponde? Sa dignité lui interdit les récriminations puériles, quoique très-fondées, que doit lui inspirer la conscience qu'il a de n'avoir fait que ce que l'opposition elle-même l'a mis dans le cas de faire. D'ailleurs, s'il rejetait sur l'opposition la responsabilité des actes du ministère, cette réponse ne serait qu'une justification fort incomplète. S'il y a, en effet, un ministère composé d'hommes de talents et d'habileté; s'il y a une majorité disposée à seconder ce ministère dans la gestion des intérêts du pays, c'est apparemment pour qu'une opposition sans principes et sans consistance n'ait pas les moyens de nuire à ces intérêts, en les faisant gérer à sa guise. Toutes les fois donc qu'un cabinet se laisse entraîner dans les errements d'une opposition; toutes les fois qu'il en adopte les vues, et façonne sa politique aux inspirations bien ou mal comprises de celle-ci, c'est à la condition que toute la responsabilité des résultats lui restera. La liberté qu'il avait d'agir autrement, avant de s'engager, est un précédent qui ne lui permet plus de se plaindre plus tard de ceux qui, s'il l'eût bien voulu, n'auraient jamais pu lui imposer le système qu'il a suivi.

Qu'arrive-t-il alors? Pour suppléer à la force qui lui manque, il est obligé de sortir, le plus souvent qu'il le peut, de la position où il se sent paralysé; il se rabat, lui aussi, sur les questions adjacentes, et cherche à s'y établir plus avantageusement pour sa défense. De là ces discussions embrouillées et irritantes, où les épisodes prennent tant de place; de là cette éloquence stérilement éparpillée de tous côtés, excepté sur les questions qu'il s'agit de résoudre.

Sans doute, en agissant comme elle le fait en pareille circonstance, l'opposition est blâmable; car s'il lui est loisible de choisir ses points d'attaque sur un terrain où elle se met à l'abri même des récriminations de ses adversai-

res, il ne s'ensuit pas qu'il y ait un grand mérite pour
elle à employer cette tactique. Un sentiment de pudeur
devrait lui interdire cette lutte de guet-apens où elle abuse
de la confiance que le gouvernement lui a imprudemment
accordée. Mais le blâme que mérite une opposition qui
agit ainsi, ne détruit pas celui que méritent les hommes
d'État qui se sont imprudemment alliés avec elle, et les
embarras qu'elle leur suscite ne sont qu'une juste punition de leur faiblesse.

CHAPITRE XIV.

Conduite que doivent tenir les Hommes de Gouvernement, quand ils se trouvent momentanément dans l'Opposition.

On conçoit très-bien qu'une majorité victorieuse puisse
n'être qu'une faction : c'est lorsque son triomphe n'est dû
qu'à la ruse, qu'à la surprise, qu'à quelque stratagème
secondé par la complicité d'un hasard heureux, à l'oppression momentanée de la couronne, ou à une erreur du
monarque; c'est encore lorsque les divers éléments du
parti momentanément vainqueur n'ont aucune cohésion
intime, et doivent nécessairement se disloquer au bout
d'un certain temps donné à l'accomplissement de cette
phase accidentelle; c'est aussi lorsque le parti que l'évènement a desservi renferme en soi des chances plus positives de durée, et que, même sous le coup de ce triomphe escamoté, il peut se reposer sur sa vitalité, sur sa
constitution robuste et compacte, sur la discipline des mouvements qu'il va recommencer contre le parti dominant.

Alors, on le comprend, une opinion vaincue peut se consoler de sa défaite; car elle a tous les moyens de la venger. Alors elle a le droit de dire à ses vainqueurs : « Vous » avez aujourd'hui le dessus; qu'importe? la journée de » demain n'est pas à vous. »

D'autres pensées doivent aussi retenir les hommes du parti gouvernemental, ils doivent craindre de réussir plus qu'ils ne le voudraient, et d'avilir trop profondément un système et des hommes, qui, après tout, tout mauvais et corrupteurs qu'ils sont, se trouvent tellement liés au sort du gouvernement qui les emploie, que leur déconsidération doit réagir par contre-coup sur ce gouvernement lui-même, et affaiblir encore davantage ses moyens d'action

C'est ce qui rend leur situation singulièrement délicate, et leur opposition bien difficile. S'ils étaient comme les opposants ordinaires, préoccupés du seul désir de détruire le système suivi par le gouvernement, d'expulser les hommes de ce gouvernement, de remplacer les hommes de ce gouvernement, pour atteindre ce but, ils feraient ce que tous les opposants font : ils frapperaient sans discontinuer, le plus fortement possible; ils mettraient toujours en saillie l'hypothèse la plus fâcheuse des résolutions gouvernementales; ils dégraderaient les auteurs et les exécuteurs de ces résolutions; ils mineraient le pouvoir en avilissant ses instruments, et ils aviliraient ses instruments en minant le pouvoir dont ils se servent pour agir. — Double moyen de dissolution, si souvent et si fréquemment employé par toutes les oppositions politiques.

Mais, non-seulement de pareils moyens doivent répugner à la conscience morale des hommes de gouvernement, mais ils sont reniés encore par les conceptions intellectuelles de tous ceux qui ont une valeur politique véritable. De sorte que si ces derniers avaient le malheur que leur âme fût assez égoïste, assez intéressée, assez haineuse pour consentir à les employer contre leurs adversaires, leur intelligence seule les préserverait de cet écart, parce qu'elle en conçoit les conséquences, et qu'au milieu de l'irritation même, il reste à de pareils hommes assez de sang-froid pour calculer leurs efforts, et les proportionner au but qu'ils veulent atteindre.

C'est faute de cette faculté d'esprit, de ce sang-froid qui maîtrise la passion, même au milieu de ses plus justes emportements, — car la passion politique est juste aussi quelquefois, et ne cesse pas pour cela d'être dangereuse, — que l'opposition royaliste, sous la restauration, a perdu non-seulement la restauration et la dynastie, mais la royauté elle-même. — Est-ce qu'il restait encore de la royauté en France, le lendemain de la révolution de Juillet? Est-ce que l'opposition royaliste n'avait pas aidé l'opposition démocratique à en effacer les derniers vestiges, à en paralyser les dernières forces morales, à en briser les derniers ressorts? — Insensés, insensés, qui s'imaginaient combattre seulement les hommes et les erreurs du pouvoir, et qui ne voyaient pas que les coups qu'ils dirigeaient contre M. de Villèle, et ensuite contre M. de Polignac, allaient bien plus haut, et détruisaient tout ce qu'ils voulaient conserver!.... Et lorsque l'explosion eut ouvert dans la France son cratère universel, et versé partout sa lave désorganisatrice, à quelle planche de salut la France se serait-elle appuyée, si Louis-Philippe, l'homme le plus providentiel que le destin ait jamais mis en réserve pour

arrêter une nation sur le bord de l'abîme, n'eût retrouvé
en lui-même la source et les moyens d'action de la royauté?
S'il ne l'eût reconstituée par un travail créateur, incessant,
inébranlable, et d'autant plus efficace qu'il était d'un ordre plus élevé et moins perceptible aux yeux du vulgaire?...
Que serait devenue la France, si les hommes que la sottise des partis croit accabler du nom de ministériels, n'eussent alors fourni, au risque de leur popularité et de leur
existence, un rempart à la fois et un moyen de prosély-
tisme gouvernemental à cette création de royauté qui s'é-
laborait dans le possesseur de ce trône nouveau, et qui
préparait à la France un établissement dynastique réel,
sans lequel toute liberté, tout progrès, toute sécurité future étaient et seraient encore radicalement impossibles?...

   Et pourquoi et comment cette folle opposition royaliste avait-elle si absurdement agi, qu'elle eût miné, détruit, anéanti la royauté, dont elle faisait son culte, en
même temps que l'ancienne dynastie qui était son idole?....
C'est que, maîtrisée par sa passion, elle supposait à la
fiction de l'irresponsabilité royale une invulnérabilité complète qui n'exista jamais et qui n'existera jamais sur la
terre! C'est qu'elle ne voyait pas qu'en dépit de toutes les
théories constitutionnelles, il est impossible que la dégradation trop profonde du système et des agents de la royauté
ne flétrisse pas la royauté elle-même ! C'est qu'elle ne voyait
pas qu'il était immensément difficile de garder dans ses
attaques cette juste mesure qui s'arrête et consent à supporter un mal même douloureux, plutôt que de s'y opposer en faisant au pouvoir social une brèche trop large, par
où les factions passent et font ensuite un mal bien plus
grand encore que celui dont on se plaignait même juste-

ment ! C'est que, préoccupée de ses intérêts aristocratiques, elle se faisait illusion à elle-même, elle tâchait de croire que la royauté ne souffrait pas de ses attaques; et, par une sorte de perpétuelle capitulation de conscience, elle se niait à elle-même les conséquences dissolvantes de sa tactique anti-gouvernementale, pour avoir un prétexte honorable d'y persister.

Eh bien ! cette expérience ne doit pas être perdue. — Ceux qui seront opposants au pouvoir précisément parce qu'ils seront plus monarchiques que lui, et qu'ils voudront l'empêcher de suivre la tendance démocratique, quel reproche n'auraient-ils pas à se faire, si, en déconsidérant l'action, le système, les agents de ce pouvoir, ils ébranlaient la foi du peuple dans l'établissement dynastique lui-même? S'ils doublaient ainsi le mal dont ils se 'plaindraient ! Si les voix de l'opposition républicaine pouvaient artificieusement lier les torts réels reprochés justement aux agents du pouvoir, avec les prétendus vices que la démocratie attribue à la royauté elle-même! Si ceux qui proclament qu'un abîme infranchissable sépare du système monarchique la cause de la liberté, et qui se masquent alors sous le voile de leur prétendu respect pour les faits accomplis, pouvaient appuyer leur stratégie insidieuse sur les propres paroles des hommes dévoués à la royauté, et déconsidérer la monarchie par les inconvénients avoués par ceux-ci de sa pratique et de ses actes !

C'est donc un devoir pour les royalistes nouveaux, de prouver que leur dévouement à la royauté est autrement grave et calculateur que l'ancien royalisme féodal. Toutes leurs actions doivent prouver que si la dynastie n'est pas pour eux une idole, elle est une institution si rationnellement infusée dans leurs convictions politiques, que jamais aucun des coups portés par eux contre l'administration et les hommes accidentellement employés par la couronne, ne pourra porter indirectement contre le trône lui-même, et déconsidérer la royauté dans l'esprit des peuples. Ils doivent donc savoir arrêter leurs passions et leurs regrets, ils doivent savoir borner leurs plaintes, et taire les reproches qui agiraient trop fortement sur l'imagination populaire, qui lui imprimeraient plus d'ébranlement qu'on ne pourrait ensuite lui inspirer de foi monarchique. Et dans chaque acte, même les plus répréhensibles, même les plus immoraux du pouvoir ministériel, on doit distinguer soigneusement l'erreur des hommes et les garanties puissantes que le système monarchique, l'établissement de la légitimité nationale donne au pays contre les conséquences des erreurs.

Il faut donc quelquefois se faire violence, il faut retenir l'expression la plus légitime de ses plaintes; il faut, dans certaines circonstances, s'abstenir de faire aux hommes du pouvoir des reproches, tout mérités qu'ils soient, qui pourraient affaiblir la cause commune par des révélations intempestives qui décourageraient les esprits, et les empêcheraient de conserver l'énergie dont ils ont besoin pour repousser un grand danger. C'est un devoir rigoureux pour le parti conservateur, d'agir avec cette modération et cette prudence quand les circonstances le lui commandent.

CHAPITRE XV.

De la véritable Conciliation des partis.

La conciliation des partis est en réalité le but gouvernemental que tout homme d'État doit chercher à atteindre. — Après une révolution, cette œuvre de paix est d'autant plus désirable qu'elle est plus difficile. — Honneur immortel à ceux qui parviennent à l'accomplir !

À mesure que les évènements marchent, et que les esprits éclairés par l'expérience abandonnent, peu à peu, les erreurs qui les avaient séduits, ce serait une grande faute au gouvernement de les repousser loin de lui, en leur faisant un crime irréparable de leur passé.

Le vœu le plus ardent de tout homme d'État digne de ce nom, est d'atteindre un jour ce port désiré où tous les partis abjureront leurs haines et leurs violences. Toutes les fois que la moindre espérance de concourir à cette œuvre se présente, il faut faire abnégation de tout sentiment d'amour-propre et de toute hostilité personnelle, et être prêt à ouvrir les rangs, à élargir le cercle, à recevoir toutes les convictions sincères qui voudront travailler en commun au bien de la patrie. Je dis plus, il faut être prêt à pratiquer la maxime évangélique dans toute sa pureté : il doit y avoir plus de joie pour une brebis qui revient au bercail, que pour cent qui ne s'en seraient pas écartées.

Telles sont mes maximes. Telles sont celles que j'ai professées, il y a déjà long-temps.

Mais de celte conciliation des esprits, amenés peu à peu
par l'expérience sur un terrain neutre où ils abjurent
leurs dissentiments et leurs erreurs, à une confusion universelle essayée quelquefois dans notre temps, il y a
aussi loin que de la nuit au jour.

Quand des hommes politiques adoptent hautement,
clairement, franchement, la marche et les principes qui
seuls peuvent établir, sur des bases durables, la monarchie et la liberté, on doit laisser dormir dans l'oubli tous
les reproches du passé. — Mais, sous prétexte de conciliation il ne faut jamais consentir à sacrifier les priucipes.

Lorsqu'une véritable pensée de conciliation préside à
l'affaissement de l'esprit politique ; lorsque la modération
des partis a pour mobile la conviction acquise des erreurs
du passé et la sincérité d'un retour à des idées jusqu'alors
injustement repoussées, on peut accepter ce changement
comme une heureuse garantie de la pacification générale
des esprits.

Mais quand, au lieu de cela, on n'aperçoit qu'un pêle-
mêle d'hommes qui conservent des principes opposés, qui
persistent dans leurs vieilles théories anti-gouvernementales ; puis qui, à l'aide de places richement salariées, ont
été enrégimentés sans étendard commun, sans principes sur
lesquels ils soient d'accord, il faut dire avec vérité que la
conciliation ne porte pas sur la tendance des principes,
mais seulement sur la coalition des égoïsmes. C'est un
partage, de la curée de l'État, entre les hommes de
chaque parti. — Parce que ces hommes s'occupent de
concert à consommer inoffensivement la part qui leur
est faite, il ne faut pas en conclure que leurs opinions sont conciliées, et que cette complicité d'appétits sa-

tisfaits est un faisceau, une union de volontés passives, toutes prêtes à seconder la volonté du pouvoir.

Il faut être bien convaincu que la conciliation est en tout l'œuvre du temps. Cette modération qu'affectent des hommes ainsi réunis par intérêt, est un masque qui couvre d'implacables rancunes; sous ces demi-sourires de conciliation, l'hypocrisie garde un œil ouvert pour saisir le moment de secouer tous ses ajustements de circonstance. Les conversions vraies ne sont pas rapides, les repentirs sincères ne sont point instantanés. Après de longues années d'opposition acharnée et continue sur tous les points d'un système gouvernemental, on ne se réveille point un beau matin néophyte candide de ce système. Il y a des transitions nécessaires que la conscience ne franchit pas à pieds joints : l'ambition, la tactique, l'intérêt sont seuls capables de ce tour de force.

On ne doit donc point croire aux faux et ridicules présages que les partis affectent de tirer de l'apparence croupissante des opinions. *Latet anguis :* l'hostilité est au fond. Il n'y a dans tout cela que des roués, des dupes, et quelques esprits élevés qui laissent faire par dédain. Croire, d'ailleurs, à la possibilité d'une conciliation, quand les partis qui la promettent disent qu'ils n'abdiquent ni leurs convictions, ni leurs espérances pour l'avenir! Qu'ils se résignent aux faits accomplis, mais à condition qu'on leur fera des concessions qui leur donneront les moyens de désaccomplir ces faits! Que, pour le moment, ils ne diront rien contre les lois gouvernementales, parce qu'ils sentent bien qu'ils n'ont pas le moyen de les détruire, mais qu'ils n'en trouvent pas moins cette législation odieuse, anti-libérale; et croire, dis-je, à une telle conci-

liation ainsi présentée, c'est faire preuve de peu de sens
et d'expérience. Les partis qui affectent de se rallier ainsi
au gouvernement sont mus par l'espoir de détruire, grâce
à sa faiblesse, la législation et la politique gouvernementales qui les gênent.

La conciliation n'est possible que par la force et la
fermeté du gouvernement; cette force seule ôte aux partis,
aux factions de l'intérieur, tout espoir d'attaquer avec
succès les institutions et le trône sur lequel elles reposent :
car, qu'on le sache bien, les factions hostiles au pouvoir
ne se résignent à se concilier avec lui que lorsqu'elles
ont perdu l'espoir de le vaincre. Abdiquer le droit de la
victoire remportée sur les factions, et venir leur demander
la paix d'égal à égal, c'est leur apprendre qu'elles peuvent
la refuser, et alors on ne doit pas douter un instant
qu'elles ne la refusent. Une conciliation ainsi présentée
rallume toutes les hostilités; elle excite la joie et les espérances dont s'enivrent à l'envi les ennemis du gouvernement, dont la haine est aussi clairvoyante que l'ambition des prétendus conciliateurs est aveugle. Les factieux
entrent dans cette combinaison artificielle et creuse, comme
les Grecs dans le cheval de bois pour embraser la ville
qu'ils n'ont pu prendre à force ouverte. Repoussés à l'assaut, ils agissent à la sape, poussent leurs mines souter-
raines, donnent une main au gouvernement et le combattent de l'autre, lui portant des coups d'autant plus assurés que les anciens amis qui le défendaient, repoussés
et désavoués par lui, n'ont plus les moyens de le secourir.

Il faut donc vouloir la conciliation, mais il faut repousser avec toute l'énergie que donne une volonté ferme et
consciencieuse, la déception qui se cache sous cet étendard

trompeur : il n'y a, je le répète, de conciliation véritable,
sincère, de conciliation qui puisse porter des fruits d'ordre
et de paix, que celle qui est basée sur l'adhésion à des principes, à des institutions, à des tendances législatives sur lesquelles on tombe d'accord, pour lesquelles on se réunit, au
moyen desquelles on adopte une marche définitive, commune, collectivement avouée. Mais une conciliation entre
des hommes qui ont des principes directement contraires,
des convictions directement opposées, et qui se déclarent en
face qu'ils conservent ces principes, qu'ils conservent ces
convictions, qu'ils travailleront toujours à les faire triompher chacun de leur côté.... cette conciliation, il n'en faut
pas vouloir ; il faut la renier et la flétrir comme le mensonge
d'une déception réciproque et mutuelle, comme une im-
posture déshonorante pour ceux qui la proposeraient et
pour ceux qui l'accepteraient. Que le gouvernement se
réconcilie avec les hommes que l'expérience a éclairés ;
qu'il se réconcilie avec tous ceux qui ont compris la faus-
seté des doctrines anarchiques, et qui, de bonne foi, adhè-
rent aux faits accomplis, non pas pour les détruire plus
tard, mais bien au contraire pour concourir à leur consolidation.... ah ! c'est bien, c'est très-bien, c'est de la doctrine. — Mais à l'opposition qui dit qu'elle conserve ses
principes et ses convictions dissolvantes, le parti du gouvernement doit répondre qu'il conserve ses principes et ses
doctrines défensives : aux hommes qui disent qu'ils dé-
truiront dans l'avenir les faits auxquels ils se résignent
pour le moment, on doit répondre que le gouvernement
défendra, qu'il maintiendra ces faits accomplis, dans le
présent et dans l'avenir, et que jamais il ne sera assez
dupe pour accepter, à titre de conciliation, une caricature

d'alliance où il fournirait des armes à ses adversaires pour le détruire.

C'est un grand malheur quand les hommes véritablement conservateurs, quand les amis du gouvernement se laissent prendre à ces semblants de conciliation et participent, si peu que ce soit, à l'impure coalition des égoïstes intrigants qui se cachent sous ce drapeau trompeur ; car ils jettent ainsi sur leur avenir une déconsidération morale qui leur rend impossible l'influence qu'ils auraient pu peut-être exercer un jour, pour réparer le mal qui est toujours le résultat de semblables combinaisons.

En outre, que les moyens employés en pareil cas doivent répugner à des gens honnêtes et consciencieux, il ne faut pas vouloir acheter le succès à tout prix. Il vaut mieux échouer que de réussir à certaines conditions.

De plus, les moyens employés éloignent les conservateurs du but qu'ils cherchent, au lieu de leur donner les moyens de l'atteindre.

Les hommes politiques qui prennent les rênes de l'État sous prétexte d'accomplir ce grand œuvre de la conciliation des partis, sont ordinairement fort désireux, après avoir dissous le faisceau des opinions gouvernementales, de les retrouver encore sous leurs mains, pour atténuer les conséquences du mal qu'ils ont fait eux-mêmes : sans doute ce mal ne serait pas un motif de leur refuser tout concours à le réparer, s'ils y travaillaient franchement et moralement. Mais loin de là, malgré eux, ils sont conduits chaque jour à l'aggraver, chaque jour ils appellent au pouvoir les partisans avoués des opinions dissolvantes ; puis, ils voudraient pour assurer leur existence ministérielle, que le parti gouvernemental travaillât à contre-ba-

lancer ce mal nouveau; ils appellent au pouvoir les ennemis de l'opinion conservatrice, et ils voudraient que l'accession du parti conservateur rassurât le pays alarmé par
l'appui de ces hommes d'opposition qui, loin de recevoir
aucune condition, lui imposent les leurs.

Le parti conservateur ne doit point consentir à ce
rôle déplorable. Ses chefs doivent lui faire comprendre
ses véritables intérêts et lui faire entendre le langage austère de la vérité et de la justice; ils doivent lui dire, en pareil cas : Écoutez la voix de la conscience et de la raison. — N'écoutez qu'elle. — S'il faut être momentanément
dédaignés et vaincus, soyez vaincus et dédaignés. — Mais
repoussez tous ces vains calculs, toutes ces roueries de conciliation, toutes ces intrigues basées sur l'abandon réel
ou présumé des convictions opposées, source de désorganisation générale et d'anarchie. Quel que soit l'avenir du
pays, travaillez-y avec des mains pures. Écrivez, parlez,
votez sans crainte et sans calcul. Tout ce qui se passe aujourd'hui sur la scène du pouvoir, n'est qu'une inconsis-
tante et provisoire image de gouvernement. Attendez la
réalité : elle viendra, soyez-en sûrs, à moins que la destinée ne donne un démenti solennel aux principes éternels de l'ordre et de la liberté !

CHAPITRE XVI.

Des Crises Ministérielles.

Les crises ministérielles, le changement fréquent des
hommes qui gouvernent, sont des symptômes alarmants

pour la prospérité du pays. Si cette oscillation momentanée du pouvoir royal, entravé dans ses agents responsables par les capricieuses incertitudes des majorités parlementaires, n'ébranlait que la destinée passagère de quelques ministres, ce pourrait être une injustice, ce pourrait
être même un malheur; plus encore, ce pourrait être une
immoralité politique. Mais, dans tous les temps, il y a
tant d'injustices, tant de malheurs et tant d'immoralités,
qu'un poids de plus dans la balance n'y ferait pas une
très-grande sensation.

Mais presque toujours ces crises présentent un caractère bien plus grave encore.

Elles détruisent, elles vicient, elles ébranlent la masse
entière des intérêts nationaux; elles sèment, sur la surface
entière du pays, une multitude de souffrances, de désaf-
fections, et d'anxiétés politiques. En même temps, elles
ébranlent la dynastie; elles lui ôtent cet assentiment moral,
cette stabilité probable d'avenir, qui lui est cependant indispensable pour diriger utilement les affaires de la nation.

Comment tous les intérêts agricoles, industriels, commerciaux ne seraient-ils point profondément alarmés, eux
qui ne peuvent prospérer que dans un état continu d'ordre, d'administration, de protection gouvernementale,
lorsqu'ils voient, tous les six mois, les hommes, le système, l'administration, changer comme une décoration
d'opéra, parce que trois ou quatre boules noires auront
passé de gauche à droite!... — Et comme, plus on avance
dans cette voie, plus la dissolution sociale augmente et
s'aggrave, plus les intérêts agricoles, industriels, commerciaux du pays entier sont frappés de stupeur, tout
reste suspendu, anéanti. Pourquoi, se demande chacun,

une fois cette plaie ministérielle tant bien que mal replâ-
trée, pourquoi ne surviendrait-il pas une nouvelle crise,
une nouvelle suspension dans trois mois, dans six mois?
Pourquoi les majorités parlementaires seront-elles alors
plus sensées? Pourquoi les rivalités anti-ministérielles seront-elles moins ardentes dans les couloirs de la chambre
ou dans les anti-chambres de la cour? Pourquoi espére-
rions-nous qu'une ère d'ordre et de fixité se manifestera
tout-à-coup, lorsque nous voyons au contraire la mobilité s'accroître de jour en jour, et fournir de nouveaux
aliments aux cauchemars délirants de tous les ambitieux?

En changeant ainsi d'hommes et de systèmes au faîte
du pouvoir, on porte à l'instant l'instabilité du sommet
jusqu'à la base. Toute l'économie du pays en est altérée,
personne n'ose entreprendre une œuvre de durée. Le commerce, qui manque d'avenir, manque de vie ; autant vaudrait le tuer du premier coup, ce serait plus tôt fait : on
aurait l'économie de temps et de souffrance. Ainsi, par
exemple, supposons que le commerce, la marine, les colo-
nies, les consommateurs, les grands entrepreneurs de travaux publics d'un pays, tous ceux qui fondent leur avenir
sur l'augmentation de production et de transport que des
travaux répandront dans tout le royaume, saluent avec
espoir les nouvelles conceptions d'un ministre; les voilà
bientôt votées; les spéculations préparées pourraient bientôt prendre l'essor, et déjà l'amélioration d'une infinité de
professions et de classes laborieuses en serait la conséquence inévitable!... Eh bien! point du tout. Parce qu'il
plaira à je ne sais quelles intrigues de circonvenir les
avenues du pouvoir, voilà le ministère changé, et tout est
sur-le-champ compromis. Plus de travaux publics, plus

de diminution de droits de douanes; mais un système nouveau viendra remplacer celui sur lequel on avait compté, et les armateurs, les colons, les commerçants, les promoteurs de grands travaux publics devront rentrer dans l'oisiveté!... Dira-t-on qu'en changeant les hommes, on continuera le système? Que les ministres nouveaux consentiront à abandonner leurs idées pour adopter celles du ministère tombé? Qui le croira? Et quand ils en feraient le simulacre, ce qui n'est pas supposable, parce qu'ils doivent tenir à leurs propres idées s'ils les croient bonnes, qui peut supposer qu'un système créé par un homme soit exécuté avec la même foi, avec la même ardeur, avec le même zèle, par le successeur qui l'a chassé, et qui, en réalité, n'est entré au pouvoir que pour faire prévaloir d'autres idées?... Cela n'est pas raisonnable, cela ne se voit jamais. Après un court essai, le successeur trouve moyen de faire échouer l'œuvre qu'il a continuée par une sorte de respect humain; il se donne ainsi un prétexte pour l'abandonner, et pour recommencer l'exécution de ses propres idées, jusqu'à ce qu'il soit chassé quelque temps après par un nouveau remplaçant, qui abandonne encore la nouvelle œuvre pour se jeter dans une troisième création. Ainsi de l'un à l'autre, tout s'ébauche, rien ne s'achève, le pays souffre, l'administration s'anarchise et se fabrique de pièces et de morceaux. En face de ce spectacle, la population du royaume hausse les épaules, prend le gouvernement en dédain et n'en fait plus aucun cas!

Je sais qu'on a prétendu que les événements qui se succèdent dans la vie d'une nation, que l'intérêt du progrès social, exigent que des hommes nouveaux viennent incessamment prendre les rênes du pouvoir, afin de diriger les peuples dans leur voie nouvelle.

Et où donc a-t-on vu que l'histoire humaine se coupât ainsi en zônes distinctes et tranchées? Où donc a-t-on vu que les besoins d'une époque de quelques années fissent tout-à-coup place à des besoins tout contraires, de telle sorte que les hommes qui ont fait ce qui convenait au bien d'une nation, n'entendissent plus rien à ce qui doit être fait dans les années suivantes? N'a-t-on pas remarqué partout, au contraire, que les faits, que les événements, que les institutions se succèdent en se liant, en s'enfantant l'un l'autre par une succession rationnelle et continue? N'a-t-on pas remarqué, partout et toujours, que les hommes qui ont préparé les évènements, qui en ont le fil, la tradition, l'expérience, sont ensuite les plus aptes à les bien diriger? Que rien n'ébranle plus les gourvernements et leur action favorable au progrès humanitaire, que le changement perpétuel des hommes dans les hautes fonctions de l'État? Que, par cette instabilité du personnel, la conduite des affaires est elle-même frappée de désordre, d'inconséquence, d'instabilité? Qu'à chaque mouvement ministériel tout est remis en question, du sommet jusqu'à la base, hommes et choses, théorie et pratique, législation et exécution; et qu'ainsi tout le mécanisme social se trouve d'autant plus usé sans avoir pu servir, qu'il aura été plus fréquemment remis en des mains nouvelles?... Oh! je n'ai jamais rien vu, je n'ai jamais rien lu, je n'ai jamais rien entendu de plus misérablement imbécile que cette théorie nouvelle qui, pour faire place aux médiocrités intrigantes, veut leur faire un titre péremptoire de leur inexpérience ou de leurs erreurs passées. et qui veut chasser du pouvoir les hommes supérieurs qui ont fait leurs preuves, parce qu'on les accuse d'avoir *fait leur temps !*... Et comme le présent devient chaque jour le passé, il·résulterait de cette belle maxime que les hommes d'aujourd'hui ne vau- draient plus rien demain ! Tous les ans, tous les mois, le progrès exigerait que le personnel de l'État fût renouvelé, et que l'inexpérience s'assît au timon du gouvernement !

Ah ! ce n'est pas ainsi, ce ne sera jamais ainsi qu'un peuple peut être dirigé dans des voies sages, fortes, pro- gressives ! Les peuples de l'antiquité rendaient hommage à la vieillesse, à l'expérience, à la longue pratique des af- faires.... Et nos progressifs enfiévrés veulent en faire des titres d'exclusion, et s'enorgueillissent de leurs misères intellectuelles comme les autres peuples se sont enorgueillis jusqu'à présent des richesses de l'expérience et du savoir !...

C'est cet instinct de changement perpétuel qui ne permet d'établir rien de solide et de durable ! C'est cette mobilité perpétuelle qui fait que tant de projets d'amélioration sont ébauchés, et qu'aucune amélioration n'est accomplie !.... Que servirait de rencontrer un Richelieu, un Colbert, un Sully, pour lui faire faire une apparition au pouvoir et l'en chasser le lendemain ? C'est ce mouvement ascen- dant par ambition, non par mérite et force morale, qui trouble la société dans tous ses étages, dans toutes ses ré- gions, dans toutes ses parties. Et comme les classes les plus nombreuses sont inévitablement les plus ignorantes, et, en même temps, les plus désireuses d'envahir les places bien moins nombreuses que les aspirants, il s'ensuit que la démocratie, promettant à tous cent fois plus qu'elle ne . peut tenir, bouleverse le monde moral sans pouvoir at- teindre jamais son but, et désorganise, d'époque en époque très-rapprochées . le gouvernement qu'elle ne peut réorganiser. Que l'on développe cette vue, et l'on y verra la cause féconde de notre instabilité gouvernementale, des crises ministérielles qui la révèlent et la propagent, et de tous les malheurs qui attendent la France si elle persévère de plus en plus dans cette voie fatale de vulgarité démocratique!

Les intérêts matériels ne sont pas les derniers à souffrir de cette déplorable instabilité; ils demandent, pour être convenablement traités, de la suite, du calme, de l'unité.

Par exemple, si les relations douanières de deux pays changent d'un instant à l'autre, comment veut-on que le commerce base des opérations avantageuses sur une telle mobilité?

Si l'État adopte tous les ans une direction industrielle nouvelle, comment veut-on que l'industrie entreprenne et accomplisse de grands travaux, lorsque la direction de ces travaux peut être modifiée d'un instant à l'autre? Il n'y a plus alors vivacité et énergie dans l'exécution des travaux, il n'y a plus confiance de la part du capitaliste qui y verse ses fonds.

Si l'agriculture, se fondant sur des relations commerciales dès long-temps établies, cultive de préférence certaines productions du sol, qui lui offrent des débouchés avantageux; si, par exemple, elle se consacre en France, dans les départements du Midi, à la culture de la vigne, et que des droits prohibitifs interrompent les échanges entre nous et les pays qui consomment nos vins, brisant ainsi des rapports établis par l'habitude et les vrais intérêts des nations, aussitôt l'agriculture tombe dans la détresse. Espérant sans cesse, sans pouvoir se décider à passer immédiatement d'une culture qui lui a tant coûté à établir, qui a exigé des mises de fonds considérables, à une culture nouvelle et incertaine, elle emprunte à forts intérêts, elle dépérit; puis, lorsqu'elle se décide enfin à se livrer à la production d'autres denrées, un nouveau revirement a encore lieu. La girouette a tourné. Et par malheur l'agriculture, avec la lenteur de ses résultats, ne peut dire comme le meunier de Sans-Souci. Il faut, pour elle, comme pour le commerce, comme pour l'industrie, comme pour tout ce qui se rattache aux intérêts matériels, que le vent souffle toujours du même côté.

C'est ce qui fait que dans les gouvernements réellement démocratiques (nous pensons bien qu'on ne prendra pas les républiques italiennes, Venise par exemple, pour des démocraties), dans les gouvernements démocratiques, disons-nous, le commerce, l'agriculture d'échange et l'industrie n'ont jamais été prospères.

A chaque instant l'avènement d'un homme nouveau peut compromettre les relations du pays, avec les puissances étrangères.

De là naît, sinon une guerre positive, du moins une guerre possible.

Le commerce, épouvanté, suspend ses armements; il perd confiance : n'y eût-il pas même de collision, il en craindra une long-temps; il est paralysé !

L'industrie voit se resserrer les capitaux; à quoi bon créer des moyens de communication, par exemple, des chemins de fer et des canaux, si les produits sont invendus et restent chez le producteur?

L'agriculture, qui avait compté sur le débouché de ses

denrées, languit et meurt au milieu de ses richesses accumulées.

Voilà ce qui résulte de l'incertitude, de la mobilité du
système politique, incertitude et mobilité inhérentes à la
nature même des gouvernements démocratiques.

Les intérêts matériels, les intérêts de tous, les intérêts
marchands et prolétaires, sont essentiellement liés aux
principes monarchiques ou aristocratiques, parce que les
monarchies ou les aristocraties peuvent seules leur donner
satisfaction, en leur donnant pour base l'unité, la sécurité et l'esprit de suite.

L'un des grands avantages du système monarchique,
c'est donc la durée des ministères; c'est grâce à cette durée
que les plans se mûrissent, se préparent, s'exécutent, sans
lenteur, mais sans précipitation. Quand on est sûr d'avoir
le temps d'achever son œuvre, on la calcule, on la per-
fectionne, on y attache son nom, son avenir, sa gloire;
d'un autre côté, la population y compte, s'y prépare elle-
même, concourt par tous ses efforts à l'accomplissement
d'un travail dont elle sait que tout le profit sera pour elle.
C'est un double et continuel contrat de bonheur et de confiance qui se scelle chaque année davantage entre les sujets et le gouvernement.

Mais si dans une monarchie, et dans une monarchie
nouvelle surtout, on introduit l'instabilité dévorante de
la démocratie; si l'on complique cette démocratie en l'en-
venimant par quelques grains du favoritisme des cours;
si la double mobilité du scrutin et de l'antichambre s'empare de la haute administration publique, alors il n'y a
plus ni monarchie, ni gouvernement : la dynastie joue sa
couronne et le peuple joue sa liberté.

Pour qu'un changement de ministère soit raisonnablement motivé dans un gouvernement monarchique, il faut
qu'une modification vraiment importante dans l'administration du pays réclame le changement des hommes qui
dirigent cette administration.

Or, de deux choses l'une : quand il y a des changements fréquents de ministres, ou bien il y a dans le pays
des transformations rapides d'intérêts politiques et administratifs, ou bien les ministères sont changés sans qu'aucune modification réelle dans l'état du pays réclame leur
changement.

Dans le premier cas, c'est le pays lui-même dont l'état
révolutionnaire désorganise son gouvernement. Dans le
second cas, c'est l'instabilité intrigante des aspirants au
gouvernement qui désorganise le pays.

Dans l'un et dans l'autre cas, il est impossible qu'un
gouvernement, sujet à ces changements fréquents de ministères, établisse ou conserve dans le pays une stabilité
qu'il n'a pas en lui-même.

Aussi, remarque-t-on qu'à toutes les époques grandes
et heureuses des peuples monarchiques, les ministères ont
été de longue durée et n'ont changé que pour de graves
motifs. L'histoire des monarchies constitutionnelles en
fait foi, autant que celle des monarchies absolues. Il est
rare qu'on trouve dans un règne plus d'un grand et bon
ministère, et il est bien malheureux pour un peuple de
voir user l'une après l'autre toutes ses notabilités politiques, sans s'arrêter enfin à celle qui devait consolider
l'administration du monarque qui le gouverne.

Si l'on examine à l'heure qu'il est les monarchies européennes, on verra que le développement de prospérité et

de liberté réelle qui s'y fait remarquer, malgré la forme absolutiste du pouvoir; on verra que l'esprit d'ordre et de suite qui préside à leur politique extérieure et à leurs rapports avantageux avec les autres nations; en un mot, que tout ce qui fait leur bonheur et leur gloire comme peuples, c'est précisément la longueur, la durée des ministères qui y sont investis de la confiance royale.

Quoi de plus fatal, en effet, ainsi que je l'ai déjà fait observer, que ce changement perpétuel qui ne permet jamais à un ministre de mûrir les projets qu'il a conçus, et qui force ceux qui lui succèdent à exécuter des projets qui leur sont étrangers, ou à les repousser pour y substituer des projets nouveaux, qu'à leur tour ils n'auront pas le temps d'exécuter eux-mêmes!

Et comment veut-on qu'au milieu de cette instabilité du gouvernement lui-même, le pays se rassure et se calme? Bien loin qu'il en soit ainsi, l'inquiétude s'accroît chaque jour et la démoralisation politique gagne de proche en proche.

Nous avons en France un exemple bien frappant de la folie et de l'immoralité des crises ministérielles sans cesse renouvelées; elles sont arrivées à un tel degré, que les esprits les plus fermes reculent devant les conséquences possibles d'un pareil désordre moral, et que l'Europe, qui nous observe par sa diplomatie attentive, ne voit dans l'état actuel de notre patrie, qu'une expérience effrayante dont ses peuples, plus sages que nous, sauront sans doute profiter, si nous n'avons pas la sagesse d'en profiter nous-mêmes pour nous débarrasser enfin du virus démocratique qui dissout notre état social.

CHAPITRE XVII.

De l'Indépendance des Fonctionnaires publics dans un Gouvernement représentatif.

—

Les fonctionnaires publics peuvent être classés dans deux grandes divisions : ceux qui sont chargés de l'administration militaire, civile et judiciaire, et qui ne siégent pas dans la chambre des députés ou dans celle des pairs ; et ceux qui sont revêtus à la fois du double caractère de députés du pays, de pairs de France et d'agents directs du gouvernement du pays.

Tous ont droit à l'indépendance civile et politique qui fait l'apanage incontestable de chaque citoyen français.

Mais dans la société, de même que l'indépendance naturelle de l'homme est modifiée par les conditions nécessaires à l'association humaine, de même l'indépendance de chaque citoyen est ensuite modifiée par la charge qu'il exerce, par les fonctions sociales qu'il remplit, par les devoirs qui en résultent pour lui.

Voyons donc dans la double division où nous avons classé les fonctionnaires publics, quels sont leurs devoirs particuliers, quelles sont les conditions particulières mises à leur indépendance.

Dans quel but d'abord les fonctions publiques sont-elles créées?—Est-ce pour l'intérêt particulier de ceux qui les remplissent? Est-ce pour faciliter l'accomplissement des mesures dont le gouvernement de la société leur confie l'exécution ?

La réponse ne peut être douteuse. Les fonctionnaires

publics sont créés pour accomplir et faciliter l'exécution des mesures gouvernementales qui rentrent dans leurs attributions.

Il ne suffit donc pas que, matériellement, servilement, ils fassent chacun leur tâche, si, d'un autre côté, par leur influence, par leurs discours, par tout le reste de leur vie extra-bureaucratique, ils entravent, ils affaiblissent, ils dénaturent l'accomplissement des mesures qui leur sont confiées.

D'où il résulte que, si ces mesures font partie d'un système de gouvernement qu'ils réprouvent, d'un système qui, à leurs yeux, est immoral, corrupteur, rétrograde, despotique, ils sont nécessairement de mauvais fonctionnaires pour l'exécution de ces mesures. Ils sont de mauvais fonctionnaires, je le répète, placés entre le cri de leur conscience qui flétrit le système dont ils sont les agents, et leur devoir hiérarchique qui les oblige d'être les exécuteurs efficaces de ce système.

En une pareille situation, c'est bien vainement qu'ils réclameraient leur indépendance. Leur indépendance!... Eh! c'est eux qui la détruisent en restant dans une position où il n'y a plus d'indépendance ni de moralité possibles!—Est-ce de l'indépendance que d'exécuter des mesures qu'on réprouve dans sa conscience, pour conserver une place, un titre, des appointements? Est-ce de l'indépendance que d'accepter la charge, l'obligation d'exécuter ces mesures, et de rendre soi-même cet accomplissement impossible?—Cependant, il n'y a pas d'autre choix : ou il faut alors que le fonctionnaire trahisse sa conscience pour faire ce qu'elle réprouve, ou qu'il trahisse la confiance du gouvernement en ne faisant pas d'une manière efficace ce que le gouvernement lui prescrit.

Alors, il arrive deux choses :

D'abord, que le gouvernement, mal servi, se décourage de lui-même et tombe dans l'impuissance.

Ensuite, que la population, qui a ce spectacle sous les yeux, se démoralise par la démoralisation des fonctionnaires et par l'impuissance du gouvernement.

Argumentez comme vous voudrez, ayez recours à tous les syllogismes que vous voudrez, ce double résultat est infaillible et certain.

Quoi! se disent les peuples confondus, voilà un préfet qui ne se cache pas pour dire que le gouvernement est réactionnaire, rétrograde, qu'il perd le pays, et cependant il sert ce gouvernement, il exécute les mesures prescrites par ce gouvernement, il nous demande nos suffrages pour les candidats de ce gouvernement! Et pourquoi donc accepte-t-il cette complicité? Pourquoi, par ses actes, tend-il à renforcer un système qu'il croit mauvais? Ou bien, s'il tend à l'affaiblir; si, par dessous main, il favorise les candidats du système contraire; s'il donne aux uns son influence officielle, aux autres son influence secrète, quel homme est-ce donc? Quelle confiance mérite-t-il de la part du gouvernement et de la part du pays?

Je sais qu'à cela on a une réponse toute prête. Le préfet, dit-on, doit s'effacer entièrement et ne donner à personne son influence, l'influence qui résulte de sa position sociale. — Eh bien! cette objection est absurde, parce que cela est absolument impossible, car jamais un préfet ne pourra devenir une machine passive, ne laissant transpirer ses opinions ni dans ses salons, ni dans ses actes, ni dans ses choix, ni dans ses recommandations à toute la hiérarchie qui est sous lui; et de plus, parce que, si tous les préfets de France suivaient une pareille marche dans leur administration, l'influence morale du gouvernement serait à l'instant détruite partout. Partout il resterait au gouvernement, des prisons, des gendarmes et des châtiments; mais voilà tout. Du moment où les citoyens verraient la direction politique du gouvernement anéantie, annulée dans le premier fonctionnaire du département, tous, à la fois, unanimement, sentiraient qu'il n'y a plus de volonté morale dans le gouvernement, plus de but, plus d'ensemble, et tout système politique, bon ou mauvais, quel qu'il fût, en un mot, deviendrait impossible. Ce serait le beau idéal de l'anarchie gouvernementale.

Il est donc impossible, quoi que vous fassiez, d'opérer dans le même homme la disjonction du citoyen et du fonctionnaire. Quoi que vous fassiez, les devoirs du second tracent des limites à l'indépendance du premier. Et lorsque le système du gouvernement est contraire à la conscience du fonctionnaire, celui-ci n'a qu'un seul moyen de conserver son indépendance, — c'est de donner sa démission; car s'il garde sa place, il abdique sa conscience pour conserver son traitement, et de toutes les dépendances, c'est certainement la plus lourde, la moins honorable.

Aussi, la pratique du gouvernement représentatif en Angleterre est depuis long-temps conforme à ces principes; et sans sortir de France, n'avons-nous pas vu d'honorables députés qui, pour voter contre le système du gouvernement, ont pensé qu'ils devaient d'abord cesser d'en faire partie, et en conséquence ont donné leur démission quand le système politique n'a plus été d'accord avec

leur conscience? Je conçois cette position; elle est nette,
elle est franche. Je ne partage pas les opinions politiques
de ceux dont je parle ici, mais je vois de l'indépendance
dans leur conduite, dans leur position. Dans celle des
fonctionnaires qui restent en place, tout en faisant de
l'opposition, je ne vois ni indépendance, ni logique, ainsi
que je vais le prouver.

Ceci me conduit à examiner la position particulière des
citoyens qui sont à la fois fonctionnaires et députés.

D'abord, le principe général domine leur position, ainsi
que celle des simples fonctionnaires.—S'ils flétrissent par
leur improbation les mesures dont l'exécution leur est
confiée, ils nuisent inévitablement à l'exécution de ces
mesures, ils les démoralisent, ils démoralisent les peuples
à l'aspect du contre-sens inouï d'un homme qui déclare
une loi corruptrice, immorale, anarchique, et qui se charge
ensuite d'exécuter cette corruption, cette immoralité, cette
anarchie. Car il faut opter : si la loi ne mérite pas ces
qualifications, pourquoi les lui donnez-vous? Ou, si elle
les mérite, pourquoi restez-vous chargé de son exécution?
Vainement direz-vous : *Dura lex, sed lex*; ce n'est pas de
cela qu'il s'agit. On ne vous dit pas de vous insurger
contre la loi une fois qu'elle est faite, de lui désobéir, de
vous refuser à la supporter. Non, comme citoyen, l'obéissance à la loi, dure ou non, c'est votre devoir, c'est le
nôtre, c'est le devoir de tous. Mais lui obéir ou la faire
exécuter, ce sont deux choses distinctes. Rien au monde
ne vous contraint à rester magistrat, à vous charger,
comme procureur-général, d'exécuter une loi que vous
avez flétrie comme député. Vos fonctions vous imposent
un devoir contraire à votre conscience? Eh bien! abdiquez

ces fonctions et obéissez à votre conscience : voilà l'indépendance véritable.

Mais conserver ces fonctions, contester au gouvernement le droit moral de les révoquer; et quand ensuite il résulte de ce système une impunité complète pour le fonctionnaire, quand il en résulte la certitude pour lui qu'il peut flétrir la loi comme député, et qu'il ne court aucun risque de perdre ses fonctions et ses appointements, sauf à lui de se faire en quelque sorte le complice des mesures qu'il aura flétries à la tribune, vous appelez cela de l'indépendance!... Je ne partage pas cet avis, et je serais bien fâché, pour ce qui me concerne, d'avoir jamais la malheureuse faiblesse de réclamer une pareille indépendance!

Maintenant, venons au droit du pouvoir. Si le fonctionnaire qui flétrit le système du gouvernement s'obstine à rester en place, à cumuler les honneurs de l'opposition et le traitement du budjet, le gouvernement est-il obligé de supporter l'insubordination complète de ses employés?

Or, je dis, moi, que le gouvernement n'est pas gouvernement, qu'il n'est qu'un mot absurde, une chimère, une moquerie vide de sens, une mystification grossière que les peuples auraient droit de flétrir de leur dédain, s'il était obligé de conserver, pour exécuter son système et ses mesures, des fonctionnaires qui flétriraient publiquement ses mesures et son système. Je dis que le gouvernement manquerait ainsi à son premier devoir envers le pays; car je puis, je dois aussi lui présenter un dilemme, ainsi que je l'ai fait pour les fonctionnaires. — Ou le ministère n'a pas confiance dans la bonté de son système, ou il y a confiance. S'il n'a pas confiance dans la bonté de son système, qu'il y renonce, qu'il se retire, qu'il donne sa démission,

et qu'il cède la place au système contraire ; mais s'il a confiance dans la bonté de son système, s'il le trouve bon,
utile à la société, aux intérêts du pays, qu'il ne conserve
pas pour agents des hommes qui, en flétrissant ce système,
en rendent l'exécution inefficace, impossible, illusoire.
Qu'il ne s'expose pas à détruire lui-même toute la morale
publique, toute la confiance publique, en donnant au pays
le spectacle contradictoire d'un gouvernement qui, pour
obtenir la confiance de la nation, la lui demande par l'en-
tremise de fonctionnaires qui n'ont pas confiance dans le
pouvoir, et pour un pouvoir qui n'a pas confiance dans
ses fonctionnaires. — Mais, au nom du ciel ! je le demande
à tous les esprits modérés, n'est-ce pas là le plus immense
contre-sens, l'absurdité la plus anti-sociale qu'il soit possible d'imaginer ?...

Par cela seul, donc, que le gouvernement a mission de
diriger la société dans la voie qu'il a choisie et qu'il croit
bonne, c'est pour lui un droit,.... que dis-je ! un droit,
c'est un devoir étroit, rigoureux, dont rien ne peut le dé-
gager, de ne pas conserver pour fonctionnaires les citoyens
qui flétrissent son système et qui en rendent ainsi l'exécution impossible, mauvaise, démoralisée devant la France
et le monde.

Mais ici une appréciation juste et modérée doit être faite.
On sent bien que ce n'est pas sur un détail d'opposition,
sur une critique accidentelle de telle ou de telle mesure
peu importante, que doit être basée la démission d'un
fonctionnaire ou sa révocation. Non, il ne faut pas tomber
dans cet excès, personne ne sollicite cette exagération.

Il y a un juste examen à faire. La révocation d'un
fonctionnaire est chose grave ; il faut, par conséquent, un

motif grave pour la prononcer. Il faut comparer ce motif
avec le genre des fonctions, avec la nature de leur influence, avec les inconvénients qui peuvent en résulter
pour l'État, et ne se décider qu'avec calme et modération,
mais avec une inflexible fermeté.

Les principes que je soutiens sont tellement ceux du
vrai gouvernement, qu'aux États-Unis le président, par
cela seul qu'il est responsable, a le droit, et en use large-
ment, de remplacer tous les fonctionnaires qui sont d'un
système politique contraire au sien, et qui entraveraient
inévitablement l'action de son gouvernement. Ce droit n'a
jamais été contesté, jusqu'à l'avènement du général Jackson
à la présidence; mais alors il en fit un usage si acerbe et
si général, que les journaux, les citoyens, les pouvoirs
représentatifs s'en émurent. Eh bien! le résultat de cette
discussion dans les journaux, dans la chambre des représentants, dans le sénat, fut la confirmation pleine et entière du droit que le président avait exercé, et qui, jusque-
là, n'avait été qu'un fait découlant naturellement de la
force des choses. Ceci n'est pas une pure théorie, c'est un
fait, un fait constant : si l'on voulait mettre en pratique
une théorie contraire, on arriverait à l'impossibilité absolue de gouverner et à l'anéantissement de toute responsabilité.

S'il y a des gens assez dépourvus de tout sentiment de
loyauté pour accepter des fonctions et recevoir l'argent
d'un gouvernement qu'ils s'attachent à desservir en secret,
il faut qu'il ait, lui, un discernement qui démasque cette
hypocrisie et fasse justice de ces trahisons clandestines,
et qu'il puisse renvoyer immédiatement les agents qui le
desservent.

Ce serait un contre-sens fatal que de réclamer à grands cris la responsabilité des ministres, lorsqu'en même temps on leur imposerait, au nom des principes, l'obligation rigoureuse de conserver pour agents, pour employés, pour instruments administratifs, des fonctionnaires contraires à leur système de gouvernement; car imposer à un ministère, quel qu'il soit, la responsabilité de ses actes et de son système politique, en même temps qu'on l'obligerait à conserver pour agents les adversaires de son système et de ses actes, ce serait l'iniquité la plus absurde qui se puisse concevoir.

LIVRE XIV.

DES RELATIONS EXTÉRIEURES.

CHAPITRE PREMIER.

Du Droit international.

Les nations, ainsi que tous les êtres créés, en recevant l'existence, ont reçu en même temps le droit de veiller à leur conservation.

Ce droit, elles peuvent et doivent l'exercer, quelle que soit d'ailleurs la forme de leur gouvernement.

Que le gouvernement d'un peuple repose sur le même principe politique que celui de ses voisins, ou sur un principe différent, à part toute idée de propagande de son système gouvernemental et toute idée de destruction du système des autres États, il doit donc tenir, avant tout, à conserver intacte son indépendance particulière.

L'ensemble des conditions indispensables pour le maintien de cette indépendance, c'est ce que j'appelle le *système défensif* d'une nation.

Qu'un peuple soit en révolution, ou qu'il ait un gouvernement depuis long-temps établi, son premier devoir est de ne pas souffrir que son système défensif soit entamé par ses voisins. Un intérêt plus pressant se rattache à l'accomplissement de ce devoir dans les moments de révolucon, parce que l'état de crise et de déchirement où se

trouvent alors, pendant plusieurs années, le gouvernement et la nation, offre à des voisins jaloux mille moyens
d'agression qu'ils n'auraient pas en temps ordinaire.

Le système défensif d'une nation renferme plusieurs
éléments :

Le droit de régler intérieurement ses institutions politiques et militaires, ainsi qu'elle le juge convenable;

Le droit de réagir immédiatement contre toute tentative
qui aurait pour effet de gêner, dans son intérieur, ses libres dispositions militaires ou politiques;

Enfin, le droit de maintenir ses frontières à l'abri de
toute attaque violente et subite.

Cette dernière condition, plus matérielle et plus effective que les deux premières (quoique celles-ci soient tout
aussi importantes), est naturellement celle qui fixe, avant
tout, les regards et l'attention. C'est pourquoi toute nation dont le territoire n'est pas conformé de manière à
présenter des frontières fortes et complètes, doit être d'autant plus irritable, d'autant plus exigeante, d'autant plus
vigilante, en ce qui touche les démarches militaires des
États qui l'environnent.

Nous ne pouvons nous dissimuler que la France ne soit
dans cette fâcheuse situation depuis les traités désastreux
et impolitiques de 1814 et de 1815. Les rois de l'Europe,
conseillés à la fois par le ressentiment et par la peur, ont
commis alors d'innombrables fautes. Ce n'est pas un de
leurs moindres contre-sens, que d'avoir tout à la fois ôté
à la France les frontières qui faisaient sa sauvegarde, et
d'espérer en même temps qu'il en résulterait chez elle un
esprit plus pacifique. C'est tout le contraire qui devait arriver; car plus nos moyens de défense ont été affaiblis,

plus nous devions sentir le besoin de surveiller toute tendance agressive contre nous, et nous mettre en mesure d'y
résister.

Il n'est pas nécessaire d'être grand diplomate pour faire
un tel raisonnement. Une sensation instinctive a révélé
cette vérité à tous les Français. Les Pyrénées, les Alpes,
le Rhin et la mer, voilà pour eux l'indépendance et la
paix.

Cela ne veut pas dire qu'il faille, à tout prix, conquérir
ces frontières, mais bien seulement qu'il faut savoir suppléer, par notre habileté, à leur défaut, et que nous ne
devons jamais souffrir qu'une influence étrangère se sub-
stitue à la nôtre chez les peuples secondaires qui occupent aujourd'hui les pays compris entre nos frontières
réelles et légales, et les obstacles naturels qui constituent
notre système défensif.

CHAPITRE II.

Des Préjugés du Nationalisme
et de la Politique qu'il faut suivre.

A mesure que l'humanité progressera vers la civilisation, une union fraternelle s'établira entre tous les peuples, et leur nationalité n'en deviendra que plus pure en
abjurant les vieilles erreurs du nationalisme étroit qui les
a divisés jusqu'à ce jour. — Rien ne saurait être plus funeste au développement social et au bien-être d'un peuple, que cet esprit d'étroit nationalisme faussement décore

du nom de patriotisme ou de principes! Quoi de plus illibéral et de plus fertile en désastres gouvernementaux ou
matériels, en effet, que cet esprit qui règne encore plus
sur les bancs de l'opposition que sur ceux du ministère,
de l'opposition qui se prétend philosophique et sociale, et
qui n'aura jamais aucun succès réel tant qu'elle ne comprendra pas l'état actuel de la civilisation, poussée par la
Providence vers la fraternité native qui doit unir tous les
peuples généreux, tous les membres épars de la grande
famille humaine! Nationalisme nain, qui, dans notre
temps, a fait dire à un pair de France que, conseiller
l'emploi des tabacs exotiques en France, c'était une dé-
marche anti-nationale! Préjugé absurde qui vicie toute
notre économie sociale, à tel point qu'on croit faire un
acte patriotique en ruinant la nation par cette prétendue
protection nationale, qui nous oblige à payer chèrement
le produit du travail français, au lieu d'encourager le
travail français par l'achat économique des produits étrangers, et par les immenses bénéfices qui, résultant de cette
sage spéculation, féconderaient de leurs nouveaux capitaux les mille sources industrielles de la production nationale!

L'empereur Napoléon, certes, était un grand et rare
génie! un génie éclatant et colossal, dont les entreprises,
bonnes ou mauvaises, ne pouvaient rester resserrées dans
des proportions ordinaires. Ce préjugé de patriotisme ou-
tré, de nationalisme exclusif, s'est montré sous son règne
coloré des teintes les plus héroïques et les plus brillantes.
Lui aussi voulait que tout fût français, exclusivement
français. Armé de pied en cap de génie et de fer, Napoléon semblait étendre ses bras de l'ancien monde vers le

nouveau, pour arracher partout des palmes et des conquêtes, pour poser sur le front de la France une double couronne de gloire et de prospérité!.... Voyez quels en ont été les résultats en principes, en faits, en développements intellectuels ou matériels du pays.

En principes,—tout droit constitutionnel, toute liberté politique, toute indépendance morale détruite dans l'intérieur du pays,—non point par l'effet du caprice arbitraire d'un despotisme aveugle, mais par un absolutisme éminemment intelligent qui comprenait, avec sa perspicacité napoléonienne, que pour faire triompher le nationalisme français de tous les nationalismes rivaux, il fallait que toutes les forces de la France, physiques et morales, fussent dans la main du chef, agissant toujours sous une seule volonté et dans une seule direction.

En faits,—le monde transformé en champ de bataille, les mers enchaînées, le droit maritime des nations foulé aux pieds, le commerce extérieur détruit, les relations amicales des peuples changées en sources de haines éternelles, les propriétés particulières volées sur mer, volées sur terre; les produits des arts industriels ou de l'agriculture, matériellement détruits pour arriver aux échanges exceptionnels résultant du commerce par licence, démenti que la nature donnait tour à tour au nationalisme et recevait de lui par contre-coup.

En développements sociaux,—le système prohibitif et fiscal, le plus absurde et le plus oppressif que jamais les préjugés humains aient pu enfanter; système qui maintenant pèse sur nous, sur nous, France aveuglée, enfant ingrat du nationalisme insensé qui ronge la nation, dévorant ainsi les flancs de sa mère! Système anti-social,

anti-patriotique, anti-rationnel auquel nous devons toutes les entraves de notre commerce, toutes les ruines de
nos propriétés, tous les monopoles de notre administration centralisée; système qui a créé l'impôt sur les bois-
sons; système qui a créé le monopole du tabac; système
qui a créé la spoliation de tous les producteurs non-pro-
tégés, pour enrichir les producteurs privilégiés qui alimentent leur prospérité, non point par leur travail qui
ne produit pas ce qu'il coûte, mais par les primes forcées
qu'un droit de spoliation légalisée leur donne les moyens
d'arracher aux autres industries, dont le travail produit
plus qu'il ne coûte, et auxquelles on vole ce légitime bénéfice pour assurer ce que le barbarisme industriel appelle le prix de revient des travailleurs incapables ! Stériles travailleurs, eunuques d'un nouveau genre, dont l'industrie ne vit qu'en détruisant une partie des capitaux
produits par ceux que leur égoïsme dépouille !

Oui, je le dis et je le répéterai d'une voix que les cla-
meurs et les dédains ne lasseront et ne décourageront jamais, tous ces maux matériels, toute cette détérioration
morale, toute cette destruction de fortune et de liberté,
c'est le préjugé barbare du nationalisme qui en est la
source et la cause primitive. C'est de ce préjugé, plaie
gangrenée qui corrompt le patriotisme lui-même, c'est de
ce préjugé éminemment contraire au principe de la révolution de 89 et de celle de 1830, que naît l'ensemble des
maux que je viens d'exposer.

Tout ministère ami de son pays et qui a l'intelligence
de son époque, doit donc tendre à détruire ces sentiments
absurdes de nationalisme, qui éloignent les nations les
unes des autres. Il doit profiter de cet instinct qui pousse

les peuples à d'utiles rapprochements, et dont l'alliance entre la France et l'Angleterre, de 1830 à 1840, a prouvé la puissance. — M. de Talleyrand a donné une dernière preuve de son grand instinct politique, en saisissant le premier aperçu de cette transformation salutaire, et en basant sur elle une alliance qui, malgré ses difficultés et ses inconvénients, malgré le refroidissement qui l'a suivie, est la première pierre sur laquelle doit s'établir l'édifice du progrès et de la liberté du monde.

Je ne veux point dire par-là que l'avenir soit tellement enchaîné par cette tendance pacifique de notre époque, que la paix en doive être éternelle : je n'ai pas le ridicule orgueil de prétendre à une prescience infaillible. Sans doute, dans les chances de la destinée européenne, la guerre est possible, mais elle est tellement difficile à faire pour tout le monde, qu'elle en devient chaque jour plus improbable. Voilà mon assertion : passons aux preuves.

Que l'on songe à ce qui s'est passé après la révolution de juillet. En admettant, ce qui est vrai, que les puissances européennes détestassent cette révolution; en admettant, ce qui est encore vrai, qu'en coalisant leurs armées comme elles l'ont fait en 1814 et en 1815, elles pussent réunir des masses militaires, beaucoup plus nombreuses que l'armée française : en admettant, ce qui ne peut être nié, que cette disparité numérique fût encore bien plus choquante dans les premiers jours de la révolution, par l'état de faiblesse où la branche aînée des Bourbons avait laissé notre système guerrier, elle qui ne craignait certes pas l'agression des trônes européens, par quelle cause la haine des rois a-t-elle été neutralisée dans ses effets? Pourquoi ne nous ont-ils pas fait une guerre qui leur offrait tant de

moyens matériels de succès? Cette cause, existe-t-elle encore? A-t-elle diminué de force, où a-t-elle vu s'accroître
son influence!

Le mauvais vouloir des rois a été enchaîné, parce que
toutes leurs forces matérielles sont subordonnées de nos
jours à un grand fait moral qui les prédomine; à cette volonté générale des peuples européens, qui désormais unis
par des liens communs, par un commerce essentiel à leur
vie, par une conviction intime de leurs droits et de leurs
besoins, ont comme une grande âme, une grande intelligence, une grande force vitale contre laquelle et sans laquelle nul gouvernement ne peut plus agir. Autrefois, il
y avait dans les peuples européens, gouvernés monarchi-
quement, une prédisposition à suivre l'impulsion de leurs
chefs, sans en trop scruter les motifs, persuadés que la
volonté de ces chefs était une décision sans appel, qu'elle
fût bonne ou qu'elle fût mauvaise. Maintenant il n'en est
plus de même : les rois de l'Europe ont encore un pouvoir dont la forme seule est absolue, mais dont l'exercice
est soumis à des conditions de fait sans lesquelles toute
puissance réelle s'éteint et meurt dans leurs mains.

Et cette forme absolue de gouvernement, à quel titre
leur est-il possible encore de la conserver? En transigeant
perpétuellement avec le pouvoir réel qui tend à la leur
ôter; en louvoyant devant les difficultés, comme ces mai-
sons de commerce embarrassées, qui ne font marcher leurs
affaires qu'au moyen de circulations factices. Or, pour
que les rois de l'Europe pussent agir hostilement contre
la France, et nous déclarer la guerre sans compromettre
définitivement leur propre royauté, privée tout-à-coup de
ses moyens factices, il aurait fallu que la volonté générale

des peuples européens fût hostile à la France, et que, comme en 1814 et en 1815, ils soutinssent par leur concours la croisade royaliste contre nous.

Mais comme, pour tout esprit un peu observateur, cette influence morale avait entièrement changé de nature depuis 1815; comme, d'hostile à la France, elle lui était devenue favorable; comme, de favorable aux rois européens, elle leur était devenue hostile, on devait en conclure hardiment, ainsi que je l'ai toujours fait, que, malgré toutes les irritations mutuelles des gouvernements, la guerre n'aurait pas lieu.

Cette difficulté de faire la guerre, ce besoin mutuel de rapprochement, sont le produit d'une civilisation avancée; les peuples même que l'on nommait autrefois les Barbares du Nord, ne méritent plus un pareil nom, la civilisation les envahit; les arts, le bien-être de la vie, les liaisons morales, l'identité, sinon de dogme, du moins de sentiments religieux, leur imprime chaque jour une assimilation à la vie, aux mœurs, à l'avenir du midi et du centre de l'Europe. Ils subissent, dans un autre sens et par d'autres raisons, l'influence de ce sentiment qui a poussé l'Angleterre et la France à se rapprocher, malgré tant de motifs de rivalités industrielles, commerciales et maritimes, rivalités bien enracinées dans le sol et dans les mœurs, et qu'il ne dépend pas d'une sympathie accidentelle de sentiments politiques de faire disparaître soudainement.

Si donc on ne peut pas espérer une paix éternelle, on doit du moins faire tous ses efforts pour maintenir cette œuvre de véritable progrès, et les hommes d'État doivent ne jamais perdre de vue que le développement pacifique des peuples qu'ils gouvernent, doit être leur principale pensée, car le but du gouvernement est le bien-être des peuples, et la paix seule peut atteindre ce résultat.

CHAPITRE III.

Sur ce qu'il convient de faire quand la politique de la paix n'est plus possible.

J'ai démontré que la paix honorable doit être le but de tout homme d'État digne de ce nom.

Je dirai, maintenant, que dans la situation normale d'un pays et d'un gouvernement, il n'y a réellement qu'une bonne politique à suivre au dedans et au dehors, c'est celle de la paix ; mais, lorsque le pays et le gouvernement ont été jetés hors de leur situation normale et régulière, cette bonne politique n'étant plus possible, parce que ses points d'appui lui manquent, il ne faut pas s'obstiner à la suivre quand on ne le peut plus. Il faut, entre les autres lignes politiques, surtout pour la diplomatie, choisir celle qui est comparativement la meilleure.

Quand par suite d'intrigues intérieures, par exemple, un cabinet voit que la politique du pays qu'il gouverne ne peut plus inspirer de foi aux gouvernements étrangers, il doit renoncer à l'espoir de concilier les peuples, et toute son activité doit être employée à les diviser, afin que tous ne se réunissent pas contre lui.

Pour citer un exemple assez près de nous, la politique de la paix, la politique du ministère du 15 avril 1837 était tout à fait impossible au ministère du 12 mars 1839. La coalition parlementaire dont celui-ci était né en avait brisé les ressorts dans ses mains. Le monde européen n'avait plus foi, ne pouvait plus avoir foi dans la politique du cabinet français. Les efforts qu'il a faits pour concilier l'Europe étaient autant de sottises, parce qu'en la conciliant, il la réunissait en faisceau contre lui, et par conséquent contre la France qu'il gouvernait. La conséquence inévitable, nécessaire, de la coalition parlementaire, c'était la guerre. En arrivant aux affaires, le 12 mai aurait dû en prendre son parti ; et pour cela, il devait diviser l'Europe pour qu'elle ne s'unît pas contre lui ; et pour cela, il devait se servir de l'ambition russe pour empêcher l'Angleterre de rompre son alliance avec la France ; et pour cela, il devait arranger les choses, — ce qui était facile, — de manière à ce qu'une moitié de l'Europe au moins fût contrainte à faire cause commune avec nous, pour sa défense et pour ses intérêts ; il devait, en un mot, faire le contraire, absolument le contraire de ce qu'il a fait.

Sans doute, ce n'eût pas été une politique absolument bonne ; mais, relativement à sa position, c'était la meilleure qu'il pût suivre. Conçue avec prudence, suivie avec fermeté, elle aurait pu avoir encore de beaux développements, et des résultats très-avantageux pour la France. Qui peut douter, dans tous les cas, qu'elle n'eût été infiniment préférable au misérable état où nous a conduits le cabinet du 12 mai, en voulant continuer la politique de la paix avec un système dont l'origine impliquait nécessairement la guerre ?

Je le répète donc, le 12 mai, venant aux affaires, devait se rendre justice. Il devait se confesser à lui-même sa position : il devait savoir que le crime politique dont il était né, ne lui permettait plus la paix en Europe ; il devait donc se résigner à la guerre prudente, honorable et forte, qui aurait conservé à la France sa grandeur et ses intérêts ; à la guerre, avec de fortes et bonnes alliances ; à la guerre, avec de grands avantages en perspectives ; à la guerre, avec la certitude de détruire, une bonne fois pour toutes, ce misérable *statu quo* de la question d'Orient, qui ne porte dans ses flancs que des tremblements pour l'Europe et des ruines pour la France !

CHAPITRE IV.

De la Politique d'isolement.

—

Væ soli !

La politique d'isolement !!! quelle expression absurde ! quel non-sens ! — Il n'y a pas de politique d'isolement. L'isolement c'est l'absence, c'est la négation de toute politique, de toute vie publique, de toute existence morale.

Les nations, comme les individus, sont essentiellement destinées par la Providence à avoir une vie collective et sociale. L'isolement d'une nation, c'est sa condamnation prononcée par la conscience du genre humain. L'isolement, c'est la sentence solennelle prononcée contre les ambitieux, contre les intrigants qui ont détruit les principes monarchiques dans leur pays, et qui, pour l'intérêt de leur misérable égoïsme, y ont substitué les principes révolutionnaires, qu'ils menacent de répandre par la propagande !..... Ils peuvent bien exiger des autres gouvernements de ne pas leur faire la guerre avec le sabre et le canon; ou, dans le cas contraire, ils peuvent leur faire la guerre de leur côté, avec le canon et le sabre. Tout cela, c'est de la violence, de la barbarie, la force mise en place du droit. Mais ce n'est pas un état normal, un état permanent, ce n'est pas la destinée de l'humanité. Sans doute, avec de tels principes, avec la véhémence révolutionnaire, avec les armes, avec les fureurs démocratiques, on peut essayer tout cela. Mais on ne peut pas obliger les autres nations à estimer un peuple qui agit ainsi, à prendre confiance en lui, à s'allier avec lui, à traiter sincèrement avec son gouvernement, si on l'anarchise chaque jour davantage, si chaque jour on le livre un peu plus à tous les orages, à toutes les tempêtes de l'instabilité populaire. — Non, l'isolement n'est point une politique! il n'y a point de politique d'isolement. Un peuple dans l'isolement politique n'est bon ni pour la paix ni pour la guerre; dans la paix, paix sans garantie et sans avenir, il meurt d'épuisement; dans la guerre, vainqueur peut-être pendant quelques années, il ne peut pas l'être toujours, et seul contre tous, il finit par succomber. — L'isolement, c'est le châtiment des fautes, je pourrais dire des crimes d'une nation ou des ambitieux qui la gouvernent! — Sans doute, on peut avoir vu quelquefois, — rarement. un peuple jeté violemment dans une position isolée, se défendre par les armes contre plusieurs assaillants. Mais quand a-t-on vu le gouvernement d'un grand peuple se réduire par ses fautes à l'état d'isolement, considéré comme une situation normale, régulière, comme une situation de chose à laquelle on n'assigne aucune issue possible, puisque cet iso lement politique aurait pour cause, s'il faut en croire les inventeurs de cette prétendue politique, la différence et

l'antipathie des principes divers de gouvernement qui régissent les peuples. A ce compte, il faudrait donc, pour
que cet isolement cessàt, ou que les uns ou les autres de
ces gouvernements abandonnassent leurs principes monarchiques, constitutionnels ou républicains. Or, qui ne voit,
du premier coup d'œil, que, posée ainsi, la question est
insoluble.

Ceci montre clairement l'erreur complète des alliances
de principes entre les gouvernements. Cette théorie, in-
ventée par l'esprit révolutionnaire, est essentiellement empreinte d'un fanatisme d'où naîtraient des guerres de principes politiques, qui remplaceraient les anciennes guerres
de religion; car si les gouvernements à principes semblables s'allient pour ce motif, il y aura alliance contraire
entre les autres peuples qui ont des gouvernements fondés
sur un principe contraire. De là, hostilité, lutte, guerre
de principes, afin de rétablir l'unité politique par le triomphe de la force, comme on tentait de ramener autrefois
les peuples à l'unité religieuse, par l'emploi du même
moyen.

Rien de plus fatal et de plus faux que ce point de vue.
Les peuples peuvent avoir des croyances différentes en politique comme en religion, et néanmoins, par une tolérance réciproque, évidemment basée sur la saine philosophie et sur la véritable morale, vivre en paix et en bon
accord les uns avec les autres. Leurs alliances doivent être
basées sur le désir de féconder réciproquement leurs intérêts par des rapports pacifiques, et non pas de se faire des
guerres de principes, pour se convertir par la violence et
par la propagande armée. Cette propagande est aussi impuissante pour les idées politiques que pour les idées religieu-

ses; aussi coupable, aussi criminelle dans un cas que dans l'autre, soit qu'elle agisse en faveur du principe monarchique, soit qu'elle agisse en faveur du principe populaire. —Car, dans tous les cas, elle conduirait ou à l'oppression du peuple le plus faible, ou à l'isolement de celui qui ne voudrait pas céder.

Je ne vois rien de plus insensé qu'une diplomatie basée sur de telles théories. Il faut porter, d'une main ferme et pacifique à la fois, l'étendard de la diplomatie contraire, basée sur la fraternité d'intérêts des gouvernements sages et civilisateurs, chacun conservant d'ailleurs ses principes d'organisation intérieure, sans que la similitude ou la différence de ces principes puisse être regardée comme un sujet spécial d'alliance ou de rupture entre eux.

Quand donc un peuple se jette dans la carrière des révolutions, ou est entraîné par les intrigues parlementaires à déplacer l'autorité, à l'enlever à la puissance royale en qui se personnifie l'esprit de suite, d'ordre et de constance indispensable aux affaires; quand, dis-je, l'autorité, ainsi déplacée, est soumise aux fluctuations et aux caprices d'une assemblée délibérante, les nations sagement régies s'éloignent d'un peuple ainsi gouverné. —Elles ne lui déclarent pas la guerre, parce que les hommes d'État monarchique sont trop sages et trop expérimentés pour vouloir ainsi fausser la position des choses à leur préjudice. Ce n'est pas eux qui feront jamais une guerre de principes, et qui menaceront d'une propagande dans le sens monarchique! Si les révolutionnaires tiennent absolument à se battre, ils leur laissent toutes les mauvaises chances et toutes les impossibilités de l'agression. — Ceci nécessite et mérite quelques explications :

Aujourd'hui un fait avéré, c'est que le cas de guerre échéant, c'est la puissance agressive et envahissante qui aurait toutes les chances contre elle. Quelque mécontent qu'un peuple soit de la politique de ses hommes d'État, quelque inquiet qu'il soit de l'avenir révolutionnaire, de l'instabilité, de la désorganisation qui en est la suite; quelques fautes qu'il ait à reprocher à ses diploma- tes, du moment qu'une armée étrangère entrerait sur le sol de la patrie, chacun prendrait les armes, non pas pour défendre la politique du gouvernement, mais pour se sauver lui-même. L'agriculteur défendrait sa ferme, le propriétaire sa terre, le garde national sa ville, tout le monde sa patrie. — Si, au contraire, les puissances étran- gères, tout en témoignant leur méfiance, en se mettant en garde contre la contagion des erreurs révolutionnaires, n'attaquent pas, et si, pour trouver une issue à l'isolement politique, le peuple en révolution se décide à les attaquer chez elles, la chance tourne. Très-peu de monde, dans ce pays, s'armera volontairement pour suivre au dehors cette croisade révolutionnaire; très-peu de monde paiera avec satisfaction les dépenses de cette croisade, et en même temps les populations étrangères qui seraient nécessaire- ment exposées aux déprédations, aux réquisitions, à tous les désastres qui suivent une armée agressive, se défen- draient chez elles, comme leurs agresseurs se seraient défendus chez eux dans l'hypothèse contraire.

D'ailleurs les puissances étrangères voient fort bien que leur agression rendrait une nouvelle force aux préjugés révolutionnaires, qui se confondraient naturellement avec la défense du sol sacré de la patrie. En n'attaquant pas, elles laissent la lave de l'anarchie bouillir à froid, s'épuiser, s'éteindre dans son impuissance. En se bornant à laisser dans l'isolement politique la nation révolutionnée, elles lui font cent fois plus de mal que si elles l'attaquaient. Qu'est-ce qui peut être plus fatal à un peuple, que l'absolutisme des principes révolutionnaires qui le privent de toute stabilité dans le présent, de toute sécurité pour l'avenir, qui alarment tous les intérêts, qui corrompent ou affaiblissent toutes les consciences, qui désorganisent toute l'existence sociale, qui ébranlent toutes les bases de la monarchie, qui ne laissent aux honnêtes gens que la dure nécessité de se résigner d'avance au règne, chaque jour plus inévitable, des intrigants de toutes les nuances et de tous les partis? — Les ennemis extérieurs des révolutions comprennent bien cela. Ils ne feront pas la faute immense d'attaquer; ce serait peut-être un remède, remède violent, mais salutaire aux plaies que la révolution a faites à l'ordre social. Elles se bornent à une hostilité, non pas agressive, mais négative, qui condamne à l'isolement politique le peuple qui méconnaît les véritables principes de l'ordre; état fatal que ne font cesser ni la guerre, ni la paix, également impossibles l'une et l'autre. — La victoire même ne remédierait à rien, car, alors même que les vainqueurs pourraient tout par la force, ils ne pourraient pas inspirer à la grande famille européenne, la confiance, la bienveillance, l'estime, qu'excluent nécesssirement la tendance révolutionnaire, parjure à la foi des traités, hostile à tous les principes de la civilisation.

Tout pays qui sera livré au démon révolutionnaire se consumera dans l'isolement politique, dans un marasme solitaire, qui, à proprement parler, ne sera ni la paix,

ni la guerre : dédaigné, rebuté, mésestimé du monde entier, tant qu'il restera sous l'empire du Jacobinisme.

Quelques modifications plus ou moins insignifiantes
dans l'ordre des faits matériels, ne changeront pas sa position morale. — Car c'est dans sa politique intérieure qu'est
le germe fatal du mal qui le dévore et qui éloigne de lui
tous les gouvernements soigneux de leur bien-être et de
leur dignité.

CHAPITRE V.

De la Paix armée.

La paix armée n'est pas plus un système politique que
l'isolement. Il suffit d'examiner les conséquences d'un tel
état de choses, pour comprendre cette vérité.

La paix armée !... c'est la guerre avec toutes ses anxiétés, avec toutes ses dépenses, toute sa destruction commerciale ; c'est pis que la guerre, cent fois pis que la guerre
si elle avait été conçue raisonnablement ; car la guerre a
une issue, la paix ! Mais la paix armée, qu'elle issue a-t-
elle ? — aucune ; c'est la guerre avec tous ses épuisements
et sans solution possible. — C'est la société humaine re-
tournant à l'état de barbarie. C'est un système qui cou-
vrirait l'Europe de bastions et de châteaux-forts, comme
au moyen-âge. C'est un système qui tuerait pacifique-
ment le commerce, l'agriculture, l'industrie ; qui paraly-
serait à la fois la civilisation et la liberté, au son des clai-
rons et au bruissement des bayonnettes. — Si le système

de la paix armée pouvait se maintenir, il faudrait dire aux négociants, fermez la Bourse, désertez vos comptoirs. Allez voir manœuvrer les recrues. Ce sera votre seul travail et votre seul passe-temps.

La paix armée n'est autre chose qu'une conséquence des principes révolutionnaires, de même que la politique d'isolement. — Ces principes conduisent, par mille chemins, à l'anarchie et à la guerre. Car l'anarchie, ce n'est pas seulement la rébellion armée dans la rue; c'est aussi, et surtout, la suspension de la puissance morale, l'indécision, la déconsidération de l'autorité, la fluctuation indéfinie des systèmes, des principes, des actions; la confusion des pouvoirs publics, qui ne savent où ils vont, ce qu'ils font, ce qu'ils veulent; et qui n'ont pas un mot, pas un seul mot à répondre, quand le pays alarmé leur crie avec un million de voix : — Où nous menez-vous donc ainsi!

Car la guerre, ce n'est pas seulement le tambour qui bat la charge, et le canon qui hurle sur le champ de bataille; — c'est aussi, et surtout, les générations entières arrachées aux travaux de la paix, pour pourrir et se corrompre dans l'oisiveté des garnisons; c'est la force financière du pays arrachée aux entreprises productrices et généreuses, pour alimenter des entassements de canons, de fer, de citadelles, de bastions, qui ne pouvant servir contre l'étranger, serviront peut-être de moyen d'action aux factions intérieures elles-mêmes. La guerre, c'est les millions dépensés par centaines à faire promener des conscrits sur terre, ou des vaisseaux sur la mer; c'est des soldats levés, habillés, instruits à grands frais; c'est tous les marins arrachés à leurs familles qu'ils faisaient vivre et qui meurent de faim; c'est l'anarchie sous le nom de gouvernement; c'est la guerre et ses résultats, sous le nom de paix armée;—et tout cela, sans solution possible, ni aujourd'hui, ni jamais.

On a dit que la grande politique, c'est la politique de la paix. Eh! sans doute, tout le monde le sait; mais la paix ne doit pas être la paix armée, c'est-à-dire la politique la plus détestable, la politique à laquelle on n'a recours que faute de tout autre.

La grande, la bonne politique, c'est la paix, honorée, confiante, basant son avenir et son maintien sur le respect moral des gouvernements les uns pour les autres; et non pas la paix armée, humiliante, précaire, ruineuse, fatale.

La grande, la bonne politique, c'est la politique de la paix! Mais de la paix confiante, commerciale, industrielle: de la paix pacifique, avec ses bénédictions universelles, et non pas la paix armée avec toutes ses hontes et tous ses fléaux.

La paix armée!... C'est le sommeil d'un peuple sur une soute aux poudres, avec la mèche allumée à côté!... et que ferait le commerce, que ferait l'agriculture, que ferait la civilisation tout entière, avec la perspective du réveil terrible qui pourrait les surprendre chaque matin?

CHAPITRE VI.

De quelques principes à observer dans les relations internationales.

Les ressources matérielles d'un pays ne sont pas sa force; elles en sont les éléments. Mais il faut une pensée, une tête, un bras, qui coordonne ces éléments, qui les dirige, qui les rassemble en faisceau pour les employer à un but unique et précis, conçu dans un système dont les conséquences sont prévues et appréciées.

Il est indispensable que les gouvernants d'un pays aient un plan, une pensée une raison d'état, toujours immuable et cependant toujours progressive, qu'ils n'abandonnent jamais, qu'ils suivent constamment, soit qu'ils la montrent, soit qu'ils la cachent sous la décoration apparente des débats parlementaires ou des négociations diplomatiques.

Il n'y a aucun succès possible sans ces conditions fondamentales.

Une autre règle qu'il ne faut jamais perdre de vue, c'est que les hommes d'État ne doivent jamais traiter les affaires sous l'empire des déplorables inspirations d'une étroite vanité nationale.

Commettre une injustice, persister dans son tort, parce qu'on redouterait d'être taxé de peur si l'on rentrait dans une meilleure voie, voilà précisément ce qui serait une crainte blâmable, un respect humain lâche et honteux. — Il y a du courage au contraire, un noble et loyal courage, à s'exposer au blâme d'un soupçon injuste, plutôt que de commettre soi-même une injustice.

L'honneur national doit être le synonyme de justice et de probité. N'est-ce pas, en effet, une admirable manière de faire les affaires d'une nation, de soigner son honneur, ses intérêts, ses destinées publiques, que celle de ces courageux politiques qui compromettent leur pays parce qu'ils ont peur d'avoir peur ?.....

Il est indigne d'un grand pays de se déterminer par de

tels motifs. Cette fausse dignité, cette boursoufflure de gloriole, n'est bonne que pour des couplets héroïques sur les planches du vaudeville. Un grand peuple n'a peur de personne. Il ne peut être soupçonné d'avoir peur de personne. Mais il doit avoir peur de manquer à l'honneur, à la probité publique. Il doit avoir peur de refuser à ses plus fidèles alliés ce qui leur est légitimement dû, et de détruire par ce manque de foi, dans le monde entier, la confiance due aux actes diplomatiques de ses représentants!....

Les moyens conciliants et persuasifs sont les seuls qui conviennent, les seuls qui aient de la dignité, lorsque le droit public existant n'autorise pas une intervention plus impérieuse et plus directe, ou lorsqu'on n'est pas décidé à créer de son chef un nouveau droit européen, en vertu duquel la force pourrait être naturellement employée.

Les démarches conciliantes supposent, en effet, l'absence du droit d'ordonner, mais prouvent la générosité de ceux qui interviennent : les protestations menaçantes supposent un droit foulé aux pieds, mais prouvent, quand on s'en tient là, ou la lâcheté de ceux qui protestent, ou l'impossibilité relative où ils sont d'obtenir, par eux-mêmes, le redressement des griefs dont ils se plaignent. Intervenir par voie de conseils, c'est le propre de la force qui compâtit aux maux dont elle est témoin, mais qui, en même temps, est assez juste pour ne pas se substituer violemment aux titres d'autrui : protester tout haut devant le monde, c'est le propre de la faiblesse qu'on outrage, et qui est incapable de se venger. La faiblesse conseille rarement, parce qu'elle sent que ses conseils manquent d'autorité; la force ne proteste jamais, parce que, lorsque son droit est méconnu, elle peut toujours se faire justice elle-même.

Dans les réparations que l'on peut avoir à exiger, non-
seulement il faut se montrer toujours juste et modéré,
mais encore il faut savoir tenir compte de la nature du
gouvernement avec lequel on traite. — Ainsi, on peut se
montrer plus exigeant avec un gouvernement qui a son
libre arbitre, qui est régulièrement constitué, qu'avec une
république mal organisée et sans direction.

Les démarches conciliatrices d'un gouvernement dans
cette dernière condition, tirent donc de ces circonstances,
particulières à sa nature, un prix qu'il serait injuste et
impolitique de méconnaître. C'est en pareille matière surtout que les compensations sont relatives. Ce qui paraîtrait
insuffisant de la part d'un gouvernement concentré dans la
volonté d'un autocrate ou de quelques hommes d'État, peut
avoir une grande valeur de la part d'un pouvoir exercé
par mille passions souveraines que la discussion irrite,
enflamme, et rend susceptibles de tous les égarements.

Les sacrifices d'amour-propre, l'abnégation de suscep-
tibilités, sont surtout difficiles à obtenir des assemblées
purement démocratiques. Là, pour avouer un tort, il faut
que la conscience de ce tort soit bien profonde; et, pour
en donner la réparation écrite, il faut que l'on soit bien
persuadé du pouvoir qu'a l'offensé de venger son injure.

Il faut donc permettre, en pareil cas, à ceux qui sont
obligés de se soumettre, de prendre un petit dédommage-
ment qu'ils cherchent toujours à se procurer pour rache-
ter, à leurs propres yeux, ce que leur position a de trop
humble, et pour qu'il ne soit pas dit qu'ils n'ont su faire
qu'une génuflexion. Les amours-propres sont ainsi faits,
qu'il leur faut absolument une illusion à embrasser.

lorsqu'ils perdent une réalité puissante. Ils meurent, mais ils ne se rendent pas!

———— ✦ ————

CHAPITRE VII.

Du respect dû aux propriétés particulières en temps de guerre.

——

Les propriétés particulières ne doivent point porter le poids des luttes politiques des gouvernements, — car rien n'est plus inique, rien n'est plus barbare, rien n'est plus décivilisateur que la spoliation des intérêts privés, par l'effet des luttes guerrières entre deux gouvernements. C'est un véritable vol. Si, sous ce prétexte qu'un gourvernement est en guerre avec nous, ou ne veut pas céder aux vues de notre politique, nous entrions dans la maison des sujets de ce gouvernement pour voler leur linge, leurs meubles, leur argent, leur caisse particulière, personne, nous le pensons, n'oserait excuser un tel procédé. — Or, voler un bâtiment et une cargaison appartenant à des particuliers, c'est le même procédé, seulement appliqué à d'autres objets. La conscience humaine et la morale religieuse sont également promptes à le flétrir.

CHAPITRE VIII.

Du Droit d'intervention.

Il n'y a aucun droit absolu d'intervention ou de non intervention, et chaque État doit intervenir ou non, selon que la justice et son propre intérêt lui en font ou ne lui en font pas sentir la convenance et la nécessité.

Un gouvernement qui se laisserait séduire par un don-quichotisme universel, et qui, sans calculer ses forces et les vrais intérêts de la nation dont il dirige les destinées, partirait pour aller à quatre cents lieues défendre les droits d'un peuple étranger;... un gouvernement qui mettrait les devoirs de la philanthropie universelle au-dessus des devoirs nationaux que lui impose le patriotisme, et qui compromettrait le sort de son pays dans une lutte inégale dont rien ne lui imposerait la nécessité, — serait un gouvernement déraisonnable et impolitique.

Quant au droit d'intervention en lui-même, je ne le conteste pas. J'admets ce droit, dont on fait un bon usage en intervenant pour une bonne cause, un mauvais usage en intervenant pour une mauvaise cause. Mais je soutiens que ce droit doit être limité par les intérêts réels de la nation qui veut intervenir; c'est dans l'obligation de pourvoir à sa sûreté qu'elle puise son droit. Or, si l'intervention est utile et permise en pareil cas, il en est d'autres où il est fort dangereux de la mettre en pratique.

Quand un peuple voisin et ami est attaqué par un ennemi étranger, s'armer et voler à son secours, c'est en soi

une chose toute simple, et qui n'admet d'autres éventua-
lités à supporter que les chances ordinaires de la guerre.
On est vainqueur ou vaincu, le débat se termine par un
traité de paix onéreux ou favorable, et ceux qui survi-
vent rentrent chez eux, d'où, bien souvent, ils auraient
mieux fait de ne pas sortir.

Mais lorsqu'un peuple voisin et ami tombe en état de
révolution politique, lorsqu'aucun ennemi armé ne menace ses frontières, envoyer une armée à son secours est
d'abord un mensonge, puisqu'il n'est attaqué par aucun
autre peuple. Le secours, en ce cas, est évidemment donné
non pas à la nation considérée comme être collectif et
complet, mais à une partie de cette nation contre une autre partie de la même nation; d'où il suit que cette intervention armée est toujours, quoi qu'on fasse pour en dé-
naturer le caractère véritable, une entreprise militaire
ayant pour but d'établir, chez la nation où on la dirige,
un certain système de gouvernement, une certaine forme
politique de pouvoir, à l'exclusion de telle autre forme de
pouvoir, de tel autre système de gouvernement.

La diplomatie aura beau mentir et se déguiser, toute
intervention directe ou indirecte, toute coopération efficace ou impuissante, n'a et ne peut avoir d'autre but.

Il résulte de là des conséquences inévitables qu'il faut
énumérer par ordre, afin de bien comprendre ce qu'on
fait quand on intervient, et dans quel abîme de difficultés
insolubles on s'enfonce pour n'en jamais triompher.

1° Que le succès militaire, loin d'être un but comme
dans une guerre ordinaire, n'est qu'un moyen préalable
d'aborder le projet qu'on veut mener à bonne fin. A toutes
les difficultés, à toutes les chances de la guerre, il faut

ajouter la nécessité de camper ensuite dans le pays où l'on est intervenu, jusqu'à ce qu'on y ait consolidé le système politique pour lequel on s'est armé;

2° Que l'on devient ainsi auxiliaire, responsable, complice du système politique pour lequel on est intervenu et qu'on a contracté l'obligation de soutenir après l'avoir établi; car, croire qu'on peut intervenir, vaincre, et reprendre le chemin par lequel on est venu, est une vraie niaiserie. Six mois après, il faudrait intervenir de nouveau, et ce serait à ne jamais finir;

3° Qu'il faut donc considérer, avant d'intervenir, non-seulement si l'on a la grande probabilité d'un succès militaire sans le payer à trop haut prix, mais encore si l'état intérieur de la nation qui interviendra et l'état intérieur de la nation chez laquelle on interviendra, permettront une occupation prolongée; si cette occupation prolongée ne sera pas un germe de rupture inévitable, même avec le parti pour lequel on sera intervenu; si cette occupation prolongée ne ruinera pas les finances de la nation qui sera intervenue, et n'occasionera pas dans son sein des ébranlements politiques, financiers ou révolutionnaires; si enfin, et c'est surtout le point à examiner, si la nation chez laquelle on interviendra est susceptible de supporter et de faire vivre le genre de gouvernement dont on veut y favoriser l'établissement; si ce gouvernement lui-même n'est pas immoral et criminel, et s'il peut convenir d'assumer sur soi la solidarité des actes auxquels il sera réduit pour se soutenir.

Or, si l'on veut juger des difficultés présentées par les opérations politiques connues sous le nom d'*intervention*, même en laissant de côté leur partie militaire et financière, il faut jeter un cœup d'œil sur les évènements de ce genre accomplis déjà sous nos yeux.

En 1814, l'invasion de la France par les armées de l'Europe coalisée contre Napoléon, était une véritable intervention dans le système de notre politique intérieure, dans le système de notre gouvernement ; car les puissances alliées déclarèrent aussitôt après la prise de Paris, qu'elles ne traiteraient point avec Napoléon ; que c'était à lui, à son gouvernement, non à la France, qu'elles avaient fait la guerre ; qu'elles ne voulaient donc plus le reconnaître comme chef futur du gouvernement français. A dire vrai, on ne nous prescrivait pas le genre ni le personnel du gouvernement par lequel il nous fallait remplacer celui de Napoléon ; mais c'était par pure politesse, par simulacre de convenance tout à fait fictive, car tout le monde savait bien que c'était des Bourbons et de leur restauration qu'il était et qu'il pouvait seulement être alors question. La France n'était pas encore devenue assez folle et assez ennemie d'elle-même pour qu'aucun parti osât proposer la république. Napoléon tombant, les Bourbons revenaient ; les deux choses, en réalité, n'en faisaient qu'une, aux yeux de tout homme qui sait un peu réfléchir.

Le résultat de la grande croisade interventionnelle de l'Europe contre la France, fut donc l'expulsion de Napoléon et la restauration des Bourbons.

Eh bien ! onze mois après, il n'en resta plus trace ; la nature des choses, momentanément comprimée, avait déjà réagi : les Bourbons étaient expulsés, et Napoléon était restauré sur le trône impérial.

Nouvelle croisade de l'Europe entière contre le gouvernement napoléonien. Cette fois, il n'y avait plus de doute ;

c'était bien au gouvernement de Napoléon qu'on en voulait; c'était bien lui qu'on voulait punir de son retour, c'était bien le gouvernement de la restauration que les alliés de Louis XVIII voulaient rétablir. Le conflit de Waterloo, étrange victoire, arrachée au génie par l'imprévoyance même d'une célèbre médiocrité, donna gain de cause à la sainte alliance. La monarchie légitime fut restaurée de nouveau. On sait à quel prix en or et en sang. On sait que, pour assurer la durée du succès de cette grande opération interventionnelle, cent cinquante mille étrangers armés furent laissés en garnison en France, aux frais de la France. — Eh bien! quel a été le résultat de cette intervention et de cette occupation gigantesque? Où donc est maintenant la restauration? Où donc est la monarchie féodale rétablie à si grands frais? — Napoléon n'est pas revenu, il est vrai; mais pourquoi?... Demandez-le aux rochers de Sainte-Hélène, demandez-le au cachot mortuaire où les mânes de l'aigle impérial sont encore enchaînés (1). La mort a servi de geolière définitive à l'empereur, martyr de la haine britannique.

Une troisième intervention est encore sous nos yeux, celle de la France en Espagne, en 1823. Elle fut promptement victorieuse, et victorieuse même sans combattre, ou à peu près, car les défenseurs héroïques de la constitution de 1812 en firent alors fort bon marché. La monarchie absolue de Ferdinand fut rétablie.—Qu'est devenue aujourd'hui la monarchie de Ferdinand, et que reste-t-il en Espagne du succès de l'intervention de 1823?

---

1. Ceci a été écrit en 1836.

Ici l'on me dira sans doute,—et je pressens l'objection
parce que je connais les adversaires contre lesquels je raisonne : je sais quelle est leur portée politique,— on me
dira que le succès de ces interventions n'a pas été suivi
d'un établissement durable, parce qu'elles avaient été entreprises par l'absolutisme contre la démocratie ; mais que
des interventions pour la démocratie contre l'absolutisme
auraient un succès plus durable, parce qu'elles marche-
raient avec l'esprit du siècle, avec le progrès de la liberté.
—Ceci est une erreur plus dangereuse à elle seule et plus
fausse que tout le reste.

Ce qui fait qu'un gouvernement établi chez un peuple
par l'intervention de ses voisins croule, ce n'est point que
ce gouvernement soit absolutiste ou démocratique : c'est
qu'il n'a. pas dans le pays même où l'on veut l'établir, de
bases et de moyens d'existence suffisants : et la preuve qu'il
n'en a pas, c'est qu'il a fallu une force extérieure pour
l'établir ou pour le restaurer. S'il avait eu à son service
dans le pays même des moyens d'existence nationale, il
n'aurait pas eu besoin du secours du dehors. Ce secours,
pendant qu'il dure, lui donne une existence factice ; mais
quand le secours cesse, quand la force interventionnelle
se retire, le gouvernement qu'elle a établi retombe dans
son impuissance primitive.

Il y a sans doute, dans ce qu'on nomme l'esprit du siècle une tendance républicaine : mais ce bouillonnement
superficiel de l'opinion n'a pas de mobile et de bases réelles
dans les mœurs. Loin de là, il lutte contre elles ; c'est une
aberration passagère, fruit de l'intrigue, de l'ambition,
de l'immoralité politique qui pousse les intérêts envahis-
seurs à se masquer sous un voile d'égalité absolue, qu'ils

seraient les premiers à fouler aux pieds quand ils auraient atteint leur but. Cette maladie accidentelle et momentanée de l'humanité ne doit pas être prise pour son état normal. Elle en est anssi éloignée de son côté, que l'absolutisme l'est du sien. La nature de l'homme ne le veut pas. Elle repousse la souveraineté universelle du peuple, tout aussi invinciblement que la souveraineté individuelle de la royauté. — Il n'y a de vrai dans le monde que le gouvernement de juste-milieu, c'est-à-dire le gouvernement des capacités, la souveraineté de l'intelligence et de la justice sur le nombre et sur la force. Le nombre et la force, sans doute, sont des faits utiles à l'appui du droit, mais jamais ils ne font droit par eux-mêmes.

Et tenez bien pour certain que si, au lieu de restaurer en France et en Espagne la monarchie féodale des Bourbons, l'intervention y eût favorisé l'établissement d'un gouvernement démocratique, celui-ci n'aurait pas duré davantage, et probablement beaucoup moins. Cela ne fait aucun doute dans mon esprit. Il serait certainement impossible à l'intervention, quelle qu'elle fût, de faire vivre et durer en France la monarchie absolue; mais il lui serait bien plus difficile, bien plus impossible encore d'y établir et d'y faire durer la république. Soyez bien convaincus de cela. Quant au juste-milieu, il n'a pas besoin d'intervention; il s'est établi et il durera par lui-même, ou bien la France périra dans les interminables horreurs d'une nouvelle révolution sans issue.

Que si l'on peut citer deux interventions qui jusqu'à présent ont eu un succès plus durable, celle de la France en Belgique, celle de l'Autriche en Italie, on se convaincra bien vite, en les examinant de près, qu'elles ne font point exception aux règles que j'ai posées; bien au contraire, elles les confirment.

En effet, celle de l'Autriche, d'abord, a maintenu jusqu'à présent les gouvernements établis par elle en Italie: mais il est visible que cette existence est précaire, tourmentée, persécutrice en dépit d'elle-même. Et d'ailleurs, elle ne se maintient que par la prolongation de l'occupation autrichienne ou par sa menace incessante. Supposez un instant que cette menace cessât, que la force interventionnelle se retirât, combien de temps croyez-vous que les gouvernements qu'elle soutient durassent après son départ?

Quant à l'intervention française en Belgique, elle fut un secours réel donné contre l'invasion étrangère, et sous ce point de vue elle est d'une nature spéciale, qui n'a rien de commun avec une intervention qu'on dirigerait vers un pays simplement en révolution. Elle ne combattit point pour une partie de la nation belge contre une autre portion de la même nation, mais bien contre l'aggression extérieure, extra-nationale, de la Hollande. Cette différence, tout essentielle qu'elle est, se trouve prédominée par une autre circonstance bien plus essentielle encore; c'est que nous combattîmes alors pour la France elle-même plus que pour la Belgique. La Belgique, c'est le grand chemin qui conduit l'Europe en France; la Belgique, c'est la frontière de la France; laisser envahir la Belgique, c'était laisser commencer l'invasion de la France. Aussi, du premier moment que la Belgique put être menacée, en 1830, au moment même de la révolution, sous le premier ministère de M. Guizot, le cabinet de Louis Philippe fit savoir à l'Europe, en commençant par le roi de Prusse,

comme le plus voisin du pays menacé, que l'entrée d'un
seul régiment étranger en Belgique, serait regardée comme
une déclaration de guerre à la France, et que celle-ci mar-
cherait alors vers le Rhin. —Ce n'était donc pas un désir
d'intervenir dans la politique intérieure de la Belgique
qui guida nos armes : c'était la défense de nos frontières
et de notre indépendance.

C'est pour cela que l'intervention française en Belgique
fut un fait sage, raisonnable, gouvernemental et aussi
sensé que la tentative d'intervention en Espagne, de 1836,
fut folle et sans justification.

Qu'on le remarque bien, les opinions des démocrates
français, qui soutiennent le droit absolu d'intervention,
ont singulièrement varié sur ce point.

D'abord ils contestaient le droit d'intervention. Ils prétendaient qu'en aucun cas une nation n'avait le droit de
se mêler, par les armes, de ce qui se passait chez une nation voisine.

Cette prétendue maxime est jugée aujourd'hui pour ce
qu'elle est, c'est-à-dire pour une absurdité. Le domicile
du citoyen est inviolable, comme le domicile des nations.
Chacun, en principes, est maître chez soi. Mais la règle
n'empêche pas l'exception. Si mon voisin menace de brûler ma maison en mettant le feu chez lui, j'entrerai chez
lui, malgré lui, pour éteindre l'incendie. Si même, je vois
un crime s'y commettre, le père tuer ses enfants, ou les
enfants tuer le père, certes je ne resterai pas tranquillement à la fenêtre, à contempler ce spectacle atroce; l'indifférence et l'inertie en pareil cas, seraient presque une
complicité.

Ce n'est donc point en droit qu'une intervention doit

être jugée; c'est en fait. C'est du motif, des moyens et du but qu'il faut s'occuper. Si les motifs sont justes, les moyens convenables, le but bon, l'intervention est juste et bonne. Dans le cas contraire elle est mauvaise. Comme pour tous les actes humains, la moralité du fait doit en déterminer l'appréciation.

L'intervention, c'est la force. — La force contre les idées. — La force étrangère contre les idées nationales; — contre les idées nationales, dans quelque sens qu'on leur donne et dans quelque sens qu'on intervienne.

En droit, je ne conteste pas la faculté d'intervention; mais je dis que le droit d'intervention, c'est comme le droit de la guerre, c'est comme le droit de blocus maritime, un grand acte international que la nature même des faits condamne ou justifie, et qui ne peut être soumis à aucune règle fixe, précise, à aucune définition ni attribution réellement absolue et obligatoire.

CHAPITRE IX.

Des Alliances basées sur la similitude des Institutions politiques.

L'école révolutionnaire a créé et mis au monde une foule de préjugés qui, sous le nom de *principes* ou de *progrès*, se sont impatronisés avec une merveilleuse impudence dans le langage constitutionnel de l'époque. Si les politiques de la démocratie étaient les seuls qui courbassent leurs fronts indépendants sous le joug de ces nouvelles erreurs, cela ne m'étonnerait en rien et me fâcherait peu ; mais la contagion atteint souvent les défenseurs de l'ordre social lui-même : c'est cela qui m'afflige et qui m'alarme.

Un de ces préjugés, le plus grossier et peut-être le plus dogmatiquement établi dans les bavardages prétendus gouvernementaux dont nous sommes journellement encombrés, est celui-ci : — C'est que, pour fonder une alliance utile, durable et fidèle, solidement établie entre deux nations, il leur faut des formes politiques semblables, une hiérarchie politique de même genre, et une similitude la plus complète possible dans leur organisation gouvernementale (1).

En partant de cette belle découverte, la république française s'en allait, les yeux fermés et la baïonnette au bout du fusil, semant autour d'elle des républiques grandes ou petites, et plantant des arbres de liberté : peu lui importait le terrain où elle voulait faire vivre les unes et verdoyer les autres. On sait aussi ce qu'ils sont devenus.

Un peu plus tard, l'aigle prit son vol, et, sous divers noms, l'organisation impériale, avec ses formes politiques, administratives, réglementaires, s'étendant de proche en proche, devait préparer, croyait-on, un cercle immense d'alliances fidèles à l'empire français. — On sait ce que sont devenues ces alliances.

---

(1) C'est d'après ce prétendu principe que les députés de l'opposition, dans les premiers jours qui suivirent la révolution de juillet, voulaient que la France détruisît toutes les monarchies absolues de l'Europe, pour que celles-ci ne vinssent pas attaquer en France notre monarchie constitutionnelle !... Beau chef-d'œuvre que nous aurions entrepris là !... Et puis, voyez comme les événements démentent ces théories folles. Depuis cette époque, nous n'avons éprouvé que deux chances sérieuses de rupture, et précisément avec deux gouvernements fondés sur la souveraineté du peuple . Les États-Unis et la Suisse . (Ceci a été écrit en 1836)

Puis est venu le tour des monarchies constitutionnelles, et la quadruple alliance, faute de mieux, s'est bornée à vouloir en improviser soudainement deux dans la Péninsule, toujours en se basant sur le prétendu principe que la similitude des formes gouvernementales est la véritable base, le véritable ciment d'une alliance utile et durable entre les nations. Nous avons vu les hommes les plus graves, les plus rationnels, donner à plein corps dans ce piége grossier de la politique à la mode, et rêver que la monarchie constitutionnelle de dona Christine et de dona Maria était un point d'appui, un moyen d'action et de force pour la France contre les monarchies absolues du nord de l'Europe..

Cette manière de raisonner me paraît souverainement fausse et puérile.

La similitude des formes gouvernementales chez diverses nations, peut sans doute se trouver jointe, chez ces nations, à des raisons fondamentales qui établissent une sympathie, une tendance amicale dans leurs mœurs, dans leur civilisation, dans·leurs intérêts réels. Mais si, alors, il en résulte pour ces nations une base solide d'alliance utile et durable, c'est dans le fond des choses elles-mêmes, et non dans la similitude des formes gouvernementales, que se trouve la cause réelle de l'utilité et de la durée de l'alliance. Attribuer ce résultat à la similitude des formes gouvernementales, c'est grossièrement prendre l'effet pour la cause. S'imaginer qu'en implantant soudainement, par intrigue de la diplomatie ou par intervention armée, telle ou telle forme gouvernementale dans un État voisin, on en fera un moyen de force pour soi-même, on y créera des motifs réels d'alliance utile et durable, si ces motifs

n'existent pas par eux-mèmes, ou sont, au contraire, détruits par la violence armée ou révolutionnaire..... c'est,
à mon sens, une illusion bien grande ; je ne connais
guère de politique plus superficielle et plus fausse à la
fois.

En supposant mème des formes politiques à peu près
semblables, bien établies par elles-mèmes chez deux nations, ainsi que cela se voit, par exemple, en France et en
Angleterre, je n'admettrais mème pas qu'il dût en résulter
toujours des bases nécessaires et certaines d'alliance entre
elles. Que sera-ce donc dans le cas où la similitude des
formes gouvernementales, ment au fond des choses, n'a
qu'une existence d'emprunt, existence factice, sans solidité, sans durée? Quelle alliance solide et profitable pourrait naître d'une organisation qui n'aurait elle-mème
qu'une durée précaire, sans stabilité, sans gage de durée
ni de repos ?

Dans le premier cas, celui de la similitude réelle des
formes gouvernementales, en France et en Angleterre, par
exemple, ne voit-on pas que les développements qui en
naissent, poussant souvent les deux peuples dans les mè-
mes voies, peuvent faire qu'ils y rencontrent plus de causes de rivalité que de causes d'amitié ? Ne voit-on pas que
des développements industriels de mème nature fournissent
très-peu de moyens d'échange, et font naître au contraire
une concurrence dont l'hostilité peut à peine être déguisée?
Ne voit-on pas que dans le cas mème dont je parlais tout
à l'heure, dans la quadruple alliance, ces intérêts ambitieux
de l'Angleterre, agissant sans cesse en contre-sens des actes
obligés, forcément dictés à sa diplomatie, ont été cause des
tergiversations, des lenteurs, des obstacles, des aberrations

qui ont alternativement frappé d'une impéritie incroyable
et d'une impuissance constante, les efforts réunis de l'Angleterre et de la France, pour agir sur les affaires de la
Péninsule? N'est-il pas clair comme le jour, que l'Angleterre voulait tout à la fois et ne voulait pas réussir, de
peur que la France ne profitât trop de la réussite commune
pour augmenter ses relations commerciales en Espagne et
son influence en Europe? De sorte que la quadruple alliance prenait la cause de son impuissance dans le motif
même qui avait fait naître ce pacte illusoire, plein de dé-
ceptions et de fausses vues.

Mais si le traité était misérablement superficiel et sophistique entre la France et l'Angleterre, il était bien autrement absurde pour ce qui touche les rapports de la
France avec l'Espagne et le Portugal : et c'est ici que les
illusions propagandistes de notre époque seront facilement
mises à découvert.

En effet, comme en Espagne et en Portugal il n'y avait
réellement ni mœurs, ni majorité dans le sens de la monarchie constitutionnelle; comme les anciennes mœurs et
les anciens intérêts du pays avaient pris racine, et s'étaient
depuis long-temps établis sur des bases contraires, il en
est résulté, — et cela ne pouvait être autrement, — que
l'établissement de la monarchie constitutionnelle devait
être le signal d'une violente lutte, et la cause d'une transition pénible et sanglante; il en est résulté que ces nouvelles formes gouvernementales, ayant pour elles la raison
abstraite, mais ayant contre elles les habitudes de l'ignorance et des préjugés populaires, toutes les forces actives
du pays, soit pour, soit contre, devaient être graduellement soulevées, jusqu'à ce qu'une collision générale s'en

suivît, collision dont la durée tendait nécessairement à une anarchie permanente. Or, quelle alliance stable, utile, durable, peut-on faire avec un peuple en état d'anarchie? Quel appui peut-on trouver dans un gouvernement sans fixité pour lui-même? N'est-il pas évident que les nouveaux gouvernements à établir devaient être pour nous une occasion d'épuiser nos forces, bien loin de pouvoir nous prêter l'appui de leur propre force, puisqu'elle n'était pas suffisante pour eux-mêmes?

Il résultait de là que l'établissement de ces deux monarchies constitutionnelles dans la Péninsule n'était propre qu'à affaiblir la France, non à la soutenir; que cette tentative à contre-sens devait nécessairement nous conduire à une intervention armée, ou bien crouler faute de cette intervention; de sorte qu'une fois cette opération impuissante commencée, il ne nous restait plus que le choix des maux : —ou l'abandonner, ou la soutenir en intervenant par les armes. —L'intervention était la conséquence matérielle, logique, nécessaire de la quadruple alliance. Mais c'est précisément parce que la quadruple alliance était dans son objet mauvaise, que l'intervention ne valait rien pour la France. —J'ai assez exposé les conséquences déplorables de ce genre d'intervention, pour me dispenser d'y revenir.

Je voudrais donc que les gouvernements apprissent que la propagande est aussi folle de leur part que de la part des factions. — La seule propagande véritablement utile, efficace, c'est celle de la raison et de la pensée. Quand celle-là aura suffisamment pénétré dans un pays, on n'aura plus besoin de se faire propagandiste, ni par quadruple alliance, ni par intervention. Jusque-là la propagande gouvernementale y sera impuissante, surtout quand on emploiera des moyens mesquins, et des agents diplomatiques routinièrement ignorants de l'état des peuples qu'ils veulent influencer.

Il est si vrai que les motifs d'alliance et de rapports avantageux entre les peuples, sont fondés sur de tout autres bases que les formes de leur politique gouvernementale, que je ne suis embarrassé que par le choix à faire parmi les nombreux exemples qui se pressent sous ma plume.

Ainsi, voyez la profonde hostilité de l'Angleterre contre la Russie.

Voyez en même temps combien il existerait de motifs de rapports et d'union profitables entre la Russie et la France.

Cependant les institutions politiques de la Russie diffèrent bien plus de celles de France que de celles de l'Angleterrre; car l'Angleterre, dans sa féodalité nobiliaire, dans son aristocratie, dans ses patronages et clientelles, conserve encore quelques rapports indirects avec certaines institutions russes. — La France, au contraire, n'en a pas conservé le plus léger vestige. Et pourtant, je le répète, la France non-seulement n'a pas contre la Russie l'hostilité de l'Angleterre, mais elle aurait au contraire bien des avantages à obtenir par des rapports suivis avec ce vaste empire.

Ce n'est donc pas la différence des institutions politiques qui anime si violemment l'Angleterre contre la Russie. Bien au contraire, son inimitié vient de l'hostilité des intérêts eux-mêmes ; et comme les formes politiques du gouvernement russe, tout absurdes et despotiques qu'elles sont, théoriquement considérées, favorisent transitionnellement le développement commercial et industriel de l'empire des czars, l'Angleterre voudrait que ces formes gouvernementales fussent compromises ou brisées par une commotion révolutionnaire, uniquement pour arrêter par des troubles violents l'extension industrielle et commerciale de la Russie. Voilà la source du libéralisme polonais de l'Angleterre. Mais j'avoue que je trouverais nos hommes d'État bien prodigieusement sourds et aveugles s'ils ne s'en apercevaient pas. Si l'Espagne et le Portugal ne leur enseignent pas la Pologne, ils n'apprendront jamais rien. S'ils ne comprennent pas que le succès de la révolution polonaise aurait été favorable à l'Angleterre et contraire aux intérêts de la France, à cause des troubles immenses que ce succès aurait nécessairement fait naître sur tout le continent, jamais ils ne comprendront rien, et ils seront éternellement destinés à servir, je ne dirai pas seulement de compères, mais de dupes à la diplomatie britannique.

Ce qu'il faut pour qu'une nation étrangère offre un bon point d'appui et de solides alliances, c'est d'abord que ses intérêts réels, intérêts agricoles, industriels, commerciaux, ne soient pas en opposition avec les nôtres (1); se-

_____

(1) L'economie politique nous enseigne que les intérêts industriels ne devraient pas être en rivalité, et que leurs succès devraient réciproquement agir de nation à nation vers un développement commun. — Mais comme le passé a travaillé en se basant sur d'autres maximes, il en résulte malheureusement que les intérêts industriels qui en sont nés sont souvent hostiles et rivaux. Aussi l'Angleterre, malgré les efforts apparents ou réels de quelques-uns de ses hommes d'État, reste intrinsèquement hostile au développement industriel et commercial de la France : cela perce en toute circonstance. Ainsi, quand le Gouvernement français, poussé à l'intervention en Espagne, y penchait sérieusement, l'Angleterre s'y opposa positivement, parce qu'elle craignait que l'intervention ne réussît et ne donnât trop de prépondérance à la France dans la Péninsule. C'est alors qu'on imagina le système bâtard de la coopération de la légion étrangère, etc. Et puis comme elle a vu, plus tard, que l'intervention réelle ne réussirait pas et

condement, qu'elle ait un gouvernement analogue à ses mœurs réelles, à ses opinions réelles, à ses besoins réels, et par conséquent stable et tranquille. Si ce gouvernement a les mêmes formes que le nôtre, tant mieux; mais s'ils ne les a pas, il n'y a pas empêchement dirimant au bon résultat de notre alliance avec la nation qu'il dirige. C'est le comble de la folie de croire qu'on rendra cette alliance plus facile en voulant imposer par force à cette nation des formes gouvernementales encore étrangères à ses mœurs, et qu'elle ne peut ni supporter, ni faire vivre et durer elle-même par ses propres forces. Je ne connais rien de plus insensé; quand on me parle d'intervenir dans un pareil but, j'aurais presqu'envie, si la politesse ne m'en empêchait, de proposer d'envoyer aux Petites-Maisons les donneurs de pareils conseils.

Jetez un coup d'œil sur une monarchie absolue, comme l'Autriche, par exemple. Supposez qu'un gouvernement constitutionnel comme celui de la France, voulût régler les rapports de paix, de bonne amitié, de relations commerciales et politiques même, entre les deux nations; eh bien! ne vous est-il pas bien facile de comprendre que la France pourrait traiter avec la monarchie autrichienne, paisible, ordonnée, analogue, dans son administration paternelle, aux mœurs de la nation calme, grave, patriarchale qu'elle régit; que la France, dis-je, pourrait traiter avec bien plus de succès avec l'Autriche, que si cette der-

---

serait horriblement fatale à la France, l'Angleterre nous a reproché de ne pas l'avoir faite, et elle a accumulé à ce sujet injure sur injure à notre gouvernement, lorsque c'est précisément le gouvernement britannique qui, fort heureusement pour nous, s'est opposé dans le temps à l'intervention de la France !..... Que l'on réfléchisse à ce rapprochement.

nière était violemment embarrassée d'un gouvernement représentatif qu'elle repousserait par ses mœurs, qui serait pour elle une source de trouble, de violence, de commotions intestines, et qui prendrait son point d'appui dans une intervention étrangère? Pour moi, cela ne fait aucun doute, et dans ce cas même les formes constitutionnelles facticement et violemment imposées à l'Autriche, seraient une cause qui nous empêcherait, nous, pays réellement et naturellement constitutionnel, d'avoir avec l'Autriche de bons et solides rapports, parce qu'il serait impossible d'en avoir avec un pays dont le gouvernement et les mœurs seraient en dissidence complète, par conséquent livré à l'anarchie et à l'instabilité autant dans ses relations extérieures que dans son intérieur.

Souvenez-vous donc, peuples et gouvernements, que la propagande par la force, c'est-à-dire par la diplomatie, qui n'est que le déguisement menteur de la force, ou par l'intervention qui en est l'aveu franc et brutal, est une sotte et immorale calamité. C'est un droit exorbitant dont il n'est presque jamais convenable de faire usage de nation à nation. L'intervention morale, par la parole, par la pensée, par la raison, est la seule qui puisse améliorer réellement les gouvernements des nations voisines, et les mettre en harmonie avec nos formes constitutionnelles. Le moment de la transformation politique viendra pour elles, comme il est venu pour nous, j'en ai la conviction, j'en ai la foi vive et sincère. Mais vouloir par la force anticiper sur la marche du temps et de la civilisation, est une œuvre d'usurpation que la monarchie absolue et la monarchie constitutionnelle doivent également repousser, que tous les cœurs réellement généreux doivent maudire et flétrir dans l'intérêt même de l'humanité.

Et s'il est vrai que la propagande par la force, par l'intervention, soit un détestable moyen d'établir l'harmonie entre les nations par la similitude de leurs formes politiques, que serait-ce donc lorsque cette intervention armée aurait pour but de cacher, sous la similitude de quelques formes, la mise en pratique de principes opposés et antipathiques ?... Alors ce serait le bouleversement complet de toute idée de justice, de raison, de politique.

CHAPITRE X.

Des Alliances basées sur les liaisons des Familles princières.

Il existe une politique de consanguinité à laquelle on a l'habitude d'attacher encore une certaine importance. Parce que diverses branches de la même famille possèdent les couronnes de divers États, on est porté à croire que ces États sont unis en faisceau par les liens d'une puissante alliance. — Napoléon, en peuplant les trônes d'Europe de rois de sa race, inclinait un peu son génie devant ce vieux préjugé. — Mais c'est qu'il croyait sentir en lui une force concentrique qui, rayonnant de son sceptre impérial, irait saisir tous ces monarques sur leur trône pour en faire non ses égaux, mais ses vices-rois obéissants. Tel était son but, et comment fut-il atteint? Délaissé par son frère Louis, attaqué par son beau-père François, trahi par son beau-frère Murat, il trouva plus de fidélité dans Poniatowsky et dans le roi de Saxe, qui ne lui étaient rien, que dans toute sa famille, si l'on en excepte le prince Eugène ! — Prince modèle, figure antique animée par la chaleureuse loyauté de la chevalerie moderne ! Héros digne d'être célébré par la plume de Xénophon et par la lyre du Tasse !

Pour bien comprendre toute l'inanité politique des alliances entre les familles royales, je ne crois pas qu'on puisse invoquer un exemple plus frappant que celui-ci. — Philippe V régnait en Espagne, Louis XIV venait à peine de mourir, et ses paroles, *il n'y a plus de Pyrénées*, vibraient encore dans les souvenirs contemporains, que déjà le roi d'Espagne fomentait une insurrection en Bretagne ; il y introduisait, à la faveur d'un déguisement, un petit nombre de troupes pour soutenir les insurgés ; il semait par ses agents la désunion et la révolte en France, et son ambassadeur à Paris, le prince de Cellamare, ourdissait contre l'unité du royaume une astucieuse conjuration parmi les membres de la famille royale elle-même.

Alors on vit la France, qui avait dépensé tant d'or et de sang (1) pour établir Philippe V sur le trône d'Espagne, déclarer la guerre à ce monarque qu'elle venait de couronner. Le roi d'Espagne avait eu soin de faire peindre les trois fleurs de lys sur ses drapeaux. Les armées françaises qui l'attaquaient étaient commandées par les mêmes généraux qui avait commandé les armées espagnoles pendant la guerre de la succession. On aurait dit une guerre ci-

---

1) Quoique Philippe eût combattu en Espagne à la tête d'armées espagnoles, la France n'avait pas moins perdu beaucoup de monde dans la même guerre qui se continuait à la fois en Allemagne, dans les Pays-Bas, et en Italie, toujours par suite de la succession espagnole.

vile. Le maréchal de Berwick enleva Saint-Sébastien et Fontarabie, en face même de Philippe V, qui s'était avancé dans le vain espoir de faire révolter les soldats français contre leurs chefs. Pendant ce temps, la flotte anglaise détruisait la marine espagnole ; sur vingt-sept vaisseaux de guerre, vingt et un furent pris. En six heures, la flotte fut anéantie. Elle avait coûté au roi d'Espagne cinquante millions et deux ans de travaux.

Voilà quel fut le premier résultat de l'établissement de la maison de Bourbon sur le trône d'Espagne, — la guerre avec la France. — Ceci se passait en 1720, cinq ans après la mort de Louis XIV. L'union des deux couronnes resta ensuite incertaine et flottante jusqu'en 1761, où fut conclu le pacte de famille, encore retouché en 1768 ; traité ridicule et sentimental, qui n'a pas empêché les deux monarchies de déchoir graduellement, l'une jusqu'à la révolution de 1789, l'autre jusqu'à la constitution de 1812, qui mit le dernier sceau à sa ruine.

Le premier effet de la guerre de succession fut d'épuiser à la fois les finances de la France et celles de l'Espagne. Et ce qu'il y a de bizarre, c'est que Louis XV fut ensuite poussé à s'allier avec l'Autriche par les conséquences mêmes de l'entreprise que Louis XIV n'avait faite que pour affaiblir et rabaisser la maison impériale. Ce qui arrache à Voltaire, tout désireux qu'il est de pallier les fautes politiques de ces règnes dont il a brillanté l'esquisse, plutôt qu'il en a tracé l'histoire juste et sévère, ce qui lui arrache, dis-je, la réflexion suivante : — « La France semblait » alors plus épuisée d'hommes et d'argent dans son union » avec l'Autriche, qu'elle n'avait paru l'être dans deux » cents ans de guerre contre elle. C'est ainsi que, sous

» Louis XIV, il en avait coûté pour secourir l'Espagne
» plus qu'on n'avait prodigué pour la combattre depuis
» Louis XII. »

Depuis que les deux monarchies furent réunies sous le
pouvoir de la maison de Bourbon qui possédait aussi le
le royaume de Naples, ce ne fut pour elles qu'une dégradation continuelle de puissance, parce que la confiance que
leur union inspirait à la monarchie française et à la monarchie espagnole, les poussait nécessairement dans un
système de hauteur et d'hostilité, contre l'Angleterre principalement. — Dans ces interminables querelles, malgré
quelques succès partiels plus brillants qu'utiles, les forces
financières, les ressources maritimes des deux puissances
furent successivement compromises et entamées, en même
temps que de graves pertes coloniales les atteignaient. Sous
Charles III, l'Espagne eût retiré de grands avantages des
dispositions pacifiques de son souverain qui travaillait avec
intelligence à l'encouragement de l'agriculture (1), sans le
pacte de famille qui devait l'entraîner dans toutes les guerres offensives et défensives de la France. L'Espagne fut
ainsi poussée graduellement à sa ruine sans pouvoir empêcher l'affaiblissement politique de la France. Voilà tout
l'effet que produisit ce fameux pacte de famille; si quelqu'un lui connaît de plus grands avantages, qu'on les cite:

---

(1) Ce prince fonda des établissements utiles, des associations agricoles et industrielles, connues sous la désignation *des Amis de la Patrie*. Il consacra les reve-
nus que lui donnaient les vacances des sièges épiscopaux à doter ces établissements qui s'occupaient du progrès des arts, de l'industrie, de l'agriculture. Il
fonda une colonie à *Sierra Leona,* où huit mille cultivateurs importés de l'Allemagne vinrent donner à l'Espagne l'exemple d'une agriculture mieux entendue ; il
s'occupa de restaurer la marine. Tout cela aurait relevé l'Espagne, sans les folles
guerres où elle fut poussée par le pacte de famille.

quant à moi, je n'en connais pas. J'ajoute que, comme toutes les conventions de ce genre, ce pacte ne fut pas toujours religieusement exécuté, même sous le règne de Louis XV qui l'avait signé.

CHAPITRE XI.

Si c'est une Alliance sincère et durable, celle qui est basée sur l'hostilité des intérêts.

Ce qui a fait surtout notre force au dehors, lors de la révolution de juillet, c'est l'adhésion spontanée qui nous fut offerte par l'Angleterre. Long-temps de cruelles rivalités avaient armé ce pays contre le nôtre; long-temps il avait acquis les droits les mieux fondés à notre haine nationale. Mais l'expérience des événements avait été instructive pour tout le monde: les positions politiques ayant changé, les faits qu'elles avaient engendrés durent changer aussi; et l'Angleterre, lasse des malheurs qu'elle nous avaient causés, autant pour le moins que des sanglantes revanches que nous avions prises, profita des premiers moments de cette révolution qui, d'un seul élan, rejetait tout le passé en arrière, pour nous proposer cette alliance dont ses intérêts et les nôtres faisaient un besoin et une loi réciproques. Ce n'était pas seulement une nécessité politique qui la poussait vers nous, c'était aussi le sentiment légitime de l'intérêt commercial, ce mobile si puissant de la politique anglaise. Elle comprenait que la position où ses antécédents historiques l'avaient placée à notre égard étant détruite, la nature devait reprendre ses droits, et

qu'en conséquence de bonnes et solides relations devaient
être nouées avec le pays jeté, par la main de Dieu, de
l'autre côté de cette mer, qui semble se rétrécir tout exprès
pour que les produits des deux peuples puissent s'échanger
tous les jours, et former un *va-et-vient* continuellement
sillonné par des industries émules, mais non rivales. La
prévenance qu'elle a eue d'abaisser la première ses tarifs
d'importation, indique suffisamment la pensée secrète
de son union avec nous.

Et d'ailleurs, quand il ne serait pas avéré pour tout le
le monde que la nécessité d'ouvrir des débouchés à son
immense production, est toujours le motif déterminant
de sa politique extérieure, n'est-on pas obligé de convenir
que la tendance générale de notre siècle est l'égoïsme,
aussi bien pour les nations que pour les individus?
Niera-t-on que la seule religion dominante aujourd'hui,
c'est la religion des intérêts? Voyez si tous les peuples
qui s'allient ne scellent pas leur alliance par des conventions commerciales! Au commencement du siècle dernier,
quelles conditions imposa l'Angleterre au Portugal qui
lui demandait son appui? Un traité de commerce. Qui
pousse aujourd'hui la Belgique vers la Prusse? L'espoir
d'obtenir des avantages de commerce. Qui fait convoiter
si fort à la Russie l'alliance ou plutôt la domination de la
Turquie? La belle position que lui donnerait Constanti-
nople comme puissance commerçante. Qui a surtout contribué à rompre l'alliance anglo-russe de 1814? L'hostilité
des intérêts de commerce.

Oui, c'est l'hostilité des intérêts qui constitue principalement aujourd'hui l'hostilité des systèmes politiques. Si
les intérêts sont amis, les systèmes peuvent le devenir et

le deviennent ordinairement; mais les systèmes fussent-ils amis pour le moment, si les intérêts sont ennemis, n'espérez pas que le bon accord dure long-temps entre les premiers. Et cela est dans l'ordre des choses d'ici-bas. Concevez-vous deux puissances dont la bonne harmonie ne consisterait qu'en quelques niaiseries diplomatiques échangées par courriers? Attendrez-vous beaucoup de dévoûment de la part d'une nation à laquelle vous causez un dommage infini par votre obstination à lui fermer vos ports et à repousser ses produits? Croyez-vous, par exemple, qu'en cas de guerre contre vous, cette nation, votre alliée, serait bien disposée à armer pour vous ses flottes et ses soldats, à vous aider de ses finances, ou seulement à user de son influence morale? Est-ce que vous pensez que, s'il y a moyen pour elle de garder la neutralité (et ce moyen, il est presque toujours facile, avec de l'adresse, de se le procurer), elle ne vous laissera pas vider tout seuls votre querelle? Ah! se flatter de pareilles chimères, ce serait bien méconnaître l'humanité, l'humanité qui fait du commerce et de la politique.

———— ❋ ————

CHAPITRE XII.

Du Droit qu'ont les Chambres de refuser les traités conclus par la Couronne.

—

La couronne ne peut sans doute disposer des deniers de l'État sans l'approbation des chambres. Sans doute tout traité fait avec une puissance étrangère, lorsqu'il traîne après lui des charges financières, tombe naturellement dans la juridiction parlementaire sous ce point de vue.

Aussi, les chambres peuvent, sans agir inconstitutionnellement, refuser le crédit qui leur est demandé. Elles usent d'un droit incontestable, mais elles doivent prendre garde d'en faire un mauvais usage, un usage impolitique, inconséquent, par suite de quelque pitoyable intrigue qui voudrait ébranler le pouvoir, et satisfaire des rancunes ambitieuses.

Car, mettons tout au pire. Accordons, ce qui est certainement fort rare, que, malgré ses efforts et ses négociations, le gouvernement, contre son intérêt le plus direct et le plus clair, ait accordé quelque chose de trop dans un traité, n'est-il pas évident que le refus des chambres fera perdre, à la nation, dix fois plus, cent fois plus qu'une chétive économie ne pourrait lui rendre? Voyez d'abord les chances de rupture commerciale, car les chances probables doivent être comptées aussi dans les éléments de la prospérité publique! Voyez la suspension, seulement provisoire, des rapports commerciaux entre deux nations libérales et laborieuses!... Quelle que soit l'issue, il y a déjà plus de perte dans cette seule parcelle de la question, que les calculs harpagoniens ne pourraient faire jamais d'économie sur le chiffre du traité!

Et la déconsidération du pouvoir, l'ébranlement de la confiance des gouvernements étrangers dans les actes diplomatiques de la monarchie, ne doit-on pas les compter pour quelque chose? N'y a-t-il pas là une grave source d'affaiblissement national, partant une diminution de sécurité intérieure, et, par conséquent, un nouvel obstacle à la prospérité des travailleurs nationaux?

Ne sait-on pas que ce droit que les chambres ont de rejeter les traités avec les puissances étrangères, en refusant le vote financier nécessaire à leur exécution, est un droit rigoureux, un topique extrême, un remède héroïque, dont elles ne doivent faire usage que dans les circonstances les plus impérieuses, les plus rares, les plus menaçantes, lorsque, entre deux maux, on choisit le moindre, lorsqu'on se décide à nuire au gouvernement national, plutôt que de sanctionner des mesures imprudentes qui compromettraient le salut, l'indépendance de la patrie. Ignore-t-on que le refus du budget lui-même, dans certaines circonstances, ébranlerait moins le pouvoir, protecteur indispensable de l'ordre social, que le rejet d'un traité diplomatique? Ignore-t-on que quelques millions d'économie dans certaines circonstances, ne seraient que la plus dérisoire compensation du tort immense qu'on porterait à un pays, en affaiblissant chez les puissances étrangères l'idée qu'elles ont de la force morale de son gouvernement, et du concours que la nation lui porte pour accomplir les engagements qu'il contracte au dehors? Ignore-t-on que de la puissance de tenir ses engagements, doit naître principalement sa puissance morale pour obliger les gouvernements étrangers à tenir leurs engagements?... Une chambre qui rejette, sans les plus graves motifs, un traité conclu par le roi, se montre donc ignorante des données vulgaires et générales de la politique; elle donne au monde le spectacle impolitique d'une monomanie financière si étroite, qu'elle ne craint pas de mettre le gouvernement de son pays en suspicion légitime auprès de

tous les gouvernements étrangers auxquels, par son refus,
elle ôte pour l'avenir toute confiance dans les traités que
leur proposerait de contracter le gouvernement national !
Jetant ainsi aux vents, par centaines de millions, l'honneur, la force morale, la puissance diplomatique de la
nation, détruisant en outre les sources les plus fécondes
de sa prospérité commerciale !

LIVRE XV.

DE CERTAINES FORCES ORGANISATRICES

ET DE

CERTAINES FORCES RÉPRESSIVES.

———

CHAPITRE PREMIER.

De la Division des Propriétés.

—

Notre ordre social est basé sur le principe de la propriété.

Les écrivains absolutistes ont conclu de cette vérité que plus la propriété était grande et immuable, plus l'ordre social était fort et assuré, et que la société se dissolvait en poussière par l'effet de la division des propriétés.

De là, cette tendance perpétuelle à favoriser la grande propriété au détriment de la petite; de là, le droit d'aînesse, les substitutions, les majorats; en un mot, tout ce qui peut immobiliser le droit de propriété et le concentrer dans quelques mains privilégiées. De là est née et reste encore dans nos lois, cette difficulté extrême que le législateur a mise à l'expropriation forcée par suite du non paiement des dettes. De sorte que, en certains cas, il est plus facile de mettre un débiteur en prison, que de le faire payer, comme si la loi eût moins estimé sa liberté que sa fortune! De là encore est née cette faveur accordée aux moyens de concentrer même les fortunes mobilières et les capitaux par l'industrialisme et le crédit public ; sorte de féodalité nouvelle qui ne vaut guère mieux que la féodalité terrienne, malgré les éloges que l'économie industrielle donne de nos jours à la coalition des grands capitaux.

Je crois, comme tous les écrivains de l'absolutisme, que la propriété est la vraie base de notre ordre social. Mais tandis qu'ils disent que, pour renforcer l'ordre social, il faut favoriser la concentration de la propriété dans un petit nombre de mains, je soutiens au contraire qu'il faut, au moyen des lois, favoriser la division de la propriété, sans crainte que cette division aille jamais trop loin, tant que les lois n'useront pas de violence et seront conformes aux principes de la justice naturelle.

En effet, ce n'est point comme fait matériel réalisé dans une étendue plus ou moins grande, que la propriété est la base de l'ordre social, et qu'elle en peut assurer la stabilité : c'est comme principe, comme droit, d'où découlent et auquel se subordonnent tous les autres.

Quel est ce principe? quel est ce droit? Le voici : c'est que chaque homme ait la libre et pleine disposition, par les lois, du produit de son travail, de son industrie, et puisse le transmettre à sa famille.

Ce principe, ainsi conçu, ne peut être immobilisé sans se détruire lui-même ; car si vous consacrez l'immutabilité du droit de propriété dans les mains d'un petit nombre d'hommes, vous le détruisez radicalement pour tout le reste de la nation.

Qu'arrive-t-il alors? C'est que la propriété a pour appui la très-faible partie de la société ; qu'elle a pour en-

nemi toute la population exhérédée, qui, aux premières
commotions politiques, se soulève comme une mer irritée,
et engloutit à la fois les propriétaires, les propriétés, et
l'ordre social tout entier.

Si vous basez, au contraire, l'ordre social sur la division de la propriété, et qu'elle se trouve répartie entre les
mains d'un très-grand nombre de citoyens, alors forcément le principe de la propriété a un bien plus grand
nombre de défenseurs, et a beaucoup moins d'ennemis;
par conséquent, il est plus ferme, plus stable, et s'oppose
beaucoup mieux à tous les excès révolutionnaires.

L'histoire de nos jours nous en offre l'exemple frappant.

Quand la révolution de 89 surprit la France féodale,
quoique la servitude des hommes y eût été abolie, le système de la grande propriété régnait encore. Aussi voyez
quelle résistance de sa part à toute amélioration libérale!
Aussi voyez quelle effroyable réaction contre la propriété,
que de vengeances sanglantes, que de châteaux brûlés,
que d'horribles excès dans toutes les scènes de notre drame
révolutionnaire!

En 1830, au contraire, une révolution bien plus
prompte, bien plus générale, s'est accomplie instantanément dans toute la France. Partout les autorités légales
ont disparu, l'organisation militaire a été paralysée, la
population a eu le champ libre pour réagir sur ceux qui
l'avaient provoquée!... Eh bien! la propriété a été partout respectée, les personnes aussi, sauf les premiers moments de la lutte où il fallait par force s'armer pour chasser
les autorités prévaricatrices. De nouveaux pouvoirs municipaux ont été installés partout sans le secours d'aucun

gouvernement central, et tout honnement par la force même des choses. Depuis, l'ordre social a repris sa marche pacifique, le flot révolutionnaire est rentré dans ses rivages, sans qu'aucune propriété ait été dévastée, sans qu'une victime innocente ait péri par le glaive ou sur l'échafaud !

D'où vient cette différence? C'est que maintenant, par l'effet de la division des propriétés, on compte à peu près en France trois millions de familles propriétaires. Admettez, l'une portant l'autre, que chaque famille se compose de cinq personnes, cela fait dans l'ensemble quinze millions d'individus, sinon propriétaires eux-mêmes, du moins directement intéressés au maintien de la propriété. Or, tous ont leurs amis, leurs relations, leurs appuis, de sorte que, dans une telle organisation sociale, un désordre révolutionnaire violent est excessivement difficile, quoique de mauvaises passions cherchent à l'exciter..

M'opposera-t-on les évènements de Lyon?... Je m'en appuie, bien au contraire, pour mon système. C'est précisément parce que l'industrie manufacturière établit le principe de la grande propriété mobilière, que l'ordre social y est gravement compromis. C'est pourquoi tous les hommes d'État voient l'énorme danger, le péril immense d'une révolution qui aurait lieu en Angleterre; et comment serait-il surprenant qu'à Lyon l'ordre ait été troublé, lorsqu'il y a soixante à soixante-dix mille ouvriers, sans autre propriété que leurs bras et leur salaire?...

Mais dans cette circonstance même, voyez combien la division générale de la propriété dans l'État, favorisant l'instruction des masses, a réagi de proche en proche, et a perfectionné le moral même des classes les plus dépouillées ! Voyez le mouvement de Lyon, après quelques cruels attentats, revenir au respect de la propriété qu'il avait momentanément méconnue, et se soumettre de lui-même à la réorganisation gouvernementale qu'il avait repoussée dans un accès convulsif plutôt que prémédité. Croyez-vous qu'il en eût été de même si un pareil mouvement avait eu lieu de 89 à 93 ? Croyez-vous qu'alors le mal se fût aussitôt arrêté ?

C'est qu'avec la division des propriétés se répandent les lumières, la morale, le discernement ; c'est que, loin que la grande propriété soit dans son principe plus forte que la petite, c'est tout le contraire qu'il faut dire ; car le possesseur d'un hectare de terre y tient plus qu'un grand seigneur ne tient à son parc, et défendra sa chaumière et son enclos avec bien plus d'énergie.

C'est pourquoi le devoir du législateur est de favoriser la division des propriétés, par l'égale distribution des héritages entre les enfants de chaque famille. Cette disposition de nos lois, si souvent attaquée par la restauration, est la sagesse elle-même ; et l'on ne doit pas craindre que la propriété soit jamais trop divisée, parce que les inégalités de talent, d'ordre, d'économie. de succès dans les entreprises agricoles ou industrielles, rétablissent bientôt une inégalité de fortune entre les co-partageants, inégalité qui s'efface de nouveau à leur décès ; de sorte que c'est une circulation perpétuelle qui intéresse tous les citoyens à la défense du principe de la propriété, et par conséquent au maintien de l'ordre et de la liberté.

Je ne suis point, il s'en faut de tout, partisan de la loi agraire : toute égalité, toute division de propriété obtenues par la violence, sont condamnables et funestes ; mais quand la seule force de lois exécutées sans obstacles, approuvées

par les premiers jurisconsultes du monde, détruit cette
choquante inégalité qui perpétue, d'un côté, tous les vices
de l'opulence; de l'autre, tous les crimes de la misère; quand
la prospérité publique est en grande partie l'ouvrage de ces
lois tutélaires, pourrait-on, sans frémir, proposer de revenir aux vieux principes, aux anciens usages, aux traditions erronées qui ont causé tant de malheurs! Et cela,
pour satisfaire les passions secrètes de quelques chefs de
secte, qui, dans leur délire métaphorique, nous crient chaque jour que la société se dissout, que la division des
propriétés la réduit en poussière! Insensés, qui ne savent
pas, ou qui ne veulent pas voir que le commerce et l'industrie recomposent sans cesse les fortunes que les succes-
sions partagent! Que les lots sont égalisés par la loi, mais
que l'inégalité se rétablit ensuite en raison du mérite ou
des vices de chacun de nous! Que le désordre et la paresse
sont punis, que les mœurs et le travail sont récompensés
dans cet ordre admirable qui préside à nos destinées!

La division des propriétés n'exclut point, d'ailleurs, la
constitution nécessaire d'une aristocratie gouvernementale,
et l'état même de notre société, tout faussé qu'il est par les
fautes législatives commises en 1830, prouve suffisamment
que cette division n'empêche nullement la constitution et
le maintien de grandes fortunes mobilières et terriennes.

Je crois donc qu'il importe à la race humaine, à son bonheur, sa liberté, que les propriétés et les lumières s'y subdi-
visent de plus en plus, et qu'aucune borne ne soit opposée à cette extension progressive et légale. Je crois que la
société aristocratique, constituée par la concentration des
lumières et de la propriété, est un ordre social vicieux
et faux. Je crois que la société vraiment libérale doit

être fondée sur la diffusion des lumières et la division
de la propriété.

Il résulte de là que toute discussion théorique de la
constitution d'un peuple est vaine, ridicule, oiseuse, si l'on
se borne aux arguments généraux tirés des droits
de l'homme. Car si on la basait uniquement sur ces arguments et sur ces droits, il s'ensuivrait que la même
constitution serait, au même moment et toujours, convenable et bonne pour tous les peuples, quels que fussent
leurs mœurs, leurs précédents historiques, et leur degré
de civilisation.

Il n'en va point ainsi dans le monde politique. Il faut
comparer les institutions à l'état réel du peuple, et, selon
que les lumières et la propriété y sont plus ou moins répandues, donner dans ses lois plus ou moins d'extension
aux droits politiques, c'est-à-dire à l'intervention du peuple lui-même dans le gouvernement.—Voilà, selon moi,
les véritables maximes de la liberté politique; et pas du
tout cette souveraineté absolue du peuple, qui, si elle était
une fois pratiquée, rendrait tout gouvernement impossible jusqu'à ce que Dieu eût jugé convenable de créer un
peuple parfait, où l'homme le plus disgracié de la nature,
de la fortune et de l'éducation, fût cependant capable de
juger avec discernement la législation et les plus hauts
intérêts de l'État.

Ce n'est pas un petit contre-sens politique que de voir
l'Angleterre demander la réforme, et vouloir en même
temps conserver le système de la grande propriété!....
C'est à mon avis l'anomalie la plus choquante qu'il soit
possible d'imaginer. Diviser d'abord la propriété, étendre
ensuite les droits politiques, telle est la marche raison-

nable. Mais vouloir garder exclusivement la propriété, et donner au peuple les droits politiques dont il a intérêt à faire usage pour la ravir, c'est folie. De là vient la résistance de l'aristocratie anglaise; résistance très-conséquente à son organisation, mais qui, de quelque résultat qu'elle soit actuellement suivie, ne peut aboutir en définitive qu'à des calamités; une loi civile qui détruirait le droit d'aînesse, les substitutions et leur cortége, vaudrait mille fois mieux pour le peuple anglais, que les droits politiques qu'il réclame. Mais je crois que les radicaux eux-mêmes ne comprennent pas cela en Angleterre.

Le moyen d'arriver sans catastrophe à une plus grande extension de droits politiques, c'est par conséquent de réaliser légalement la division de la propriété, et d'attendre ensuite que ce système ait duré assez long-temps pour avoir fortifié l'intelligence politique de la nation. C'est pourquoi la diminution du cens électoral ne doit jamais marcher aussi vite que la division des propriétés, et loin de la précéder, il doit la suivre avec prudence et lenteur; car une nation arrive bien plus tôt à avoir des opinions libérales que des mœurs libérales. Or, c'est le progrès de ces mœurs politiques seul qu'il faut suivre, et, sous ce point de vue, il s'en faut de beaucoup que les peuples modernes soient aussi avancés que leurs flatteurs le leur disent; ils aiment, ils veulent l'ordre et la liberté; c'est un grand point, mais ils n'ont pas d'idée fixe et certaine sur le moyen d'y parvenir, et de là vient que, sans vouloir écouter entièrement les factieux qui les circonviennent, ils se laissent cependant écarter de la vraie route constitutionnelle, ignorant encore celle qu'ils prendront.

CHAPITRE II.

Du Prolétariat.

—

Quelle que soit la division des propriétés, il est fort probable que le prolétariat, c'est-à-dire l'existence d'une classe sans propriété, ne disparaîtra jamais de la terre. Il faudrait pour cela que la nature humaine fût refaite et constituée d'autres éléments. Mais il est à désirer que le prolétariat diminue graduellement, de manière que la plus grande quantité possible de citoyens participe au droit de propriété. De grands progrès ont déjà été obtenus sous ce point de vue, et c'est à ces progrès que la civilisation actuelle doit une notable partie de sa sécurité. La vente des biens nationaux, la division des héritages, la suppression du droit d'aînesse, des substitutions, des biens de mainmorte ont produit ce résultat. — La liberté commerciale y joindra les améliorations dont l'humanité est susceptible, mais jamais, du moins je le pense, elle n'arrivera à la perfection, c'est-à-dire à la disparition complète du prolétariat.

Du reste, cet inconvénient inévitable n'a pas toute la gravité que quelques écrivains lui ont donné. — La condition du prolétaire de nos jours, n'est nullement semblable à celle des esclaves et des serfs, auxquels on aurait tort de les comparer.

L'esclave et le serf sont viciés et dégradés dans leur qualité d'hommes. On leur en retranche la plus belle partie, la liberté. Le prolétaire actuel est libre. Il n'a point de

propriété, mais il est capable d'en acquérir. Le propriétaire a une propriété, mais il peut la perdre et la perd en
effet très-souvent ; tandis que maint prolétaire en acquiert.
Ce mouvement perpétuel n'a rien de commun avec la dégradation personnelle et immuable du serf et de l'esclave.

Il ne faut pas d'ailleurs voir l'état de la société sous des
couleurs trop sombres. Depuis la révolution de 89 le nombre des propriétaires a considérablement augmenté et par
conséquent le nombre des prolétaires a relativement diminué. Ainsi que je l'ai dit d'après Sismondi, quinze millions
d'individus sont intéressés à la propriété du sol ; seulement
joignez-y leur clientelle de travailleurs, qui, pour l'agriculture, sont bien loin d'être dans l'état précaire des prolétaires manufacturiers, et vous verrez quelle immense
garantie possède maintenant en France l'ordre social fondé
sur la propriété. C'est ce qui a purifié les mœurs politiques de la nation ; c'est ce qui a donné à la révolution
de 1830 ce caractère de magnanimité, d'ordre et de légalité, qu'elle n'aurait jamais eu si la propriété eût été,
comme en 1789, concentrée en un petit nombre de mains.
—J'avoue qu'il n'en est pas de même du prolétariat ma-
nufacturier. — Mais à qui la faute ? — Au système prohibitif qui, viciant la direction du travail, a jeté forcément
dans certaines industries plus de bras et de travailleurs
qu'elles ne peuvent en nourrir dans leur état normal et
naturel. Mais ceci est une autre question. —Nous n'aurons
malheureusement que trop à nous en occuper.

CHAPITRE III.

Si les croyances religieuses peuvent être la base de l'ordre social.

Quelques écrivains ont posé en principe qu'il fallait une pensée religieuse, une croyance dogmatique, pour base de l'ordre social.

Certains d'entr'eux ont même avancé que cette foi religieuse devait être la religion catholique, et qu'en conséquence le prêtre catholique devait rentrer dans l'État, comme partie intégrante de l'ordre politique, et en reprendre la direction ; que le clergé devait être appelé à l'organisation des faits sociaux et à la pratique des affaires.

Il faut, ce me semble, être bien étrangement aveuglé pour croire qu'on puisse aujourd'hui trouver dans cette voie la moindre chance de réorganisation. Cette union de l'ordre politique et de l'église, donnant les croyances de celle-ci pour base à l'action légale de celui-là, est une de ces idées périmées, évanouies, réprouvées, à laquelle le plus habile écrivain du monde ne donnerait certainement, de nos jours, ni cours ni efficacité.

D'autres écrivains ont voulu ramener cette doctrine hasardée à une exposition plus rationnelle, en admettant la nécessité d'une de ces deux hypothèses :

Ou bien la religion catholique, se conformant au progrès de la raison, recevra la philosophie dans son sein, et reprendra ainsi la direction de la société politique :

Ou bien, si l'église se refuse à ce progrès, la philoso-phie émettra le symbole d'une foi nouvelle appuyée sur les traditions, et, à son tour, organisera le monde.

Or, je l'avoue, je ne comprends pas plus ces deux hy-pothèses alternatives, que je ne comprends les conseils donnés au clergé catholique de reprendre la direction sociale.

Si le clergé, restant en dehors des modifications im-primées à la philosophie sociale par le progrès des idées, a perdu par cela seul son influence sur la direction poli-tique de la société, ce n'est point un choix libre qu'il a fait. Il ne lui était pas loisible d'agir autrement. C'est étrangement comprendre la religion catholique, que de la croire susceptible de se modifier, et d'accommoder ses croyan-ces aux changements des esprits. La religion catholique est un système de croyance et de morale, un, entier, com-plet, immuable, immodifiable, à moins de se détruire elle-même. Les conseils que l'on donne au clergé auraient pu sans doute lui conserver l'influence politique, mais il au-rait fallu, d'abord, pour qu'il les suivît, que la religion catholique commençât par s'apostasier elle-même. Le mot progrès est un non-sens pour un culte dont le premier ar-ticle de foi est d'être le dernier terme, le dernier faîte de tous progrès : par cela seul que la religion catholique se croit infaillible et parfaite, il est dérisoire de lui con-seiller le progrès.

Quant à la seconde hypothèse, une foi nouvelle créée par la philosophie, appuyée sur les traditions, il m'est im-possible d'en admettre la moindre possibilité. — Ce qui est de foi, ne se crée point par la philosophie. La philoso-phie peut tout au plus déguiser ses préceptes et leur donner cours au moyen des croyances populaires à certaines époques d'ignorance; mais elle n'a même pas cette ressource dans les temps d'examen critique et de raisonnement.

Toute organisation sociale basée sur une croyance mystique, vague et vaporeuse mixtion d'une philosophie sans précision et d'une religion sans dogme, est une chimère qui ne se réalisera pas. Insister dans cette voie, ce serait perdre tout moyen de succès. Le siècle est trop positif, je ne dis pas pour accepter une telle direction, mais pour consentir seulement à y donner une attention sérieuse. C'est un autre lien social qu'il faut offrir à la rénovation du monde politique, en laissant les religions dogmatiques dans la ligne parallèle, mais séparée, qui leur appartient, n'apportant à l'ordre public d'autre tribut que la sanction des vérités morales qu'elles doivent enseigner dans le temple, non dans le forum.

CHAPITRE IV.

De la Nécessité des Armées permanentes.

Je suis de ceux qui pensent que l'établissement des armées permanentes coûte à la race humaine une grande déperdition de ses forces productives et de ses capitaux produits.

Je suis aussi de ceux qui croient, ou du moins qui espèrent, qu'un jour, quand la crise transitionnelle et critique où s'agite l'humanité sera terminée, pour faire place à une civilisation plus complète et mieux ordonnée, les armées permanentes ne seront plus aussi nécessaires qu'elles le sont aujourd'hui ; je crois qu'alors leur système pourra subir une transformation analogue à celle de la société elle-même.

Mais, n'examinant pas la question sous ce seul point de vue, qui n'est pas tout à fait rationnel, parce qu'il est anticipé ; faisant entrer en ligne de compte les antécédents de nos sociétés actuelles et les passions ambitieuses des hommes réunis en corps de nation ; comparant les risques éventuels, toujours imminents, qui naissent pour chaque corps social, et de ses propres passions et des passions rivales qui pressent ses frontières, je suis encore de ceux qui pensent qu'au temps où nous vivons les armées permanentes sont une nécessité, une indispensable protection qui coûte cher, sans doute, à la civilisation humaine, mais dont elle ne peut se passer, sous peine d'être incessamment arrêtée dans ses développements, soit par les agressions extérieures, soit par les déchirements intérieurs.

Ce qui serait vrai et démontré pour moi, même en ne considérant que l'état habituel de notre monde civilisé, acquiert à mes yeux un bien plus grand degré d'évidence quand je réfléchis à la fièvre convulsive qui travaille aujourd'hui l'organisme européen. Quelques années se sont à peine écoulées depuis qu'une révolution totale a changé le gouvernement de la France ; — de la France, avant-garde de la civilisation, qui, dans son ardeur impatiente, allait se plonger elle-même dans l'abîme, si la main puissante de Casimir Périer ne l'eût arrêtée, comme un cheval qui se cabre, une minute avant que le terrain manquât sous ses pieds. — Depuis, la Belgique, l'Espagne, le Portugal, ont passé de la monarchie prétendue légitime à un état constitutionnel, imparfaitement légalisé ; système gouvernemental qui peut devenir très-solide, mais qui n'en est pas moins empreint aujourd'hui d'incertitude et de provisoire, sous le coup toujours menaçant de la guerre civile et de l'agression étrangère. — La Pologne, enchaînée sur son lit de mort, a retrouvé dans une convulsion d'agonie les moyens de briser ses fers, pour en être soudainement ressaisie, et plus fortement cadenassée que jamais dans son tombeau. — Puis, voici les Russes, bizarre troupeau de grands seigneurs et de serfs que régit un serf despotique et couronné, civilisation factice, qui n'a pour juste-milieu qu'un vaste abîme où grondent les souffrances inexpiées et les droits méconnus de l'humanité. — Plus près de nous, dans tout le monde allemand, par une anomalie, plus étonnante que je ne puis l'exprimer, se trouve la plus grande somme d'idées et de lumières chez les sujets, et les plus vifs désirs d'absolutisme politique dans les gouvernements. — L'Italie ! l'Italie !... cadavre embaumé par la nature et par les arts : ruine antique et moderne où l'on entend un concert éternel chanté par des âmes en peine qui célèbrent elles-mêmes leur service des morts ! Peuple-Lazare, déjà prêt à surgir du tombeau, aussitôt que la liberté, qui vient du ciel comme le Christ, en aura brisé la pierre en la foulant sous ses pieds ! — Partout, une tendance évidente dans les chefs à faire diversion aux impulsions intérieures qu'ils redoutent, en préoccupant les esprits de la multitude par les vieilles idées, vainement rajeunies, de croisades diplomatiques ou guerrières contre des voisins qu'on voudrait vaincre et qu'on n'ose attaquer.

Mais ce tableau fébrile de l'Europe ne serait point complet, lors même que vous y joindriez les efforts des factions républicaines et légitimistes en France; — les premières ouvrant mille sources de guerres éventuelles par leurs tentatives de radicalisme et de propagande; — les secondes, l'oreille toujours tendue aux frontières pour deviner et ouïr les pas tardifs des hordes qu'elles eurent jadis pour auxiliaires, et dont elles rèvent l'impossible retour. — Le tableau serait incomplet encore, même après que vous y auriez joint le drame ardent du radicalisme anglais, face à face, en tête à tête avec l'orgueilleuse et froide aristocratie qui s'efforce d'immobiliser le temps lui-même, comme elle a immobilisé la fortune et la terre; vieux barons de la grand'charte, qui maintenant croient pouvoir imposer l'esclavage, parce que jadis ils ont donné la liberté ! Stériles législateurs, qui ne se sont pas aperçus que la valeur relative des mots a changé à mesure que la transformation des faits modifiait successivement le rapport des institutions et des hommes !

Non, le tableau de cette guerre universelle qui couve et grandit au sein de la paix; le tableau de cette lutte interne des sociétés européennes qui veulent rester unies, et que mille influences fatales divisent en dépit d'elles-mêmes, ne serait pas complet si nous nous bornions à cette esquisse rapide des ferments politiques amoncelés en Europe : sous la crise politique, germe et s'avance une crise sociale bien autrement féconde en bouleversements; car sous toutes les charpentes de nos édifices gouvernementaux, la vie maintenant est trop étroite pour ces millions d'hommes, jusqu'à présent déshérités, et qui demandent place au soleil ! Quand par miracle on aurait effectué, sans trop grand cataclysme de guerre civile et de guerre étrangère, les changements politiques réclamés dans l'organisation gouvernementale, hélas ! nous serions bien éloignés encore du but déjà trop connu, où tend, par des voies inconnues, cette pauvre race humaine qui a tant d'entraînement au bonheur, et si peu de moyens d'être heureuse ! La propriété, le travail, l'industrie, la richesse, sont bien plus difficiles à régler sur des bases stables et pacifiques, que les combinaisons de l'ordre purement gouvernemental, tel qu'on l'a calculé jusques à nos jours !

Au milieu de ces flots agités en sens contraire, sur cette mer humaine sans rivage et sans fond, d'où s'élèvent, en concert furieux, tant de millions de voix plaintives ou irritées, ce sont à mes yeux de bien misérables politiques que ceux qui veulent s'en remettre de la transformation sociale à l'instinct naturel des masses populaires qui se heurtent ! Ce sont de bien misérables politiques que ceux qui veulent ôter à la puissance publique ses moyens armés de répression intérieure et de défense extérieure, après avoir déjà beaucoup trop affaibli ses moyens de défense et de répression législative et judiciaire ! Ce sont de bien misérables politiques que ceux qui ne voient pas que l'intelligence morale qui prédomine, pour le bien de tous, la direction gouvernementale des peuples, serait impuissante et vaine, aujourd'hui plus que jamais, si on ne lui laisse en main un moyen infaillible et prompt d'empêcher le choc des rivalités contraires, et de comprimer dès leur naissance les hostilités innombrables que le progrès géné-

ral rencontre à chaque pas dans les passions individuelles
qu'il soulève !

Aussi, toutes les phrases déclamatoires de l'opposition
contre l'établissement actuel de l'armée nationale me pa-
raissent-elles la preuve la plus convaincante de l'impuissance intellectuelle de cette opposition elle-même. Elle est
choquée que, dans un état libre, tant de forces militaires
soient incessamment indispensables ; mais si elle voulait
abaisser un instant ses regards sur les réalités du monde,
en France et hors de France, elle comprendrait que la liberté politique, en s'étendant chaque jour, donne aux volontés individuelles une force chaque jour plus grande, et
que, jusqu'au moment où l'organisation sera terminée, il
faut maintenir la puissance publique en possession d'une
force proportionnée, à moins qu'on ne veuille, ainsi que
chez les états prétendus libres de l'antiquité, marcher de
la guerre civile à la dictature, et de la dictature à la guerre
civile, pour voir enfin la liberté individuelle détruire la
liberté publique et l'État !...

Aujourd'hui l'armée n'est donc point une force oppressive. Je la caractériserai mieux, mais imparfaitement encore, en disant qu'elle est une force protectrice. Pour la définir avec une exactitude complète, je dois ajouter qu'elle est
une force éminemment libératrice ; un géant philanthrope
et national qui lève un million de bras armés pour défendre le progrès social contre les factions, et l'indépendance de la patrie contre l'absolutisme de l'étranger !

Aujourd'hui, l'armée est l'armée de la nation, formée
de l'élite de la nation, animée de l'esprit de la nation, et
précisément pour cela, elle est le plus ferme soutien du
gouvernement national du roi, chef suprême de l'armée ;

parce qu'en ses mains royales la charte a remis le droit et la force; la force !.... sans laquelle il n'est point de droit efficace, lorsqu'il s'agit de gouvernement.

Grâces à nos institutions, l'armée a changé aujourd'hui de caractère; elle n'est pas l'armée de l'ancien régime que tout séparait du peuple, et qui, toujours glorieuse au dehors, n'était à l'intérieur qu'un instrument de force à l'usage du despotisme et de l'arbitraire. La différence du recrutement de l'armée actuelle et de celui de l'ancienne armée, indique suffisamment la distance qui les sépare. On n'a donc plus à craindre qu'elle soit un instrument d'oppression. Son rôle est changé à jamais, et sa mission protectrice a revêtu un caractère de grandeur et de libéralisme qu'elle n'avait pas dans les temps qui ont précédé notre époque.

CHAPITRE V.

De l'Organisation de l'Armée, de ses Droits et de ses Devoirs.

Sous l'ancien régime, l'armée, recrutée presque entièrement, surtout pendant la paix, par la voie de l'enrôlement volontaire et à prime d'argent, se composait, 1° de jeunes gens à têtes ardentes, attirés sous les drapeaux par le désir de courir les aventures; 2° de jeunes gens simples qui se laissaient arracher, le plus souvent pendant l'ivresse. par des *raccolleurs*; un engagement qu'ils déploraient ensuite, mais dont il fallait subir les conséquences; 3° de mauvais sujets qui ne voulaient rien faire. et ne sachant

comment vivre, s'enrôlaient dans l'espoir d'éviter le travail.

De ces trois éléments plus ou moins mauvais, on par-
venait cependant à former des armées qui, par leur bravoure toujours, et par leur discipline quelquefois, ont ho-
noré le pays.

Mais on conçoit qu'une armée ainsi composée et soumise à des officiers à peu près tous nobles, privilégiés,
féodaux, obtenant du Roi un régiment, l'achetant, le ven-
dant, ne voyant dans l'État que le Roi, ne connaissant à
la nation aucun droit politique, et sachant son antipathie
pour leur caste; on conçoit, dis-je, qu'une telle armée
pouvait être hostile aux libertés publiques, et il n'est pas
étonnant que le Roi absolu envoyât des mousquetaires
gris ou noirs mettre la main sur les magistrats des parle-
ments, pour faire exécuter les ordres du bon plaisir.

Aujourd'hui tout est changé. L'armée, par la conscription, est composée des enfants de la France, pris au sort
sans distinction ni privilége. Tous ces Français, enrôlés
par la loi, présentent des garanties véritables à l'ordre
et à la liberté. Commandés par des officiers pour lesquels la naissance ou la vénalité n'est plus un titre, leurs
sentiments sont encore purifiés par tout ce que l'honneur
excite de nobles pensées; et la loi nouvelle a poussé ses
prévisions si loin pour conserver intact l'esprit moral de
l'armée, que toute condamnation à une peine afflictive,
prononcée avant l'appel au service, dispense l'appelé d'être
soldat, parce qu'elle le rend indigne d'en revêtir le glorieux uniforme.

L'armée ainsi composée est donc toute nationale.

Cette armée, composée d'éléments purs, est unie au gou-

vernement par une ferme discipline, par une patriotique
obéissance. Elle ne discute pas, elle ne délibère pas, elle
obéit, et il faut qu'il en soit ainsi. Cette obéissance ne ressemble point au servilisme du mameluck pour son bey,
à l'obéissance brutale du serf russe pour l'autocrate, son
maître politique et théocratique. Non, elle est basée sur
la loi, sur l'honneur, sur le patriotisme!

Le gouvernement national, sûr de l'obéissance, dispose
de l'armée contre l'ennemi étranger, contre les factions re-
belles. Dangers, fatigues, misères, privations, l'armée doit
tout supporter sans murmurer, sans délibérer, sans hésiter; dans mille circonstances, et toujours, elle a prouvé
qu'elle était fidèle à ce devoir pénible et glorieux.

Mais, en échange de tant de devoirs fidèlement accomplis, l'armée a des droits, des droits imprescriptibles et sacrés; et puisque l'armée, ne devant pas délibérer, ne peut
pas défendre ses droits elle-même, c'est au citoyen, c'est
au publiciste, c'est à la presse, c'est aux ministres déposi-
taires du pouvoir royal surtout de les défendre s'ils sont
méconnus. Ce sont ces derniers qui doivent faire respecter
les droits de l'armée, s'ils sont attaqués par des législateurs
imprévoyants, qui, dans un désir d'économie chétive,
voudraient faire des épargnes sur l'armée!.....

Le rôle de l'armée, comme partie du grand tout national, est simple et noble. — Obéir, — travailler, — combattre!... Qu'on prépare donc pour elle les moyens de l'uti-
liser à de grandes entreprises pendant la paix, à de grands
travaux; qu'on honore ses travaux, qu'ils deviennent pour
elle la source de la force, de la santé, du bien-être, et tout
à la fois un nouveau titre encore à la reconnaissance de
la patrie!

Mais, que les droits, l'avenir, la sécurité de l'armée soient respectés de tous, qu'ils soient mis à l'abri de parcimonieux amendements, d'exigences intempestives de la part des commissions nées ou à naître. Ce qu'il faut à l'armée, c'est la stabilité des lois, des réglements, des grades, des retraites, des pensions. Il faut que les lois soient suffisantes pour atteindre ce but, et qu'elles trouvent dans ceux qui les ont faites autant de respect et d'obéissance qu'elles en trouvent dans ceux dont elles règlent les devoirs et les intérêts. — On ne doit y porter la main qu'avec une extrême circonspection, et il est essentiel de ne point permettre que l'on cherche de vaines, d'immorales économies sur le sort déjà mesquinement assuré des défenseurs du pays.

En Angleterre, l'armée n'est point composée d'éléments aussi purs qu'en France, puisqu'elle contient encore deux germes de désorganisation morale, la vénalité des grades et les châtiments corporels. Mais la sagesse du parlement fait de l'armée anglaise, malgré ces obstacles, un moyen puissant d'ordre et de repos, parce qu'on a le plus grand respect pour ses droits et son bien-être; parce qu'ils sont fortement garantis, et parce que jamais on ne met en question s'il sera loisible ou non d'y porter atteinte.

Il faut savoir imiter cet exemple et se souvenir que toutes les libertés du pays ne sont qu'une seule et même liberté, qui découlent du même principe, et doivent tendre au même but; lorsqu'il paraît surgir entre elles quelque discordance pratique, quelques contradictions accidentelles. on peut être sûr que c'est par une confusion qui, des mots, s'est transportée jusque dans les choses elle-mê-

mes, et a vicié les principes par l'adjonction des préjugés
ou des passions de l'esprit de parti.

L'armée, dans l'ordre organique de sa vie militaire,
doit être essentiellement obéissante; toute délibération lui
est interdite. Mais il ne découle pas de ce principe immuable et tutélaire, que l'armée, dans un état libre, n'ait pas
aussi sa liberté comme tous les autres éléments du grand
tout national. — Sa liberté, à elle, comme à tous les êtres
moraux qui vivent sur la terre, c'est l'accomplissement
de ses devoirs récompensé par la jouissance loyalement
respectée de ses droits.

Tracer une ligne dans laquelle les devoirs de l'armée
soient toujours définis, et ses droits toujours respectés; organiser cette partie du service public de manière que l'armée soit toujours obéissante au pouvoir légal et toujours
tutélaire pour les citoyens; tel est le problème à résoudre
pour que cette grande force nationale concoure, sans délibérer, à la consolidation de la liberté sociale.

La solution de ce problème, à peu près impossible dans
les états despotiques, où la souveraineté gouvernementale
est séparée de la force nationale et la regarde comme sa
mortelle ennemie, devient facile et rationnelle dans un
gouvernement représentatif bien entendu : c'est-à-dire,
dans un gouvernement représentatif où l'action du gouvernement et l'action électorale sont organisées de telle
sorte, qu'elles portent au pouvoir la représentation fidèle
des volontés intelligentes, morales, consciencieuses, de la
portion éclairée des populations. Il y a entre cette armée et
la nation elle-même, une telle homogénéité de principes,
d'intérêts, de volontés, que son obéissance au gouvernement ne peut avoir aucun réultat oppressif pour la nation.

Elle est le bras armé du corps social, dont le gouvernement est la tête, et dont la souveraineté est l'âme immortelle, source vivifiante de toute pensée de commandement.

Il suit de là, que par cela seul que l'organisation politique sera vraiment libre et morale, l'armée sera intelligente et patriote, sans être jamais, ni esclave, ni insurrectionnelle, ni honteusement inerte, ni factieusement délibérante. Son obéissance au gouvernement national sortant de la même source que ce gouvernement lui-même, il n'y aura ni servilité, ni résistance possible de sa part. — Il y aura concours loyal et spontané, discipline et patriotisme.

Le progrès le plus grand que l'on puisse accomplir, c'est donc de réaliser cette haute philosophie sociale qui doit animer l'armée, et remplacer le dévoûment aveugle et fanatique des anciennes phalanges nationales, par ce dévoûment instruit et rationnel jusque dans l'attachement instinctif qu'il porte à la fois à la discipline et à la liberté !

Dans notre gouvernement représentatif, que de citoyens concourent à la formation, à la direction, à l'organisation de cette armée libératrice ! que d'intérêts publics et privés viennnent se rattacher à cette armée, qui se recrute dans nos familles et qui doit défendre nos foyers !... Cependant, il faut le dire avec un profond regret, et parmi les hommes politiques qui régissent l'État, et parmi les pères de famille qui composent la cité, combien il en est peu qui connaissent l'organisation, la discipline, les besoins, les droits et les devoirs de cette armée, dont les rangs doivent être formés par leurs enfants !

Commençons par le faîte de l'édifice. — Nos deux cents

pairs et nos quatre cents députés qui discutent la solde,
les retraites, les pensions, le recrutement, l'organisation
de l'armée et de la réserve, la connaissent-ils cette armée,
dans tous ses détails, dans tous ses éléments constitutifs?...
Non : à part quelques hommes spéciaux, le reste parle,
agit, et vote presque au hasard, mu souvent par une hostilité aveugle du civil contre le militaire; souvent encore
par cette idée iniquement rétrograde que l'armée est un
pouvoir oppressif pour la liberté des citoyens; et plus souvent, peut-être, par l'instinct routinier d'une parcimonie
qui ne comprend pas qu'elle devient stupide jusqu'à l'in-
humanité, lorsqu'elle veut baser les réductions du budget
sur des retranchements opérés au détriment des défenseurs
de l'État, qui déjà ont à peine le nécessaire, même en se
conformant au rigorisme spartiate que leur imposent et le
réglement militaire et l'exiguité de leurs émoluments.

Après les députés et les pairs, tous nos préfets, tous
nos administrateurs municipaux, tous nos conseillers de
départements et d'arrondissements, qui, dans toute l'étendue de la France, dirigent, surveillent, régularisent le recrutement, les réformes, les remplacements, connaissent-
ils à fond les besoins, l'organisation de l'armée, les conditions indispensables au bien du service? Savent-ils comment ces conditions sont réglées et balancées? Savent-ils
tout le mal qu'ils font quand ils prononcent une réforme
ou une admission injuste, ou quand ils acceptent un remplaçant dégradant pour la paix et l'honneur des régiments?... Non, ils ne le savent pas, ou du moins la plus
petite partie d'ent'reux seulement, le sait, et le sait même
inexactement, n'ayant que des données vagues et générales,
acquises dans les hasards de la vie civile et sans étude

spéciale!... Et cependant, comme administrateurs, comme citoyens, comme pères de famille, quel intérêt n'auraient-ils pas à le savoir?...

Puisque nous voulons devenir une nation heureuse et libre, accoutumons-nous donc à prendre le gouvernement représentatif au sérieux ; voyons-y autre chose qu'un texte inépuisable en stérile déclamations de tribune, de journaux et de salons. Accoutumons-nous à penser que, dans notre noble et libérale monarchie, nous sommes tous éléments, instruments, agents de gouvernement, ou susceptibles de le devenir à chaque instant, lorsque le choix de nos concitoyens nous investira des charges administratives et politiques ; n'attendons pas que le moment d'agir montre notre incapacité ou notre ignorance ; ne disons pas que nous voulons l'ordre, la liberté, le progrès, si notre apathie nous rend impuissants à remplir le rôle qui nous est assigné dans cette marche ascendante de la société. Le gouvernement et l'armée se recrutent également parmi nous ; mais l'armée apprend et sait son devoir ; et nous, hommes civils, dont la charge est plus grande encore, puisque nous devons à la fois régler l'administration de l'État et pour l'armée et pour nous, nous ignorons notre devoir et nous exerçons à peine nos droits.

Étudions donc nos lois militaires, et nous apercevrons facilement la règle qui doit nous diriger toutes les fois que nous serons appelés à exercer notre part de concours à la formation de l'armée ; nous apercevrons, d'une manière distincte et claire, le point de contact qui sert d'indissoluble lien à l'ordre civil et à l'ordre militaire. Nous verrons combien serait aujourd'hui stupide et rétrograde ce vieil antagonisme qui régnait autrefois entre le

bourgeois et le soldat, parce qu'alors ni l'un ni l'autre
n'étaient réellement citoyens ; nous apprendrons par le développement de l'esprit ce que nous ne savons encore que
par l'instinct de l'âme ; nous saurons enfin que le citoyen
dans la vie civile, et les soldats sous la tente, sont frères
d'armes, marchent, combattent, triomphent pour la même
cause, et que nous devons veiller pour eux dans le forum
politique, puisqu'ils veillent pour nous sous le drapeau !

Ce désir d'union, de paix et de concorde entre l'armée
et les citoyens, ne doit cependant point faire oublier qu'il
y a pour l'armée des principes et des règles que les véritables
hommes d'État ne doivent jamais perdre de vue ; il existe
aussi dans son sein de vieux souvenirs dont il faut détruire l'influence.

La force armée est essentiellement despotique, si elle
n'est essentiellement obéissante ; une fois rentrée dans l'intérieur du pays, elle doit être subordonnée à l'autorité
civile ; la magistrature, soit administrative, soit judiciaire, doit avoir une prééminence morale qu'on ne peut
lui contester sans porter le trouble et le désordre dans
l'État.

Habitués à leur supériorité dans les camps, les pouvoirs militaires souffrent avec peine cette prééminence des
pouvoirs civils ; l'esprit militaire est porté à faire peu
de cas de l'autorité qui n'émane pas des chefs de l'armée.
C'est une raison de plus pour bien établir la suprématie
des chefs civils à l'intérieur, et pour subordonner bien nettement l'action de l'armée à la leur. Les chefs militaires
doivent donc obéir aux réquisitions judiciaires ou administratives qui leur sont légalement faites ; les généraux
employés au dedans de l'État ne commandent pas, comme

on le dit par erreur, une division du territoire, ils commandent les troupes cantonnées ou casernées dans cette division ; ils ne peuvent les employer contre les citoyens
pris en masse ou individuellement, que sur la réquisition
des autorités civiles et après les sommations légales ; loin
de commander en pareil cas, les officiers généraux ne sont
que les chefs de ceux qui doivent obéir.

C'est ainsi que doit être comprise la position de l'armée
dans l'organisation intérieure de l'État. Quant à l'organisation, à l'administration, à la direction de l'armée, c'est
tout autre chose ; là, le général doit commander, sans doute ;
mais, je le répète, ceci n'a rien de commun avec l'autorité
gouvernementale au dedans du pays ; si cette autorité ap-
partenait aux officiers généraux, il n'y aurait plus ni
gouvernement ni lois, tout serait remplacé par la dictature militaire.

Ce sont là des distinctions essentielles, fondamentales,
et d'où dérive, comme conséquence nécessaire, une juridiction exceptionnelle pour l'armée, question grave, et
que je traiterai avec l'étendue qu'elle mérite. En effet,
au milieu de la civilisation humaine, procédant par
l'intelligence et le raisonnement, l'organisation de la force
militaire repose sur un principe tout opposé. Nécessaire
pour défendre chaque nation contre l'hostilité des nations
rivales, l'armée n'a d'autre mission que d'apprendre à être
forte et à vaincre. Instrument de guerre, elle n'a pas le
droit d'approuver ou de blâmer les causes de la guerre ;
que le pays ait tort ou raison dans ses discussions avec
ses voisins, elle n'en est pas juge ; elle doit se battre pour
une guerre injuste aussi bien que pour une guerre légitime. Tandis que la civilisation procède par la force du

droit, l'armée procède par le droit de la force. C'est un reste de barbarie inévitable; il faut qu'il n'y ait plus d'armées permanentes ou qu'elles soient ainsi. Que deviendrait une nation, si son armée pouvait lui répondre : — Je ne veux pas combattre tes ennemis, parce que la guerre que tu leur fais est injuste? — Cette nation serait envahie cent fois, si cent fois elle avait la guerre.

Au milieu de notre organisation civile, — terrible anomalie ! — nous avons donc, au centre de la société, une organisation toute spéciale qui repose précisément sur l'interdiction absolue de l'appréciation du droit : un corps où la hiérarchie est telle, que le soldat ne connaît que son capitaine, le capitaine son commandant, le commandant son colonel, le colonel son général : de sorte que l'hostilité d'un chef peut mettre en mouvement instantané toute la hiérarchie qui lui est inférieure. — Nous avons ainsi au milieu de nous un corps immense, agissant comme un seul homme, marchant quand on lui commande de marcher, frappant quand on lui commande de frapper, tuant quant on lui commande de tuer : voilà sa vie. — C'est toujours par la mort qu'il procède. L'armée capable de donner la mort le plus promptement, le plus inévitablement, celle qui dirige le mieux ses fantassins, ses cavaliers, ses canons; celle qui foudroie le mieux une ville, qui anéantit plus tôt l'adversaire qu'elle a en face, est la meilleure, la plus illustre, la plus glorieuse des armées. Tant pis pour la conscience de ceux qui la paient et qui la poussent, si la guerre est injuste; ce n'est pas l'armée qui répondra du sang versé.

Or, l'armée ne peut avoir à la fois deux natures contraires. Le droit de la force et la force du droit sont deux doctrines qui s'excluent nécessairement. L'armée conserve donc dans l'intérieur sa tendance inévitable à faire usage de la force. Ce n'est pas avec des paroles ou des écrits qu'elle fera de la propagande, lorsque les factions qui divisent le pays s'agiteront aussi en elle, précisément parce qu'elle est nationale, parce que les dissidences nationales sont inhérentes à sa composition. Elle a dans ses sabres, dans ses mousquets, dans ses canons, un argument irrésistible et toujours prêt. L'habitude de tout soumettre au droit de la force, quand l'armée, remplissant sa destination primitive, lutte contre l'étranger, crée pour l'armée une atmosphère spéciale où l'action pacifique du droit civil reste inerte et paralysée.

Il faut donc à ce droit de la force, quand il se laisse emporter au service des passions criminelles qui sollicitent son appui, il lui faut une répression immédiate, prompte et forte comme lui. Cette répression ne doit pas être attendue comme conséquence incertaine d'un long débat; elle doit être un fait instantané, jaillissant au moment même du crime qui la nécessite. La promptitude de l'action militaire est telle, que presque toujours elle serait accomplie et triomphante avant que la lenteur des formes judiciaires pût l'atteindre. Pour l'armée, il n'y a de répression efficace que par l'armée. N'en laissez pas éteindre la foi; n'en laissez pas perdre la tradition; n'y laissez pas faire la moindre exception, même la plus partielle, même la moins importante, ou bien vous serez emportés par une anarchie sans limites, dont nul autre désordre social ne peut donner une idée, même approximative !

Ne repoussez donc pas mes paroles, à titre de doctrines

monarchiques, jeunes républicains. et vous légistes trop
confiants, enthousiastes d'un formalisme judiciaire qui
vous perdrait les premiers : ce que je vous dis là est une
règle universelle, que la république elle-même devrait
admettre plus encore que la monarchie ; car la république,
ayant moins de pouvoir central, moins de force concentrée dans l'autorité civile, serait bien plus promptement
la proie de l'insubordination militaire. C'est la république surtout qui ne doit jamais permettre que les crimes
de la caserne soient jugés dans le prétoire. Voyez Rome :
elle décimait ses légions sur le simple ordre d'un consul.
Voyez les régiments suisses ; ils rendent leurs arrêts en
plein air, les officiers assis sur les caisses des tambours,
et le peloton qui doit exécuter la sentence déjà sous les
armes dans le champ voisin !

Que faut-il donc penser d'une jurisprudence qui, non
contente de détruire la juridiction militaire à l'égard des
citoyens sortis de l'ordre civil pour se faire guerriers volontaires contre les lois qu'ils attaquent par les armes,
arrache à la juridiction des conseils de guerre la connaissance des délits et des crimes les plus militaires, commis
par les militaires eux-mêmes, sous le drapeau, par le
drapeau, contre le drapeau ! jurisprudence à contre-sens,
qui, pour être fidèle à une vaine subtilité, à une argutie
de palais, déserte les principes éternels de la législation et
de l'ordre social ?

CHAPITRE VI.

Nécessité de la Police politique.

—

La liberté du pays, la sécurité des citoyens, l'ordre public et la propriété particulière, le maintien des institutions, la paix avec les puissances étrangères, sont toujours attachés à la vie du chef de l'État et à la durée du gouvernement.

Tous ces intérêts sont perpétuellement menacés, non-seulement par les complots qui sont tramés dans l'intérieur du royaume, mais souvent aussi par des menées qui ont leur source hors des frontières. Il est donc nécessaire, urgent, indispensable, que la haute police politique soit fortement organisée au dedans et au dehors. On aura beau faire des phrases éloquentes et morales contre la police, contre les agents de police, contre l'espionnage, on sait qu'il est absolument impossible de s'en passer, si l'on veut résister aux perturbateurs et déjouer leurs trames avant qu'elles n'aient occasioné d'horribles malheurs.

Une police mal rétribuée est mauvaise et incomplète; souvent elle fait plus de mal que de bien, parce qu'elle procure tout juste assez de renseignements pour donner des inquiétudes sur le mal qu'elle fait pressentir, et qu'elle ne procure pas de renseignements assez actifs, assez prompts, assez complets, pour que le gouvernement se croie fondé à remonter à la source même du mal et à y couper court.

═══

CHAPITRE VII.

De la Nécessité d'une Garde royale.

—

L'amour des peuples et leur plus tendre reconnaissance pour le dévoûment des souverains qui consacrent leur existence entière à veiller au bonheur public, n'a jamais préservé les meilleurs rois du fer des assassins !... Ces maximes sentimentales et chevaleresques n'empêcheront jamais que, dans les rangs inférieurs de la société, il ne se trouve des séides coupables, fanatisés par les prédications des factions révolutionnaires; elles n'empêcheront jamais les assassins de porter une main furieuse sur l'homme-roi, que les missionnaires de chaque faction leur représentent sans cesse comme le type vivant, la pensée immuable, le promoteur égoïste du système auquel on attribue tous les maux du pays ! — Qu'importe, en effet. que des millions de citoyens bénissent le monarque et soient prêts à le défendre? Ils ne sont pas là ; ils n'entourent pas sa personne ! Eloignés, épars sur la surface de la patrie, ils ne peuvent servir de rempart vivant à son chef vénéré ; mais les factions, au contraire, appellent et concentrent leurs minorités incendiaires : il ne leur faut pas une multitude pour frapper au cœur l'homme sur lequel repose l'unité légale du gouvernement ; l'homme qui sert à la fois de pivot et de bouclier à l'ordre monarchique et constitutionnel, et qui, lui-même, marche sans bouclier, le front découvert, le sein nu. le bras désarmé, au milieu d'une horde implacable et renaissante !

J'avoue, quant à moi, que je ne conçois pas l'aberration fatale qui énerve l'esprit et les résolutions de tant de braves et honnêtes citoyens qui gémissent et se désolent toutes les fois qu'un nouvel attentat contre la personne du roi sort de l'enfer révolutionnaire, pour menacer les nations et verser sur elles toutes les calamités d'un avenir désastreux, dont aucun souvenir, même ceux du temps de 1793, ne pourrait exprimer suffisament les horribles chances! —Les honnêtes gens se désolent sans doute, ils gémissent, ils s'exclament, ils lèvent les yeux au ciel. C'est sur la terre, c'est devant nous, c'est sur notre roi qu'il faut les tourner! Ce sont des mesures nettes, claires, positives, qu'il faut invoquer et prendre!.. Et, loin de là, lorsque des hommes dévoués, des ministres dont l'avenir bénira les noms, ont voulu songer sérieusement à défendre la monarchie contre le torrent fangeux et sanglant de l'anarchie, les populations ont prêté l'oreille aux doléances démocratiques; elles ont trouvé qu'on allait trop loin, qu'on exposait la liberté en donnant trop d'action au gouvernement. Il a fallu braver la dépopularité pour oser réprimer par la plus simple intimidation, par les précautions les plus modérées, l'émission journalière, constante, incessante, des maximes perverses qui désignaient le chef de l'État comme le fléau incarné, l'oppression vivante de la patrie! Et, enfin, ces hommes d'État courageux ont été délaissés, sinon avec hostilité, du moins avec ce tiède abandon de l'égoïsme, qui cherche d'abord à se mettre à couvert, et se borne ensuite à regretter les hommes qu'il n'a pas voulu défendre de peur de succomber avec eux!..

Les préjugés dissolvants qui représentent sans cesse le gouvernement royal comme un pouvoir qui se servirait

de sa force, si on lui en donnait, pour opprimer la nation et lui arracher ses libertés, ont donc toujours empêché
de prendre les mesures nécessaires pour couvrir le roi
d'une égide inviolable; on s'est hérissé de mille défiances
contre ce pouvoir, seule garantie de l'ordre, de la propriété,
du repos, du progrès véritable; on n'a pas voulu voir que
la sûreté du roi est la première et la plus précieuse liberté
du pays qu'il gouverne, car seule elle garantit la jouissance de toutes les autres.

C'est donc bien à contre-sens que l'on a élevé, contre l'établissement d'une garde royale, toutes les accusations de
privilége, d'institutions prétoriales et personnelles donnant
au chef de l'État un instrument spécial pour appeler la
force à l'appui de ses volontés. — Ces vaines accusations,
toutes ces vieilleries décrépites, ne présentent pas les dangers que l'on veut y voir. Non, la garde, qui empêcherait un assassin d'appuyer un fusil sur la portière même
du carrosse royal, et de tirer à bout portant sur le roi, ne
pourrait être un moyen d'oppression contre la liberté;
bien au contraire, son action matérielle et son influence
morale, qui éloigneraient de la royauté toutes ces attaques sans cesse renouvelées, préserveraient la liberté du
pays, en conservant l'institution fondamentale du trône
et de la dynastie qui en est la base.

Une garde royale serait un corps privilégié, contraire
à l'égalité des droits, dit-on.... Crainte puérile, qu'il est
bien facile d'écarter. N'y a-t-il pas mille moyens de l'organiser de manière à conserver l'égalité des droits, à en
faire un objet d'émulation pour l'armée. non de privilége?...

Nous connaissons les sujets d'inimitié et de justes récriminations qui séparaient l'armée nationale de la garde privilégiée de la restauration. Mais les erreurs d'organisation qui viciaient la bonne et salutaire institution d'une garde spéciale destinée à garantir la sécurité du pays par la sécurité du monarque qui en est la représentation vivante; ces erreurs accidentelles ne sont pas un motif de proscrire l'institution elle-même. Il faut l'épurer, il faut la rendre nationale, il faut en faire un but d'émulation pour l'armée entière, au lieu d'en faire une pépinière d'officiers improvisés destinés à envahir ensuite les grades supérieurs de la ligne, privant ainsi les anciens officiers des chances d'avancement qui leur étaient dues. Il faut, en un mot, perfectionner l'institution et non pas la détruire. — Mais le génie révolutionnaire a plus tôt fait de détruire que de perfectionner. Détruire, c'est son lot, sa vie, son but; et quand il détruit une bonne institution dans le présent, c'est toujours avec la perspective de se ménager ainsi les moyens de détruire plus tard le reste de l'édifice social que la pudeur publique le force d'épargner quelque temps encore.

Supposez donc une garde royale dans laquelle on ne pourrait entrer qu'après avoir fait un nombre d'années de service réglé dans la ligne, où l'on n'incorporerait que des soldats d'élite, des soldats les plus exempts de fautes et de punitions, même légères, dans toute leur carrière; des soldats illustrés par des actions d'éclat; des soldats sachant tous lire et écrire; des soldats pris indistinctement, et pour leur mérite seul, dans toutes les armes et dans toutes les classes de la nation, pauvres ou riches, nobles ou bourgeois. Supposez que, dans ce corps d'élite, l'avancement ne pût s'exercer qu'intérieurement, et que les

officiers ne pussent en sortir pour rentrer dans la ligne
en y usurpant les grades supérieurs : — croyez-vous qu'un
tel corps, représentation vivante et spéciale de toute l'é-
nergie nationale de l'armée, fût pour l'armée un objet de
jalousie et de rivalité? Croyez-vous qu'un tel corps pût
être comparé aux gardes prétoriennes, et qu'il donnât à
notre dynastie nationale une influence perturbatrice contre
les libertés du pays?

La garde royale, dira-t-on, si bien, si nationalement
qu'elle fût organisée, n'empêcherait pas un assassin fanatique d'arriver au roi et aux princes. *Qui méprise la mort
est sûr de la donner.* — Vieille et stupide maxime classique
en vertu de laquelle il faudrait dès-lors supprimer toutes
les précautions imaginables contre le crime, parce qu'il
pourrait se trouver de rares occasions où l'exaltation du
crime rendrait les précautions insuffisantes!....

Ne raisonnons pas, ne raisonnons jamais ainsi. Dans
toutes les institutions humaines, examinons toujours deux
choses : — leur action matérielle, leur jeu organique dans
la société; — puis l'influence morale qu'elles exercent par
l'ordre d'idées où elles poussent et dirigent l'esprit national; second point de vue souvent plus essentiel encore que
le premier.

Comme institution active et organique, la création d'une
garde royale donnerait une tout autre régularité, une
tout autre vigilance, une tout autre énergie à la surveillance qui doit servir de bouclier à la personne du roi
contre la horde révolutionnaire qui le menace. Les destinées de la garde et celles du trône se trouveraient intimement unies : l'honneur du corps serait incorporé au salut
de la royauté. Chaque soldat, chaque officier sentirait

peser sur lui une solidarité spéciale qui l'engagerait, sur
sa tête, sur son honneur, sur son existence morale, à
conserver à la France le dépôt sacré confié à la garde
royale. — Souvenez-vous de la garde impériale ! Ne por-
tait-elle pas partout avec elle un reflet de l'empereur?
L'empereur ne portait-il pas partout l'illustration et l'honneur de la garde elle-même? La garde eût-elle été complète sans l'empereur, et l'empereur sans la garde!........
Et quand on lisait dans *le Moniteur* ces simples mots :
La garde est partie, — la garde est arrivée, n'aurait-on
pas dit que la consécration de la force, de la durée, de la
victoire, se déplaçait et marchait pour assurer partout
l'invulnérabilité de la glorieuse France et du chef suprême
de ses destinées ! !.... Aussi, n'est-ce pas la mort de Napoléon qui a fait crouler l'empire ; c'est l'écroulement de
l'empire qui a étouffé l'empereur..... Et la garde, avant
lui, était restée sur le champ de Waterloo !....

N'espérez pas, n'espérez jamais atteindre le but, en confiant accidentellement la garde de la royauté à des corps
éparpillés qui n'auraient avec elle aucune assimilation
constante et réelle. Puisez les éléments de la garde royale
dans toute l'armée, dans la garde nationale, dans toutes
les forces actives du pays ; mais faites de la garde royale
un corps qui ait son organisation, ses devoirs, sa charge,
sa solidarité, sa responsabilité particulière. Alors seulement elle sera une institution monarchique et libérale ;
alors seulement elle remplira son but et raffermira en
France la liberté civile et tous nos moyens de progrès.

Elle n'empêchera pas, dit-on, tous les assassins d'arriver à la personne du roi!..... Mais quand elle ne détruirait qu'une grande partie des chances d'assassinat qui

peuvent se renouveler tant qu'on laissera la royauté isolée
au milieu de ses ennemis, ne serait-ce pas déjà un grand
bienfait? Eh bien! confions-nous alors à la Providence
pour achever notre ouvrage; mais n'allons pas, stupide-
ment inertes, déserter nous-mêmes notre défense, et demander à la Providence un miracle éternel, continu, de
tous les jours et de toutes les nuits, pour préserver la vie
du roi et la liberté de la patrie !

Mais, en outre de l'action instantanée et matérielle d'une
garde royale, ne serait-ce rien que la grande influence
morale que cette institution exerce aux yeux du monde?
C'est un acte de foi monarchique, un acte de volonté solennel proclamé en face de la démagogie dissolvante : on
lui signifie à elle-même, parlant à sa personne bien et
dûment prévenue, que la royauté n'est pas une institution
provisoire et honteuse, destinée à servir de transition à la
république universelle ; on lui déclare hautement que le
roi est la première nécessité morale de la société ; que la
société concentre sa force défensive sur le point où les
agresseurs anarchiques concentrent leurs effroyables complots. La royauté ne serait plus insultée alors comme une
sorte de mendiante usurpatrice à laquelle on consent encore à faire l'aumône d'une liste civile à titre de salaire ;
elle serait la grande institution centrale que la force nationale protégerait de sa vigilance incessante, enorgueillie
et fière de cette réciprocité courageuse et dévouée qui lie-
rait le trône à la nation et la nation au trône !... Alors,
tout le monde sentirait que ce ne serait plus une scène
jouée, une illusion scénique, une représentation théâtrale,
comme la royauté factice, création républicaine chargée
d'oripeaux rapiécés, dont on amuse jusqu'à présent la

crédulité monarchique et la bonhomie de notre temps.
— Mais ce serait une royauté forte, durable, réelle, établie pour le présent et l'avenir.

Malheur à vous, Français, malheur à vous, si, après
avoir ôté à la pairie, à la royauté, à la députation elle-
même, les grandes garanties morales que la charte avait
consacrées, et que la folle révision de 1830 a livrées en
pâture à l'esprit républicain qui ne se contente plus aujourd'hui de cet holocauste provisoire! malheur à vous,
si vous n'ouvrez pas enfin les yeux sur la situation précaire et fausse où se trouve le pays, n'ayant de garanties pour le présent et l'avenir que dans la dynastie elle-
même, et, pourtant, hésitant à défendre cette dynastie
contre l'assaut redoublé de la révolution et de la contre-
révolution conjurées !.... Malheur à vous, Français, si
vous oubliez qu'Henri IV est mort assassiné au milieu
d'un peuple qui l'adorait, et que Louis XI, ce sombre
génie de la dissimulation et de la cruauté, est mort dans
son lit, sans autre assassin que ses remords !

————— ✸ —————

CHAPITRE VIII.

Des Lois répressives et de leur caractère.

—

C'est un principe consacré depuis le commencement du
monde jusqu'à l'époque actuelle, que la loi doit punir ce
qui est mal en soi, ou nuisible à la société.

Toute loi qui punit un acte neutre, un acte qui n'est
en soi ni un mal ni un bien, est donc une loi inconsé-

quente : elle crée en quelque sorte des coupables pour avoir droit de les condamner.

Mais si la loi va plus loin, si elle est combinée de manière à punir un acte bon en soi et utile à la société, je dis qu'elle est à la fois inconséquente et injuste; elle outrage la conscience publique; elle tend à déconsidérer le tribunal qui l'applique; elle attaque la société dans son essence, en altérant le respect qu'elle doit à la magistrature et aux arrêts qui en émanent.

La loi, cette puissance unique sur la terre, qui n'a ni caprices, ni prédilections; la loi, qui nous représente Dieu dans son attribut le plus immuable et le plus essentiel, ne doit pas descendre au niveau de cette fantasque humanité, qui n'a ordinairement d'autre règle que ses passions, d'autre équité que celle qui est compatible avec ses fantaisies !

CHAPITRE IX.

Des Pénalités et de leur effet.

Des politiques fort sentimentaux prétendent que les punitions ne changent pas les consciences; que, loin de là, elles exaltent les ressentiments et doublent les inimitiés contre le gouvernement. — A ce compte, comme cette belle assertion serait vraie pour tous les attentats, la conséquence qui en découlerait, serait qu'aucun délit, aucun crime ne devrait être puni; qu'il faudrait seulement faire de paternelles admonitions aux criminels de tout genre.

et leur laisser le droit de dévaster la société à leur aise.

La punition ne change pas la volonté?... C'est possible, mais elle lui ôte la faculté de nuire, et elle décourage de l'imitation du crime ceux dont la volonté n'est pas aussi forte, ou n'est pas encore aussi corrompue. C'est sur cette base que repose tout l'ordre social, toutes les règles de la justice. Otez-la, nous retombons dans la barbarie, et l'état social est détruit.

C'est une grande folie de croire que cet ordre social, ses règles de morale, de justice, doivent être abandonnés au caprice du premier individu qui veut les flétrir. Il n'y a ni ordre moral, ni ordre physique qui puisse être maintenu si l'on en détruit les rapports, si l'on anéantit les éléments dont ils sont composés. Faire vivre et durer une société, avec les principes de despotisme individuel qu'on nous prêche, est tout aussi impossible que de faire vivre et marcher l'humanité la tête en bas et les pieds en l'air.

Il faut donc que les attentats soient réprimés par les lois. La volonté sociale a le droit de se défendre contre l'arbitraire des individus, ou bien il n'y aurait plus de société.

Le rapport de la pénalité aux délits n'a donc qu'une seule règle : — c'est d'atteindre l'élévation où la punition est efficace; de ne pas la dépasser, mais de ne pas rester au-dessous.

CHAPITRE X.

Si les Lois pour la répression des crimes politiques doivent être des Lois d'exception.

——

Il est dans la vie des nations des instants de crise, où tout dépend de la direction imprimée au gouvernement par les hommes d'État qui le dirigent. Telles sont, par exemple, les révoltes à main armée de la part d'une faction. Il est donc important que la législation prévoie à l'avance les mesures à prendre, pour rétablir l'ordre et pour assurer l'avenir du pays.

Une question se présente d'abord :

Il faut savoir si les évènements nécessitent de la part du pouvoir de fortes et promptes mesures, avant de chercher quelles sont ces mesures; il faut en outre être bien persuadé que l'efficacité des mesures qui seront appliquées, dépendra tout autant de l'attitude et de l'énergie du gouvernement que de la teneur législative des dispositions qui seront mises à exécution.

Mais quand la nécessité d'employer une législation sévère et décisive est reconnue, ceux qui sont chargés d'appliquer les lois, ou d'en poursuivre l'application, ne doivent pas céder eux-mêmes au torrent de cette prétendue philanthropie, qui cherche toujours des prétextes pour accuser la loi de sévérité et pour invoquer l'indulgence en faveur des criminels, surtout des criminels politiques? Il ne faut pas que le gouvernement lui-même ait l'air de fléchir devant ses ennemis. Cette disposition à la faiblesse, cette humiliation du pouvoir, en face des partis qui ont

causé le bouleversement de l'État, serait l'encouragement
le plus efficace pour les ennemis de l'ordre et de la liberté.
Avec une disposition d'esprit pareille, il n'est pas de loi
qui fût efficace, quelles que fussent d'ailleurs ses prescrip-
tions générales?... Non, il n'en est aucune. Les auteurs
de complots et de révoltes puiseraient dans cette révolte
de l'autorité, l'espoir d'impunité qui leur a mis si souvent
les armes à la main. — Il faut donc que tout citoyen puisse
se dire et dire à tout le monde, et tout haut, et sans crainte
d'être abandonné ou renié par le pouvoir :

Quiconque lèvera l'étendard de la révolte contre les
lois, sera poursuivi, découvert et pris.

Quiconque sera coupable et pris, sera condamné selon
la loi.

Quiconque sera coupable, pris et condamné, sera puni,
et nulle grâce ne lui sera faite.

Alors, les crimes politiques cesseront, les complots s'ar-
rêteront, les fauteurs d'anarchie se cacheront et ne trou-
veront plus de complices.

Mais si, au contraire, les hommes qui travaillent avec
une si opiniâtre ténacité au renversement de l'État peuvent continuer à dire aux scélérats obscurs qu'ils fanati-
sent :

Soyez tranquilles. La loi est faible, mais le gouvernement est plus faible encore.

Sa police manque d'argent. La chambre élective lui en
disputera la plus légère augmentation. Elle n'aura pas les
moyens de bien vous surveiller.

Il y a donc mille à parier contre un que vous ne serez
pas pris.

Si vous êtes pris, vous serez traités, choyés dans votre

prison; nous vous donnerons de la célébrité, nous flétrirons le pouvoir; il tremblera lui-même devant la nécessité de vous juger.

Quand il vous jugera, sur douze jurés il lui en faudra huit pour vous condamner. Nous emploierons toutes les menaces, toutes les désignations personnelles, pour détacher cette huitième voix. Et s'il n'y en a que sept contre vous, vous serez acquittés. Or, il y aura bien dans le jury toujours un ou deux démocrates, un ou deux partisans d'un ordre de choses détruit, qui ne seront pas bien décidés à soutenir vigoureusement le gouvernement que nous attaquons!... Qu'avez-vous donc à craindre? A peu près rien.

Vous enverra-t-on devant la chambre des pairs?..... Mais cela est bon une fois, de temps en temps. La cour des pairs ne peut rester toujours en fonctions. Nous la lasserons, nous l'épuiserons, nous la dénoncerons, et cette juridiction deviendra impuissante, après avoir faibli comme les autres.

Mais, enfin, si par grand hasard vous étiez condamnés, le pouvoir reculera devant les peines les plus sévères, il voudra se faire un mérite de son indulgence... Les gens du roi eux-mêmes ne croiront pas pouvoir décemment insister sur l'application du maximum des peines. Nous aurons soin d'ailleurs de les flétrir comme des ogres, comme des pourvoyeurs de chair humaine, et, en définitive, nous vous tirerons de là à peu de frais. S'il y a des amendes, nous les paierons. Si vous êtes condamnés à la prison, nous y rendrons votre sort agréable; et comme un pareil gouvernement est trop faible pour pouvoir durer, quand il tombera, ce qui arrivera bientôt, nous vous récompenserons comme des martyrs généreux ; il n'y a sorte d'honneurs ou de fortune qui ne vous soient destinés.

On conçoit qu'un tel état de choses neutraliserait l'effet d'une pénalité plus sévère, et que celle-ci ne découragerait pas les criminels qui espéreraient toujours échapper à son application.

Dès-lors les crimes politiques suivraient une effrayante progression, et tous les principes sociaux seraient bouleversés, faussés, calomniés, détruits.

Il faut donc dans ces dangereuses crises, en outre de la législation nécessaire à la répression des crimes contre la société, que l'attitude du pouvoir change, qu'il tienne la tête haute, qu'il ne la courbe plus sous des exigences vaines que la nation maudit et réprouve.

Car aucune mesure ne serait efficace, si le gouvernement et tout son personnel n'adoptaient une attitude indépendante et ferme ; s'il ne se montrait pas irrévocablement décidé à punir légalement les coupables, et non pas à transiger honteusement avec eux.

Oui, pour empêcher l'accomplissement d'un vaste ensemble d'erreurs, de corruptions, de crimes, dont les crises révolutionnaires sont ordinairement le signal, surtout quand elles sont injustes dans leur principe, il faut au gouvernement des lois constitutionnellement répressives, mais efficacement répressives.

Dans cette simple phrase se trouve renfermé le germe de toutes mes pensées sur ce sujet.

Comme les partis exaltés ont toujours désiré l'impunité, il est tout simple qu'ils jettent les hauts cris quand on établit de pareilles lois, et qu'ils veuillent persuader au public qu'on demande une proscription arbitraire et sanglante, lorsqu'on ne demande qu'une répression légale et constitutionnelle; il est tout simple qu'ils accusent ceux qui veulent sauver le gouvernement de la guerre à mort que lui font les factions, de vouloir pousser le gouvernement dans des voies réactionnelles et arbitraires : cela ne doit point étonner; dans toutes les révolutions, c'est ainsi. La veille du jour où les Girondins furent proscrits, on les accusait encore de préparer des proscriptions.

Mais le bon sens public ne doit point se laisser préoccuper de pareilles idées. Il sait trop bien qu'une longue vie peut se perdre en un jour, mais non pas se démentir elle-même. Les antécédents des hommes d'État doivent les justifier de semblables accusations.

C'est donc par des mesures légales, constitutionnelles, proposées aux chambres, adoptées par elles à l'avance, que le gouvernement doit défendre l'ordre social lorsqu'il sera violemment attaqué. Les déclamations les plus ardentes et les plus sonores contre les ministres et contre leurs amis, ne doivent point arrêter le gouvernement dans la présentation prévoyante de lois semblables.

Mais, ici, je ne serai pas d'accord peut-être avec quelques publicistes qui préfèrent, en pareil cas, laisser l'initiative au pouvoir électif. J'ai beaucoup de confiance dans le patriotisme et dans le courage des chambres. Je crois que si le gouvernement fléchissait et reculait devant ses devoirs, on trouverait quelquefois dans la chambre élective des patriotes dévoués qui, faisant, au moment suprême, un juste usage de l'initiative, pousseraient forcément le gouvernement dans la voie où il aurait dû les guider.

Cela vaudrait mieux que rien, sans doute, et si le gouvernement reculait en semblable occurrence, il ne faudrait pas l'abandonner parce qu'il s'abandonnerait lui-même.

Mais c'est une triste chose pour un gouvernement monarchique d'être sauvé par la résolution d'autrui, au lieu
d'être sauvé par sa propre volonté ! Ce qui nuit le plus au
gouvernement, c'est que tout le monde soit convaincu que
ce n'est point manque de force, mais faute de résolution
pour employer cette force, qu'il est tombé dans un état de
marasme et d'incertitude. Or, si dans une circonstance
grave il emprunte sa force à la volonté des chambres, le
but ne sera point atteint. Il restera toujours frappé de la
même présomption de faiblesse intrinsèque : il n'aura
point manifesté une vigueur, une résolution qui lui soit
propre, de se frayer une nouvelle route et d'y marcher
par lui-même, avec l'approbation des chambres, comme
c'est son devoir, mais non pas sous les ordres des chambres, ce qui suppose l'oubli de ses devoirs et l'abnégation
de ses droits. En pareil cas, le gouvernement s'affaiblirait
en définitive et en réalité, de toute la force apparente et
temporaire qu'il serait comme contraint d'accepter.

Non, non, les choses ne doivent point se passer ainsi.
Il faut non-seulement que le gouvernement propose de
lui-même toutes les lois répressives qu'exige la situation
dont nous nous occupons, mais il faut qu'il les propose
comme quelqu'un qui les veut. Il ne doit point demander
beaucoup pour obtenir un peu ; il ne doit pas demander
trop pour obtenir assez ; il doit demander tout ce qu'il lui
faut, rien que ce qu'il lui faut, mais il n'en doit rien ra-
battre. Ce ne sont point choses qu'on marchande, que le
tact gouvernemental et la force politique. Tout homme
d'État digne de ce nom, doit comprendre que pour imprimer une direction forte, il faut d'abord montrer qu'on

a soi-même une forte direction et une volonté complète. Il doit dire aux chambres : — Voici les lois nécessaires pour assurer au pays un avenir tranquille. — Accordez-leur votre sanction, ou je ne réponds pas du sort de la nation. si une crise un peu grave se présente. J'en jette la responsabilité sur vous, et je vous le dis du haut de cette tribune qui retentit à tous les échos du monde.

Ce serait une double faute que de recourir à une législation de circonstance, dans un moment de trouble, et de laisser à la chambre élective l'initiative de cette législation ; car il vaut infiniment mieux, on le comprend facilement, avoir pour les moments difficiles une législation faite dans des temps de calme, que de recourir à des lois d'exception. Les lois d'exception, en effet. quelques motivées qu'elles soient d'ailleurs par les circonstances, ont toujours un caractère odieux qui fait beau jeu à ceux qu'elles atteignent, et intimide le pouvoir, lors même qu'il sent vivement la nécessité d'y avoir recours. Et puis, les lois d'exception n'ont qu'un temps ; elles n'arrivent qu'une fois le mal fait ; elles peuvent bien amortir les ferments de désordre qui agitent un pays ; mais cela fait, elles dis paraissent au milieu des imprécations des uns, de l'indifférence des autres, et les partis, un moment comprimés, sont libres de reprendre en toute sécurité leurs trames anarchiques, sauf à baisser la tête, en cas d'insuccès, sous de nouvelles rigueurs passagères comme les précédentes.

Tout cela se comprend de reste. Aussi les oppositions accordent-elles de la préférence à des sévérités exceptionnelles, sur des lois répressives dont la vertu consisterait surtout dans la continuité de leur action.

Tout au rebours, nous ne voulons pas, nous. de me-

sures exceptionnelles ; nous voulons un système de légalité qui non-seulement réprime le mal, mais encore le
prévienne dans tous les cas où la chose sera possible
sans recourir à quelque procédé de tyrannie inquisi-
toriale. Dans ce système permanent de légalité efficace, nous voyons le plus sûr moyen d'éviter ces terribles nécessités de dictature et de coups d'État qui ont si
fréquemment pesé sur les destinées constitutionnelles de
l'Angleterre. Nous y voyons de plus un moyen d'habi-
tuer les esprits à se faire une juste idée de la puissance de
la loi, et de la responsabilité inévitablement attachée à
tout délit qu'on pourrait être tenté de commettre. Les lois
d'exception, ces lois dont on use tout en proclamant
qu'elles sont prises en dehors des mœurs du pays, ces lois
dont on mesure d'avance la durée, et au front desquelles
le législateur lui-même inscrit cet arrêt : « Tu iras jusque-là, tu n'iras pas plus loin » ; ces lois, dis-je, au lieu
de rétablir le respect pour la constitution dont elles deviennent momentanément les redoutables gardiennes, ne
servent qu'à faire mieux croire à l'instabilité de la puissance répressive : elles effraient pendant quelques mois ;
mais cette crainte ne dure pas au-delà de leur règne. Bien
au contraire, chacun comprend que plus elles ont été cruelles et expéditives, plus elles ont laissé de haines après elles,
et moins elles ont de chances de ressaisir leur empire.
De là, une sorte de sécurité qui favorise le dépérissement
progressif des croyances gouvernementales, et encourage
l'esprit de faction. Lisez l'histoire, vous verrez que les lois
d'exception, les rigueurs temporaires ont toujours préparé
des troubles plus terribles, à mesure qu'elles-mêmes deve-
naient plus impossibles.

Mais, dira-t-on, voulez-vous donc, en établissant une législation permanente contre les crimes politiques, que les rigueurs de cette législation se perpétuent même au milieu de mœurs qui les auraient rendues inutiles ? — Cette objection me touche fort peu. parce que je sais que ces parachronismes ne peuvent durer long-temps. Les pouvoirs n'ont ni plaisir ni profit à faire de la tyrannie surérogatoire ; ils n'ont aucun intérêt à s'armer plus lourdement qu'il ne convient à leur sécurité.

Non, encore une fois, pas de lois d'exception, mais de la légalité durable. Ce n'est pas, en effet, à une crise passagère qu'il s'agit de remédier. Une crise passagère peut céder à quelques applications de mesures dictatoriales ; le mal qui travaille les peuples au sortir des révolutions n'y céderait certainement pas. Ce mal, ce n'est pas une émeute, ce n'est pas une conspiration ; ce mal est bien plus grave vraiment : c'est le mal qui rend possibles toutes les émeutes, toutes les conspirations, et qui non-seulement les rend possibles, mais leur fournit encore tous les moyens d'être heureuses. Ce mal consiste dans le relâchement de tous les ressorts sociaux, dans l'atonie de toutes les facultés répressives, dans la substitution violente et usurpatrice de tous les despotismes individuels à la légitimité de l'action gouvernementale. A de pareilles infirmités, c'est un système bien combiné d'hygiène pratique qu'il faut opposer, et non quelques remèdes violents qui peuvent bien surexciter un moment les organes du malade, mais qui ne le guérissent jamais.

CHAPITRE XI.

Si l'on peut toujours se passer de Lois d'exception.

———

Il ne faut pas conclure de ce que je viens de dire, que toujours, et dans tous les cas, toute loi d'exception, toute mesure exceptionnelle doit être justement flétrie comme une superfétation sans motif, sans utilité, dangereuse et oppressive.

Sur le papier, en théorie, on a rêvé en France que l'équilibre parfait dans le gouvernement, non-seulement était possible, mais, bien mieux, qu'il était trouvé, et que c'était la forme constitutionnelle maintenant en action; on en a conclu que cette règle parfaite ne devait jamais souffrir d'exception, qu'elle suffisait à tout, qu'elle avait tout prévu, qu'elle atteignait tout; qu'un droit commun universel, infaillible, invariable, devait en sortir comme conséquence nécessaire, et que la population française s'encadrerait logiquement dans une formule toute préparée, sans qu'aucune surexcitation nouvelle donnât jamais aux partis dissidents la possibilité d'en sortir ou de la briser.

Je désire du plus profond de mon cœur qu'il en soit ainsi. Mais ma raison, mes observations, mes études, me prouvent chaque jour que si la chose est possible, il est du moins bien douteux qu'elle soit encore démontrée. Je ne crois à rien d'absolu dans ce qui touche l'humanité. Je crois que la légalité elle-même, au milieu de ses règles strictes, doit laisser au gouvernement une part, une grande part de puissance arbitrale; qu'elle peut bien lui fixer les limites qu'il ne doit jamais franchir, mais qu'entre ces limites elle doit lui laisser une grande latitude où il lui soit libre, sous sa responsabilité, d'agir, de décider, d'encourager, de réprimer. Je crois que si, au contraire, on fixe, entre les limites, des règles précises pour chaque cas gouvernemental qui pourra se présenter, d'abord on les fixera toujours incomplètement, souvent mal; qu'alors les évènements imprévus seront, tôt ou tard, plus forts que les règles imprévoyantes. On empêchera peut-être le gouvernement de faire le mal, mais on le mettra dans l'impossibilité de faire le bien. On évitera l'abus en rendant l'action impossible.

Or, dans une telle situation, je ne dis pas que le gouvernement sera oppressif, je ne dis pas qu'il sera renversé, je ne dis pas qu'il sera malveillant ou qu'il sera traité avec malveillance; je dis qu'il sera impuissant, qu'il ne suffira pas à la direction de l'État, qu'il ne remplira pas les conditions de sa charge, et que la nation souffrira, dans toute son organisation, un malaise et une inquiétude universelle.

CHAPITRE XII.

Des Sociétés populaires.

Au nombre des moyens les plus corrupteurs employables par la faction anarchique, je place les sociétés populaires. Je m'explique.

Sous un gouvernement arbitraire et qui viole les lois, les sociétés populaires sont utiles, précisément parce qu'elles sont un moyen de destruction.

Mais dans l'état normal de la société, les sociétés populaires sont un exécrable fléau, parce qu'elles élèvent un gouvernement contraire au gouvernement légal, et doivent finir par le détruire si la raison publique, à défaut des lois, ne neutralise leur action.

La liberté politique a pour but définitif d'assurer à chacun le plus grand développement possible de ses facultés, pour son bien-être, pour le bonheur de sa famille, pour la fortune et la tranquillité du pays, Or, tous les envahissements des sociétés populaires sur les fonctions du gouvernement, quelque bien intentionnés qu'en soient les moteurs, finissent toujours par l'oppression des gouvernements et des peuples, détruisent la confiance dans la force légale des autorités constitutionnelles, rivalisent avec elles et souvent les prédominent, comme une déplorable expérience l'apprit, mais trop tard, à nos pères mourant pour la liberté! Avec une telle organisation, le crédit, le commerce, les affaires, tout est impossible.

C'est donc sans hésiter que je m'élève contre le droit d'association politique comme présentant les plus graves dangers pour l'existence de la société, et que je regarde comme un devoir pour les gouvernements de les proscrire.

Je veux la liberté de la presse sans arrière-pensée aucune, et je demande un veto pour la liberté d'association. Cependant, au premier coup d'œil, ces libertés se tiennent par la main, découlent l'une de l'autre, et semblent se rattacher à un principe commun. Examinons :

La liberté d'écrire est sujette à des écarts; ces écarts, les tribunaux en font justice, et, mieux que les tribunaux, le bon sens du public. Un journal n'agit pas simultanément sur les masses; il produit des impressions aussi diverses qu'il y a d'individus qui le lisent. Ces impressions sont successivement effacées par d'autres, et il n'arrive pas à un seul lecteur des journaux les plus révolutionnaires, après avoir lu ces journaux, de se rendre en personne aux Tuileries pour redresser le gouvernement et le faire marcher suivant ses idées. Il n'y va pas, quel que soit son désir, parce qu'il craindrait de se trouver seul et d'être mis à la porte par les valets du château, et d'ailleurs ses velléités disparaissent à mesure que ses occupations appellent son attention autre part.

Dans une association ou réunion politique, les impressions sont bien différentes. Il suffit d'un président à la poitrine large et forte, à la voix haute et assurée, au regard menaçant; il prononce un discours hyperbolique et chaud; l'auditoire n'y comprend rien, mais il s'échauffe progressivement, parce qu'il voit l'orateur s'échauffer. Que ce chef d'association, ce président de club, si vous voulez, parvienne à réunir cinq à six cents personnes dans une enceinte, et qu'à propos d'un grief plus ou moins spécieux, il propose à son auditoire de se répandre en armes sur la place publique et de renverser le gouvernement : l'impression qu'éprouve l'orateur, il la communique par une sorte de frottement physique, qui ne peut être le résultat que d'une réunion réelle et qui ne serait point produit par une invitation à domicile, ni même par un ordre du jour communiqué par la voie de la presse. Il est donc facile de comprendre combien les résultats de l'association diffèrent des résultats de la liberté de la presse. Avec la liberté illimitée d'association, le gouvernement appartient à celui qui a le plus d'or à jeter à la foule, à celui qui a le plus d'habileté à réveiller ses passions, à les caresser, à les diriger. Il n'y a que le gouvernement établi qui ait le droit de commander à des masses armées; la liberté illimitée d'association finirait par susciter une armée contre l'armée du pouvoir; il y aurait autant de trônes que de clubs, autant de gouvernements que de sociétés patriotiques. Ce serait le désordre dans le désordre, l'anarchie dans l'anarchie.

Au surplus, on peut juger de ce qui se passerait, par ce qui a eu lieu depuis la révolution de 1830, lorsque la société des droits de l'homme, échappant quelquefois à la surveillance de l'autorité, dictait des ordres du jour aux ouvriers de la capitale. Toutes les notions d'ordre et de subordination nécessaires à l'existence d'une société quelconque, étaient interverties; celui qui devait obéir, commandait; c'était un renversement perpétuel des règles éternelles de la justice et de la vérité.

Une société imbue de pareils principes, une société qui permettrait à chacun de ses membres de les mettre en pratique, n'existerait pas six mois. Aussi mon opinion est que la liberté d'association doit être restreinte, surtout en matière politique. L'opinion publique a, dans la presse et dans les moyens légaux de se produire, une arme suffisante pour ramener un gouvernement qui s'écarterait des voies nationales; mais il y a imprudence à confier au peuple cette influence matérielle et toute d'action dont il lui est arrivé si souvent de faire un fatal usage.

Les enseignements du passé ne doivent pas être perdus, et la nation française, surtout, ne doit pas oublier quelles ont été les conséquences pour elle, des associations politiques.

En 1792, au moment où la révolution de 89 allait

tacher sa tunique de gloire dans une orgie de sang, il y
avait à Paris un parti remuant et habile à spéculer sur
les émotions publiques. Pour justifier ces excès et se faire
soutenir par les masses, il montrait avec ostentation les
manifestes autrichiens où il était désigné aux baïonnettes étrangères. Parce que l'émigration et la sainte-al-
liance avaient employé contre lui des expressions hostiles,
il en avait conclu que c'était lui seul qui représentait la
liberté française qu'elles voulaient opprimer. Cette prétention était absurde. Mais qui la dénonça aux sifflets
de l'opinion publique?... Ce fut Lafayette, alors à la tête
d'une armée sur la frontière de Belgique. Le 18 juin, il
écrivit à l'assemblée nationale une lettre qui produisit la
plus grande sensation, tout exprès pour se plaindre de la
présomptueuse arrogance des Jacobins et des Cordeliers.

......« Croira-t-on, s'écriait-il, croira-t-on échapper à
» tout reproche, en se targuant d'un manifeste autrichien
» où ces sectaires sont nommés ? Sont-ils devenus sacrés,
» parce que Léopold a prononcé leur nom ? Et parce que
» nous devons combattre les étrangers qui s'immiscent
» dans nos querelles, sommes-nous dispensés de délivrer
» notre patrie d'une tyrannie domestique? »

C'est en ces termes que Lafayette prouvait à l'assemblée nationale qu'elle ne devait pas fermer les yeux sur
les excès que pourraient commettre ces partisans de l'o-
pinion républicaine, qui croyaient devoir impunément
faire ce qu'ils voulaient, parce qu'ils étaient haïs de l'é-
tranger. C'était très-bien, sans doute, d'avoir mérité la
haine des ennemis de la France; mais ce n'était pas une
raison suffisante pour qu'on laissât les républicains dé-

passer le cercle des lois. Voilà la substance des paroles de Lafayette.

Veut-on savoir ce que Lafayette pensait des associations dites nationales? Il s'est franchement expliqué dans cette même lettre à leur égard, et il en a démontré le vice et le danger plus énergiquement que je ne l'aurais fait moi-même.

.... « Le sort de la France, disait-il, repose principale-
» ment sur ses représentants : la nation attend d'eux son
» salut; mais en se donnant une constitution, elle leur a
» prescrit l'unique route par laquelle ils doivent la sauver.

» Nous sommes entourés de deux sortes d'ennemis, ceux
» du dehors et ceux du dedans. Il faut détruire les uns
» et les autres; mais vous n'en aurez la puissance qu'au-
» tant que vous serez constitutionnels et justes... Regar-
» dez autour de vous... Pouvez-vous dissimuler qu'une
» faction, et pour éviter toute dénomination vague, que
» la faction jacobite a causé tous les désordres? C'est elle
» que j'en accuse hautement : organisée comme un em-
» pire à part, dans sa métropole et dans ses affiliations;
» aveuglément dirigée par quelques chefs ambitieux, cette
» secte forme une corporation distincte au milieu du peu-
» ple français dont elle usurpe les pouvoirs en subjuguant
» ses représentants et ses mandataires.

» C'est là que, dans les séances publiques, l'amour des
» lois se nomme aristocratie, et leur infraction patrio-
» tisme.... Pour que nous, soldats de la liberté, combat-
» tions avec efficacité et mourions avec fruit pour elle,
» il faut que le règne des clubs, anéanti par vous, fasse
» place au règne de la loi; leurs usurpations, à l'exercice
» ferme et indépendant des autorités constituées; leurs

» maximes désorganisatrices, aux vrais principes de la
» liberté; leur fureur délirante, au courage calme et con-
» stant d'une nation qui connaît ses droits et les défend;
» enfin, leurs combinaisons sectaires, aux véritables in-
» térêts de la patrie qui, dans un moment de danger, doit
» réunir tous ceux pour qui son asservissement et sa ruine
» ne sont pas les objets d'une atroce jouissance et d'une
» infâme spéculation!..... »

Lorsque ces belles paroles étaient écrites, la France était menacée d'une invasion étrangère, n'avait à sa tête qu'un ministère faible et désuni, un monarque honnête homme, mais n'agissant qu'avec une sorte de répugnance contre l'émigration de Coblentz, et cependant Lafayette, jeune alors et bouillant de patriotisme, proclamait la nécessité de ne pas éparpiller l'énergie nationale et de se rallier aux autorités constituées!

A plus forte raison sont-elles pleines de force et de vé-rité, quand aucune de ces circonstances exceptionnelles n'existe pour fournir même un prétexte à ces associations prétendues patriotiques, qui n'auraient pour résultat réel que de détruire la masse nationale du dévoûment et du patriotisme, en la disséminant dans une foule de petits clubs et de petites associations, sous le vain prétexte d'une méfiance injuste contre le gouvernement.

Veut-on un exemple plus près de nous, et pris chez un peuple où les mœurs politiques sont plus avancées que dans aucun autre pays du monde? Le voici :

Quand on s'occupa en France de la loi qui a fermé les clubs anarchiques et dissous les sociétés populaires, la presse anglaise, se hissant sur ses grands principes, mon-tra la plus vive indignation. Le gouvernement faisait de la tyrannie au premier chef ; le peuple, qui tolérait de pareilles mesures, était indigne de la liberté ; la révolution était à recommencer.

On devait donc s'attendre que jamais la presse anglaise ne souffrirait qu'on prît dans son pays des mesures qui, à son dire, violaient si indignement le principe sacré de l'association. Que se passa-t-il cependant, peu de mois après, en 1836 ? Ces mêmes journaux, si zélés à revendiquer l'imprescriptibilité de ce principe, mirent une ardeur extraordinaire à en revendiquer la confiscation ; et M. Hume, orateur radical, demanda en plein parlement qu'on rédigeât une adresse au roi, non pas pour réclamer des ministres un projet de loi qui régularisât l'interdit jeté alors sur les sociétés politiques, mais pour le supplier de prendre telle décision qui lui conviendrait, telle mesure qui lui paraîtrait propre à détruire ces sociétés, c'est-à-dire qu'on investît le gouvernement de l'arbitraire tout pur !

Il est vrai qu'il s'agissait de frapper une opinion que la presse libérale de Londres n'aime guère. C'est contre les loges orangistes qu'on réclamait cette sévérité dictatoriale ; et parce que le parti tory devait seul en souffrir, rien ne paraissait plus simple que de la décréter. Cela donne bien la mesure du libéralisme noble et généreux qui inspire les apôtres de la démocratie. Tant qu'un principe n'atteint que leurs adversaires, ils le trouvent admirable ; sitôt qu'il les touche, il devient odieux et tyrannique.

La même chose ne s'est-elle pas vue en France ? Les républicains ont saccagé Saint-Germain-l'Auxerrois, parce que des partisans de la branche aînée des Bourbons s'y étaient assemblés une fois pour faire chanter une messe de mort en l'honneur du duc de Berry, et ils ont jeté feu et flamme lorsque le gouvernement a voulu les empêcher de se réunir dans des clubs où la ruine de la monarchie se tramait hautement, où la guerre civile dictait ses ordres du jour, où la constitution de 93, déployant ses sinistres bannières sous l'invocation de Marat et de Saint-Just, enrégimentait ses bataillons et leur assignait des postes pour le jour de la bataille !

Il faut avoir un peu plus de logique et de grandeur dans ses principes. Ce n'est pas parce que la loi contre les associations, votée en 1835, frappait le parti républicain, qu'il était juste de l'appuyer ; c'est parce que les associations que cette loi détruisait étaient incompatibles avec l'existence de tout gouvernement, de tout ordre social, quelque forme politique qu'on lui suppose. Or, c'est un principe équitable et incontestable, que tout pouvoir admis par la société, constitué légitimement, a le droit d'employer la même arme contre les partis factieux qui se serviraient des mêmes moyens pour le renverser.

CHAPITRE XIII.

Des Émeutes.

Il y a parmi les fauteurs de troubles et d'émeutes des distinctions à établir : — Les uns sont de pauvres diables, sans cervelle, qui vont où on les pousse, qu'on grise avec quelques mots qu'ils ne comprennent pas ; troupeau que les meneurs jettent en avant, gens imbéciles avant l'émeute, féroces pendant, et qui avouent et pleurent après. Les autres sont des fanfarons, au cœur vide, à la parole empathique, qui veulent un piédestal pour leur fastueuse impuissance, héros de cour d'assises, qui enflent leur voix et se haussent sur leurs talons pour humer l'admiration des spectateurs; ce sont les Fieschi, les Alibaud, les Barbès : si ces gens-là n'étaient dangereux, il faudrait en rire et les livrer plutôt à la carricature qu'au geolier. Mais au moins ces fanfarons-là ont une certaine extravagance qui ressemble à du courage, et ils paient quelquefois de leur personne l'honneur de se poser en vieux romain. Les vrais coupables sont ceux qu'on ne voit pas dans la rue, au moment de l'émeute, qui sont encore doucereux le lendemain, mais qui reprennent leur audace écrite ou parlée dès que le calme est complètement rétabli, ceux qui exaltent les malheureux égarés qui expient leur criminelle vanité dans les fers, ceux qui parlent de leur courage antique, de leur noble langage, ceux qui élèvent enfin le piédestal, ceux qui, pour nous exprimer plus clairement, déifient ces hommes coupables, et engagent, par leurs éloges séducteurs, d'autres insensés à les imiter. Voilà, à notre avis, les plus grands coupables parmi les fauteurs de l'émeute.

On donne une couronne aux chefs des complots, et l'on s'étonne qu'ils cherchent à la mériter. Ne pourrait-on pas dire à ceux qui excitent ainsi les pauvres révolutionnaires: Descendez donc vous-mêmes sur la place publique, au lieu de vous cacher dans vos bureaux, vous qui appelez les émeutiers des héros antiques; soyez conséquents : vous qui parlez toujours d'agents provocateurs, êtes-vous donc autre chose? Vous excitez ces pauvres fous, et lorsqu'ils ont jeté le cri de révolte, vous vous mettez à l'écart! Vous êtes assurément plus coupables qu'eux.

La distinction entre l'assassin de l'émeute et l'assassin ordinaire est destructive de tout ordre social, car elle est l'encouragement de l'émeute, et l'on sait si un État peut résister long-temps à de pareilles secousses.

CHAPITRE XIV.

De la Peine de mort.

Quand *le Traité des délits et des peines* parut, l'entraînement philosophique du moment portait à blâmer et à détruire toutes les institutions morales, politiques et religieuses jusqu'alors existantes; bonnes ou mauvaises, toutes devaient périr de peur de se tromper; on n'en voulait épargner aucune, sans savoir cependant, d'une manière précise, ce qu'on mettrait à la place.

Dans cette disposition d'esprit, toutes les fois que l'humanité réclamait contre quelques-unes des barbaries judiciaires, dont le moyen-âge avait laissé la source dans nos lois, les acclamations publiques accueillaient les écrivains novateurs; beaucoup d'entr'eux demandaient des changements utiles, nécessaires, pleins de justice et d'humanité; mais qu'il faut une grande force de raison, une grande perspicacité de jugement pour ne pas dépasser la ligne du vrai, lorsque dans un mouvement rapide nous sentons à la fois l'approbation publique récompenser nos efforts et chatouiller notre vanité ! L'humanité même, la sainte humanité, peut alors devenir la dupe de l'amour-propre littéraire et de la gloriole philosophique.

C'est ce qui explique très-facilement les erreurs où sont tombés, au dix-huitième siècle, de grands écrivains qui, au milieu de services signalés rendus par eux à la civilisation, ont, par quelques écarts presque inévitables, il faut en convenir, mis le mal à côté du bien, et remplacé quelquefois, par des erreurs nouvelles, les erreurs qu'ils détruisaient.

Parmi ces écrivains, je place Beccaria. Son livre *des Délits et des Peines*, dont cependant on a fait trop de cas, renferme d'excellentes choses. Je dis qu'on en a fait trop de cas, car ce qu'il y a de mieux est pris à notre immortel Montesquieu, et, dans le surplus, il y a beaucoup de déclamations sans justesse.

Tel est précisément le chapitre où il traite la question de la peine de mort; je n'y ai trouvé qu'un tissu d'assertions fausses, de raisonnements sans justesse, d'enflures déclamatoires, sans vérité. Voilà ce que je vais prouver.

Et d'abord, il faut remarquer que c'est de l'abolition absolue de la peine de mort qu'il est question. S'il ne s'agissait que de restreindre le nombre des cas auxquels elle est appliquée par notre Code pénal, je joindrais mes réclamations à celles des philanthropes, car ce serait reconnaître la justice de la peine en elle-même que d'en régler la bonne distribution. Qu'on propose de supprimer la peine de mort pour l'infanticide simple, commis par une fille sur son enfant naissant; pour le crime d'incendie dans un lieu non habité; pour le crime de fausse monnaie, je

verrai, je discuterai, et probablement je donnerai mon
assentiment à ces réformes.

Mais dire, en thèse générale : « La peine de mort est
abolie, soit pour les crimes privés, soit pour les crimes politiques, c'est tout autre chose. Ce n'est plus de l'humanité, c'est de la barbarie ; ce n'est plus l'ordre et la justice,
c'est, en réalité, l'injustice et le désordre.

· Les partisans de l'abolition soutiennent, en premier lieu,
que punir le coupable de mort, c'est ajouter un nouveau
meurtre, au meurtre qu'il a commis : que nul pouvoir
n'a donné à la société le droit de tuer ses membres. Que
chacun des associés, en se réunissant, n'a entendu faire à
la sécurité commune, que le plus petit sacrifice possible
de sa personne ; « que la loi représente la volonté générale,
» résultat des volontés particulières. Or, qui jamais a voulu
» donner à d'autres hommes le droit de lui ôter la vie ? »
Il est donc absurde, selon eux, de supposer que la volonté
générale, qui est la loi, soit directement contraire à toutes les volontés particulières qui la composent. — Les
phrases que j'ai guillemetées sont celles de Beccaria
lui-même.

Si l'on serre ces raisonnements de près, on verra leur
vanité !

Et, d'abord, commençons par le principal : de ce qu'aucun des membres de la société n'a eu la volonté particulière d'être puni de mort, il ne s'ensuit pas du tout que
la société n'ait pas le droit de l'en punir, s'il devient criminel. A ce compte, elle ne pourrait punir aucun crime
de quelque peine que ce fût ; car, si légère que fût la
peine, il n'est aucun coupable qui ait eu la volonté d'en
être atteint, et qui ne s'y dérobât s'il lui était possible.

Le raisonnement est donc faux par sa base même. C'est que, pour stipuler la peine de mort contre l'assassinat, il n'est pas nécessaire qu'aucun des membres de la société ait entendu stipuler contre lui-même, car aucun d'entre eux n'avait alors l'intention de devenir assassin; ou si quelqu'un d'entre eux avait si long-temps d'avance cette intention, et qu'il se refusât à l'institution de la peine de mort, afin de ne pas en être frappé plus tard, ce ne serait plus un homme, ce serait un tigre, ce serait pis qu'un tigre. Il aurait fallu, non l'admettre dans la société, mais le renvoyer au fond des forêts avec les bêtes féroces, moins féroces que lui.

La peine de mort n'est donc pas stipulée comme moyen de destruction, mais comme moyen de protection. C'est précisément parce que la vie est, pour les sociétaires, le bien le plus précieux, qu'on stipule la peine la plus forte contre celui qui la ravit aux autres. Rien n'est plus naturel et plus conséquent; et ce contrat n'est pas même toujours tacite; il est facile d'en trouver des exemples *exprès* dans presque toutes les associations où le secret est nécessaire et qui présentent de grands dangers.

« Punir l'assassin par la mort, c'est au meurtre commis » ajouter un nouveau meurtre. » —Quoi! vous mettez sur le même rang la mort de la victime innocente et le châtiment du meurtrier! Quoi! ce sont là vos idées de justice et de moralité!

« Nul pouvoir n'a donné à la société le droit de tuer » ses membres. » — Ne dirait-on pas, en lisant un tel argument, que la société réclame le droit de tuer les citoyens pour se distraire, et qu'elle a institué des tribunaux afin d'accomplir ses projets homicides!

Mais je réponds que c'est précisément résoudre la question par la question. Je dis, moi, tout au contraire, que l'assassin, que le parricide, que l'empoisonneur volontaires et prémédités, abdiquent l'inviolabilité sociale pour tomber dans le cas prévu du châtiment qu'ils ont sciemment mérité. Ils attaquent la société par la mort ; ils lui déclarent la guerre ; ils ne lui offrent plus aucune garantie pour l'avenir : que veut-on qu'elle en fasse désormais? —Qu'elle les tienne en captivité ! Singulière réponse, en vérité ! Singulière manière de graduer les peines ! de telle sorte que le voleur et l'assassin, le filou et l'empoisonneur, l'écrivain politique et le parricide, seraient punis de la même peine, sauf la forme et la quotité de la durée ! C'est ce que nous examinerons, quand nous serons au remplacement que l'on propose. Terminons d'abord l'examen de l'abolition.

Si nous disons que c'est le criminel lui-même qui donne à la société le droit de le punir de mort, cela n'est pas, s'écrie Beccaria, car le suicide est un crime ; or, l'homme n'ayant pas le droit de se tuer lui-même, ne peut pas transmettre ce droit à la société.

Mais ce sophisme se résout comme les précédents : c'est qu'en stipulant la peine de mort, ou tout autre peine, personne ne stipule contre soi ; chacun stipule au contraire pour soi contre les autres, et subit à son tour la même réaction de justice. D'ailleurs, la question de suicide n'est pas d'une si grande clarté, et il y aura toujours une grande différence entre l'action d'un homme qui se tue, et celle de la société qui punit par la mort. Le fait matériel est le même, j'en conviens, mais la moralité est tout autre.

Et, chose étrange ! après tous ces raisonnements, Beccaria conclut ainsi : « La peine de mort n'est donc appuyée
» sur aucun droit; c'est une guerre déclarée à un citoyen
» par la nation. » Voilà qui est prodigieux ! Mais par quelle
inconcevable aberration l'auteur ne voit-il pas que c'est
au contraire le coupable qui déclare la guerre à la société
et qui en supporte les conséquences ? Il faut presque le
faire exprès pour commettre un tel contre-sens.

Lors même que le criminel se mettrait en état de guerre
contre la société, objecte-t-on, une fois saisi, il est prisonnier : or, on n'a pas le droit de tuer un prisonnier de
guerre. — Pure confusion de mots. Le prisonnier de
guerre est hostile, mais non criminel; on ne peut le re-
lâcher et faire la paix avec lui : la paix porte avec elle sa
condition et sa garantie. Quelle condition, quelles garanties peuvent vous offrir l'empoisonneur et le parricide ?

Ce côté de la question est donc tout entier contre la philanthropie cruelle, qui prend à tâche de protéger le crime
contre l'innocence, et qui s'écrie : Les hommes ont intérêt
que les lois soient douces, car les lois sont faites pour tous.

Cela est faux : la loi contre les empoisonneurs n'est pas
faite contre moi, qui jamais n'empoisonnerai; l'abolition
pourrait en être douce, j'en conviens, pour le criminel;
et c'est pour cela précisément qu'elle est cruelle pour celui qu'il menace. Les lois ne doivent être ni douces ni
cruelles. C'est un langage inexact : elles doivent être justes et suffisantes. Si toutefois elles devaient pécher par
quelque excès, il est certains crimes si atroces, qu'il vaudrait mieux contre eux trop de sévérité que trop d'indulgence; mais, je le répète, il ne faut ni l'un ni l'autre.

Battus sur ce point, les partisans de l'abolition se rejettent sur un autre, beaucoup plus spécieux, mais tout aussi faux.

La peine de mort, disent-ils, n'est ni utile, ni nécessaire. Pourquoi donc la maintenir, surtout lorsque nous présentons les moyens de la remplacer avec plus d'efficacité?

Si l'on sort du droit, et que l'on vienne au fait, on verra dans quelle série de contradictions tombent les défenseurs de l'abolition.

Et d'abord, observons que, sauf un point qui est de remplacer la mort par la captivité, ils ne sont nullement d'accord sur tout le reste, et l'on va sentir qu'il est moralement impossible qu'ils le soient.

Effectivement, ils entreprennent une tâche inexécutable. Ils veulent trouver un châtiment qui soit à la fois moins sévère, et plus répressif que la peine de mort.

Or, si le châtiment est moins sévère, comment sera-t-il plus répressif? ou, s'il est plus répressif, comment sera-t-il moins sévère?

Aussi, après avoir supprimé la peine de mort comme trop cruelle, cherchent-ils à joindre à la captivité des conditions qui, selon eux, la rendront plus cruelle que la mort même. — Ne voilà-t-il pas un merveilleux effort de philanthropie?

Or tous, depuis Beccaria jusqu'à nous, ont suivi cette marche, et ils ne peuvent en suivre une autre, car c'est le vice inhérent à leur doctrine même.

La captivité (outre qu'elle effacera la graduation nécessaire des peines, ce qui peut avoir les plus horribles suites), ne réprimera jamais autant que la peine de mort, à moins qu'on ne rendit la captivité si atroce et si pénible, que sa barbarie ne fît reculer le bourreau lui-même; et dans ce cas même, pourquoi sophistiquer? N'est-il pas évident qu'elle aboutirait à la folie et à la mort, par une voie bien plus cruelle que l'échafaud?

CHAPITRE XV.

Continuation du même sujet.

Avant de continuer cette discussion, qu'on me permette une réflexion générale sur une erreur qui domine tout le système que j'attaque.

Les théoriciens qui réclament l'abolition de la peine de mort, font de cette mesure une maxime générale et absolue : ils n'indiquent pas tel ou tel cas, telle ou telle circonstance, telle ou telle nation.

Cependant, il est certain qu'au lieu d'être absolue, cette question est essentiellement relative; car la nature et l'efficacité des peines dépendent presque entièrement des mœurs et du degré de civilisation du peuple auquel s'applique la législation; je ne vois rien de plus erroné que de croire que la même législation criminelle puisse servir à tous les peuples et à tous les âges de la vie sociale.

Les théoriciens que je combats, font donc ici la même faute que les doctrinaires commettaient en politique pendant la restauration, lorsqu'ils discutaient gravement la nature des institutions, sans avoir égard aux dispositions personnelles de ceux qui devaient les mettre en jeu. Ce n'est pas ainsi que les affaires humaines doivent être conduites.

Si donc j'obligeais les partisans de l'abolition à sortir des généralités, pour rentrer dans la spécialité qui nous régit, j'aurais un immense avantage sur eux. Qu'il puisse exister, théoriquement, un degré de civilisation assez parfait pour que la diffusion des lumières et l'adoucissement des passions, permette un jour de supprimer la peine de mort, j'en doute, quoique je n'osasse cependant le nier; mais que ce moment soit arrivé, je le nie hardiment, et tous les gens pratiques, tous ceux qui suivent nos débats judiciaires, tous ceux qui connaissent les infirmités de nos mœurs sociales, à très-peu d'exceptions près, seront de mon avis.

Cela posé, rentrons dans le débat général :

« La peine de mort, dit-on, n'est ni utile ni nécessaire. » Voyons comment on le démontre :

« L'expérience de tous les siècles prouve, dit Beccaria, » que la peine de mort n'a jamais arrêté les scélérats dé- » terminés à nuire. »

On voit du premier coup d'œil que cette assertion est fausse ou ne prouve rien.

De ce que quelques monstres exceptionnels n'ont pas été retenus par la peine de mort, il ne s'ensuit pas du tout que cette peine n'ait pas agi efficacement sur l'esprit des masses, sur les populations entières. Malgré la peine de mort, il y a encore des scélérats; voilà votre raisonnement. C'est ce que nous ne nierons certainement pas; il y en a eu, et probablement il y en aura toujours, quels que soient les efforts de la législation.

« La rigueur du châtiment, ajoute-t-on, fait *moins d'ef-*

» *fet que la durée de la peine.* La mort n'est qu'un instant.
» L'idée de l'esclavage perpétuel, effraiera davantage l'es-
» prit des hommes, et les retiendra dans la carrière du
» crime. »

Voilà les contradictions qui commencent. Je pourrais
d'abord nier la proposition, et dire simplement, avec la
conscience universelle du genre humain, qu'elle est fausse.
L'idée de la mort est plus répulsive que la captivité. La
mort est définitive; elle termine tout; elle ne laisse plus
d'espoir. La captivité, si perpétuelle qu'on veuille la faire,
présente toujours la chance d'une grâce future, l'espoir
de tromper la vigilance des gardiens et de se sauver; et
certes, l'on en a d'assez fréquents exemples.

Que l'on suive les débats des cours d'assises, on aura
presque toujours la preuve de ce que j'avance : on verra
les malfaiteurs habiles, calculer leurs délits de manière à
échapper le plus possible au coup de la loi. Ils tâchent de
s'arrêter tout juste là où la peine de mort commence, et
souvent prouvent à leurs juges qu'ils connaissent fort bien
la loi; que si quelques êtres abrutis, complètement endur-
cis et corrompus, méprisent alors la mort elle-même, c'est
très-certainement un indice qu'une peine plus douce n'aurait aucun empire sur eux.

« L'impression du supplice est momentanée : le temps
» en efface les souvenirs. » Voilà qui est encore radicalement faux. Le peuple prend soin de les conserver lui-même
par ses traditions et ses complaintes triviales, mais pit-
toresques; cela seul est un indice de l'effet de la peine;
d'ailleurs, la société n'est pas encore assez morale pour
que les crimes soient assez rares, et séparés par un assez
grand espace de temps, pour que le souvenir du supplice

puisse être effacé, avant qu'un nouvel exemple en soit donné. Pour peu qu'on se mêle avec le peuple, pour peu qu'on se pénètre de ses pensées et de ses mœurs, on saura que son instinct repousse, au contraire, le prétendu bienfait de la législation qu'on lui offre, et son bon sens le rend invulnérable aux sophismes des théoriciens. C'est une expérience que j'ai souvent faite. Homme du peuple, et perpétuellement en contact avec lui, je n'ai trouvé dans les membres estimables de toutes ses classes, qu'un cri unanime contre l'abolition de la peine de mort.

Beccaria et ses continuateurs ont si bien senti que la captivité seule n'est pas une répression suffisante (précisément encore parce qu'elle n'est pas un spectacle présent aux yeux, et s'accomplit nécessairement sur certains points spéciaux, hors la vue des populations), qu'ils ont cherché à y joindre des conditions aggravantes, pour en augmenter la souffrance. Voici les paroles du chef de la secte : Après avoir dit que la peine momentanée de la mort peut être méprisée par un coupable courageux, il ajoute : « Mais » le fanatisme et la vanité s'évanouissent dans les chaines, » sous les coups, au milieu des barreaux de fer; le déses- » poir ne termine pas leurs maux, il les commence. »

En outre de l'énorme cruauté de cette doctrine, digne résultat d'une philanthropie immorale, je dis qu'elle est doublement fausse et irrationnelle, car elle réunit les vices des deux systèmes. Effectivement, elle trouve à la fois le moyen de faire beaucoup plus souffrir le coupable, et de rendre l'exemple de son châtiment beaucoup moins utile à la société.

Elle le fait beaucoup plus souffrir; je n'ai pas besoin de le prouver, puisqu'elle s'en vante.

L'exemple du châtiment est cependant moins utile. Pourquoi? Précisément parce qu'il est long et secret; parce que les populations le perdent de vue, et n'en sentent pas toute l'intensité; parce qu'il laisse toujours l'espoir de le voir finir ou de lui échapper; parce qu'enfin, il est exempt de cette idée de destruction définitive, sentiment le plus répulsif que l'homme puisse éprouver.

« La peine de l'esclavage a cela d'avantageux, continue » Beccaria, qu'elle épouvante plus celui qui en est témoin, » que celui qui la souffre. »

En thèse générale, cette assertion est fausse, précisément par les raisons que je viens de donner; mais combien est-elle plus fausse, si l'on considère l'esclavage spécial, qu'on chargerait de chaînes, de coups, de barreaux de fer; cet esclavage où, selon Beccaria lui-même, le désespoir ne termine pas les maux, où il les commence!

Et rentrant un peu dans les spécialités, je demanderai si, avec un pareil système (modifié de nos jours par nos idéologues, par d'autres aggravations tout aussi cruelles, quoique sous une forme différente); si, dis-je, avec un pareil système on réprimera efficacement les délits militaires, en face de l'ennemi, ou les délits maritimes, au milieu de l'immense désert de l'Océan? Sans la peine de mort, prompte, instantanée, presque sans formalité et sans procédure, maintiendra-t-on la discipline contre l'embauchage, la trahison, la brutalité des masses armées, au moment même où l'on est obligé de leur faire faire usage de leurs armes? Cela est radicalement impossible, et le plus simple bon sens aurait dû le faire sentir.

Et sur les flots, loin de toute police sociale, lorsqu'en jetant quelques officiers à la mer, les matelots acquièrent à la fois l'impunité et un butin immense, ira-t-on parler à ces loups de mer du système pénitentiaire? Pardon, mais je suis convaincu qu'avec un tel régime, ils riraient de la législature, et que la marine serait bientôt détruite.

Je le répète, toutes les fois que, sortant des nuages de la théorie spéculative, on viendra aux réalités, on verra le système de l'abolition s'écrouler de toutes parts. Mais, après avoir soutenu que la peine de mort n'était ni utile, ni nécessaire, il restait aux partisans de l'abolition un dernier moyen d'agrandir le cercle de leurs erreurs; c'est de soutenir que l'exemple de la peine de mort est dangereux, en ce que le spectacle qu'elle donne endurcit les mœurs, et par conséquent excite au crime; c'est-à-dire, pour réduire l'absurde à ses termes les plus précis, « qu'en » voyant décapiter un assassin, le peuple contracte le désir » et le goût de devenir assassin comme lui, afin d'être dé- » capité à son tour! »

Incroyable contre-sens, étrange abus de la faculté de raisonner, démenti donné à l'expérience de la raison universelle! Ils ont donc été bien insensés, ceux qui ont ordonné que le coupable fût exécuté dans le lieu même du crime, afin que l'exemple de sa mort fût plus efficace! Quoi! l'exemple de cette mort encouragera les populations à commettre de nouveau le crime qu'elles voient punir ainsi? Que répondre à des systèmes qui aboutissent à une telle aberration? Rien. Il faut les laisser mourir d'euxmêmes.

Quant à moi, je me souviens que, pendant ma jeunesse, deux matelots tuèrent, la nuit, un passager dans leur bateau, pour voler de l'or qu'il portait. Ils furent découverts, condamnés à mort, et exécutés sur le port, en face de tous

leurs confrères. Jamais ce crime ne s'est reproduit depuis.
Qu'on leur eût fait grâce de la vie, je n'aurais conseillé à
personne d'emporter de l'or sur l'eau et de s'endormir la
nuit au milieu de matelots inconnus.

Ce même sophisme s'est reproduit sous une autre forme.
En face du supplice, dans la foule qui le contemple, on a
vu, a-t-on dit, des filous exercer leurs escroqueries sans
être arrêtés par le spectacle qu'ils avaient sous les yeux,
quoique, par la loi du pays, le vol fût puni de mort.

Mais, en admettant ces exemples très-exceptionnels, ils
ne prouvent rien quant aux masses. De ce que quelques
individus très-pervers ne sont pas retenus par un tel spectacle, il ne s'ensuit pas que les populations entières, beaucoup moins corrompues, n'en soient pas salutairement af-
fectées. Il y a, d'ailleurs, une autre manière d'expliquer
le fait. Dans une telle réunion de peuple, toute l'attention,
tous les yeux, toutes les oreilles sont dirigés sur l'échafaud. Au milieu de la foule, les escrocs peuvent espérer
passer inaperçus; ce n'est donc pas parce qu'ils méprisent
le supplice, mais bien au contraire parce qu'ils ont l'espoir d'y échapper, qu'ils prennent cette occasion de filou-
ter, comme ils le feraient à la sortie d'un spectacle, à la
sortie d'une église, dans toutes les réunions, en un mot,
où il y a foule et préoccupation. On voit donc que l'argument, en lui-même, n'a aucune force. On devrait laisser
de telles subtilités aux bancs de l'école : elles sont indignes de la tribune.

Quant à l'efficacité de l'exemple, Servan ne pensait pas,
comme nos adversaires, qu'il était dangereux parce qu'il
endurcissait le peuple. Voici ce qu'il dit dans son admi-

rable discours sur l'administration de la justice criminelle :

« Considérez ces premiers moments où la nouvelle de
» quelque action atroce se répand dans nos villes et dans
» nos campagnes. Les citoyens ressemblent à des hommes
» qui voient tomber la foudre auprès d'eux.... Voilà le
» moment de châtier le crime : ne le laissez pas échapper :
» hâtez-vous de le convaincre et de le juger, dressez les
» échafauds, traînez les coupables dans les places publi-
» ques, appelez le peuple à grands cris ; vous l'entendrez
» alors applaudir à la proclamation de vos jugements,
» comme à celle de la paix et de la liberté. Vous le verrez
» accourir à ces terribles spectacles comme au triomphe
» des lois..... Tout rempli de ces terribles images et de
» ces idées salutaires, chaque citoyen viendra le répandre
» dans sa famille ; et là, par de longs récits faits avec au-
» tant de chaleur qu'avidement écoutés, ses enfants, ran-
» gés autour de lui, ouvriront leur jeune mémoire pour
» recevoir, en traits inaltérables, l'idée du crime et celle
» du châtiment, l'amour des lois et de la patrie, le respect
» et la confiance pour la magistrature. »

Voilà de la véritable éloquence et de la véritable philanthropie. On voit que l'illustre avocat-général de Gre-
noble n'éprouvait pas pour le criminel cette imbécile pitié,
comme il la qualifie lui-même, si cruelle pour les gens de
bien, et qu'il ne croyait pas surtout que la vue du supplice excitât le peuple à de nouveaux crimes, idée barro-
que et fausse que quelques personnes adoptent, je crois,
uniquement à cause de sa physionomie paradoxale ; et si
ce célèbre magistrat faisait des vœux pour l'abolition de la
peine de mort, c'était comme une utopie, rêve d'un homme

de bien, dont il renvoyait l'exécution à des temps plus reculés, demandant seulement, comme je le demande moi-même, que cette peine terrible fût réservée aux plus graves forfaits.

Réfutons encore un autre sophisme :

Quand un coupable commet le crime, il a toujours, dit-on, l'espoir d'échapper à la peine; s'il n'avait pas cet espoir, il n'accomplirait pas le forfait. Il importe donc peu que la peine soit grave; l'essentiel, c'est de donner au criminel la certitude qu'il en sera atteint. « Alors la peine » suffira, si légère qu'elle soit. » Cet argument de M. le comte Rœderer, est faux de toute manière.

D'abord, pour qu'il fût juste, il faudrait pouvoir inspirer au coupable l'entière certitude qu'il n'évitera pas la peine, ce qui est impossible.

Ce ne sera jamais pour lui qu'une probabilité plus ou moins grande. Il est très-essentiel, j'en conviens, qu'elle soit grande; plus la peine sera inévitable, moins sa gravité sera nécessaire.

Néanmoins, la détermination du coupable ne suit pas un rapport simple; elle suit un rapport composé tout à la fois et de la gravité de la peine et de la chance qu'il a d'en être atteint. Il est des cas où l'entraînement au crime est si grand et les passions si cruelles, que la certitude d'une peine médiocre ne les arrêterait pas.

Personne ne veut être puni, dit-on. Sans doute. Mais qu'on me permette une comparaison : En affaires de commerce, par exemple, personne ne veut perdre. Si petite que soit une perte, personne ne s'y exposerait gratuitement si elle était certaine. Mais on calcule, à la fois, l'importance de la perte, la chance d'en être atteint et la chance du bénéfice qu'on peut obtenir, et l'on se détermine à faire l'opération, toutes les fois, selon l'expression reçue, *que la prime vaut la perte.*

Eh bien ! le criminel fait un raisonnement entièrement analogue. Si la gravité de la peine, jointe à la probabilité d'en être atteint, ne dépasse pas pour lui le bénéfice, l'avantage, la satisfaction qu'il trouve dans son action coupable, il l'accomplit.

Ainsi donc, gravité de la peine proportionnée aux crimes et aux passions qu'il suppose, la plus grande probabilité possible pour le coupable d'en être atteint, exemple public d'un châtiment prompt et légal, telle est la question, en comparant toutefois les dispositions législatives à l'état de la société qu'elles doivent régir, à ses antécédents, à ses mœurs politiques, à ses opinions religieuses et philosophiques, à ses passions du moment, en un mot, à l'état de sa civilisation toute entière : voilà le véritable problème ; mais venir dire sèchement et théoriquement : « La » peine de mort ne doit atteindre ni les crimes privés, ni » les crimes politiques, c'est abuser à la fois de la parole » et de l'étude des abstractions. »

Mais, dit-on, à certaines époques, la peine de mort a été abolie, et pendant ces périodes les crimes ont diminué au lieu d'augmenter. D'autres fois, au contraire, le nombre des crimes a augmenté en même temps que la gravité des peines.

Je ne suis point persuadé par cette assertion. Il faudrait, pour me convaincre, des résultats plus nombreux et surtout plus certains. Ce n'est pas sur des récits, sans authenticité et sans preuves réelles, que je donnerai un démenti à la raison elle-même. D'ailleurs, croyez-vous que la législation criminelle contribue seule à augmenter ou diminuer le nombre des crimes? La misère, l'état d'oppression, l'ignorance, le fanatisme, les troubles civils, etc., etc., ne rendent-ils pas les hommes plus ou moins coupables, selon leur plus ou moins d'intensité? Si donc l'abolition de la peine de mort coïncide avec une époque favorable, si l'aggravation des peines coïncide avec une époque plus malheureuse, l'anomalie, dont vous croyez vous faire une arme invincible, ne s'expliquerait-elle pas d'une manière toute naturelle? Il en est de même pour la désertion. Le nombre n'en a pas varié, dit-on, quoiqu'elle ait été alternativement punie ou non de la mort. Mais la désertion tient à mille autres causes : à la sévérité du service, à la disposition morale du soldat relativement au gouvernement ou au sujet de la guerre, aux privations qu'il endure, à son peu de confiance dans ses chefs, etc., etc. Il ne faut pas, dans des rapports si complexes, regarder un seul côté de la question !

Au lieu de croire que l'aggravation des peines augmente le nombre des crimes, j'aime bien mieux penser et l'expérience le prouve, que c'est la mauvaise et fausse gradation de ces peines, leurs disproportions relatives qui produisent ce résultat dans certaines circonstances.

Enfin, dit-on, la peine de mort n'est-elle pas horrible dans le cas où un innocent en serait juridiquement frappé? Peut-on, sans frémir, s'exposer à commettre une aussi épouvantable erreur?

J'en conviens, la nature se révolte à cette idée; mais loin de reculer dans mon système, je m'en empare, je la tourne contre mes adversaires ; et je dis que, dans leur systeme, l'innocent sera cent fois plus souvent frappé de mort que dans le mien.

En effet, on doit remarquer qu'avec l'admirable organisation de nos assises, avec la composition impartiale du jury, avec la publicité de la défense et la liberté des témoins, cette déplorable erreur ne peut être qu'infiniment rare. On verra bien plutôt trop d'indulgence que trop de sévérité dans les jugements.

Mais si, par un système qui n'organise pas une répression suffisante, on laisse féconder au sein de la société les germes du crime, alors il s'exercera directement sur les citoyens innocents. Au lieu d'un innocent condamné, il y en aura vingt égorgés sur les grandes routes ou dans leur lit. Croit-on que le discernement des assassins ne soit pas plus fréquemment mis en usage que les erreurs du jury? Les défenseurs de l'abolition de la peine de mort ont de l'humanité, je veux le croire; mais elle ne me paraît pas intelligente!

Et dans le cas même presque impossible aujourd'hui de la condamnation d'un innocent par le jury, le condamné gagnera-t-il beaucoup au change, en échappant à la mort pour tomber dans l'épouvantable servitude que l'on veut organiser, servitude où le désespoir ne termine pas, mais commence au contraire les maux du condamné! Son supplice pourra avoir un terme, dira-t-on, si son innocence est reconnue plus tard. Oui! si.....! mais, en attendant, s'il succombe à cet ingénieux tourment? Et, d'un autre côté, comment réparera-t-on la mort des citoyens innocents qu'auront égorgés les coupables enfantés par l'indulgence fatale contre laquelle je combats?

Il ne faut pas courir après un mieux idéal impossible

à l'imperfection humaine. En parlant philanthropie, il ne faut pas semer dans la société des ferments de trouble et de désordres par d'intempestives déclamations. Que l'on ne dise plus désormais : « Que doit-on penser en voyant
» le sage magistrat et les ministres sacrés de la justice
» faire traîner un coupable à la mort avec tranquillité,
» avec indifférence? Et tandis que ce malheureux attend
» le coup fatal dans les convulsions et dans les angoisses,
» le juge qui vient de le condamner quitte froidement son
» tribunal pour aller goûter en paix les douceurs de la
» vie, et peut-être s'applaudir, avec une complaisance se-
» crète, de l'autorité qu'il vient d'exercer. Ne peut-on pas
» dire que ces lois ne sont que le masque de la tyrannie?
» que ces formalités cruelles et réfléchies de la justice ne
» sont qu'un prétexte pour nous immoler avec plus de sé-
» curité, comme des victimes dévouées en sacrifice à l'in-
» satiable despotisme? » (Beccaria, *des Délits et des Peines.*)

Toutes ces déclamations, sans vérité, n'en imposent plus à personne; un tel portrait de nos magistrats et de nos jurés, ne serait qu'une calomnie insensée : c'est avec le cœur serré d'affliction, et non rempli d'une joie barbare, qu'ils retranchent de la société l'ennemi qui l'attaque, et dont l'impunité la perdrait. Ils ne sont pas des sacrificateurs de victimes humaines, ils sont les protecteurs de l'humanité !

Écoutez. — Un homme est condamné à une longue captivité; il s'évade malgré la plus grande surveillance; il demande l'hospitalité, se donnant comme simple voyageur; deux jeunes gens la lui accordent; il tue le mari, il tue la femme; pendant leur agonie, il insulte à leur détresse, par des plaisanteries grotesques et barbares; il mange, boit,

et s'en va, cherchant une nouvelle hospitalité, pour commettre un nouveau crime!

Imprévoyants philanthropes! c'est ce que nous avons
vu, il y a peu d'années! Et dites-le moi maintenant, que
ferez-vous de ce tigre! vous l'enchaînerez de nouveau?...
—Et s'il brise encore sa chaîne?.....

CHAPITRE XVI.

De l'Abolition de la peine de mort en matière politique.

J'entreprends une tâche aride. Je vais combattre des
sentiments généreux, mais imprudents. Je les respecte dans
autrui, et je les trouve au fond de mon âme. Mais, dans
une matière si sérieuse, il faut que l'émotion du cœur seconde la raison, au lieu de lui imposer silence.

Sans doute, chacun de nous est libre de sacrifier ses
ressentiments; chacun de nous est libre de hasarder sa vie :
mais nul de nous n'a le droit, même par magnanimité,
de sacrifier ou de hasarder la tranquillité publique et l'intérêt du pays. En politique, il ne doit être permis d'*égoïser*
ni pour soi, ni contre soi.

M. de Lafayette, en défendant, en 1830, à la tribune,
l'opinion opposée à celle que je vais soutenir, a rappelé
le sort de ses amis et de ses ennemis, tour à tour proscrits
et immolés sur l'échafaud. On m'a fait à moi-même cette
observation. Elle était au moins superflue. Je ne suis pas
si oublieux d'un passé qui me touche de près, et si peu
soucieux des chances fatales que l'avenir peut nous réser-

ver encore, qu'il soit nécessaire de les mettre sous mes yeux. Mais l'intérêt personnel ne doit pas nous préoccuper.

Si, d'ailleurs, on se pénètre bien de ma pensée, on verra que ce n'est pas pour multiplier ces chances fatales, mais bien au contraire pour en diminuer le nombre, que je réclame contre l'abolition de la peine de mort. Ce n'est pas pour augmenter l'effusion du sang, c'est pour la rendre aussi rare que possible. N'oublions pas que, dans la tempête, on périt aussi souvent par défaut de fermeté, que par défaut de prudence.

Je veux prouver, qu'en matière politique, la peine de mort est juste;

Qu'elle est nécessaire;

Qu'elle ne peut être remplacée par aucune autre;

Que son abolition serait une mesure barbare, et multiplierait les crimes des factions, ainsi que le nombre de leurs victimes.

Je suis même convaincu que si pour les crimes privés, on pouvait abolir la peine de mort, on devrait la conserver contre les crimes politiques.

La gravité des peines doit, selon moi, être calculée d'après plusieurs motifs :

La fréquence du crime qu'on veut punir;

La violence des passions qui le font naître;

Les conséquences terribles qu'il entraîne à sa suite;

L'espoir que le coupable a d'éviter le châtiment.

Plus le crime est, de sa nature, fréquent, violent, dangereux, susceptible d'impunité, plus la peine doit être grave, pour contrebalancer le plus possible ces causes de désordres.

Je trouve tous ces caractères aux crimes politiques.

Ils ne sont pas d'une répétition constante et uniforme chez les peuples; mais quand la carrière des révolutions s'ouvre, ils se multiplient, ils se répandent, ils s'engendrent avec une rapidité presque infinie. S'ils ne sont pas éteints à la source, dès le moment de leur naissance, il devient impossible d'arrêter leur accroissement.

La violence des passions qui les font naître est connue; je n'en dirai rien. Et comme leur nature même fait que le déshonneur et l'infamie ne peuvent les atteindre, il est évident qu'un châtiment corporel est le seul qu'on puisse y appliquer.

Les conséquences terribles des crimes politiques!...... Qui les ignore?

L'incendiaire brûle un édifice, l'assassin détruit son semblable, le parricide tue son père : voilà des crimes isolés; mais l'homme qui trahit son pays, qui le livre à l'étranger, après avoir détruit l'ordre intérieur, par la violence brutale et l'anéantissement des lois, celui-là commet mille assassinats, mille parricides; il livre aux flammes et à la dévastation le pays entier. Son crime frappe à la porte du palais et de la chaumière, pour les remplir de douleurs et de larmes!

L'espoir que le coupable a d'éviter le châtiment!...... Cet espoir, il le puise dans son crime lui-même. C'est par le succès de ses violences qu'il les légitime; bien différent en cela des criminels ordinaires, qui, de tous côtés repoussés, ont contre eux l'universalité des citoyens, le criminel politique a, dans l'assentiment de son parti, des moyens immenses d'impunité.

Affaiblissez la gravité de la peine, vous augmentez encore ces chances d'impunité, car les partisans du coupable n'étant plus retenus par la crainte, seront infiniment plus nombreux et plus entreprenants.

Si tout ce que je viens de dire est incontestable, il suit de là, que les crimes politiques d'un certain ordre nécessitent, pour leur répression, la peine la plus forte que les lois humaines puissent employer.

Mais la peine de mort, l'irréparable peine de mort, est-elle la seule qui puisse atteindre le but?

Oui, elle est la seule?

Je n'en connais que trois qui puissent être proposées pour la remplacer :

La confiscation, la douleur prolongée, la captivité ou l'exil.

La confiscation frappe l'innocent plus que le coupable,

La douleur prolongée, qui ne serait qu'une longue torture, est une idée infernale que je ne réfuterais pas sérieusement. Elle n'effraierait personne, parce que dans ce siècle on sait qu'une pareille peine resterait sans application, à cause de son atrocité.

Reste donc la captivité perpétuelle ou à temps, car c'est toujours là qu'il faut aboutir. On va comprendre sa ridicule insuffisance.

Voici d'abord une remarque décisive, et je prie qu'on y fasse d'autant plus attention, qu'elle contredit directement l'assertion favorite de mes adversaires.

Ils prétendent que la gravité de la peine augmente le nombre des crimes, précisément parce qu'elle augmente les chances d'impunité.

Mais, lors même qu'il en serait ainsi pour les crimes

privés (ce qui n'est pas), les crimes politiques sont d'une nature toute différente.

En effet, si vous punissez l'empoisonneur et le parricide par la captivité, qui s'armera pour eux? Qui voudra forcer la main au gouvernement pour les sauver? Personne. Dans quel ordre de choses nouveau pourront-ils trouver des libérateurs? Nulle part. — Mais le criminel politique a toujours de nombreux partisans : si vous le punissez par la prison, c'est lui assurer une impunité plus ou moins prochaine. Plus la peine est adoucie, plus ses partisans, n'étant plus retenus par la crainte, auront d'audace pour l'en affranchir. Plus le parti qu'ils composent, ayant de nombreux agents, aura de nombreux moyens pour triompher ; et, le cas échéant, la prison temporaire du coupable deviendra pour lui un sujet de récompense!

Il est donc visible qu'en affaiblissant la peine, on affaiblit aussi les moyens de l'appliquer. Or, je le demande, n'est-ce pas là un contre-sens en législation? N'est-ce pas une preuve bien certaine que la peine contre les crimes politiques doit être au moins aussi forte que contre les crimes ordinaires? Dans les partis politiques, on se flatte toujours du succès ; ce que nous voyons depuis la révolution de 89, est la preuve qu'on a souvent raison de penser ainsi. Dès-lors la prison n'a plus aucune force contre les crimes de ce genre; le criminel calculant que, dans un laps de temps donné, il y a cent à parier contre un qu'il sera délivré; et si le parti opposé au sien vient à triompher définitivement, il sait bien aussi que sa prison ne sera pas *éternelle*, surtout s'il a beaucoup de compagnons, et que quelqu'acte de grâce ou d'amnistie l'en affranchira.

Il est donc certain que la prison est une peine infini-

ment trop faible pour contrebalancer les passions violentes et cruelles des partis politiques, et que cette seule peine
n'arrêtera pas leurs excès.

Mais, si elle n'arrête pas leurs excès, qu'aurez-vous
gagné à détruire l'échafaud ? Vous serez obligé de le rétablir exceptionnellement au milieu des convulsions civiles,
et votre loi philanthropique n'aura duré que tout juste le
temps nécessaire pour créer les coupables qu'il vous faudra punir !

Ainsi, je prouve que l'abolition de la peine de mort,
pour les crimes politiques, est une mesure barbare qui
augmentera nécessairement l'effusion du sang.

J'ajoute que c'est une grande erreur de regarder les
proscriptions politiques, comme l'effet des lois qui autorisent la peine de mort.

Ces lois n'existeraient pas que les proscriptions n'en seraient que plus cruelles; elles ont leur source dans la nature du débat, et dans les passions violentes des factions.
La loi d'abolition n'y changera rien. Elle ôtera, dit-on,
un moyen d'exécution aux partis. J'en doute fort,
parce que s'ils y trouvent un obstacle, ils sauront bien le
détruire; mais quand j'admettrais cette assertion, quoique
très-improbable, croit-on qu'un parti qui voit sa ruine
certaine si ses adversaires ne succombent, se privera de sécurité et de vengeance, faute d'une loi? —Alors, il se fera
justice de ses propres mains; il dira que le gouvernement
le trahit, qu'il est d'accord avec les conspirateurs réels ou
prétendus, et il les égorgera.

Ceci n'est pas une supposition; c'est l'histoire du monde
entier qui nous fournirait l'exemple et la preuve. Les victimes d'Avignon, celles du 2 septembre, celle du Midi en

1815, Ramel, Brune, Lagarde, n'ont pas été frappés sur l'échafaud : à plus forte raison, quand la mort légale manquera, la mort illégale et barbare se hâtera de la remplacer !

Cela est si vrai, que souvent l'échafaud sert d'égide à l'accusé et le sauve. La fureur du peuple s'arrête devant cette idée : il sera jugé et puni; et tel qui, plus tard, est acquitté par les juges, aurait été déchiré dans le premier moment, si l'espoir de la vengeance légale n'avait été comme une sorte de pâture provisoire pour ses ennemis !

L'abolition de la peine de mort, pour les crimes politiques, augmentera donc le nombre des coupables, accroîtra les chances de leur totale impunité, multipliera les ferments de guerre civile, et n'aboutira, au résultat, qu'à rétablir un peu plus tard la peine qu'on aura abolie, ou à voir les citoyens s'égorger les uns les autres, au coin des rues.

Que l'on ne se fasse donc plus une arme contre moi, des condamnations injustes et irréparables que les tribunaux politiques ont souvent prononcées : je les déplore autant que qui que ce soit ; mais je repousse l'abolition de la peine de mort, parce qu'au lieu de diminuer le nombre de ces effroyables injustices, elle les augmenterait rapidement, et ne serait qu'une arme terrible dont les factions ennemies se serviraient tour à tour contre le gouvernement; ce qui plongerait l'État dans une perpétuelle instabilité.

La prison étant de sa nature insuffisante contre les crimes politiques, parlera-t-on de l'exil? Ce serait une triste logique, car il présente les mêmes inconvénients et un plus grand encore : c'est que le criminel politique exilé peut à chaque instant rentrer dans son pays et le troubler de nouveau. Alors, qu'en fera-t-on? — C'est un cercle vicieux dont on ne sortira pas.

J'ai discuté jusqu'à présent la nature des peines, relativement à la nature du crime; voyons maintenant la gradation.

Il est évident que la peine la plus forte ne doit pas être prodiguée par la loi; il faut la réserver soigneusement pour le degré le plus élevé du crime. En demandant que la peine de mort ne soit pas abolie, je demande donc aussi, soit pour les crimes politiques, soit pour les crimes privés, qu'on la restreigne à ceux-là seulement qui l'exigent de toute nécessité. Développons cette idée, et nous réfuterons les criminalistes qui prétendent qu'en aggravant les peines, on augmente le nombre des grands coupables. Étrange paradoxe fondé sur des faits mal appréciés.

Je l'ai déjà dit, cette augmentation du nombre des grands coupables vient, non de l'aggravation des peines, mais de leur fausse distribution faite en contre-sens de la gravité des crimes, et ce qui le démontrera incontestablement, c'est que l'allégissement des peines, mal distribué (en outre du vice qui lui serait propre), produirait le même effet par le même motif.

En effet, admettez que le vol simple et le vol avec assassinat soient tous les deux punis par la mort. Il est naturel de penser que la plupart des voleurs assassineront, puisqu'ils n'auront à supporter, dans ces deux cas, que le même châtiment, et qu'en tuant le volé, ils feront disparaître à la fois le plaignant et un témoin.

Prenez la thèse en sens contraire. Admettez que le vol simple et le vol avec assassinat ne soient ni l'un ni l'autre punis de mort, vous aurez le même résultat par l'effet du même calcul. Vous aurez plus de crimes, d'abord parce que le châtiment sera moins sévère, et ensuite le plus fort crime sera commis le plus souvent, parce que la peine sera la même pour les deux cas.

Il en serait de même en politique. Du moment que les grands crimes ne seraient plus punis de mort, c'est précisément le nombre de ceux-là que vous verriez augmenter, tout aussi bien que si vous punissiez de mort des crimes inégaux.

La gradation des châtiments est donc un des points les plus essentiels de la législation criminelle, et c'est pour cela qu'il faut être très-réservé dans l'application de la peine capitale. En nivelant les peines, on produirait inévitablement un déplorable effet sur les dispositions des coupables, et presque tous entreraient dans le crime aussi avant que leurs facultés le leur permettraient.

C'est ici que finit la tâche du publiciste et que commence le travail du législateur proprement dit. Travail sublime, travail pénible, travail douloureux, où la conscience, sans cesse effrayée par les suites immenses et funestes d'une erreur possible, réagit à chaque instant sur elle-même, pour chercher, dans toutes les profondeurs de l'intelligence et dans tous les replis du cœur, ces avertissements de l'instinct, ce cri primitif de la nature humaine dont la voix nous révèle souvent des vérités qui se dérobent aux seuls efforts de la raison !

Ces dispositions précises des lois, cet enchaînement des maximes et des conséquences; ces définitions rigoureuses et claires des actes; cette expression certaine de la juste gradation des peines; cet ordre admirable qui, dans la procédure criminelle, doit conserver intactes et la liberté de l'accusé et la force protectrice de l'accusation, font, à mes yeux, d'un bon code criminel, le chef-d'œuvre de la raison sociale et de l'humanité. J'appelle de tous mes vœux ce perfectionnement de législation et de jurisprudence, qui seul pourra consacrer et rendre durable notre régénération politique !

LIVRE XVI.

DU GOUVERNEMENT DES ESPRITS.

CHAPITRE PREMIER.

Du Gouvernement des Esprits.

Pour être le directeur moral de la société, pour exercer sur elle cette action que j'ai nommée *le gouvernement des esprits*, la royauté constitutionnelle a trois instruments gouvernementaux : les chambres, la presse, l'éducation.

Le libéralisme, instrument nécessaire pour détruire les abus gouvernementaux que l'ignorance des vieux âges avait consacrés, est une doctrine si essentiellement corrosive et dissolvante, qu'après avoir détruit les abus, elle ronge, elle mine, elle sape dans toutes ses bases le gouvernement lui-même. Ne pouvant lui ôter immédiatement son action matérielle sur les corps, elle s'acharne à rébeller contre lui l'orgueil démocratique des esprits, bien sûre qu'en détruisant l'empire moral du gouvernement sur les intelligences, elle aura ensuite bon marché du simulacre de force matérielle qu'elle consent provisoirement à lui laisser, pour conserver quelque temps encore l'ordre apparent de la société.

Ce n'est donc pas par la seule force répressive que le gouvernement peut vivre, car la force répressive elle-même est prédominée par la volonté morale des instruments humains qu'elle emploie. Il faut que le pouvoir social gouverne d'abord les esprits, pour arriver ensuite au gouvernement des corps. — Et s'il se fait, par la combinaison des rouages gouvernementaux, qu'il laisse influencer l'administration elle-même par les principes dissolvants qu'elle a mission de combattre et de dompter; s'il se fait que, dans les combinaisons législatives, le gouvernement lui-même laisse infiltrer les mauvais principes qui lui sont opposés; s'il se fait que, dans le cours des évènements, quand ces mauvais principes portent leurs détestables fruits, le gouvernement, tantôt par un motif, tantôt par un autre; tantôt par une intrigue d'antichambre, tantôt par une intrigue de journal; tantôt pour se concilier les talons rouges de la démocratie, tantôt pour complaire aux dominateurs de l'aristocratie littéraire; s'il se fait, dis-je alors, que le gouvernement lui-même hésite à flétrir, dans les faits, les théories qu'il réprouve et condamne comme principes, alors l'action gouvernementale s'affaiblit et s'éteint, quoique ses instruments matériels et sa marche apparente restent les mêmes; alors un nuage d'incertitude et de doute plane sur la sécurité de l'avenir; les populations n'aperçoivent pas bien les causes secrètes de leur inquiétude, mais elles sentent par instinct l'approche des orages politiques, comme les animaux sauvages, impressionnés par l'atmosphère, sentent l'approche de la tempète.

Et remarquez que je place parmi les instruments matériels du gouvernement, l'action pure et simple des majorités parlementaires. Comme majorités, elles donnent les moyens pratiques d'agir, elles donnent la force administrative, la répression judiciaire, etc. Mais l'action sur les esprits, le gouvernement des esprits, la hiérarchie et la soumission volontaire des esprits, ce n'est point par l'influence seule du nombre victorieux qui forme les majorités parlementaires qu'elles peuvent donner au gouvernement cette grande puissance morale : cela ne dépend même pas du bon vouloir, du courage, de la constance des majorités; cela dépend de la concordance intime, profonde, invulnérable, qui doit exister entre les actes mêmes de ces majorités et les principes éternels de la sociabilité humaine; entre les lois faites par ces majorités et les éternelles règles indispensables à la sécurité, à l'action, à la force du pouvoir social. Faute de comprendre ces principes éternels qui dominent tout dans le monde, nous avons vu des majorités pleines de courage et de patriotisme, voulant soutenir le pouvoir et ne pouvant point parvenir à le constituer, à l'établir, à lui donner une vie pleine, complète, normale; et je dirai plus, malgré leur bon vouloir et leur constance, nous les avons souvent vues ébranler l'État par la discordance de leurs actes avec les principes sociaux qu'elles voulaient défendre; c'est pour cela qu'elles ont souvent encouragé le mouvement révolutionnaire, empêché les idées de reconstruction sociale de naître, de grandir et de se transformer en faits pratiques dans le gouvernement.

En regardant autour de nous, nous verrons donc deux choses : d'abord, que le gouvernement des esprits n'existe pas; ensuite, que le gouvernement des corps n'est pas encore détruit, mais qu'il s'affaiblit et se détériore; qu'il est urgent de réparer, de fermer les brèches qui lui sont faites par les factions : mais qu'il est indispensable de rendre au pouvoir sa force morale, son influence souveraine sur les intelligences; que sans cette dernière condition, nos *glorieuses* majorités continueront à nager dans le vide, et, de victoires en victoires, n'aboutiront qu'au néant.

Ceci, je le sais bien, n'est pas de la politique de salon, de chambre ou d'antichambre, de boudoir ou de journalisme. Mais que nos adversaires et nos amis, la main sur le cœur, et devant la patrie qui les écoute, contestent, s'ils l'osent, la nature de la question ainsi posée!

Eh bien! en partant de cette base pour reconstituer le pouvoir social et lui rendre le gouvernement des esprits lorsqu'il l'a perdu, il faut d'abord :

Que la majorité de la chambre élective ne s'enivre pas d'elle-même; qu'elle renie une infaillibilité qui ne lui appartient pas; qu'elle comprenne que la surveillance, la discussion, la pondération peuvent venir d'elle, mais que la direction politique n'est pas en elle, et que, faute d'avoir un être moral, collectif et complet, elle ne pourra jamais exercer cette direction d'une manière utile et durable.

Alors la déférence respectueuse qu'elle témoignera du moins au pouvoir royal sera le premier pas de cette grande hiérarchie morale des intelligences, le premier degré que la monarchie constitutionnelle montera pour arriver au gouvernement des esprits. Mais tant que la chambre sera elle-même une république organisée pour dominer la royauté, certainement elle ne rétablira pas l'influence de la royauté dans le pays.

Si la majorité de la chambre élective ne comprend pas cette vérité fondamentale, elle pourra bien ne pas faire un mal complet au gouvernement, si elle a assez de modération et de sagesse pour s'arrêter à temps; mais comme ses bonnes intentions seront en contradiction directe avec la voie mauvaise où elle marchera, ses intentions et ses actes se neutraliseront les uns par les autres, et l'État restera placé dans l'impuissance morale, exposé à la décomposition sociale qui s'exerce en dehors du gouvernement.

Mais la disposition monarchique que j'invoque dans la chambre, ne suffit pas pour rétablir l'action du gouvernement sur les esprits; il faut, en outre, que le gouvernement achève la conquête de l'influence morale, par deux moyens positifs :

D'abord, par la manifestation ferme et complète de sa volonté. — La volonté est à elle seule une grande puissance, même avant que l'action qui l'accomplit ne l'ait suivie. Les mesures de répression demandées par un gouvernement sont à l'avance impuissantes sur les esprits, si la volonté, qui seule peut les faire vivre et agir en réalité, paraît leur manquer. — Ainsi, tout à la fois, invoquer des lois pénales, et laisser entendre qu'on n'en fera pas usage: déférer à la justice du pays les factieux qui le troublent, mais laisser entendre que c'est une affaire de décorum, d'apparat, une formalité dont on ne peut se dispenser, et qu'en définitive, une fois ce devoir d'étiquette rempli, on n'exécutera pas les condamnations qui pourront en être le résultat, c'est ôter au pouvoir toute force morale, tout empire sur les esprits. C'est lui laisser le poids fâcheux de la lutte, et lui ôter les avantages. C'est le rendre à la fois odieux et ridicule. — Très-mauvais moyen de gouverner les esprits. — L'impunité pure et simple serait peut-être moins fatale. Que le droit de grâce intervienne après le jugement, si l'appréciation des faits le rend convenable; mais qu'en rendant d'avance la grâce certaine, on ne fasse pas une dérisoire parodie des poursuites judiciaires elles-mêmes.

Le second moyen positif, c'est l'usage de la presse gouvernementale contre la presse révolutionnaire; c'est l'émission, l'expansion, la publication des vrais principes du gouvernement, conçue sur une grande échelle, dans une grande proportion, sans détours, sans subterfuges, sans toutes ces malices de l'ironie qui rapetissent la pensée, et font d'une grande bataille politique un puéril jeu d'esprit, un carrousel littéraire où l'on conquiert les applaudissements des lecteurs, bien plus que la conversion des peuples aux doctrines d'obéissance et de respect envers les pouvoirs sociaux : doctrines qui, pour triompher et sauver le monde, ont besoin d'une prédication grande et forte, rude quelquefois, passionnée souvent, inflexible toujours : doctrines qui peuvent, qui doivent se passer des applaudissements vulgaires du moment, mais qui, aux périls et risques de leurs apôtres dévoués, doivent, dès aujourd'hui, semer à pleines mains le salut de l'avenir.

CHAPITRE II.

De la Presse gouvernementale.

On a dit, il y a long-temps, qu'on ne tuait pas les idées à coups de canon. — On ne les gouverne pas davantage par un tel moyen.

La pensée seule parle à la pensée, agit sur la pensée, gouverne la pensée.

D'où il suit que la pensée gouvernementale, la pensée du pouvoir, la volonté intelligente et directrice, sans laquelle il ne serait lui-même qu'un corps sans âme, doit se manifester au sommet du gouvernement. Elle doit être posée au faîte de la société comme la statue de Napoléon sur la colonne. De là, la pensée du pouvoir doit dominer, rayonner, éclairer la surface entière de la France, pour animer de sa propre vie les esprits qu'elle veut gouverner.

Et, dites-moi, dans un moment d'agitation, quand les citoyens commencent à douter eux-mêmes de la direction la plus convenable à donner à la société, si la pensée du gouvernement ne leur apparaît pas bien nette, bien claire, bien fermement décidée; si en même temps les factions, déguisées sous toutes les formes de l'opposition, arrivent par les mille voies de la publicité jusqu'à l'oreille des citoyens; si elles les endoctrinent, les environnent, les circonviennent de leurs sophismes longuement et habilement préparés, quelle garantie avez-vous, gouvernement muet, qu'ils entendront ce que vous ne leur dites pas, et qu'ils n'écouteront pas ce que les passions anti-gouvernementales leur crient sans relâche par toutes les trompettes du journalisme?

Une telle confiance serait insensée. Si vous voulez gouverner la pensée des citoyens, dites-leur votre pensée, ou craignez qu'ils ne concluent de votre silence que vous ne pensez pas, et qu'ils ne demandent ailleurs la direction qu'ils ne recevront pas de vous.

D'où je conclus forcément qu'il faut ou qu'il n'y ait pas de journaux, ou qu'il y ait une presse gouvernementale.

Je n'examinerai pas le premier point. Il est décidé. Il y
a des journaux, il y aura des journaux. Leur ôter les
moyens de faire le mal qu'ils font, et leur conserver la faculté du bien qu'ils pourraient faire, est un problème que
je ne tenterai pas d'éclaircir ici.

Passons donc au second point, à la presse gouvernementale. Je dois supposer que le pouvoir lui-même en comprend la nécessité, puisqu'à toutes les époques il a créé et
soutenu à grands frais des journaux ministériels; or, je
ne suppose pas qu'il ait jamais créé des journaux ministériels pour que ces journaux répétassent journellement
ce que tout le monde sait et pense déjà, et pour qu'ils se
tussent dans les moments difficiles, où chaque citoyen demande naturellement au pouvoir : Qu'allez-vous faire, et
que dois-je faire? Je suppose encore moins qu'il ait jamais
subventionné la presse quotidienne pour qu'elle exprimât
une pensée née en dehors du gouvernement, et qui fût
imposée en quelque sorte au pouvoir pour condition d'un
appui déjà si chèrement payé par lui : je ne suppose pas
davantage qu'aucun pouvoir au monde pût vouloir gouverner les esprits, en abdiquant préalablement la disposition de sa propre pensée, pour recevoir d'autrui une direction dont il deviendrait alors l'auxiliaire obligé. Cela
serait si anti-gouvernemental, que je repousserais loin de
moi tout esprit chagrin qui viendrait me conter qu'il se
passe quelque chose de semblable dans notre pays.

Cependant, jusqu'ici nous avons vu le gouvernement
avoir une presse ministérielle, et être complètement dépourvu de presse gouvernementale.

A cela il y a, ce me semble, deux causes. La première,
accidentelle, et provenant d'une erreur de tactique person-

nelle. — La seconde générale, et provenant d'une erreur organique dans cette partie du gouvernement.

Je dis que la première n'est qu'une erreur accidentelle : c'est qu'effectivement le pouvoir, qui a maintenant une presse quotidienne à sa disposition, veut tout à la fois s'en servir et ne pas s'en servir. Il voudrait bien que sa pensée fût connue, s'il était certain d'avance qu'elle fût approuvée; mais il ne voudrait pas que la responsabilité en fût sérieusement encourue par lui, si le lendemain sa pensée pouvait échouer en face de l'opinion. Il voudrait bien la diriger, cette opinion; mais comme il craint qu'elle ne lui résiste, il attend pour lui dire où elle doit aller, qu'elle ait en quelque sorte manifesté l'intention d'y aller d'elle-même. Il résulte de cette hésitation permanente que le gouvernement, même dans les choses qu'il réussit à faire, ne gouverne pas l'opinion, mais qu'il se fait traîner par elle, et qu'il s'arrête tout court s'il s'aperçoit qu'elle ne vient pas d'elle-même s'atteler à son char.

A quoi donc sert, je vous prie, une presse ministérielle ainsi dirigée? A gouverner les esprits?... Pas le moins du monde. Elle sert, au contraire, à se faire dominer, à se faire gouverner par eux!...

Par eux!..... Et comment sont-ils gouvernés, eux?.... Par la presse de l'opposition, qui, par mille canaux empoisonnés, fait circuler l'erreur dans tous les rangs de la société et usurpe ainsi le gouvernement des esprits pour anéantir à sa source même l'action du pouvoir sur la France. Cette prédication continue, constante, vigoureuse, que le gouvernement n'ose pas faire pour l'ordre, les journaux de la démocratie la font hardiment pour le désordre, et la presse ministérielle, prenant comme son lot naturel

l'impuissance d'action qui lui est doublement imposée par
le pouvoir d'un côté, par les factions de l'autre, croit avoir
fait une grande œuvre, lorsque de temps en temps, et après
coup, elle aura réfuté, dans des articles qui ne sont pas
lus, quelques-unes des mille erreurs fatales que la presse
de l'opposition a déjà vulgarisées dans la foule, et qui de
la foule ont déjà réagi sur le gouvernement!...

En n'ayant pas à lui une presse véritablement gouvernementale, le pouvoir court un second risque presque
aussi grand que le premier.

C'est qu'il ne se forme à côté de lui une fausse presse
gouvernementale, qui usurpe sur l'opinion des amis de
l'ordre, l'empire que le gouvernement aurait dû prendre
lui-même; c'est que cette presse n'absorbe ainsi à son profit le mouvement de réaction gouvernementale que les excès
de l'opposition font germer dans le pays; c'est qu'en s'emparant ainsi de cette réaction gouvernementale, cette presse
usurpatrice ne la fasse avorter; c'est que cette presse, métis
bizarre de gouvernement, de ministérialisme et d'opposition, n'opprime le gouvernement par l'appui conditionnel
qu'elle lui prête, le menaçant à chaque minute de tourner
contre lui l'influence qu'il lui a laissé prendre; c'est, enfin,
que cette presse, même en soutenant le gouvernement, ne
lui imprime à la fois un double reflet de dépendance et
d'impopularité, et ne le rende ainsi complétement incapable de gouverner les esprits.

Un reflet de dépendance et d'impopularité, ai-je dit!...
Oui, sans doute, parce qu'en France tout gouvernement
dépendant devient, par cela seul, impopulaire. La France
n'aime pas à se sentir menée par des gens qui se laisseraient
mener eux-mêmes. Elle consent bien à obéir à la force

morale, mais elle ne veut pas être gouvernée par la faiblesse. Elle veut pouvoir donner à son obéissance le prétexte de la force qui la lui inspire. Les faveurs de l'opinion publique ne veulent pas être mendiées ; elles veulent être conquises. — La France est femme sous ce point de vue. — Elle veut honorer sa soumission dans la force de ceux à qui elle cède ; elle n'obéit plus à ceux qui lui obéissent, à plus forte raison à ceux qui obéissent à d'autres qu'elle.

Le pouvoir n'ayant pas de presse gouvernementale, est donc placé dans un défilé sans issue, ayant d'un côté la presse de la démocratie qui le bat en brèche, et de l'autre, la fausse presse gouvernementale, qui fait du pouvoir pour son compte, et s'en sert pour protéger le gouvernement, mais dans des conditions données qu'elle impose. Cela est inévitable. Les esprits veulent être absolument gouvernés, car leur indépendance prétendue est une risible chimère. Si le pouvoir ne les gouverne pas, ils se font gouverner par d'autres que lui. — Et, dans ce conflit, les batteries de la presse usurpatrice qui domine le gouvernement, passent au-dessus de lui pour atteindre ses adversaires, de sorte que quelques-uns de ses boulets égarés, à dessein peut-être, tombent de temps à autre dans le camp du pouvoir lui-même et lui font de profondes blessures.

J'ai dit que ce résultat était l'effet d'une erreur de tactique personnelle. Cela se comprend facilement, je pense, sans qu'il soit nécessaire d'y donner de longues explications. Si la presse ministérielle remplissait le but pour lequel elle a dû être créée, il est bien manifeste que le pouvoir ne serait pas dans la dépendance de ceux qui font ce qu'elle devrait faire ; et l'on sent bien que cette

anomalie, après avoir été personnalisée, se généralise
nécessairement; que ce soit aujourd'hui tel homme ou
telle coterie dont le journal usurpe la puissance gouvernementale sur les esprits, que demain ce soit le journal
d'un autre homme ou d'une autre coterie, qu'importe?...
Le mal serait seulement déplacé, mais il ne serait pas
guéri; de sorte que la situation précaire et dépendante du
gouvernement n'aurait pas changé. Il aurait seulement
changé de dominateur.

A cela quel est donc le remède? Pour le trouver, examinons quelle est l'erreur organique, seconde cause qui ôte
à la presse du gouvernement toute influence sur les esprits.
Vide immense, lacune fatale, qui, jointe à la confusion
du personnel administratif où le gouvernement des esprits
s'anarchise et s'éteint de plus en plus chaque jour, aurait
graduellement et promptement pour effet d'ôter aux élections générales toute unité, tout esprit·collectif, toute
impulsion gouvernementale, ce qui donnerait , si les
choses continuaient ainsi, une chambre future tellement
fractionnée, tellement décousue, tellement variable dans
ses combinaisons, dans ses moitiés de vues, dans ses
quarts d'opinion, dans l'indécision politique qui serait la
règle décisive et normale de son être, que l'œil le plus
habile et le plus exercé ne pourrait plus y discerner un
lien, un fil commun pour diriger la machine gouvernementale et la faire marcher d'ensemble à un but quelconque. — Au mot près, ce serait la république, c'est-à-dire
l'anarchie portée à son plus haut degré d'intensité.

Eh bien ! ce vice organique, c'est toujours le même
esprit d'indécision, la même absence de volonté qui l'a
créé. C'est que la constitution, la conformation de la presse

ministérielle est telle que, voulant s'en servir, on ne le pourrait pas. C'est une frêle miniature quand il faudrait une grande peinture à fresque. Il faut d'autres proportions, d'autres leviers, d'autres forces pour remuer les masses morales, pour les pousser, pour les diriger dans la voie du gouvernement. Il faudrait d'abord avouer hautement ce but, car il est honorable et grand; il faudrait que le gouvernement manifestât sans détour, sans atténuation, sans restriction, sa volonté de diriger l'opinion du pays, parce que c'est à la fois son droit et sa plus impérieuse nécessité. Cette volonté une fois bien connue par l'administration tout entière qui devrait lui être subordonnée, les instruments ne manqueraient pas, et les plus hautes capacités se rallieraient facilement à l'exécution pratique d'une grande vérité qui dort au fond de leur pensée : — car la vérité sociale, la nécessité d'une direction gouvernementale est au fond de toutes les capacités intellectuelles : seulement il ne faut pas prendre pour telles celles qui n'en ont que le vernis extérieur, le lustre, l'apparence. — Pour faire une presse gouvernementale, il ne faut que le vouloir et l'oser. — Pour que l'administration du pays seconde le gouvernement et s'y rallie, il ne faut que le vouloir et l'oser. — Oser et vouloir !... deux mots oubliés, deux mots effacés du dictionnaire ministériel de nos jours !

CHAPITRE III.

Danger des Faux Principes.

—

Ce que l'on doit redouter plus que tout au monde, c'est l'envahissement des idées perturbatrices. L'histoire nous apprend que toutes les grandes commotions sociales ont été enfantées par l'apparition et le triomphe d'une idée. C'est l'intelligence qui mène l'homme, non le bras...... Quand l'intelligence est pervertie, tout est perdu. On ne doit donc point abandonner à elle-même la destinée d'un grand peuple; on doit chercher à diriger les esprits, et ne pas tout confier au soin de la Providence, qui est assurément toute puissante, mais qui ne veut pas changer l'ordre de la nature, parce qu'elle est elle-même en relation nécessaire avec cet ordre primitif et divin. Or, il est dans l'ordre de la nature que les principes portent les conséquences, comme les arbres portent leurs fruits. L'action de l'homme, quoique restreinte, consiste à empêcher que les faux principes ne s'établissent. La lutte contr'eux est d'ailleurs un devoir, même avec la certitude d'une défaite.

Les principes, une fois établis, ont une force qui détruit toute résistance. Il ne faut point jouer avec cette arme terrible, car ceux qui ont levé la hache, ne l'empêcheront pas de retomber.

L'émission des principes dangereux doit donc être constamment réprimée. C'est fort à tort qu'on a l'air de les regarder comme sans importance et de croire impossible la réalisation des idées de communisme, d'égalité absolue; l'histoire prouve que, dans toutes les révolutions, les doctrines exagérées l'ont toujours emporté sur les doctrines modérées ou prétendues telles.

Qui est-ce qui paraissait moins à craindre que Marat et ses doctrines? Les républicains d'alors ne le traitaient-ils pas de fou? Voyez ce qu'en pensaient Camille Desmoulins et Barbaroux. Eh bien! ces doctrines sauvages, pour nous servir de l'expression dont on a qualifié les doctrines des communistes, ces doctrines sauvages ont fini par l'emporter : Marat a gouverné la France, en dépit de tous ceux qui méprisaient l'homme et qui dédaignaient les doctrines.

C'est que plus une doctrine s'adresse aux passions brutales, plus elle est matériellement sauvage, plus elle a d'empire sur les intelligences populaires. Dites à un ouvrier : tu travailles pour gagner du pain à la sueur de ton front; eh bien, tu as droit de t'asseoir à la table de celui qui te fait travailler, à lui ravir de force une portion de sa richesse, s'il ne veut te la donner de son gré. Plus de propriété : il n'y a plus de *tien* et *mien*. — Il est évident que l'ouvrier prêtera l'oreille et se rendra beaucoup plus facilement qu'à une discussion sur la réforme électorale, parce que cela flatte directement ses passions.

Il ne faut donc pas traiter légèrement les démonstrations républicaines réformistes et communistes. Les vœux à l'abolition de la propriété, au renversement de la monarchie, ne sont pas de vaines paroles qu'emporte le vent; ils sont entendus par la classe ouvrière; ils s'adressent à ses passions, les flattent et les excitent. Il y a au fond de l'âme de tout homme une propension naturelle à céder à l'oisiveté et à désirer des jouissances sans travail. Ces idées injustes d'égalité, de partage des biens, de communauté, s'adressent à cette propension ; et voilà comment les toasts des banquets républicains sont mis en pratique.

Cependant il se trouve des gens assez aveugles pour imaginer qu'un tel état de choses est une preuve de la liberté dont on jouit dans l'État, et pour demander qu'on laisse faire, qu'on laisse passer de telles démonstrations !

C'est absolument comme si l'on soutenait qu'il ne faut pas éteindre la torche de l'incendiaire, qu'il suffit d'éteindre l'incendie. Mais l'incendie est en germe dans la torche de l'incendiaire. L'incendie est un effet : si l'on tolère la cause, on provoque l'effet. Si l'on tolère l'émission des principes anti-sociaux, on prépare la ruine de la société. Il y a, dans toute société, des principes qui ne doivent pas être discutés, des principes de foi qui servent de base à l'édifice social. Si l'on permet leur négation, même en théorie, on appelle, dans un avenir plus ou moins prochain, leur négation dans la pratique. Si l'on souffre qu'on nie la propriété, on finira par la violer. Si l'on souffre qu'on nie publiquement la royauté, on finira par la nier avec des machines infernales ou des balles de pistolets. Le passé est là pour nous démontrer ces vérités.

Quelle étrange contradiction ! On applaudit à l'émission de doctrines anti-sociales, parce que, dit-on, cette émission démontre que le pays est libre, puisqu'on abuse de la liberté. — Pourquoi donc alors s'élève-t-on contre les ouvriers qui réalisent ces doctrines en violant les ateliers des maîtres, en voulant contraindre l'ouvrier habile à ne pas gagner un salaire plus élevé que l'ouvrier inhabile ou paresseux ? On devrait se féliciter, au contraire, et interpréter ces abus de la liberté comme une preuve de liberté. On est enchanté de ce qu'on puisse tout dire ; mais pourquoi n'est-on pas enchanté de ce qu'on puisse tout faire? On recule devant cette seconde conclusion, parce qu'elle est menaçante; mais elle est néanmoins parfaitement logique; et ceux qui n'ont que des paroles de tolérance pour les discours des révolutionnaires, devraient aussi avoir des paroles de tolérance pour les excès des ouvriers. De part et d'autre, il y a abus de la liberté, c'est-à-dire, licence; et ceux qui tolèrent la licence dans les principes n'ont pas le droit de s'élever contre la licence dans les actes.

CHAPITRE IV.

Caractère des idées anarchiques.

Les idées dans le genre de celles de l'abolition de la propriété, de la communauté des biens, tout extravagantes qu'elles paraissaient à la bourgeoisie, ont un grand empire sur la classe ouvrière. La raison en est facile à saisir. C'est que les idées de désordre et d'anarchie comme celles-ci, sont presque toujours des idées simples, tandis que les idées d'ordre et de gouvernement sont toujours des idées complexes.

Un ouvrier n'a qu'un grabat dans sa maison; son voisin le marchand en gros a dix lits dont la moitié sans emploi. Dites à l'ouvrier : « Il n'est pas juste que ton voisin ait cinq lits de trop, lorsque tu n'as pas celui qui t'est nécessaire. » Voilà une idée fort simple qui frappera l'ouvrier et qu'il adoptera inévitablement.

Mais exposez-lui l'importance du respect de la propriété dans la société : faites-lui comprendre que la propriété n'est que le travail à l'état de résultat, et qu'il faut respecter le travail sous toutes ses formes; rattachez le respect de la propriété, à la politique, à la religion, à la morale, il faudra beaucoup de temps à l'ouvrier pour saisir ces rapports complexes, si même il les saisit jamais.

Dites encore à un ouvrier : « Tu n'as que du pain; ton voisin le banquier a vingt plats sur sa table. » La conclusion s'offrira d'elle-même à l'esprit de l'ouvrier : « Cela n'est pas juste; mon voisin a de trop ce que j'ai de moins. Renversons sa table et élevons la mienne à ses dépens. »

C'est une idée simple.

Que d'efforts il faudra, au contraire, pour faire pénétrer dans cette intelligence inexercée, la nécessité du luxe dans la civilisation moderne, pour lui faire sentir que c'est un moyen d'écouler sur les classes pauvres le superflu, sans violenter la propriété, sans attenter à cette base de tout ordre et de tout gouvernement.

Eh bien! prenez une à une toutes les idées anarchiques, celles d'égalité de droits, de communauté de biens, etc., etc. Elles vous frapperont par leur simplicité, simplicité qui séduit et qui entraîne les esprits ignorants. Les idées sociales, les idées d'ordre, au contraire, sont toutes complexes.

On n'a pas besoin d'être architecte pour démolir une maison : il ne faut que deux bras et une hache.

Mais pour en édifier une, c'est bien autre chose : il faut de la réflexion, de la science, du temps et la pratique du métier. Vous trouverez mille démolisseurs : le premier venu sait, sans l'avoir appris, ce métier-là. En revanche, vous ne trouverez que bien peu d'architectes. C'est que la destruction d'un édifice est une idée et un fait simples. Sa construction, est une idée et un fait complexes.

CHAPITRE V.

Du Devoir de signer ses écrits.

On parle sans cesse de progrès, de libéralisme, de liberté de la presse, de mœurs politiques!.... Eh bien! le plus grand progrès, la plus grande garantie qu'on puisse donner au développement des mœurs libérales, c'est d'adopter enfin la condition primordiale, inhérente et nécessaire à toute liberté : c'est que chacun avoue son nom et ses œuvres; c'est que chacun s'expose personnellement au blâme ou à l'approbation publique, dans tout ce qui touche les droits publics et leur exercice politique. Je suis d'autant plus en droit de réclamer des autres cette garantie, que je l'ai donnée moi-même spontanément pendant toute ma carrière publique. Sous la restauration, j'ai signé personnellement mes attaques contre elle; dans la révolution, j'ai signé personnellement mes manifestations politiques au milieu des plus orageuses tourmentes; depuis la révolution, j'ai lutté hautement contre l'opinion égarée, j'ai subi toutes les chances de la dépopularité, j'ai exposé mon nom à toutes les injures, à toutes les calomnies, à tous les bruissements des charivaris et de la presse opposante, et je me suis toujours montré à visage découvert, exposé aux attaques de tant d'adversaires constam-

ment protégés par des initiales complaisantes et fausses,
qui cachaient leurs noms au public.

Qu'on me reproche autant d'erreurs que l'on voudra,
qu'on impute à mes actes, que je sais loyaux et désintéressés, tous les motifs puérils, vaniteux, rancuniers,
que l'on pourra imaginer; toujours restera-t-il démontré
que j'ai agi sans être guidé par des motifs d'intérêt personnel; que j'ai donné le premier l'exemple d'un simple
citoyen assumant sur lui la charge publique d'une direction politique avouée et positive; et jamais on ne pensera
que c'est pour tromper, pour ruser, que je me suis ainsi
dévoué à toutes les chances d'une publicité qui donnait
à chacun de mes adversaires des armes contre moi, et qui
m'exposait au jugement du public, devant lequel ils s'in-
clinent volontairement.

Je veux une législation fortement répressive des crimes
et des délits commis par la voie de la presse, parce que je
comprends sa nécessité; mais je suis si éloigné de vouloir
étouffer la liberté de la pensée et de sa publication, que
je demande, au contraire, en premier point, que la publicité soit complète, et pour cela, qu'il n'y ait plus d'écrits
anonymes; que chaque article soit signé; que chacun pa-
raisse devant l'opinion publique à visage découvert; que
celui qui attaque un citoyen honorable, ose au moins
mettre son propre nom à l'appui de ses accusations; que
le public puisse juger entre le calomniateur et sa victime;
qu'il puisse mettre en regard leur vie publique, leur caractère, leurs noms, leur désintéressement; que la nation
puisse savoir de quel côté sont l'ambition et l'envie, de quel
côté le dévoûment et le civisme.....

Cette première condition est indispensable; elle sera

difficile à mettre en pratique, à cause de la sourde résistance qu'y feront ceux qui veulent écrire sans être connus du public, afin de faire planer sur plusieurs une responsabilité morale qui dès-lors s'éteint faute d'application individuelle. Je m'explique.

Lors même qu'un article n'est pas signé dans un journal, on peut supposer que la responsabilité matérielle n'en sera pas reniée. Un article de journal non signé insultera un citoyen : celui-ci se présentera au bureau du journal ; l'auteur se fera connaître. C'est tout ce qu'il faut, s'il est réellement l'auteur. Le public n'a rien à voir dans une querelle privée.

Cet article non signé sera-t-il poursuivi par l'autorité judiciaire, s'il contient un délit contre l'ordre public? On trouve encore la même faculté. L'auteur, s'il a de la sincérité, se nommera. En tous les cas, le gérant responsable est là.

Mais aucune de ces garanties n'est de nature à retenir les écrivains qui seront à la fois immoraux et courageux. On leur demandera satisfaction ; ils se battront très-volontiers. On citera le journal devant les tribunaux ; le gérant ira en prison, et les actionnaires du journal paieront l'amende. Mais, dans tout cela, l'opinion publique n'atteint pas le coupable. L'opinion publique, s'il n'y a pas un éclat barbare ou un procès accompli, n'a eu sous les yeux que des publications anonymes, car un blâme qui peut tomber sur tous les rédacteurs d'un journal, rédacteurs qui d'ailleurs peuvent changer rapidement et souvent de feuilles, n'atteint en réalité personne.

Mais s'il faut que les articles soient signés, la scène change. Chaque écrivain étant connu, est chaque jour mis en jugement par l'opinion publique ; son nom est inséparablement uni à ses écrits ; s'il commet une faute, à l'instant la confiance publique lui est retirée ; s'il excite au mal, ses amis, ses parents, ses relations, lui reprochent l'éclat qui en résulte ; s'il accuse calomnieusement un citoyen innocent, la calomnie retombe d'aplomb sur celui qui l'a répandue et qui l'a signée. Et ce n'est pas seulement la responsabilité morale du moment qu'il encourt, c'est celle de l'avenir, c'est celle de toute sa vie. Aujourd'hui le public peut, à la rigueur, savoir quelquefois qui a fait un article, quoiqu'il ne soit pas signé ; mais dans un an, quatre ans, dix ans, qui s'en souviendra ?.... Personne. Un article signé, au contraire, reste là, indélébile, incorruptible témoin que, dans dix ans, l'opinion publique pourra confronter avec l'écrivain. Qu'il veuille être député, conseiller-général, conseiller municipal, administrateur, il sera jugé selon ses œuvres, et récompensé selon ses mérites ! — Toutes ces considérations rendront les écrivains plus justes et plus modérés.

Quelle objection un libéral sincère peut-il faire à cette mesure ? Il est timide, il n'osera pas livrer son nom au public ; il ne veut pas courir de telles chances. — Mais alors pourquoi se fait-il *pouvoir public* ? Si timide pour lui, pourquoi prendrait-il tant d'audace contre les autres ? S'il ne veut pas que son nom porte la responsabilité de ses œuvres, pourquoi usurpe-t-il le droit de flétrir le nom des concitoyens qu'il attaque ?..... Il n'y aurait là ni justice ni libéralisme.

Il y a déjà long-temps que j'ai soutenu cette thèse, et, je le répète, je n'ai pas eu besoin de loi pour m'y conformer. Certes, depuis bien long-temps, je porte rudement la responsabilité de ce que j'écris.

Je crois que si le gouvernement trouve le moyen d'organiser cette garantie, elle sera excellente, féconde en bons résultats. Il y aura beaucoup moins de mauvaises publications, et celles qu'il y aura auront beaucoup moins de mauvais effets, parce qu'on connaîtra leurs auteurs. Cette mesure, si l'on peut assurer son exécution réelle, vaudra à elle seule autant que toute la législation répressive.

CHAPITRE VI.

De la Polémique de Principes. — De la Polémique des Personnes.

Je veux m'expliquer aujourd'hui sur un reproche que l'on m'a fait très-souvent, et qui touche intimement à l'action de la presse elle-même. Pourquoi, m'a-t-on dit, au lieu de vous borner à discuter les principes, pour combattre ceux que vous croyez nuisibles au pays, et pour propager ceux que vous croyez utiles, attaquez-vous dans leur situation parlementaire, dans leurs paroles, dans leurs actes, les personnages politiques qui professent des principes opposés aux vôtres? Cette polémique irritante affaiblit l'effet de vos raisonnements sur le fonds même des choses, et dispose défavorablement pour vous l'esprit de vos lecteurs, qui blâment cette hostilité personnelle. — Voilà le reproche dans toute sa portée. Je l'accepte. Je ne m'en défens pas. Au contraire, je crois qu'en agissant ainsi

j'ai bien fait : je crois que tout autre manière de procéder
est un acte d'égoïsme et de prudence poussé jusqu'à un degré
qu'on pourrait, sans injure, qualifier plus sévèrement.

Que signifierait, en effet, une discussion purement de
principes, qui ne suivrait pas l'application de ces principes dans les actes mêmes, et dans l'influence pernicieuse
des personnes qui commettent ces actes?... Que produirait
une discussion abstraite, une théorie à chaque instant vague et contestable, sans réalité, sans effet? Les principes
ne marchent pas, ne parlent pas, n'agissent pas par eux-
mêmes, et ne fonctionnent pas tout seuls. Ils ne vivent
réellement dans le monde politique que par la force, par
la puissance, par la parole et les actes des hommes qui
s'en emparent, qui les pratiquent, qui se font leurs agents.
Si donc vous laissez à ces hommes leur force, leur influence, leurs moyens d'actions, qu'importe une vaine réfu-
tation théorique, à laquelle presque personne ne donnera
ni attention, ni souvenir?... C'est dans les actes mêmes
des chefs d'opinion qu'il faut attaquer les conséquences
pratiques des mauvais principes dont ils sont les agents :
c'est là seulement qu'on peut les faire toucher au doigt et
à l'œil, et faire rayonner d'une complète évidence leurs
vices funestes. C'est en signalant les paroles des hommes
politiques, d'abord, à l'appui des mauvais principes ; puis,
les actes des hommes politiques en exécution de leurs paroles ; puis, les conséquences des paroles et des actes de ces
hommes politiques, qu'on parvient à une démonstration
réelle, sérieuse, profitable pour le pays. La polémique de
principes n'est donc complète, efficace, qu'en y joignant
constamment la polémique des personnes.

Il ferait beau, vraiment, de rester dans les nuages des

discussions théoriques, pendant que les hommes de parti
iraient droit à leur but, en profitant de leur influence
qu'on aurait respectée; de leur parole, dont on n'aurait
fait ressortir ni le sophisme ni la perversité; de leurs actes mêmes, dont ils déguiseraient la tendance et la véritable portée, de telle sorte qu'ils persuaderaient facilement
aux masses populaires qu'au lieu d'être la cause du mal,
ils auraient empêché le mal si leurs paroles et leurs actes
avaient eu un effet plus complet!...—Je conçois bien que
les chefs des partis politiques, qui divisent et perdent le
pays, voudraient que leurs paroles, leurs menées, leurs
intrigues, fussent protégées par l'impunité, et que les défenseurs de l'ordre social se bornassent à faire des phrases
sur les principes!—Mais que des gens qui se prétendent
conservateurs me reprochent, à moi, de m'exposer à tant
de haines pour les défendre! Qu'ils me reprochent de signaler les effets des mauvais principes jusque dans les
actes et dans les paroles des hommes qui s'en font les organes; qu'ils me reprochent cette persévérance, que j'ose
appeler méritoire, à mettre toujours la preuve personnelle
à côté de la discussion théorique, pour compléter la démonstration par des faits certains et irrécusables! voilà ce
qu'il m'est impossible de comprendre.—Car je le déclare
sincèrement devant Dieu et devant les hommes, si le parti
conservateur était juste, s'il était seulement sensé, s'il avait
la perception de ses véritables intérêts, au lieu de me reprocher l'apostolat politique dans lequel je me consume
et me compromets pour lui, il me devrait de vifs remer-
ciements, et je dirais presque des actions de grâces.—Quand
j'aurai passé, quand le souffle qui me reste sera éteint,
quand le peu de force qui me soutient sera épuisé, le parti

conservateur pourra chercher, et chercher long-temps, avant de trouver un homme qui sacrifie comme moi toute sa vie, tous ses intérêts, toute son existence, sans aucun but personnel pour lui-même, et qui se précipite au premier rang dans la mêlée politique, uniquement pour défendre l'esprit de conservation et de monarchie, contre les ennemis invétérés, qui prennent tous les visages et tous les masques pour les combattre. Quoi! vous me reprochez ce que je fais pour vous, ce que vous devriez et ce que vous n'osez pas faire vous-mêmes!... Prenez garde, prenez garde!... c'est une leçon bien dangereuse que vous donnez-là aux populations flottantes qui vous écoutent!

Eh! sans doute, il n'est rien de plus commode, de plus profitable que de suivre ces maximes! — En discutant simplement les principes, on se fait, à peu de frais et sans courir le moindre risque, une réputation de talent, de modération, de sagesse. Comme on laisse aux hommes dangereux dans les partis hostiles une impunité complète, puisqu'on se tait sur leurs actes et sur leurs personnes, on ne s'attire aucun ressentiment de leur part. Quand ils auront vaincu le parti conservateur et la monarchie, ils tiendront peut-être compte de ce qu'on les aura laissé tranquillement attaquer et ruiner, dans les faits, les institutions saintes que défendait le parti conservateur, d'une manière abstraite, dans la région des principes. Et qui sait!... ils feront peut-être, à ceux qui les auront ainsi ménagés, une petite part dans les dépouilles qu'ils auront conquises! Ils les récompenseront ainsi de la modération ou pour mieux dire de la nullité de leur semblant de controverse contre eux! — Et certainement ce sera justice

de leur part, car ils leur devront bien les trois quarts de
leur triomphe !

Discuter les principes révolutionnaires, discuter les
principes parlementaires, sans incriminer les personnes
qui les propagent et les pratiquent!...oh! la merveilleuse
invention pour laisser tomber la monarchie, en tâchant
seulement de se mettre à côté, pour ne pas être écrasé par
sa chute !

Ah ! je comprends cette prudence!... Les principes n'ont
pas de voix pour calomnier, point de dents pour mordre,
pas de serres tranchantes pour déchirer! Les principes sont
les meilleures gens du monde! On ne court aucun risque
en les attaquant! C'est une guerre où l'on peut faire du
libéralisme et de l'héroïsme à bon marché. — Il n'en est
pas de même des personnes! Les hommes de parti gardent
de longs et vifs ressentiments contre les écrivains qui ont
signalé leurs fautes, leurs crimes, leurs trahisons. Ils par-
donnent volontiers les discussions, ou prétendues discussions de principes. Ils n'en veulent pas beaucoup, soyez-
en sûrs, à ceux qui n'emploient que des arguments généraux ; au contraire, il en est qu'ils combleront volontiers
de faveurs et de récompenses, pour les remercier de la
guerre illusoire qu'ils ont faite aux principes, et de la
guerre réelle qu'ils n'ont pas faite à leurs personnes, à
ses actes coupables. Cela se voit facilement, et cela se
conçoit de reste. — Mais ce que les hommes de parti ne
peuvent oublier, ce qui laissera une longue trace dans
leurs rancunes, c'est la guerre très-sérieuse et très-réelle
faite à leurs personnes ; c'est la démonstration bien claire
et bien véhémente de leur défection, et des calamités sans
nombre qu'elles ont attirées sur leur pays.

On verra donc toujours, en révolution surtout, les hommes qui veulent se ménager les moyens de se réconcilier avec les partis qu'ils craignent, discuter les principes avec apparat, avec emphase, mais se taire soigneusement sur les personnes. — Ils appellent cela de la modération. — Je crois, je l'ai déjà dit, que la chose pourrait sans injustice recevoir une qualification plus sévère; mais je m'abstiens de la prononcer.

En agissant avec cette prétendue modération, on se sauve quelquefois soi-même, mais on perd son pays. On le livre à tous les ambitieux, à tous les intrigants, à tous les apostats, qui, forts de l'impunité accordée à leurs actes et du silence gardé sur leur personne, marchent à leur but et se soucient fort peu d'une vaine parade de principes qu'on étale sur leur route, et qu'ils écartent avec dédain en les foulant aux pieds.

Les principes!... les principes!... A quoi peuvent-ils donc servir, considérés en eux-mêmes, et à part des personnes, des hommes qui doivent les pratiquer? Que servirait d'avoir une bonne constitution confiée à des gardiens infidèles? De bonnes lois, si elles étaient confiées à de mauvais juges? De bons réglements administratifs, s'ils étaient confiés à de mauvais administrateurs? Les théories, les principes, les lois, sont quelque chose, sans doute; beaucoup, même, si l'on veut. — Mais les hommes! les hommes sont tout!... Et souvenez-vous bien, que tant qu'on s'extasiera devant d'éternelles divagations de principes libéraux ou prétendus tels, et que l'on n'osera pas rendre publiquement les hommes publics responsables de leurs principes dans leurs paroles et dans leurs actes, le pays descendra rapidement jusqu'au dernier degré de la déconsidération et de l'impuissance politiques. — Car sans des hommes fermes et irréprochables, les plus beaux principes ne sont rien.

Je le répète donc, une discussion de principes, une polémique de principes n'a aucun but, aucune réalité, aucune efficacité, si l'on n'y joint pas, pour complément et pour preuve, une discussion de personnes (1), une polémique de personnes, appliquées aux hommes publics chargés, dans un sens ou dans un autre, de la pratique des principes dont il s'agit.

CHAPITRE VII.

De l'Influence des grands Écrivains sur le Gouvernement,

C'est un don du ciel bien précieux et bien rare que cette puissante imagination des grands poètes, cette seconde vue qui les jette hors d'eux-mêmes et les fait planer sur le monde intellectuel. Cependant c'est une puissance bien dangereuse et quelquefois bien vaine, quand elle veut régler les affaires du monde positif et les assujétir aux capricieux élans de ses bonds irréguliers.

Aussi ne faut-il pas se laisser prendre à l'éclat rapide que certains noms impriment à certaines théories : et de plus, il ne faut pas croire que les hommes qui portent ces noms, astres brillants de la sphère intellectuelle, puis-

---

(1) Il est bien entendu, qu'il ne s'agit ici que de la personne publique, et que la vie privée doit rester inviolable.

sent, par cela seul, rayonner à la voûte du gouvernement, comme les étoiles scintillent dans le ciel. Sans doute
une grande force de raison et de pensée peut se trouver
jointe à une grande puissance d'imagination et de sentiment; mais cette union est rare dans le même cerveau.
Ce serait un privilége trop immense accordé par Dieu à
quelques hommes, s'ils réunissaient, aux puissants élan-
cements de l'esprit qui dominent le monde poétique, les
facultés graves et profondes de la raison, qui discernent
la vérité dans les affaires positives. Ce serait le beau idéal
de l'humanité. Pour des hommes semblables, nul piédestal ne serait assez haut, nul pouvoir politique assez complet. Le peuple pourrait abdiquer en leurs mains ses
droits et ses destinées.

Deux de nos plus grands poètes religieux, M. de Châteaubriand et M. de Lamennais, nous ont donné l'exemple
du malheureux divorce qui s'établit parfois dans ces puissantes imaginations, entre la faculté de voir haut et loin, et
la faculté de penser et de raisonner juste de près, sur les
choses usuelles de la politique et du monde. Si jamais astre
poétique brilla d'une manière éclatante, certes ce fut M. de
Châteaubriand. Si jamais astre religieux s'entoura des
flammes d'une grande éloquence, ce fut M. de Lamennais.
Eh bien, voyez d'où ils sont partis et où ils sont allés; et
dans leur route, voyez ce qu'ils ont fait!

M. de Châteaubriand et M. de Lamennais, l'un et l'autre sans s'être entendus et mis d'accord, dès le début de leur
carrière ont dirigé la puissance de leur imagination vers
le culte de l'autorité. M. de Châteaubriand, en face de la
démocratie furieuse et dissolvante, rassembla tous les débris poétiques de la monarchie et de la religion ébranlées;

et de ces débris rajustés par sa main puissante, il s'efforça de recréer, de reconstruire l'autorité monarchique et religieuse. Il jeta le prodigieux éclat de sa parole dans la lutte, pour compenser les opinions démocratiques qui débordaient de toutes parts comme un fleuve qui a franchi ses digues. — M. de Lamennais, ensuite, s'attaquant à la démocratie dans les esprits, voulut leur ôter, au nom du ciel, leur indépendance native, et les soumettre au joug de l'autorité. L'autorité du roi terrestre, l'autorité du roi du ciel, tel était le flambeau que ces deux grands écrivains donnaient pour phare à l'humanité. Le royalisme et le catholicisme, telle était leur politique pour la terre et pour le ciel.

Eh bien ! voyez maintenant où le vol rapide, mais égaré, de ces deux grands poètes, les a conduits. Astres si grands dans les cieux du génie, voyez comme ils sont devenus ternes et stériles, quand ils sont descendus aux choses réelles du gouvernement !

M. de Châteaubriand, de grand poète devint premier ministre : c'est quelque chose, ce me semble. En mettant à la tête des affaires cet homme qui, pour me servir d'une expression récente, *menait l'art, la pensée, l'intelligence* ; cet homme dont les écrits religieux et monarchiques avaient si puissamment aidé Napoléon à réédifier le temple du pouvoir, n'était-il pas permis de croire qu'il saurait faire du pouvoir lui-même; qu'il saurait gouverner, comme ministre, cette société sur laquelle ses écrits avaient exercé une influence si gouvernementale; qu'il saurait faire, pour les Bourbons qu'il chérissait, qu'il avait noblement défendus pendant leur infortune, et qu'il voulait ardemment servir, ce qu'il avait contribué, sans le vouloir, à faire

pour l'empereur, qui avait tiré un si grand parti de l'influence monarchique exercée par les premiers écrits de
M. de Châteaubriand?

Comme ceci n'est point une satire, mais seulement un
examen philosophique, je ne comparerai pas en détail
l'impuissance de M. de Châteaubriand homme d'État, à
sa puissance comme grand écrivain. Ce contraste est présent à toutes les pensées; je l'avance seulement comme un
fait. Écrivain, M. de Châteaubriand avait ébranlé la démocratie et guidé l'opinion publique dans la voie monarchique. Homme d'État, il s'égara sur le terrain des réalités
qui lui était inconnu, et fit plus de mal à la monarchie
de la restauration par ses actes politiques, qu'il n'avait
fait de mal à la révolution par ses écrits.

Et ce n'est rien encore. La catastrophe est venue sans
qu'il s'aperçût, lui le grand poète, de la contradiction terrible qui germait et chaque jour se développait en lui-
même! Chaque jour il prédisait l'évènement fatal que ses
affections redoutaient, et chaque jour il travaillait à le
rendre plus inévitable et plus prochain. Incapable de comprendre la nature intime du pouvoir, il ne s'est pas douté
un seul instant que les nécessités de ce pouvoir lui-même
étaient incompatibles avec le genre d'opposition choisi par
le noble pair; de sorte que chacun de ses discours était
un verdict de condamnation capitale contre la cause qu'il
défendait : il prêchait la monarchie, et il faisait de la révolution!

Est-ce tout? Non, vraiment, et ce qui reste à dire est
encore plus merveilleux : c'est que, plus tard, M. de Châteaubriand, qui nous avait annoncé qu'un an de liberté
de la presse lui suffirait pour rétablir la monarchie légi-

time, jetant son regard de poète sur l'avenir, laissa échapper, de sa silencieuse retraite, quelques mots prophétiques répétés dans Paris, et vit en perspective l'inévitable république pour laquelle, dit-il, nous travaillions tous à notre insu.

Pendant que cette rapide carrière se trouvait ainsi parcourue à contre-sens par l'auteur de tant d'ouvrages monarchiques, quel chemin faisait de son côté M. de Lamennais, le grand poète religieux, le grand champion du dogme et de l'autorité?.... Il suivait, comme M. de Châteaubriand, une marche descendante, plus descendante encore, et du faîte de l'absolutisme de la pensée, il tombait jusqu'aux abîmes les plus profonds de l'indépendance morale et de la démocratie politique. Pendant que M. de Châteaubriand, du fond de sa retraite, prédisait la république, M. de Lamennais se faisait, en quelque sorte, le précurseur de l'affranchissement universel. Il annonçait un nouvel ordre social basé sur une parfaite égalité de droits. « Le principe de l'égalité, disait-il, ayant pour lui » toutes les forces morales de la nature humaine, forces » indestructibles, et sans cesse croissantes, est assuré » de la victoire que la force matérielle lui dispute en » vain ! »

Vainement, selon M. de Lamennais, le pouvoir se débattait et voulait arrêter le cours du fleuve populaire : vainement, à l'aristocratie fondée sur le droit de la naissance, a succédé une aristocratie fondée sur le droit de l'argent; vainement tout un système de prérogatives a été établi sur cette base pour « ravir au peuple toute influence » quelconque sur les affaires du pays; vainement, sous » d'autres formes et d'autres noms, le corps des élec-

» teurs est aujourd'hui ce qu'était dans la vieille monar-
» chie la noblesse féodale. » Tout cela, selon M. de Lamennais, n'est qu'une transition vers la démocratie complète...... « A mesure qu'elle le sentira mieux, la puis-
» sance populaire, irrésistible quand elle veut fermement
» user d'elle-même, prendra un rapide accroissement. On
» craint la violence du peuple...... on a tort : le peuple
» n'est violent que contre l'injustice ! »

Le peuple n'est violent que contre l'injustice !....... Et
c'est après avoir lu l'histoire, après avoir vu se dérouler
sous nos yeux les pages sanglantes du demi-siècle qui vient
de s'écouler, qu'une telle phrase a été écrite !

Enfin, pour résumer en une idée complète les vues politiques de sa nouvelle secte catholico-républicaine, M. de
Lamennais formulait son but en ces mots :

« Organiser la nation entière sur la base d'une parfaite
» égalité de droits, et coordonner les lois secondaires à ce
» principe d'égalité. »

Je ne veux pas développer tout ce qu'il y a d'impossible
et d'anti-social dans ce prétendu axiome de gouvernement ;
je veux seulement attirer l'attention de mes lecteurs sur
le point de départ de M. de Lamennais et sur le point
diamétralement contraire où il est parvenu. Je veux surtout faire remarquer au public la similitude de la marche
décroissante de M. de Châteaubriand de la monarchie à
la démocratie. Et puis je dis, et puis je répète que la
puissance de l'imagination et de l'éloquence, que toutes
ces grandes flammes poétiques, plus semblables à des co-
mètes errantes, qu'aux étoiles pures et fixes qui scintillent
dans le ciel, sont des phares d'autant plus dangereux,
qu'ils sont visibles de plus loin, et qu'ils exercent une

influence dont les conséquences ne sont jamais aperçues
qu'après l'évènement.

Et je dis, et je répète, que la puissance de l'imagination elle-même est d'autant plus dangereuse, qu'elle
s'exerce en dedans de l'esprit humain autant qu'en dehors
de lui, et que chaque grand écrivain s'impressionne,
s'égare lui-même, avant d'impressionner et d'égarer les
autres. Esclave des rapides élans de son imagination,
le poète gémit et souffre lui-même du travail qui se fait
en lui, et quelquefois malgré lui. Sa raison s'incline et
succombe sous un pouvoir plus fort qu'elle. C'est à ce
prix et par ce martyre qu'il paie l'encens que la foule
brûle à son autel. Si, par un double miracle, Dieu donne
au même homme la grande imagination du poète et la
forte raison de l'homme d'État, alors il faudra que, dans
la première partie de sa vie, le poète endorme l'homme
d'État, et que, dans la seconde, l'homme d'État asphyxie
le poète et l'éteigne. Ces deux astres ne brilleront jamais
à la fois dans la même intelligence et dans le même ciel.

Ce que je dis là est si vrai, que si, au lieu d'agir eux-
mêmes dans le monde intellectuel, M. de Châteaubriand
et M. de Lamennais eussent été simples spectateurs, et que
les actes de leur vie publique, leurs écrits eussent été produits par d'autres hommes, ils auraient parfaitement aperçu
le contre-sens qu'en eux-mêmes ils n'ont pas compris, égarés qu'ils ont été par leur propre enivrement d'eux-mêmes,
et par les applaudissements de la foule qui bat des mains
à ces grands artistes, sans apercevoir le mystère secret qui
leur donne tant de force dans un sens et tant de faiblesse
dans l'autre !

Voilà, je le pense, un exemple doublement frappant.

de la nuance qui sépare le talent littéraire, le talent de
l'artiste, de la capacité de l'homme politique, de la puissance de raison nécessaire pour diriger les choses du gouvernement.

A Dieu ne plaise, cependant, qu'en suivant le développement de cette pensée, je veuille jeter sur la gloire artis-
tique de la France, sur les hommes distingués qui cou-
ronnent la patrie de leurs palmes littéraires, un reflet de
défaveur et d'éloignement. Non, j'aime trop la gloire et
les arts, j'admire trop nos grands poètes et nos grands artistes, pour concevoir une telle pensée. Mais je veux leur
faire comprendre, en appelant aussi l'attention du public
sur cette vérité, combien nos célébrités littéraires auraient
tort contre elles-mêmes, si elles se laissaient séduire par
les sympathies amicales qui les entourent de l'effusion de
leurs éloges; qui veulent leur faire croire que le gouvernement a besoin d'elles, qu'il doit s'incliner devant elles,
qu'il doit soumettre la direction politique de l'État à leur
concours, que ces hommes illustres n'offrent pas, à leur
approbation qu'ils refusent, à leur volonté gouvernementale qu'ils voudraient donner pour règle au pouvoir avant
de l'avoir formulée pour eux-mêmes.

On aurait tort d'accuser le gouvernement d'être un parti,
parce que le gouvernement ne donnerait pas des places,
des distinctions, des croix à toute grande capacité littéraire
ou scientifique. Le gouvernement doit ouvrir ses rangs à
toutes les grandes capacités littéraires, scientifiques, financières qui voudront y entrer par conviction, par désillu-
sionnement des théories absolutistes ou républicaines; mais
je crois que le gouvernement ferait une chose peu digne
à la fois et de lui-même et des gens de mérite, s'il mani-

festait l'intention de remplacer par l'influence de ses faveurs la conviction et la foi politique qui leur manquent :
conviction politique qui leur viendra nécessairement d'elle-
même, au moins à ceux qui ont l'esprit juste et raisonnable, à mesure que les faits leur démontreront le néant
des doctrines opposées. — Quant aux autres, quant à ceux
dont l'esprit est dévoué aux erreurs absolutistes ou républicaines, que veut-on que le gouvernement fasse d'eux,
et que peuvent-ils faire pour le gouvernement ?

Le gouvernement n'est donc pas un parti, parce qu'il
obéit à la grande loi de tous les êtres vivants ; parce qu'il
s'appuie sur ceux qui l'appuient ; parce qu'il résiste à ceux
qui l'attaquent. Non, le gouvernement n'est point un parti,
parce qu'il résiste aux partis. Il leur doit justice, mais
non pas protection en tant que partis. Employer également, récompenser également ceux qui le combattent et
ceux qui le servent, ce serait bien alors le moyen de protéger et de continuer les partis ; de semer le décourage-
ment parmi les cœurs fidèles ; d'encourager à se jeter dans
les partis opposants, tous les ambitieux qui trouveraient
ainsi le moyen d'exciter le gouvernement à les calmer, à
les attirer par des récompenses. — Une telle politique serait
la dissolution de l'État.

Je prie tous les hommes modérés de lire les lignes suivantes avec attention. Ce n'est pas avec passion que je les
écris ; c'est avec calme, avec une volonté patiente et mé-
ditée. — Je dis donc que, pour arriver à diriger la pensée
nationale, pour s'élever à cette puissance morale que déjà
j'ai nommée le *gouvernement des esprits*, l'administration
de l'État, dans ses chefs supérieurs et dans ses degrés secondaires, doit être composée avec le plus d'unité possible :

que, dans cette administration, la spécialité des connaissances relatives à chaque branche du service doit être
comptée pour beaucoup, mais qu'elle ne doit pas être
comptée pour tout. Je dis que les opinions de la foule se
modèlent, se modifient très-souvent et beaucoup par l'influence des chefs de l'administration, et que si, dans les
choix personnels, cette administration paraissait accorder
ses faveurs à l'opinion absolutiste ou républicaine, ce serait l'infaillible moyen d'ôter au pouvoir toute puissance
morale, tout gouvernement des esprits. Personne ne saurait plus où le gouvernement veut aller. Toutes les doctrines paraîtraient également bonnes, puisqu'il les accueil-
lerait également toutes; toute direction générale serait également effacée. Les élections s'anarchiseraient chaque jour
davantage, et quand une nouvelle chambre élective serait
formée, elle serait une macédoine si confuse de systèmes
et d'opinions partielles, qu'elle ôterait au pouvoir royal le
peu de force directrice que notre organisation parlementaire a daigné lui laisser encore. — Ce n'est donc pas vers
l'indifférence politique que le gouvernement doit marcher,
s'il veut que la nation le comprenne et l'appuie. Il ne lui
faut ni indifférence, ni intolérance; il doit tolérer ses adversaires, mais il ne doit pas les récompenser; et il aurait
grandement tort de pencher vers l'indifférence, ou de
craindre ses ennemis plus qu'il ne mettrait de confiance
en ses amis.

Pardon si j'insiste encore, mais c'est dans l'intérêt des
hommes distingués que je m'efforce de détruire le faux
système qui leur offrirait, je ne sais pourquoi, un avenir
qu'il leur rendrait très-certainement impossible.

Croyez-vous, dit-on, qu'il soit égal au gouvernement

d'avoir pour lui ou contre lui les grands poètes, les savants illustres?... Non, certainement, je ne le crois pas. Mais il ne s'ensuit pas que pour obtenir l'appui de ces grands poètes, de ces savants illustres, le gouvernement doive faire fléchir ses tendances politiques devant les leurs; il ne s'ensuit pas qu'un concours ainsi obtenu fût réel, fût profitable, fût salutaire au gouvernement. Il paierait par ses faveurs un appui factice, illusoire. Il n'est pas de savants républicains, il n'est pas de grands poètes absolutistes qui pussent, contre leurs convictions, soutenir efficacement la monarchie du juste-milieu. Ils promettraient ce qu'ils ne pourraient tenir, ou plutôt ils ne le promettraient même pas. Ils resteraient impassibles ou dans leur hostilité ou dans leur dédaigneuse indifférence. Plus on courberait devant eux, plus ils seraient exigeants, et plus ils se croiraient une puissance politique qu'ils n'ont pas.

Une puissance politique qu'ils n'ont pas !... Et c'est ici le point principal de la question. Je veux l'aborder de front, et la résoudre publiquement; je veux rendre aux gens de lettres l'immense service de leur montrer le monde politique comme il est réellement, bien différent, ce me semble, de celui que leur imagination s'efforce de créer pour leur propre usage.

Il fut un temps sans doute où la forme poétique de la pensée exerçait un grand empire sur les esprits; un temps où un pamphlet de M. de Châteaubriand ébranlait la France et l'Europe; un temps où une chanson de Béranger retentissait à tous les échos de la France, et faisait trembler la terre sous la monarchie restaurée; un temps où un poème de Barthélemy réveillait les ossements de Waterloo, et planait comme une prédiction sinistre sur un trône inau-

guré par le plus grand de nos désastres pour accomplir
une réaction féodale et nobiliaire, également repoussée par
les mœurs et par les intérêts nationaux.

Ce temps n'est plus. Une convulsion violente, la révolution de Juillet, à déchiré tous les voiles. On a vu au
fond des choses. La forme poétique a perdu son prestige ;
une poésie plus puissante encore, celle des faits, lui a succédé, et crie chaque jour à l'éloquence poétique : — Ton
empire n'est plus de ce monde.

Ces paroles sont dures, mais elles sont vraies, et, pour
preuve de leur vérité, réfléchissez aux faits suivants :

Au moment où les esprits encore ébranlés par la péri-
pétie immense de la révolution de Juillet, étaient certainement bien plus impressionnables qu'ils ne le sont aujourd'hui aux grands effets de la poésie politique, M. de
Châteaubriand rompit tout-à-coup le silence, et lança
contre la monarchie nouvelle un écrit où brillèrent d'une
nouvelle ardeur tout l'essor de son imagination, tout le
coloris de son style, toute la force de sarcasme, d'ironie
du noble écrivain contre le nouvel ordre de choses, toute
sa foi, tout son dévoûment à la vieille monarchie pros-
crite.

Béranger, le poète des chants populaires, mu par une
impulsion qui survivait dans son âme aux réalités politiques qui l'avaient fait naître, reprit sa lyre. Les nouvelles
chansons qu'il composa, en mérite littéraire, en allusion
évidente, en rhythme, en verve politique, sont très-certainement égales, au moins égales à celles qu'il avait composées contre Charles X.

Barthélemy, ce poète géant, cet Alcide de la satire ly-
rique, cette merveille de versification toujours nouvelle

sans sortir des formes reçues où il semblait impossible
d'être nouveau, s'adressant à toutes les passions, à tous les
souvenirs, à toutes les craintes, à toutes les imaginations
alarmées, fit contre la monarchie du juste-milieu un effort
bien plus direct, bien plus violent, bien plus sublime de
poésie et de verve, que les satires éparses, sans suite, sans
plan, qu'il avait publiées contre les épisodes ultra-monar-
chiques du règne de Charles X !

Et pendant que cette lutte de la poésie la plus éminente
se poursuivait dans la presse, que se passait-il dans les
journaux?... que se passait-il à la tribune législative?...
Partout la polémique et l'éloquence amassaient contre le
pouvoir nouveau leurs foudres et les malédictions populaires!... Il n'est pas jusqu'à M. Royer-Collard lui-même
qui, lorsqu'il fut question de la juridiction accordée à la
pairie par les lois de septembre, n'ait ajouté le poids de sa
grave parole à toutes les forces accumulées contre la monarchie du juste-milieu !

Eh bien ! grands écrivains, grands poètes, grands orateurs, — et vous, philosophe grave et jadis sept fois élu,
quel résultat avez-vous obtenu de tant d'efforts ! Qui songe
encore aux pamphlets de M. de Châteaubriand, aux chansons de Béranger, à *la Némésis* de Barthélemy, au discours de M. Royer-Collard lui-même ! Tout cela s'est éva-
noui, tout cela a disparu, sans laisser dans le monde réel
aucune trace, si ce n'est le regret profond de voir tant de
talents si mal et si vainement employés, quand ils auraient
pu être si utiles en prenant une direction véritablement
conforme aux intérêts actuels du pays !

C'est qu'il y a au-dessus du talent, au-dessus de la
science, au-dessus de la plus sublime poésie, quelque chose

de plus grand, de plus sublime encore..... La vérité !...
Or, la vérité, je vous le dis, elle n'est pas dans la démocratie, elle n'est pas dans l'absolutisme, elle n'est pas dans
la république,—elle est dans le juste-milieu.— Grands
poètes de la monarchie absolue, illustres savants républicains, c'est donc vainement qu'on vous dit que le gouvernement a besoin de vous, et que vous n'avez pas besoin
de lui. Ce n'est pas là qu'est la question. La question véritable, la voici : C'est que vous-mêmes vous avez besoin
de la vérité, si vous voulez agir glorieusement sur les esprits;— c'est que le gouvernement, la monarchie du juste-
milieu, est le véritable système politique qui convient à
la France actuelle; que par conséquent votre gloire et votre intérêt se réunissent pour vous rallier à cette sainte et
noble cause de la liberté dans l'ordre et de l'ordre dans la
liberté. Ce ne sont point les faveurs du gouvernement que
vous devez attendre pour le soutenir de votre influence et
de vos talents; non, vous serez bien plus nobles et bien
plus grands, bien plus puissants surtout auprès de l'opinion publique, en portant au pouvoir un secours désin-
téressé, en soutenant le pouvoir pour lui-même et non
pour vous : alors votre génie sera, en quelque sorte, une
nouvelle providence sociale, et si j'ai bien lu dans votre
âme, c'est là le seul point de contact qui pourra vous rallier franchement à la cause que nous servons.

CHAPITRE VIII.

Des Recueils périodiques et des Journaux littéraires.

——

Nous devons convenir, nous qui déjà commençons à être des hommes du temps passé, que la génération qui nous succède a sur nous beaucoup d'avantages. Notre première éducation, faite sous l'anarchie républicaine, fut incohérente et tronquée. Notre seconde éducation, faite sous l'absolutisme des grandeurs impériales, fut privée de l'influence féconde des libertés littéraires et philosophiques. Nos facultés morales furent engourdies par le mutisme obligé d'une tribune législative où la discussion des lois se convertissait en un monologue éternel du pouvoir, qui seul obtenait la parole; par le servilisme d'une presse louangeuse, soumise à la censure, et ne pouvant aborder aucun des grands sujets de la politique ou de la philosophie; par la censure théâtrale, par l'atmosphère énervante d'une police ombrageuse qui, dissolvant toute relation sociale, sous prétexte de raison d'État, isolait nos esprits les uns des autres, et ne leur permettait pas de se féconder, de se réchauffer, de s'exalter vers les grandes conceptions, par leurs rapports mutuels. Le génie du chef de l'État, discernant et employant habilement le mérite, pouvait, il est vrai, suppléer à ces généreux mobiles d'émulation, en ce qui concernait quelques sommités utilisées au service de son gouvernement, mais non point pour les masses nationales qui, sous un tel régime, ne pouvaient prendre aucun développement moral. Encore faut-il re-

connaître que la moitié des hommes marquants d'alors
tiraient leurs moyens d'influence et de succès de l'astre
impérial dont ils étaient les satellites, dont ils réflétaient
la chaleur et la lumière; et quand Napoléon eut disparu
de la scène, on fut étonné de trouver si petits des hommes
qu'on croyait grands, parce qu'ils avaient fait de grandes
choses à son service.

La génération actuelle est plus heureuse. Son enfance
reçut, sous l'empire, une éducation première, classique,
régulière et complète. Sa jeunesse, sous la restauration,
fut réchauffée, fut agrandie par le spectacle de cette haute
et forte lutte de la liberté politique et littéraire, combattant par la parole, par la presse, par l'enseignement philosophique, par toutes les manifestations enfin des forces
sociales, contre l'esprit despotique et rétréci de la conjuration royale, sacerdotale et nobiliaire, qui voulait reprendre à la France les moyens d'affranchissement moral
constitués par la charte : charte dont on n'a jamais assez
apprécié la force; charte dont les Bourbons, qui la concé-
dèrent, n'ont jamais compris un mot : car s'ils l'avaient
comprise, ou ils auraient renoncé à reprendre leur couronne à ce prix, ou bien une fois reprise, ils n'auraient
pas essayé de lutter contre une force plus grande que la
leur, et se seraient soumis aux modifications que la destinée imposait à leur royauté.

De ces faits historiques, résulte la supériorité que, dans
son ensemble, la génération actuelle doit avoir sur nous,
qui déjà, répétons-le tristement, sommes pour elle les
hommes du passé. La jeunesse qui surgit de toutes parts
aura, sur nous et sur nos remplaçants actuels, de bien
plus grands avantages encore; surtout si, profitant à la

fois de nos succès et de nos fautes, elle a la prudence d'éviter nos erreurs, et de persévérer dans les voies sagement libérales dont l'expérience, autant que la raison, a démontré la bonté. S'il ne nous appartient pas de la suivre dans sa course généreuse vers le but où elle doit arriver sans nous, du moins nous pouvons encore lui donner des conseils qu'elle aurait tort de repousser, dussent-ils contrarier quelquefois son fougueux enthousiasme. Nous avons payé trop cher le droit de lui adresser des avis bienveillants, et si nous pouvions changer de rôle avec elle, certes, nous aimerions mieux avoir des leçons à recevoir que des leçons à donner !

Le premier trait qui caractérise la France nouvelle, c'est un entraînement d'instinct vers tous les moyens présumés de perfectionnement et d'amélioration sociale. C'est ce qui l'attache si fortement à la liberté de la presse, et c'est, je l'espère, ce qui la décidera à en faire un bon et salutaire usage, un usage ferme et patriotique, non pas seulement dans la capitale, mais dans toutes les grandes villes de France. Il y a long-temps que je recommande à la jeunesse ce grand et fécond moyen de lumière et de liberté; il y a long-temps que je le signale comme le seul bon régulateur de l'avenir de la patrie. Mais pour cela il ne faut pas laisser le monopole de la presse et le monopole de la parole aux écrivains et aux orateurs de profession; il faut que le citoyen d'un état libre puisse écrire et parler; il faut que l'amour-propre de l'homme privé demeure en lui, et soit remplacé par l'abnégation civique, qui offre au pays le tribut fort ou faible de ce qu'elle peut faire pour lui. Il ne faut pas trembler de voir son nom imprimé dans un journal, exposé aux sarcasmes de la critique. Il ne faut pas craindre, en parlant dans une assemblée, d'être soumis aux chances de la moquerie ou du ridicule. S'il en était ainsi, nous verrions, comme par le passé, et comme malheureusement nous le voyons aujourd'hui, peu d'hommes propres aux fonctions publiques de la liberté, parce que les dispositions naturelles du plus grand nombre, stérilisées par l'effet d'un vain respect humain, resteraient infécondes, enfouies sans développement dans l'isolement et l'obscurité.

Autant donc nous devons réprouver les réunions anarchiques, qui trompent, irritent et perdent les masses populaires, autant nous devons blâmer ces publications pleines d'aigreurs, de personnalités, de violentes et superficielles doctrines; autant, par la même raison, nous devons appeler de tous nos vœux, encourager de tous nos efforts les réunions studieuses et bienveillantes qui fourniraient à la jeunesse les occasions salutaires de s'exercer dans l'art difficile des discussions oratoires; autant nous devons exciter, par nos avis ou notre exemple, ces publications d'intérêt littéraire, politique et moral, où les jeunes gens pourront développer le germe de leurs dispositions naturelles, poser les premières bases de leur réputation d'hommes, et conquérir, dès leur début, des titres à la confiance de la patrie. C'est ainsi que la presse deviendra l'institution principale, la base fondamentale et sacrée de toutes les institutions du pays. Je ne la conçois, je ne l'ai jamais conçue autrement. Il faut qu'elle soit ainsi généralisée, ainsi agrandie, ainsi purifiée; sans cela elle fera le malheur de la société, qu'elle devrait instruire et régénérer.

Et cela aurait encore un immense avantage : c'est que

les hommes se classeraient tout naturellement dans le monde selon leur valeur réelle. Des réputations usurpées peuvent se maintenir à l'aide des succès de coterie, sorte de publicité clandestine, si j'ose m'exprimer ainsi, que la camaraderie, clientelle toute organisée de réciprocité louangeuse qui calcule pour elle-même en exaltant outre mesure le renom d'autrui, improvise, propage et couronne dans le petit rayon qu'elle domine. Mais, au grand jour de la presse, les réputations factices avortent, les louanges de complaisance s'éteignent, l'illusion s'efface, et la vérité reste seule. Vainement on voudrait faire de la gloire à qui ne la mérite pas : vainement on voudrait l'arracher à celui qui se sent la force de la prendre et de la conserver. Il suffit que la lutte publique continue, et bientôt chacun sera mis à sa place, en dépit des inimitiés ou des affections privées, en dépit de la partialité ou de l'hostilité des factions populaires ou du pouvoir.

Or, ce serait un grand pas fait vers la bonne gestion des affaires publiques, que ce classement des hommes tout naturellement fait par eux-mêmes, et selon leurs œuvres. C'est ainsi que le système électoral trouverait dans l'État de véritables bases, et que les sommités sociales, les véritables capacités de tout genre, seraient inévitablement portées au timon du gouvernement et de la législature.

Deux moyens s'offrent pour arriver à ce but. D'abord, des réunions particulières, des conférences entre jeunes gens pour s'accoutumer aux luttes oratoires, à cette faculté d'improvisation, si puissant auxiliaire du talent, à cet entrainement lucide et spontané des pensées, qui décuple la force des arguments et qui porte la conviction dans tous les esprits : grandes qualités, dont à l'avenir un homme public ne pourra se passer en France, car on comprendra que des discours écrits sont une arme dérisoire dans un combat parlementaire, et dont souvent il est même impossible de faire usage. — Et que l'on comprenne bien que ces réunions pacifiques et studieuses n'ont rien de semblable à ces sociétés populaires, à ces clubs politiques qui désorganisent le gouvernement et la société. Il n'est rien de plus facile que de les concevoir et de les régulariser dans de sages limites, de telle sorte que le pouvoir dût les encourager au lieu d'y mettre obstacle, et déjà nous voyons une tendance littéraire et philosophique se manifester dans des cercles qui autrefois s'occupaient exclusivement de jeux et de frivolités.

Le second moyen, d'un usage moins éloigné de nos mœurs actuelles, c'est l'emploi de la presse, appliqué non aux débats politiques qu'enfantent les évènements de chaque jour, mais aux études littéraires, philosophiques, politiques dans le sens général du mot; c'est la presse, employée comme moyen d'épreuve et de communications entre les jeunes gens qui cherchent à savoir, par l'essai de leurs forces, à quelle carrière ils doivent définitivement les consacrer; c'est la presse, non pas concentrée dans Paris, mais agissant à la fois dans tous les grands foyers de civilisation répandus sur le sol de la France, et sortant de la lutte quotidienne des journaux, pour chercher une manifestation plus calme, plus grave, douée d'une plus grande latitude.

On sent que je veux désigner par là les recueils périodiques qui, depuis long-temps, dans l'étranger, se sont acquis une réputation européenne, et qui commencent à se multiplier en France. Déjà plusieurs essais ont eu lieu en province; et quoiqu'ils aient débuté avec un certain éclat, ils se sont rapidement éteints; plusieurs causes y ont concouru. On doit encourager ces essais libéraux, empreints de vues utiles et généreuses, et tôt ou tard nous verrons les jeunes gens se réunir avec assez de zèle et d'ensemble pour conquérir partout des succès durables.

Il y a, selon moi, une raison péremptoire pour que les jeunes gens écrivent dans des recueils périodiques, et non dans les journaux quotidiens. C'est que les journaux examinent les affaires politiques et contribuent à diriger la confection des lois. Or, les jeunes gens ne doivent point remplir un tel rôle, mais travailler à s'en rendre capables un jour, quand ils auront acquis l'expérience et la maturité convenables.

Mais pour que ces recueils puissent atteindre le but que l'on se propose, il faut leur laisser une sage liberté et ne pas augmenter outre mesure les conditions onéreuses de leur publication. Ils doivent former une classe tout à fait distincte de celle des journaux quotidiens, car ils n'exercent pas la même action et ne présentent point les mêmes dangers. La discussion des questions les plus élevées de la politique, de la morale, de la religion même, doit leur être permise, sans que l'on exige d'eux les mêmes garanties, parce que le nombre comparativement restreint de leurs lecteurs, la forme grave de leurs publications, les privent de l'influence, souvent dangereuse, que peut exercer la presse quotidienne.

On a dit de nos jours (et je suis étonné qu'on ne l'ait pas dit plus tôt), que la littérature était l'expression de la société. Or, comme la société comprend tout, belles-lettres, beaux-arts, sciences, mœurs, administration, religion, il me paraît que l'expression de la société doit rendre avec justesse et vérité toutes ces nuances de la civilisation : sans cela qu'aurions-nous, si ce n'est une littérature fausse et mesquine, qui ne remplirait aucune attente, qui ne satisferait aucun besoin, qui ne trouverait aucun écho, qui ramperait sans grâce et sans fierté, servile imitatrice de quelques formes consacrées, de quelques beautés convenues, transmise de siècle en siècle jusqu'à nous, et successivement décolorées par les rhéteurs qui s'en disputent l'héritage ! Si telle était la littérature permise, ce serait, il faut en convenir, une chétive entreprise que celle des journaux littéraires. La législation qui dégagerait ces journaux des entraves imposées à la presse politique, leur assurerait une triste liberté.. Parlez, leur dirait-elle, parlez.... mais ne pensez pas !

En effet, s'occuper de littérature, et cependant rester étranger aux idées nouvelles, aux mouvements généreux, aux progrès de son siècle, est une chose impossible. La morale, la philosophie, l'histoire, toutes les grandes études littéraires de l'homme, touchent à l'organisation même de la société : elles en sont les fondements; elles posent les principes d'où doivent découler toutes les lois bien faites qui rendront un jour stable le bonheur des peuples. Exclure d'un journal littéraire la discussion de pareils sujets, sous prétexte qu'ils tendent à la politique, ce serait établir une jurisprudence digne des beaux siècles de la barbarie européenne ! De cette époque obscure et sanglante, où une théocratie despotique, plus impie que l'athéisme lui-même, tenait le monde plongé dans de profondes ténèbres, trop fréquemment interrompues par la sacrilége lueur de ses bûchers ! de ces temps funestes où

l'astronomie, la méthaphysique, la médecine, la philosophie, où tout, en un mot, était politique, et proscrit
comme tel ! Mille condamnations, plus absurdes les unes
que les autres, en font foi, pour l'éternelle honte des juges qui les ont prononcées !

Nous ne sommes pas destinés à voir renaître de pareilles
doctrines ! On ne s'efforcera pas désormais de deviner un
attentat dans les travaux de l'homme de lettres, studieux
et sincère ami de l'humanité tout entière ! Il lui sera permis de publier ses pensées, ses réflexions, ses découvertes
en économie publique, au moyen de ces écrits qui font
parvenir la lumière et la vie jusqu'aux extrémités du
corps social !

Lorsque la loi, pour l'établissement d'un journal politique, a exigé des formes administratives, des garanties
pécuniaires, quel a été son but véritable ? Elle a voulu
que les mesures politiques du moment, que l'administration réelle de la société, que son existence matérielle et
pratique, si j'ose m'exprimer ainsi, ne fussent soumises
qu'à une discussion sagement restreinte par les lois et
qui ne pût jamais compromettre l'ordre et la liberté publiques. Elle a voulu que l'action si énergique de la presse
fût contenue dans les bornes où elle peut être salutaire à
la société, sans jamais compromettre l'existence sociale.

Mais si, laissant de côté les actes, la vie positive du
gouvernement, on s'élève jusqu'aux doctrines générales,
jusqu'aux théories spéculatives de tous les grands intérêts de l'humanité, n'est-il pas évident que les précautions
imposées par la loi ne sont plus exigibles, parce que les
craintes qui les firent naître ne sont plus motivées ? N'est-il
pas évident que les réflexions du philosophe, du mora-

liste, du publiciste lui-même, sont dépouillés de toute
hostilité du moment; que, s'attachant aux théories, ils ne
citent accidentellement les faits que pour confirmer la
justesse de leurs raisonnements et non pour y trouver le
sujet d'une polémique intéressée et violente? Peuvent-ils
troubler la paix du pays, en discutant les principes généraux de l'économie commerciale, de l'instruction publique,
de l'agriculture; la juste proportion des délits et des peines, le perfectionnement du droit criminel, les rapports
politiques des nations entre elles, rapports qui, mieux ex-
primés et mieux compris, éteindraient ces haineuses rivalités décorées si mal à propos, jusqu'à nos jours, du titre
pompeux d'esprit national.

Telle est, selon moi, la distinction qu'il faut établir entre les matières interdites aux journaux littéraires, et
celles que la loi n'a pu vouloir enlever à leurs travaux.
Sans doute la discussion de pareils sujets renferme souvent la solution des difficultés les plus graves qui préoccupent la politique actuelle; mais, encore un coup, la littérature, cette expression de la société, doit-elle se contenter de paroles sonores? doit-elle être déshéritée de la
pensée? Sans noblesse, sans grandeur, sans utilité, doit-
elle se borner à bercer les honteux loisirs d'un peuple
amolli qui chercherait dans l'ivresse des beaux-arts l'oubli de la servitude? N'est-il pas plus sensé, plus juste, de
lui offrir les moyens d'acquérir, dans les études sévères
de tous les objets d'intérêt public, une idée vraie de sa
dignité, de ses devoirs, de ses droits? Alors, il jugera
sans passion, parce qu'il jugera avec discernement, mais
avec une probité sévère, parce que des sophismes ne
pourront plus le séduire. Egalement ennemis des routi-

nes qui abrutissent, et des innovations que la réflexion
n'a pas encore suffisamment mûries, il marchera lentement, mais il avancera sans cesse ; il n'admettra toutes
faites ni les idées anciennes, ni les idées nouvelles, mais il
pèsera tout au poids de la raison, et il s'appropriera la
vérité sans consulter les dates !

Et de tous ces grands bienfaits que les lettres peuvent
répandre sur un peuple digne de les cultiver, si les journaux littéraires comprennent bien leurs moyens et leur
puissance, ils seront les véhicules et les distributeurs les
plus effectifs ; par la sagesse et la solidité de leurs doctrines, ils inspireront la confiance ; par la rapidité des communications, ils généraliseront l'amour du bon et du vrai ;
ils feront connaître les ouvrages sérieux dont ils seront
l'analyse fidèle ; exempts d'esprits de système, raisonnant
toujours et ne dogmatisant jamais, leurs erreurs même
seront utiles ; la libre émission des théories contraires les
aura bientôt corrigées ; leur franchise à les reconnaître
donnera une nouvelle autorité à leurs paroles.

CHAPITRE IX.

De la Liberté théâtrale.

Lorsque le gouvernement s'est vu forcé, dans notre
temps, d'interdire la représentation de certaines pièces de
théâtre, on a vu dans cette mesure une grave atteinte portée aux saintes libertés de l'art. Je suis d'une opinion contraire, et je veux la motiver.

D'abord, la liberté de la presse était en dehors de la question, puisque les pièces dont il s'agit ont été librement imprimées et vendues. — Il n'était donc question que de la liberté des théâtres.

Remarquons ensuite que la mesure ministérielle dont je parle, n'était point une censure préventive. Les pièces avaient été librement apprises et représentées : l'épreuve avait été publiquement faite.

Il faut donc poser ainsi la question : — la liberté théâtrale donne-t-elle le droit, sans aucune limite ni empêchement, de représenter sur la scène toutes les aberrations immorales, toutes les actions obscènes ou scandaleuses, tous les objets de corruption propres à pervertir les mœurs, sans que le pouvoir ait, contre ce nouveau moyen de dissolution sociale, aucune mesure de répression?...

J'insisterai sur ce point, parce que je suis profondément affligé de l'immoralité qui envahit la scène française depuis la révolution de 1830; et cela, sans aucun avantage pour l'art dramatique, car je ne sache pas qu'aucun chef-d'œuvre soit encore dû à cette aberration déplorable. Adultère, débauche, lieux de prostitution, tableaux infâmes et dégradants, on n'a rien épargné à la pudeur publique. Seulement, on a bien voulu jusqu'à présent mettre une cloison ou un rideau entre l'adultère et le spectateur; mais les plus hardis des écrivains avaient, dit-on, annoncés qu'ils se débarrasseraient bientôt de cette dernière entrave. — Voulez-vous donc, à l'avenir, qu'il vous soit impossible de conduire au spectacle votre femme, vos sœurs, votre fiancée? Ou bien leur apprendrez-vous, en l'honneur des saintes libertés de l'art, à se faire un front qui ne rougisse jamais? N'a-t-on pas vu toutes les loges se fermer, et toutes les

femmes quitter la salle, lorsque, dans une pièce d'un auteur célèbre, François premier, entré dans un mauvais lieu
sur l'invitation d'une courtisane des rues, lui fait l'amour
à la manière des tavernes, et prenant son flambeau de sa
royale main, gagne le gîte honteux où il va chercher son
obscène grabat?... Cette réprobation spontanée n'est-elle
pas une manifestation de la pudeur publique, et peut-on
blâmer le ministre qui crut devoir obéir, alors, à ce cri
de l'opinion et de la morale?

Mais si on le blâme d'avoir empêché sur la scène la représentation de certains actes, on devrait le blâmer aussi
d'en empêcher l'accomplissement réel sur la voie publique,
au grand jour du soleil? On interdirait ainsi toute action
à la police, sous prétexte du respect que mérite la liberté
individuelle, tout aussi sainte sans doute que la liberté
théâtrale!... Eh bien! moi, je le dis hautement, ce n'est
pas ainsi que j'entends la gloire de l'art et la liberté.

Point de censure, parce que la censure est en elle-même
une stupide, une impuissante immoralité réprouvée par
la raison et la charte. — Mais que le gouvernement ait le
pouvoir d'arrêter sur le théâtre, comme dans tous les lieux
publics de notre société moderne, l'accomplissement ou
l'imitation dangereuse des actes dont la vue démoralise la
race humaine : quand il use de ce pouvoir salutaire, ne
criez point à l'arbitraire et au despotisme, ou vous pren-
driez parti vous-mêmes pour le désordre contre la véritable liberté qui ne doit jamais tolérer les actes qui désorganisent la société! — Et dans l'hypothèse qui nous occupe,
quel motif hostile et personnel a-t-on pu supposer au ministre auteur de la mesure? N'avait-il pas poussé assez loin
la tolérance des aberrations immorales de la scène actuelle :

et dites-moi, je vous prie, jusqu'à quelle limite devait-il aller encore? Dites-moi quel bien il en serait résulté pour la morale, pour la liberté, pour l'art théâtral lui-même?

Si on ne veut pas laisser au pouvoir ministériel lui-même le droit de réprimer de pareils abus, eh bien! que l'on crée une sorte de magistrature édilienne, que l'on modifie la législation, que l'on y introduise des dispositions spéciales; mais dans aucun cas, et jamais, on ne doit proclamer que la liberté du théâtre peut aller jusqu'à la tolérance de tous ses caprices et de toutes ses immoralités; et jusqu'à ce que l'on ait établi une législation nouvelle, il ne faut pas disputer au gouvernement un droit dont il n'a fait qu'un usage trop indulgent et trop rare, au lieu d'y avoir mis l'arbitraire et le despotisme qu'on lui reproche injustement.

L'opinion que je combats est à la foi dangereuse et accréditée; c'est pourquoi je l'attaque avec chaleur. Et quant à l'impopularité qui pourrait en résulter pour moi, je ne la recherche pas sans doute, mais dans cette circonstance je m'y expose volontiers comme dans tant d'autres. Elle ne sera que momentanée, j'en suis sûr, et la raison publique reprendra promptement le dessus.

CHAPITRE X.

De l'Instruction publique (1).

—

Le plus grand des ennemis que les défenseurs de la monarchie constitutionnelle aient à combattre, c'est l'anarchie, ce vice des États mal organisés, qui détruit la liberté, souvent même avant de ruiner le pouvoir.

L'anarchie peut s'introduire dans divers éléments de la société ; elle n'a pas toujours un danger égal : quelquefois elle n'amène que des maux partiels et passagers ; mais parmi les fondements de l'ordre social, il en est d'essentiels auxquels l'existence du gouvernement est tellement liée, que si l'anarchie s'en empare, l'État doit se dissoudre, et d'autant plus sûrement, que les progrès du mal seront moins sensibles aux yeux inexpérimentés.

Quel est, dans l'état actuel de la France, le genre d'anarchie qui peut être le plus dangereux à l'affermissement de nos institutions constitutionnelles, et par conséquent le plus dangereux à notre existence politique ? Je n'hésite pas à répondre que c'est l'anarchie radicale qui règne dans l'instruction publique depuis la restauration, en admettant toutefois qu'il existe en France une instruction publique, ce qu'on pourrait contester avec avantage.

Je dois définir d'abord ce que j'entends par ces mots :

_____

(1) Presque tout ce qui va suivre a été écrit par M. Fontrède en 1820. — Ce travail sur l'instruction publique n'a point été achevé et se ressent en quelques parties de l'époque, déjà éloignée de nous, où il a été composé. Cependant il renferme, comme tous les écrits de son auteur, des vues trop justes et trop élevées, pour qu'il nous ait paru possible de le passer sous silence. *(Note de l'Éditeur.)*

anarchie dans l'instruction publique. Je ne veux point fixer
l'attention sur le cadre étroit de la subordination matérielle des études et des instituteurs ; je veux parler de cette
anarchie morale qui, en outre du désordre intérieur, fait
de l'instruction publique un instrument rebelle à l'opinion
nationale, et qui, façonnant l'homme en un sens contraire
des institutions de l'État, prépare, dans les générations qui
s'élèvent, une lutte interne, source féconde de désordres et
de révolutions.

En disant que cet état de choses a commencé avec la
restauration, je n'ai pas l'intention de faire l'éloge de l'organisation de l'instruction publique sous l'empire. Je
conviens, au contraire, que, considérée en elle-même,
elle était alors aussi fausse, et peut-être plus fausse qu'aujourd'hui ; mais, considérée politiquement, elle avait un
grand avantage : c'est qu'elle agissait conséquemment à la
marche générale de l'État, et qu'elle formait l'homme dans
le sens bon ou mauvais qui pouvait le rendre propre au
rôle qu'il devait remplir dans la société. Et ce n'est pas
seulement l'instruction publique (ou du moins ce qui tenait lieu d'instruction publique) qui participait à cet
avantage : toutes les autres branches de l'administration
avaient été symétrisées de manière à tendre vers un but
unique, dans un système toujours uniforme, ce qui pouvait égarer la marche de la civilisation, puisque le but
était le despotisme ; mais ce qui du moins préservait la
société de toute commotion intérieure. Pourquoi n'imite-
t-on pas aujourd'hui, en suivant une direction opposée,
un plan si vaste et si profondément combiné ? Pourquoi
ne forme-t-on pas l'homme à la liberté constitutionnelle

avec autant de constance et de fermeté, qu'on en mettait à le dresser pour la sujétion?

Il est inutile, je pense, de m'appesantir sur les principes généraux qui prouvent que l'éducation est la base de l'ordre social, et que, dans l'éducation, l'instruction publique est, pour un état libre, la partie la plus importante. Ces maximes sont tellement répandues, que je ne me sens pas assez de force pour convaincre de leur vérité ceux de mes lecteurs qui n'en seraient pas persuadés à l'avance.

Mais l'idée principale qu'il faudrait inculquer à tous les Français, depuis le simple citoyen jusqu'aux membres du conseil de l'instruction publique, c'est que, lorsque le système politique d'une grande nation change de principe, l'organisation de l'instruction doit éprouver une modification semblable; et je n'entends pas, par modification semblable, un changement dans les détails, qui ne ferait qu'augmenter la confusion par l'union de parties hétérogènes: mais j'entends un changement de *principe*, qui s'étendrait ensuite à toutes les branches dans le même sens.

N'est-il pas vrai que l'on peut regarder la société comme un vaste édifice, et les hommes-citoyens comme les matériaux que le législateur coordonne pour sa construction? N'est-il pas vrai qu'en changeant l'ordre de l'architecture et la destination de l'édifice, en le préparant immuable pour une plus longue suite de siècles, il faut, pour atteindre ce but, changer aussi la disposition, la forme et la nature des matériaux? Quelle ne serait donc pas la folie d'un prétendu sage, qui croirait pouvoir fonder une république avec l'éducation d'une monarchie, un état des-

potique avec l'éducation d'un pays libre, enfin un état
légal et constitutionnel avec les débris entassés sans ordre
d'une éducation féodale, despotique et libérale?

Tel est cependant le point précis où nous sommes parvenus; et, sans se livrer à une censure trop amère, il sera
facile de mettre au grand jour l'anarchie morale qui dévore aujourd'hui l'instruction publique.

Quel est, en effet, l'état de l'Université, de ce grand
colosse qui menace ruine de toutes parts? Elle est divisée
en trois organisations distinctes, toutes trois ennemies les
unes des autres, chacune des trois impuissante pour faire
dominer son système, mais assez forte pour entraver le
système des deux autres. Encore, je ne parle ici que de la
nature même de l'instruction, et je ne dirai mot des contradictions qui existent dans les doctrines des membres
qu'on emploie.

On trouve, en effet, dans l'Université, telle qu'elle est
constituée, des débris de l'éducation ultra-libérale de la
république, de l'éducation despotique de l'empire, de l'é-
ducation féodale et sacerdotale de la restauration, et rien
ou presque rien de ce qui devrait constituer l'éducation
constitutionnelle d'un peuple régi par la charte, qui est
notre loi fondamentale.

Quand la monarchie constitutionnelle est venue planter
ses tentes sur le sol impérialisé de la France, c'est par l'effet
d'une haute imprudence qu'elle s'est contentée d'un provisoire qui répugne toujours aux grandes pensées, à ces pensées fécondes qui créent et domptent l'avenir!... Il fallait
écarter les débris, et commencer l'édifice par la base. C'est
dans la race naissante qu'il fallait graver l'empreinte austère
qui doit caractériser cette époque nouvelle; c'est dans la gé-

nération qui s'élève qu'il fallait chercher des citoyens étrangers aux factions, des cœurs vierges de haine et de ressentiment, enfin un peuple nouveau tout entier, qu'on pouvait disposer comme une armée de réserve toute prête pour arrêter les révolutions dont le germe existe encore, et dont le prestige peut encore nous séduire, nous Français, qui avons été assez malheureux pour consumer notre vie au milieu des tempêtes politiques !

Il fallait concevoir qu'un pays vraiment libre ne peut exister sans instruction publique, et que c'est précisément pour cela que, sous l'empire, Napoléon n'avait voulu tolérer en France aucune instruction véritablement *publique*; il fallait sentir que l'Université impériale, création d'un génie terrible, même au sein de la paix, était une déception semblable au système représentatif de la même époque ; que le chef de l'État avait usurpé le monopole de l'éducation des *hommes à faire*, comme il avait usurpé le monopole des élections qui devaient porter les *hommes faits* à la représentation nationale; que l'Université n'était qu'un vaste collége, une institution particulière privilégiée, dont le monarque s'était fait le régent, avec quelques appariteurs sous ses ordres, pour maîtriser la direction des esprits dans l'avenir, et pour que la pensée elle-même ne pût échapper à l'esclavage !

Il fallait s'avouer à soi-même, qu'un pareil système était désormais en contradiction évidente avec le système politique établi par la charte. Il fallait réfléchir qu'en le maintenant, le gouvernement se priverait du levier le plus réel qui puisse diriger les hommes, puisque tout le spirituel de la société, enchaîné dans l'Université, lui échapperait au moment où il en réclamerait l'usage, et se trou-

verait affranchi dès que le jeune citoyen, entrant dans le
monde, y jouirait de la liberté de la presse et de toutes
nos libertés !

On aurait alors conçu que tout cet appareil qu'on
s'efforçait de conserver dans l'éducation de la jeunesse,
était désormais sans but, puisque deux ans passés dans
le monde devaient en faire disparaître jusqu'au dernier
vestige, et qu'il fallait adopter franchement un système
nouveau d'instruction publique, en harmonie avec nos
institutions nouvelles.

Au lieu de cela, qu'a-t-on fait? On a voulu laisser
subsister l'Université sur ses anciennes bases. Mais, en
cela, on a fait à la fois preuve d'inhabileté dans la conception et d'impuissance dans l'exécution. Etait-il possible de maintenir l'Université sous un système organisé
dans un sens directement opposé au système politique qui
l'avait enfantée? Non, les passions nouvelles, les passions
anciennes, les factions de toutes sortes, trouvant le champ
libre, ont dû profiter d'une occasion si favorable: Elles
ont voulu faire pour elles-mêmes ce que le gouvernement
négligeait de faire pour lui. Dans cette confusion universelle, chaque secte politique, avec ses protections et ses
forces, arrachait un lambeau, et le remplaçait par les matériaux qu'elle croyait pouvoir employer lors de la construction définitive de l'édifice nouveau; et de là nous est
venu, enfin, cette institution imparfaite qui se pare encore
du titre d'*Université!* La voilà telle que l'arbitraire, l'imprévoyance, la faiblesse et les factions nous l'ont faite, image
d'un état envahi, dont le despotisme et l'anarchie se disputent l'empire !

J'entends tous les jours parler, avec beaucoup de cha-

leur, de l'urgence d'une nouvelle législation sur le jury,
sur l'administration communale, de réforme parlementaire, etc.

Mais, la première et la plus pressante de toutes les lois,
c'est une loi qui crée en France une instruction publique.
Qu'importe d'avoir d'excellents cadres de toutes sortes
d'institutions, si on n'a pas d'hommes propres à les remplir? Qu'importe d'avoir une bonne loi sur le jury, si l'é-
ducation ne forme pas l'esprit des citoyens aux doctrines
constitutionnelles, qui peuvent seuls leur faire exercer di-
gnement ce grand ministère? Qu'importe d'avoir de bonnes
lois sur la garde nationale, si l'éducation ne déracine pas
ce profond égoïsme qui ronge la France au cœur, et ne
forme pas des hommes nationaux pour la garde nationale?
Qu'importe d'avoir de bonnes lois administratives, si l'é-
ducation est absolument muette sur ce point, comme elle
l'a été jusqu'à présent, et si les hommes qui seront employés doivent entrer dans le monde sans aucune idée précise, ou même imparfaite, des premiers principes du droit
administratif?

Qu'importe, enfin, la réforme parlementaire, si l'éducation ne donne pas aux citoyens des connaissances positives
des affaires et des lois de notre pays, et ne les prépare pas
à la connaissance réelle du gouvernement constitutionnel,
en leur enseignant les droits et les devoirs des citoyens, et
le rôle que doivent jouer, dans l'État, les divers pouvoirs
qui se meuvent dans le cercle de la monarchie constitutionnelle?

Si l'on veut donc des réformes utiles, salutaires, il faut
commencer par réformer l'instruction publique; elle seule

peut donner de bons jurés, de bons administrateurs, de bons citoyens, des législateurs éclairés.

CHAPITRE XI.

Ce qu'il faut entendre par la liberté de l'instruction.

Pour mériter le nom de *publique*, l'instruction doit remplir deux conditions essentielles et indispensables : la première, c'est une publicité véritable dans le mode de sa transmission au peuple ; la seconde, une libéralité politique, morale et scientifique dans la nature même des doctrines enseignées.

Publicité dans le mode de transmission : car ce qui constitue un établissement public d'instruction, n'est pas le nombre plus ou moins grand des enfants qui y sont élevés, et le collége le plus nombreux ne sera jamais, aux yeux impartiaux, un établissement public d'instruction. Ce qui constitue réellement la publicité de l'instruction, c'est la faculté accordée à tous les citoyens d'en faire jouir leurs enfants sans rétribution et sans aucune inégalité. Jusque-là, comme je l'ai déjà dit, l'Université ne sera qu'une institution particulière, et d'autant plus particulière, qu'elle est privilégiée.

Publicité dans la libéralité de l'instruction elle-même : car si le gouvernement, en établissant une publicité véritable dans la transmission de l'instruction, s'en servait pour propager des doctrines illibérales et funestes, on ne saurait accorder le nom d'instruction publique à son enseignement.

Divers essais ont été faits dans notre pays, et jusqu'ici aucun n'a complètement satisfait aux besoins de la société.

La restauration et l'empire, dans leur besoin de tout centraliser, se sont constamment obstinés à maintenir, au profit du gouvernement, un monopole vexatoire et ruineux contre les institutions qui ne relevaient pas directement des établissements fondés par eux. La république, dans sa fièvre d'émancipation, avait adopté la liberté des corps enseignants ; mais, comme tout ce qui est émané de ses conceptions démocratiques, cette liberté n'était ni assez bien réglée, ni assez bien définie, ni assez bien surveillée, pour offrir à la société les garanties qui lui seront toujours indispensables. Ces deux excès opposés, monopole absolu ou liberté illimitée, sont, jusqu'à présent, à peu près tout ce que la France connaît en matière d'instruction publique. Il faut résoudre le problème que des exagérations de natures diverses semblent avoir rendu jusqu'ici insoluble. Les droits de la liberté et de l'égalité doivent sans doute être consacrés, mais ceux de la société et de la famille ne doivent nullement être méconnus. Tous ces droits, au contraire, doivent se concilier et se renforcer mutuellement par leur harmonieuse combinaison.

Le mode d'instruction doit dépendre de l'organisation du gouvernement, du principe qui le dirige, et du but qu'il veut atteindre.

Sous le rapport de l'instruction publique, les gouvernements doivent être divisés en deux classes.

Ces deux sortes de gouvernements, qui comprennent toutes les subdivisions secondaires, sont : les gouverne-

ments despotiques, qui vivent et agissent par la force; et
les gouvernements libres, qui vivent et agissent par l'opinion et les mœurs politiques.

C'est une croyance assez généralement répandue, que
les gouvernements despotiques sont ennemis des lumières.
Mais cette maxime énoncée d'une manière générale, est
cependant une erreur. Des exemples fréquents en font foi,
et le système impérial lui-même est un de ces exemples
les plus frappants. Jamais gouvernement ne fut plus absolu, et jamais gouvernement n'accorda une protection
plus efficace et plus éclairée aux sciences, aux lettres et
aux beaux-arts. Ce n'est pas des lumières, que les gouvernements absolus sont ennemis; comment pourraient-
ils s'en passer! La prospérité civile et militaire, qu'ils
veulent atteindre à leur manière, ne peut nulle part
exister sans lumières. C'est seulement de l'égalité de
leur distribution qu'ils sont et doivent être ennemis.
Ainsi, pour qu'un gouvernement despotique, dont le
principe est la force, soit conséquent à sa nature, il
faut que l'organisation de l'instruction y soit telle que
les lumières s'y trouvent concentrées dans les chefs et
que le peuple en soit privé, et privé, s'il est possible, à
un tel point, qu'il n'en ait pas assez pour sentir cette
privation. Alors, les connaissances étant l'apanage des
gouvernants qui dirigent la force publique, ils en feront l'usage le moins mauvais que comportera ce genre
de gouvernement. Alors le peuple, plongé dans l'ignorance, ne pourra juger le mérite de ses chefs que par son
bien-être ou par ses souffrances. Il ne pourra donc avoir
d'opinion qu'après l'évènement, et de fantaisie de résistance, que lorsqu'il ne sera plus temps de résister; ce qui

le maintiendra, malheureux et paisible, dans l'obéissance
passive qui doit être son partage. Voilà le maximum de
prospérité des gouvernements despotiques; voilà le bonheur
qu'ils promettent et qu'ils donnent, avilissant également
les gouvernants et les gouvernés, jusqu'à ce que Dieu les
prenne en pitié, et de sa puissante main, les fasse monter
à la liberté!

Dans les gouvernements libres, au contraire, la concentration des lumières est un grand mal; elles doivent être
répandues avec profusion parmi le peuple, comme la lumière du soleil dans le monde. Je l'ai déjà dit, les gouvernements libres vivent par l'opinion et par les mœurs publiques; et quelle force d'opinion et de mœurs pourrait-
on attendre d'un peuple qui languirait dans les ténèbres?
Ne serait-ce pas l'insulter, ne serait-ce pas lui témoi-
gner une confiance dérisoire, que de lui demander son
appui, et en quelque sorte ses conseils et ses lumières,
lorsqu'on le priverait de l'instruction, qui seule peut le
rendre capable d'exercer réellement les fonctions politiques qui lui sont attribuées par la forme du gouvernement?

Il ne faut pas oublier, en outre, qu'un gouvernement
libre doit respecter les droits des citoyens, et le premier
de tous ces droits est la puissance paternelle. Il n'usurpera
donc pas ce droit sacré, et la plus essentielle des règles
fondamentales de l'instruction publique sera que tous les
citoyens pourront, sans aucune restriction, faire élever
leurs enfants comme leur raison ou même leurs préjugés
le leur prescriront.

Cette faculté, poussée à l'excès, pourrait sans doute
avoir de graves inconvénients, surtout dans un moment

où le pays serait déchiré par des factions violentes en politique et en religion; car, par suite des systèmes particuliers d'éducation qu'une faction enfanterait, on verrait se perpétuer dans l'avenir les divisions qui tourmentent la patrie. Cette objection est spécieuse, et mérite une grande attention.

Mais on ne peut pas se dissimuler que quand même le gouvernement essaierait de violenter la volonté des parents, il n'y réussirait pas réellement; la raison et l'expérience le prouvent, et il violerait sans succès un principe d'éternelle justice.

Il aurait donc deux inconvénients à souffrir : le premier, d'avoir une mauvaise loi d'instruction; le second, de la voir éluder tous les jours. Double motif de dégradation pour l'autorité.

L'intérêt du gouvernement lui prescrit donc d'être juste et tolérant, et de respecter le pouvoir paternel. Le talent de l'homme d'État consiste à créer des institutions qui n'enchaînent pas la volonté, mais qui la séduisent, qui la captent, qui fondent le pouvoir des lois dans l'esprit des hommes et non dans les réquisitoires des procureurs du roi; car il serait déplorable que la principale occupation des recteurs de l'université fût leurs correspondances avec ces magistrats!

Que le gouvernement présente donc aux pères de famille un système d'instruction publique meilleur que celui des institutions particulières; qu'il admette surtout les enfants indistinctement, et sans rétribution pécuniaire : dès-lors, il obtiendra sans violence ce qu'il désire. J'ai honte de le dire, mais il faut que les gouvernements emploient au bonheur des peuples, jusqu'à leurs vices même,

Or, tout le monde le sait (car sans cela nous tairions cette plaie honteuse de la patrie), l'égoïsme est le défaut principal de notre siècle. L'esprit de faction cède même le pas à l'intérêt; souvent même il n'est qu'un voile dont l'intérêt se couvre. J'en dirai autant de la superstition; les fanatiques savent tous parfaitement compter. Je ne doute donc pas un instant qu'en ouvrant des écoles vastes et gratuites, dont j'essaierai d'esquisser le plan, le gouvernement constitutionnel n'anéantît à la fois toutes les volontés opposées.

C'est ainsi que la morale et la politique devraient toujours marcher d'accord. Quand le gouvernement veut forcer la volonté paternelle, il échoue; s'il lui laisse la liberté qu'elle tient de la nature, il peut alors la diriger à son gré. S'il veut exercer un droit qui ne lui appartient pas, il perd l'autorité que les lois lui confient; tandis que si, au lieu d'exercer un droit injuste, il remplissait un devoir sacré, son autorité s'en augmenterait; il gagnerait ainsi en honneur et en puissance, ce qu'il perdrait en morgue et en despotisme.

CHAPITRE XII.

De l'Organisation de l'Instruction publique.

Lorsque frappé des vices radicaux qui neutralisent le bienfait de l'instruction et le corrompent à sa source même, j'essayai de chercher un remède à cette désorganisation chaque jour croissante, qui attaque la société dans son principe; je cédai au désir de faire entendre quelques vérités utiles, sans avoir assez réfléchi peut-être à la difficulté du sujet que

je voulais traiter. Il s'est insensiblement agrandi à mesure
que j'avançais, et en le considérant sous ses faces principales, il fournirait la matière d'un ouvrage très-étendu.
Je suis obligé d'étouffer, de mutiler cette discussion inté-
ressante, et c'est seulement une analyse, un plan susceptible de nombreux développements, un aperçu qu'il faudrait appuyer de citations historiques, anciennes et modernes, pour donner à la théorie la sanction de ces exemples importants; en un mot, un simple cadre que je vais
soumettre aux lecteurs, espérant qu'ils suppléeront d'eux-
mêmes aux détails que je suis forcé d'omettre.

Je suis arrivé à la démonstration de cette vérité, que
la liberté de l'instruction devait être proclamée et respectée par un gouvernement constitutionnel; j'ai établi que,
malgré les opinions ardentes qui divisent les hommes de
notre temps et qui menacent de se perpétuer parmi les générations nouvelles si l'instruction jouit d'une entière liberté, il est un moyen d'obvier à ce grave inconvénient,
inconvénient que le monopole de l'instruction ne ferait
pas disparaître, comme je l'ai prouvé, et comme le prouve
plus victorieusement encore ce qui se passe chaque jour sous
nos yeux. Ce moyen, que je n'ai fait qu'indiquer, et dont le
développement va maintenant m'occuper, c'est l'organisation d'une instruction publique, libérale, constitutionnelle,
gratuite, et sans distinction pour tous les citoyens; organisation grande et sublime, dont de véritables législateurs
auraient regardé la création comme leur premier devoir,
comme leur levier le plus puissant pour combattre les factions, pour fonder un ordre de choses durable et tranquille,
pour élever un édifice social, monument glorieux de sagesse et de patriotisme; pour nous délivrer enfin, de cette

grotesque macédoine de lois confuses, de garanties impar-
faites ou violées, d'usages féodaux ou révolutionnaires,
amalgame bizarre, que sans respect pour le peuple français on ose recommander à son admiration, au moment
même où cet aspect décourageant provoque le triste sou-
rire de la pitié!

Pour procéder avec ordre à l'exposé de mes principes,
je diviserai l'instruction publique en trois régions successives et distinctes.

Ces divisions me paraissent indiquées par la nature
même des choses, et les voici :

La première serait l'instruction élémentaire ou primaire;

La seconde serait l'instruction scientifique ou positive;

La troisième serait l'instruction pratique ou d'application.

Ces termes n'expriment peut-être pas bien clairement
ma pensée, mais faute de plus exacts, il faut bien les employer, et je vais une fois pour toutes les définir, afin
qu'on ne se trompe pas, volontairement ou par erreur,
sur le sens que j'y attache.

J'appelle instruction élémentaire celle qui donne aux
enfants les moyens d'acquérir les connaissances qui doivent former les hommes; celle qui, si j'ose l'exprimer
ainsi, leur fournit les instruments avec lesquels ils pourront défricher ensuite le vaste champ des sciences et des
arts.

J'appelle instruction positive ou scientifique, celle qui
met en usage les instruments et les moyens donnés par
l'instruction élémentaire, et qui conduit le jeune homme
jusqu'au moment où il aura des notions claires et exactes

sur toutes les connaissances humaines, et un plan fixe
pour mettre à profit ces notions générales dans ses études
particulières; car quelqu'étendue que soit l'instruction des
colléges, elle ne doit jamais être considérée que comme un
échelon, comme un point de départ, et non comme un
terme de perfection. La vanité des maîtres et la présomption des élèves pourraient seules imaginer le contraire.
L'homme est ébauché, mais il doit s'achever lui-même.

Enfin, j'appelle instruction d'application celle que la société donnera spécialement aux jeunes gens qui se desti-
neront à telle ou telle profession, soit publique soit privée, et où l'on n'approfondira dans chaque section que les
connaissances nécessaires à ces professions. Dans cette ca-
tégorie se rangent naturellement les écoles de droit, les
écoles de médecines, les écoles de commerce, etc. etc.

Cette division me fournira les moyens de publier sans
confusion quelques principes depuis long-temps méconnus, mais qui, je l'espère, ne paraîtront pas déplacés.

CHAPITRE XIII.

De l'Instruction élémentaire ou primaire.

C'est un défaut justement reproché aux Français, de
n'estimer les hommes et les professions que pour leur
éclat apparent, et de négliger trop souvent le mérite qui
n'a qu'une humble et obscure utilité. Nous osons dire que
ce défaut a été nationalisé en France par la nature même
de notre ancien gouvernement monarchique, dont le mo-

bile le plus puissant était cette sorte de prestige qu'on décorait du titre *d'honneur*; prestige qui avait remplacé le culte sacré de la vertu ; divinité fausse et cruelle à la fois, nourrie de chimères, de titres, d'orgueil, et qui, comme les dieux des barbares. a même exigé des offrandes de sang, qu'elle obtient encore aujourd'hui en dépit de la philosophie et des progrès de la raison sociale ! C'est cet honneur factice. et quelquefois criminel, dont les maximes, prêchées et pratiquées par le gouvernement et par les hautes classes de l'État, avaient graduellement faussé l'intelligence du peuple français, au point de lui faire juger méprisables et subalternes les professions les plus utiles, et rechercher avec l'enthousiasme d'un dévoûment absolu, des charges réellement serviles et avilissantes qu'on voudrait encore remettre en faveur. C'est ainsi qu'un magister, un précepteur d'enfants, un professeur même d'université, étaient toujours accompagnés de quelques ridicules dans le monde, et que les places d'écuyers ou de valets de chambre étaient, par contre-sens, l'objet des plus vives ambitions.

Mais aujourd'hui que la théorie du gouvernement est ramenée à des notions plus saines, devons-nous tolérer des préjugés aussi misérables, aussi nuisibles, aussi dégradants? Non ; c'est un devoir impérieux de les signaler, de les poursuivre, de les détruire.

Jamais ces réflexions n'ont été d'une application plus immédiate que celle que nous voulons en faire maintenant. Si l'on juge les institutions primaires par leur importance réelle dans l'état social, on se convaincra facilement qu'il n'est point de fonction plus sacrée, plus pénible, plus digne de la reconnaissance des familles. c'est-à-dire de la société entière. Si l'on examine au contraire quel est le rang, quel est le respect, quelles sont les récompenses, quel est l'avenir assuré à ceux qui se chargent de l'indispensable fardeau de l'instruction élémentaire, quel affligeant contraste n'aura-t-on pas sous les yeux ?

C'est sous ce point de vue que je vais envisager ce sujet.

Et d'abord, j'ai avancé que l'instruction publique est le seul moyen de régénérer la société. Effectivement, l'influence du pouvoir est à-peu-près éteinte dans l'ordre moral et spirituel. L'influence de la religion est considérablement diminuée, soit par la diversité des cultes, soit par l'esprit d'examen et d'incrédulité qui a prévalu dans le monde ; et faites attention qu'il importe peu que cette incrédulité soit bien ou mal fondée. Je n'en parle ici que comme d'un fait incontestable, dont il résulte que la société a besoin d'un appui autre que la religion ; mais qui, loin de l'exclure, lui servira d'auxiliaire puissant et secourable.

Cet appui, le trouvera-t-on dans les lois ? Non ; les lois sont répressives des délits, mais non productrices des vertus ou des connaissances morales ; elles atteignent les intérêts physiques et matériels des hommes, mais l'ordre spirituel, la partie vitale de la société, est hors de leur empire.

Cet appui, ce fanal, cette source de force et de lumière, ne peut donc se trouver que dans l'instruction publique ; et si l'importance de cette institution est telle qu'il faille la regarder comme l'égide de la civilisation contre le retour de la barbarie, de quelle vénération ne devons-nous pas entourer cette portion de l'instruction publique qui

sert de base à tout l'édifice! Ces fonctions, que leur utilité
rendra toujours sacrées aux yeux des vrais amis de l'ordre
et de la liberté; ces fonctions de l'instituteur des écoles
primaires, appelé par la confiance paternelle à ouvrir à
la génération naissante les premières routes de la sagesse
et du bonheur !

Je ne crains donc pas d'affirmer que le législateur doit
apporter la plus sérieuse attention à l'organisation des
écoles primaires; de là dépend peut-être tout le succès de
ses travaux.

Il ne m'appartient pas de tracer positivement la route
qu'il devra suivre; mais je peux au moins indiquer les
deux points principaux qu'il ne faudra jamais perdre de
vue. C'est qu'en France, il faut aujourd'hui, plus que
jamais, qu'une profession soit honorable et fructueuse à
ceux qui l'exercent, si l'on veut que les hommes à talent s'y dévouent. Toute profession qui ne procure pas
une existence respectée et heureuse, est abandonnée à
ceux qui n'ont pas le talent ou les recommandations nécessaires pour occuper un poste plus avantageux. Dès-
lors, ce n'est plus qu'une sorte de pis-aller, une charge
incommode et dégradée, qu'on n'accepte que par nécessité. Le mérite y est confondu avec l'ignorance, et se ra-
baisse à son niveau; la profession s'avilit elle-même, et
le gouvernement impute ensuite aux individus, comme
torts personnels, les vices inhérens à ses propres conceptions. Ces réflexions peuvent être appliquées avec justesse
à l'état actuel de dénuement du bas clergé, dont j'ai eu
souvent occasion de prendre aussi la défense.

Ainsi donc je trouve injuste et impolitique cette progression établie entre les salaires des professeurs chargés

de l'enseignement, progression basée sur la profondeur des connaissances personnelles, ou sur l'éclat des sciences qu'ils enseignent : ainsi donc je trouverais injuste et impolitique toute distinction honorifique exclusivement destinée aux professeurs des théories élevées : égalité plus grande dans les salaires, égalité de récompenses nationales dans leurs travaux : voilà quelles seraient les bases de mon plan.

La justice de cette doctrine est en partie démontrée par ce qui précède ; cependant comme j'attaque de front un préjugé assez bien établi, j'ajouterai encore quelques réflexions.

Les professeurs des colléges et des universités formeront des savants et des artistes. L'instituteur primaire travaille à former des hommes. Il sera l'instituteur spécial du pauvre, et ce dernier caractère doit le rendre respectable à nos yeux. Pèsera-t-on les difficultés de l'enseignement? On trouvera qu'il faut non des connaissances plus vastes, mais une raison plus exercée ; non une tête plus pleine, mais une tête mieux faite, pour enseigner à des enfants les premiers éléments des sciences et des arts, pour approprier à leur faible intelligence des méthodes simples et exactes, que pour suivre avec des élèves déjà préparés à l'étude, déjà marchant par leurs propres mouvements, agissant de leurs propres forces, des théories plus élevées, il est vrai, mais que le concours de tous les hommes instruits de l'Europe a rendues si claires et si sûres! Et ici se présente une observation digne de remarque. Tous les bons livres que nous possédons sont écrits pour des hommes, aucun pour des enfants. C'est d'eux pourtant, c'est des premiers essais de leur intelligence, que

nous avons appris cette méthode analytique qui depuis un
siècle a fait faire à l'esprit humain de si rapides progrès! Il
semble, à voir les peines que l'on prend chaque jour pour
accabler leur mémoire, fausser leur jugement, pervertir
les jeunes et touchantes inclinations de leurs âmes, que
nous craignions de les voir devenir meilleurs que leurs
pères. L'institution des écoles publiques élémentaires doit
réparer ces injustices et ces erreurs; elle doit mettre en
circulation toutes les vérités nécessaires au bien-être moral et physique de tous les habitants de la France. Et ce
bienfait si grand ne rapporterait aucune gloire à ses auteurs! Ils travailleraient, pauvres et ignorés, à former une
nation nouvelle, tandis que les professeurs des écoles su-
périeures trouveraient chaque jour, dans les succès publics de leurs élèves, de nouvelles récompenses de leurs
travaux, et de nouvelles jouissances d'amour-propre! Non,
cet ordre de choses ne serait ni juste, ni bien calculé. Je
le répète, si le législateur met du côté des fonctions les
plus attrayantes par leur nature, toute la gloire et tout le
profit, l'institution respectable des écoles élémentaires sera
abandonnée aux sots et aux ignorants. Le sort de la génération naissante sera abandonné à des mains indignes de
l'élever pour ses grandes destinées, et, comme sous le despotisme, nous n'aurons que le luxe des sciences et des arts!

Deux objections spécieuses seront faites à notre système,
et nous devons les détruire avant de procéder à son développement.

D'abord, nous dira-t-on, l'égalité, même relative, des
salaires, sera une forte charge pour l'État, parce que les
écoles primaires seront très-nombreuses, surtout dans le
plan que nous croyons devoir être suivi.

Ensuite cette quasi-égalité de salaires et de récompenses honorifiques contrarie l'esprit monarchique d'un gouvernement royal, où une hiérarchie décroissante doit être observée du sommet à la base. Notre doctrine est, dira-t-on, infectée de démocratie : c'est l'objection que l'on fit aux députés du côté gauche, et notamment à l'honorable M. Benjamin Constant, quand il réclamait du pain pour les vicaires et les curés de campagne.

Relativement à la première objection, elle est indigne de la majesté d'une grande nation ; elle serait indigne d'un gouvernement qui paie à grands frais tant d'administrations parasites ou nuisibles ; elle serait indigne d'un monarque constitutionnel, de chambres nationales, d'un ministère éclairé. Qn ne marchande pas l'avenir d'un peuple, son bien-être, sa morale, sa gloire, son rang parmi les nations ; et si, en principe, on ne peut prouver l'injustice ou l'inefficacité du système proposé, la dépense qu'il occasionerait ne serait qu'un misérable prétexte de refus. Que l'on consulte tous les pères de famille, ils répondront, et je m'en rapporte à leur réponse.

Quant à l'objection de démocratie, elle est facile à résoudre ; le devoir du législateur est sans doute de s'opposer aux institutions démocratiques, toutes les fois que, par le frottement de nos mœurs et de nos habitudes sociales, elles nous conduiraient à l'anarchie, en affaiblissant l'action directe du pouvoir. Mais quand il se trouve une portion de l'organisation publique qui peut supporter la justice démocratique, sans nuire à la puissance motrice de l'État, sans produire aucune tendance à l'anarchie ; bien plus, lorsque l'introduction de cet esprit démocratique a un but utile et moral ; quand elle tempère ce que nos lois ont

peut-être de trop absolu ; quand elle doit retremper les
âmes, les rendre plus mâles, plus fermes, plus capables
d'un noble sacrifice et d'un dévoûment raisonné à la patrie, la repousser en aveugle, et sur la seule horreur de
son nom, serait une folie indigne d'un homme d'État qui
calcule sur les choses et non sur les mots, dont il est si
facile de pervertir l'acception véritable.

LIVRE XVII.

DE LA LÉGISLATION DE LA PRESSE.

CHAPITRE PREMIER.

Législation de la Presse. — Principes généraux.

CERTES, je serais l'enfant ingrat et dénaturé qui mord le sein d'une bonne et féconde nourrice, si jamais je prêtais ma main et ma voix à l'oppression de la presse. Qui lui doit plus que moi? Que serais-je sans elle? N'est-ce pas elle qui, dans les provinces les plus éloignées, a rapproché de mon cœur tant d'amis inconnus, qui de toutes parts m'ont donné tant de preuves de sympathie? N'est-ce pas elle qui, par la communion de la pensée, nous a unis d'une foi vive et profonde, qui nous soutient dans la pénible épreuve que le ciel impose à la France? N'est-ce pas elle qui m'a récompensé de mon dévoûment à la patrie, et qui, dans l'assentiment de tant de généreux citoyens, m'a offert la seule compensation de tant d'ingratitudes partielles, de tant d'abandons promptement changés en hostilité, de tant de piqûres amères qui font saigner le cœur, quoiqu'elles n'aient pas la force de le déchirer? N'est-ce pas elle qui m'a servi d'égide contre les dénonciations quotidiennes de trois partis coalisés contre moi? N'est-ce pas elle, j'ose le dire, et je me rends hautement ce témoignage, qui m'a fait un nom que je porterai indépendant et pur jusqu'à la mort, et que les outrages des factions ne terniront jamais!...

La presse !... c'est l'âme de la société, c'est la circulation de la vie morale, c'est la grande route de la pensée, c'est par cette voie qu'elle se ramifie, qu'elle s'étend, qu'elle civilise, qu'elle conduit l'intelligence humaine à la découverte de la vérité, au sentiment du bon et du beau, à la connaissance de tous les droits, à l'accomplissement de tous les devoirs!

Mais si cette grande route de la pensée, cette large voie où elle circule, est infestée par des ennemis qui s'en emparent, qui s'y postent, qui s'y embusquent, qui s'y retranchent, dans quelle loi humaine et divine a-t-on lu que l'impunité dût leur être accordée? Où donc a-t-on vu que la liberté pour eux dût être le droit absolu de détruire la liberté des autres? De leur ôter toute sécurité? De menacer, de flétrir les lois de l'État, le gouvernement du pays; de le déconsidérer, de l'avilir, de prêcher sa destruction par la force, son renversement par la calomnie d'abord, ensuite par le fer et par le feu? Dans quelle histoire, chez quelle nation a-t-on vu s'établir ce droit barbare que les démocrates, qui parlent avec franchise, ont réclamé sous le nom de *liberté* illimitée *de la presse*, et que les sophistes moins hardis feignent de vouloir renfermer dans des limites légales, en se réservant de régler cette légalité par des lois impuissantes, afin d'arriver, par une voie détournée, à la licence qu'ils n'osent pas réclamer ouvertement?

Oui, je veux la liberté de la presse, et moins que personne je puis m'en passer. Plus, bien plus que mes adver-

saires, j'y trouverai des ressources et des forces. Je ne veux
rien de préventif, rien d'oppressif. Point de censure, point
de réaction; mais une législation répressive, qui ne se
borne pas à d'impuissantes parades, une législation constitutionnelle et libérale, qui ne permette pas aux factions
de se faire une arme de la presse, pour opprimer les bons
citoyens et renverser le gouvernement.

Je ne sais ce que c'est qu'une règle législative considérée
abstraitement, et sans tenir compte des faits auxquels elle
doit être appliquée, sans tenir compte de l'état moral,
civil, politique, de la nation qu'elle doit régir. Lorsque
dans des circonstances essentiellement différentes, on veut
du même principe faire une application semblable, il est
parfaitement démontré pour moi, qu'au lieu de raisonner
logiquement, on raisonne très-illogiquement, puisque les
prémisses du raisonnement étant changées, on ne veut pas
changer la conséquence. A peu près comme ferait un ma-
rin qui, sous prétexte que les principes de la navigation
n'ont pas changé et qu'il veut aller au même but vers lequel il tend depuis le moment du départ, ne voudrait pas
orienter ses voiles différemment lorsque le vent aurait
passé du Nord au Sud; comme ferait un pilote qui voudrait naviguer sur les attérages, au milieu des écueils,
comme il ferait en pleine mer, et porter autant de voiles
dans la bourrasque que dans les temps favorables.

Voilà cependant la logique de ceux qui, posant pour
toute base à l'ordre social des règles idéales, qu'ils appellent principes, et qui ne sont le plus souvent que des préjugés établis par des sophismes, veulent constituer la législation de la presse sur des données invariables : gens
qui ne comprennent dans les éléments de leur discussion,

ni la nature des temps, ni les passions de l'époque, ni les périls des révolutions, ni l'ébranlement des institutions de l'État, qui, si elles étaient assurées depuis long-temps, auraient, pour résister aux orages populaires, une force qu'elles n'ont point quand elles sont toutes récentes, et qu'elles n'ont encore poussé de fortes racines ni dans les mœurs, ni dans le sol.

Il faut bien se convaincre que l'homme ne doit point être gouverné ainsi. La nation française, moins que toute autre, peut être gouvernée par de pareils principes, parce que sa mobilité extrême fait que ses lois s'usent comme ses modes. C'est un grand mal. Mais je ne sais qu'y faire. Peut-être avec le temps l'expérience du malheur la rendra-t-elle plus sage.

Il y a néanmoins dans la nature même de l'homme des choses sinon immuables, du moins astreintes à une longue stabilité; et quoique la nation française ait souvent la tentation de changer même ces bases principales de son organisation, elle n'a pu y parvenir encore. J'espère bien que les factions ne lui fourniront pas les moyens d'y réussir, car alors tout serait perdu.

Ces principes de stabilité sont, grâce à Dieu, consacrés par la charte.

Mais ce qu'il y a de singulier, de miraculeusement inconséquent, c'est que les publicistes radicaux, qui nient la stabilité de la charte elle-même, voudraient nous enchaîner à l'immuabilité de certaines règles dans les lois d'exécution, de pratique de la charte. — La loi sur la presse, par exemple. — Quand, dans les limites tracées par la charte, on veut mettre ces lois en harmonie avec les besoins de la nation, tels que les faits les caractérisent évidemment, on oppose au gouvernement les dispositions légales qu'il aurait réclamées pour une époque, pour des faits, pour des besoins tout différents de l'époque : on veut lui faire orienter ses voiles, non pas d'après le vent qui souffle sur l'océan de l'humanité actuelle, mais d'après le vent qui soufflait il y a huit, dix, douze ans. — J'allais dire douze siècles.

Maintenons la charte : c'est là que sont les grands principes, les principes durables, stables, fondamentaux. Mais pour les lois de pratique, d'exécution de la charte, laissons à la législation parlementaire exercée par le roi et par les chambres, dans les limites de la charte, le soin de mettre nos codes en harmonie avec l'état de nos mœurs et de l'atmosphère nationale. — Voilà comment on conciliera la stabilité et le progrès, l'observance de la charte et l'amélioration de nos lois.

Je ne me laisserai donc point influencer par ceux qui crieront à satiété : A telle époque, vous vouliez de faibles amendes; à présent, vous en réclamez de plus fortes. Le principe est le même, c'est celui de la répression des délits de la presse. Alors une faible amende était suffisante. —Si l'exaltation révolutionnaire la rend insuffisante plus tard, il faut exiger l'amende plus forte, jusqu'à ce qu'elle ait atteint le taux où elle fera équilibre aux mauvaises passions du moment, et les domptera. Il en est de même pour toutes les pénalités. Cela est très-logique, loin d'être contradictoire.

Je sais qu'il est des utopistes qui croient que l'élévation des peines augmente la tendance de l'homme vers le crime. Et parce qu'ils ont vu dans des temps barbares, des châtiments barbares, ils en ont conclu que la barbarie des mœurs venait de la barbarie des châtiments. C'est tout le contraire qu'il fallait dire : car c'est la barbarie des mœurs qui produisait et nécessitait quelquefois la barbarie des châtiments, châtiments qui réagissaient à leur tour sur les mœurs, et les entretenaient dans leur férocité. Ce qui tient inévitablement à l'imperfection humaine.

Peu à peu, néanmoins, les mœurs s'adoucissent par le progrès de la civilisation; alors, la législation doit aussi s'adoucir. Mais croire que, dans un temps où des passions ardentes augmentent le nombre des crimes, il suffira d'adoucir les pénalités, pour que les crimes moins punis deviennent moins fréquents, c'est, je suis fâché de le dire, une cruelle absurdité. — Les théoriciens qui raisonnent ainsi, prennent constamment l'effet pour la cause.

Il faut que la législation soit toujours en harmonie avec les mœurs. Et quand des époques de révolution et de bouleversement soulèvent des passions violentes, ce n'est certainement pas en affaiblissant les barrières qui leur sont opposées, qu'on les empêchera de déborder sur l'ordre social et de le troubler par leurs fureurs.

Je crois donc que, dans les circonstances graves, demander que la pénalité prononcée contre les délits de la presse soit rendue plus sévère, c'est agir très-logiquement, très-humblement. C'est proportionner la législation à l'état actuel de la société.

Telle est la base que je donne à toute cette partie de la discussion, et tant que cette base ne sera pas ébranlée, je regarderai les objections de détail comme des sophismes sans importance.

Le principe véritable, celui que j'ai toujours invoqué, ce n'est point la liberté illimitée de la presse : — c'est la liberté de la presse, régie, comme toutes les facultés de l'homme en société, par des lois qui permettent l'usage, et qui punissent l'abus. L'injure, la calomnie, la sédition, la révolte contre les lois, les excitations au parjure, à l'assassinat, sont-ils des crimes, sont-ils des abus monstrueux des facultés humaines?.... Je ne crois pas qu'on puisse répondre négativement. Dès-lors, ces crimes, quand ils sont commis ou provoqués par la presse, doivent être réprimés par le châtiment de leur auteur; et comme la presse est un moyen tout spécial de commettre de tels attentats, il faut une législation particulière qui la réprime efficacement, car, je le répète, la grande route de la pensée ne peut être livrée aux déprédateurs de la pensée, pas plus que la grande route où les citoyens voyagent physiquement dans l'État, ne peut être abandonnée à la libre disposition des malfaiteurs.

Chaque fois que l'on proposera une législation contre les délits et les crimes de la presse, il faut s'attendre à voir les factions qui veulent le renversement de la monarchie, défendre la licence avec tout ce que l'exaspération de leur chute pourra leur inspirer de ressentiment et de violence. Mais il faut savoir se résoudre à cette lutte, pour établir l'ordre et la paix sur un triomphe définitif.

Le principal moyen employé par les opposants sera de crier à l'oppression de la presse, à la censure, à pis que la censure, aux ordonnances, aux lois exceptionnelles, au coup d'état!... Mais toutes ces déclamations n'en imposeront à personne. Tout le monde verra bien qu'il ne s'agit ni de censure, ni d'ordonnance, ni de coup d'état; que, loin d'opprimer la liberté, on rendra au pays sa sécurité, sa vraie liberté sans cesse compromise par les excès d'une minorité numériquement faible, mais bruyante dans ses manifestations, opiniâtre dans ses projets, sans limite morale, et sans remords des violences qu'elle croit nécessaire pour atteindre son but.

On s'étonne quelquefois du fracas que font certaines opinions au moyen de la presse, surtout quand on examine de près le petit nombre et le peu de consistance publique de leurs soutiens. Mais on cessera d'être étonné, si l'on fait une réflexion bien simple : c'est que vingt personnes qui crient, font plus de bruit que mille qui se taisent ; c'est que, dans une salle de spectacle où il y a trois ou quatre mille spectateurs qui voudraient assister paisiblement à la représentation d'un chef-d'œuvre, il suffit d'une douzaine de tapageurs pour mettre tout en émoi, détruire tout repos, toute tranquillité, opprimer à la fois les spectateurs, les acteurs, et quelquefois jusqu'à l'autorité elle-même.

Il en est ainsi dans le monde politique, quand une loi ferme et générale ne maintient pas les mauvaises passions dans les limites constitutionnelles ; lorsque, au lieu de garantir l'usage du droit, on tolère les usurpations de la licence. Du moment qu'une liberté quelconque sera illimitée, il n'y aura plus de liberté d'aucune espèce ; celle-là se détruira elle-même, et détruira les autres libertés.

On compare toujours les lois présentées pour réprimer la licence de la presse, aux lois de censure, aux coups d'état !.... Mais la nation verra bien le contraire. La censure violente et arbitraire, qui au lieu de ciseaux emploie les injures, les menaces, la calomnie, les provocations au renversement de la constitution, c'est dans la licence des journaux qu'elle établit son empire et qu'elle choisit ses moyens d'action. Le coup d'état dont on est alors menacé, c'est cette licence effrénée qui l'offre chaque jour en perspective, et les lois présentées contre cette puissance arbitraire et sans frein, sont la seule garantie de l'ordre et de la liberté des citoyens.

Dans les moments de crises sociales où l'action de la presse révolutionnaire est surtout à redouter, les lois présentées devront être sévères; il faut qu'elles le soient. Ce n'est que l'idée bien claire, bien distincte, bien complète que les factions concevront de cette sévérité des lois, qui rendra la législation efficace. Si l'on fait la faute de rassurer d'avance ceux que ces lois doivent atteindre, ils se moqueront des lois et continueront leurs prêches incendiaires. Si on met la sévérité dans le principe de la loi et l'indulgence dans l'exécution, l'exécution tuera la loi, et l'impunité continuera à dresser sa tête hideuse et triomphante sur les ruines de la patrie. Il est nécessaire, en pareil cas, que l'on ne craigne pas de donner trop de force au gouvernement; on doit trembler bien plutôt de ne pas lui en donner assez, ou qu'il ne soit trop porté à en adoucir l'usage. Au lieu d'affaiblir les lois et les mesures, il est indispensable de laisser plutôt trop de latitude au pouvoir, que de courir le risque de l'énerver.

CHAPITRE II.

Des Dispositions préventives contre la Presse. Du Cautionnement des Journaux.

—

Le gouvernement doit être en possession d'un système répressif assez fortement constitué pour faire équilibre aux passions qui se sont emparées de la société, et qui ne pourront être refoulées dans de justes bornes que par l'attitude imposante de la loi qui les surveillera.

Le gouvernement doit avoir les moyens d'exercer une répression forte, redoutable.

Il faut qu'il soit investi d'une puissance telle, qu'il puisse empêcher toutes les trames anarchiques, cent fois recommencées contre le repos de l'État et la sécurité du pays.

Il faut, en un mot, établir sa suprématie sur les factions : en cela, tout ce que le pays compte de bons citoyens lui doit un appui ferme et décidé.

Mais on doit bien prendre garde de vicier le principe qui doit diriger le gouvernement, et de substituer dans les lois sur la presse l'action préventive du pouvoir, à son action répressive. Dès ce moment, ce n'est plus la licence qui est atteinte, c'est la liberté ; ce n'est plus l'abus, c'est l'usage ; ce n'est plus l'usurpation, c'est le droit. On ne consacre pas seulement pour le pouvoir la faculté de punir les écrits dangereux ; on lui donne la mission d'empêcher qu'on imprime ni mal ni bien. C'est là que tend inévitablement l'énorme élévation du cautionnement des journaux qui n'est, en effet, qu'une taxe portant sur quatre feuilles de papier blanc.

Ce serait manquer à tous les principes, que de ne point combattre la censure et le taux immodéré des cautionnements, parce qu'ils constituent la prohibition légale de la liberté de la presse. Je n'approuverai point aujourd'hui, ce que j'ai blâmé jadis. Toujours punition pour ceux qui abusent des lois du pays contre le pays; jamais d'entraves pour ceux qui ne veulent en user que dans l'intérêt de la liberté constitutionnelle.

La sévérité de certaines dispositions répressives n'est rien en comparaison de ces rigueurs préventives; il y a beaucoup moins d'inconvénients à réprimer même fortement, même un peu au-delà de ce que comporte quelquefois la nature d'un délit, qu'à empêcher, si peu que ce soit, l'exercice régulier d'un droit incontestable. La raison de ceci gît dans la nature même des deux systèmes. La répression n'atteint que ceux qui veulent bien s'exposer à ses coups; elle a indiqué d'avance les limites qu'on ne pourra franchir; elle a proclamé d'avance le sort qu'elle réserve aux délinquants : ce n'est donc qu'à bon escient, ce n'est donc qu'avec l'intention bien arrêtée d'enfreindre les dispositions de la loi, que l'on encourt ses rigueurs.

La prévention, au contraire, atteint tout le monde, aussi bien ceux qui sont décidés à respecter les bornes prescrites que ceux qui sont décidés à les outrepasser. La prévention est donc, dans presque tous ses modes, essentiellement injuste et despotique : c'est une législation aveugle et sceptique qui semble n'être établie que pour ne savoir jamais discerner le mal du bien, qui fait peser sur tous les droits de l'humanité le niveau d'une égalité aussi absurde qu'immorale.

Ainsi, comme principe, l'élévation des cautionnements

me paraît blâmable. Je vois dans l'élévation des cautionnements une atteinte à la faculté de publier les opinions qui veulent se conformer aux lois : ici donc, c'est la liberté même qui est blessée. Or, je veux que la liberté reste intacte; que la licence seule soit punie.

On a dit que l'élévation des cautionnements était une conséquence nécessaire de l'élévation du maximum des amendes; qu'il fallait que le cautionnement fît équilibre à ce maximum, sans quoi le gouvernement serait sans garantie, et la loi, dépourvue de sanction pénale, deviendrait illusoire. Cette objection n'est pas sérieuse. Si un journal se met dans le cas d'encourir le maximum de l'amende, il arrivera de ces deux choses l'une : ou bien le journal ne voudra pas, pour ce premier coup, se retirer de la lice, ou bien il désertera ses opinions; dans le premier cas, il paiera pour vivre encore; dans le second, il succombera, et le cautionnement sera toujours un à-compte sur l'amende à payer. Comme pour toutes les dettes possibles, il y aurait ensuite prise de corps; on pourrait pourvoir de plus, par quelques dispositions spéciales, à ce que la solidarité pécuniaire fût étendue du gérant à toute l'administration du journal, et, enfin, à ce que les mêmes personnes ne pussent fonder une autre feuille, quelle que fût d'ailleurs la simulation à laquelle elles auraient recours, avant parfait paiement de l'amende encourue sous l'ancienne forme sociale. De cette façon, la loi aurait certainement sa sanction, et personne ne se plaindrait qu'elle fût trop illusoire; de cette façon aussi, le but du législateur serait réellement atteint, car ce que veut, ce que doit vouloir le législateur, ce n'est pas précisément que l'argent des ennemis avoués du pouvoir vienne faire recette au

trésor, mais bien plutôt que leur dangereuse et inconsti-
tutionnelle hostilité s'éteigne dans le pays. L'amende,
quelque élevée qu'elle soit, n'est jamais le but; elle n'est
que le moyen.

Les nécessités impérieuses de la répression contre les
excès peuvent donc s'accomplir sans que l'intégrité du droit
soit endommagée. Les scandales de la licence peuvent donc
être rigoureusement frappés, sans que la liberté ait à en
gémir. Il n'y a, par conséquent, aucune raison de maintenir les lois des rigueurs préventives contre la presse.

CHAPITRE III.

Du Timbre des Journaux.

Je suis partisan dévoué de la liberté de la presse. Je
veux à la fois tout ce qui peut favoriser la liberté de la
presse, et tout ce qui peut en réprimer les excès.

Je veux même tout ce qui peut servir de prévention
morale contre ces excès; c'est-à-dire, qu'en repoussant
tout système de prévention légale, toute sorte de censure
préventive, si déguisée qu'on voulût la faire, j'admets tous
les moyens qui peuvent librement influer sur les mœurs
politiques, et prévenir les excès de la presse par l'amélioration de ces mœurs politiques elles-mêmes.

C'est pour cela que j'ai conseillé la règle positive de
n'admettre que des publications signées par leurs auteurs.
On donnerait ainsi à chaque citoyen sa conscience privée
pour censure préalable, et la conscience publique pour

censure répressive. — C'est le plus grand pas que puisse faire la liberté de la presse. Si nous nous accoutumons à ce régime, l'action répressive des tribunaux finira par devenir superflue en matière de presse; ce qui est d'autant plus à désirer, que jusque-là les tribunaux sont évidemment impuissants.

Agissant toujours d'après les mêmes principes, je vais traiter la question du timbre des journaux.

Je regarde cette condition fiscale de nos lois comme éminemment fâcheuse, — parce qu'elle opprime la liberté de la presse, sans prévenir ni réprimer ses excès.

Sans réprimer, la chose est bien claire d'abord; car le papier des journaux est timbré avant que le journal soit imprimé. Le timbre, comme mesure législative, est donc évidemment préventif.

Que prévient-il ?... Il prévient l'impression de toute pensée bonne ou mauvaise, quand le cerveau humain qui aura conçu cette pensée ne sera pas possesseur d'une quantité prescrite d'écus, passeport obligé qu'on impose à l'intelligence sociale, et sans lequel il lui est défendu d'éclore et de circuler.

Ce passeport coûte un peu plus cher que celui qu'on délivre dans nos mairies pour voyager sur la grand'route; encore le passeport des voyageurs est délivré d'après des formalités et des garanties morales. Le passeport du timbre, donné à la pensée, n'exige qu'une somme d'argent. Quiconque paie a droit d'imprimer. Quiconque ne peut payer est obligé de se taire. — Voilà la loi.

Il est bon d'en connaître le tarif.

En prenant le format ordinaire pour exemple, chaque feuille paie cinq centimes de timbre.

Ajoutez-y quatre centimes de port pour chaque numéro qui sort du département, vous verrez que cela fait, par année, 32 fr. 20 c. par numéro, soit 32,200 fr. par an pour chaque millier d'exemplaires. Ainsi, admettez un journal tiré à deux mille exemplaires, cela fera un impôt de 65,000 fr. environ sur cette émission de la pensée humaine (1).

Or, est-ce là la liberté de la presse? Est-ce là l'égalité des droits? Faut-il que le droit d'exprimer publiquement sa pensée soit soumis à de si choquantes inégalités? A-t-on jamais donné à l'argent sur l'intelligence une aussi révoltante suprématie?

Les penseurs étroits qui soutiennent un pareil système croient qu'en empêchant ainsi une plus grande émission de journaux, ils préviennent le mal que ces journaux pourraient produire. — Mais rien n'est plus inconséquent. Si on empêche ainsi le mal, on empêche aussi le bien. Toute la question est donc de savoir si la publicité accordée à l'intelligence humaine fait plus de mal que de bien. Or, M. Royer-Collard l'a dit, avec sa voix haute et sévère : « Supposer que l'intelligence humaine produit plus de mal que de bien, c'est nier la divinité elle-même, qui ne peut l'avoir produite pour un tel résultat, sans se donner à elle-même le plus sanglant démenti. »

---

(1) On dira que le port est dû comme remboursement des frais que fait l'administration des postes. — Mais, en outre des frais, il y a le monopole du bénéfice de cet établissement. Or, un gouvernement devrait-il prélever ce monopole lucratif sur la pensée elle-même?... Sur les affaires, passe. Dans le département, le port est moins élevé ; dans la ville même, il n'y en a pas.

Remarquez que si le timbre était diminué, l'émission des journaux devenant plus considérable, le fisc ferait au moins la même recette.

S'il était vrai que la publicité fît plus de mal que de bien, ce ne serait pas un motif pour chercher à la châtier aveuglément par une oppression purement fiscale; ce serait un motif pour détruire complètement la faculté pernicieuse de répandre au dehors la pensée humaine, et si l'on ne pouvait anéantir l'imprimerie, faudrait-il au moins rétablir la censure; car, plus ou moins, la censure est toujours au fond de toute mesure semblable. Seulement, la censure de l'argent sur l'homme est encore plus aveugle que la censure de l'homme sur l'homme. Dans la première, tout est brute et matériel; dans la seconde, il y a encore une lueur d'intelligence et de spiritualité.

La censure qui résulte du timbre est un obstacle qui, selon moi, est essentiellement contraire au régime représentatif, au régime de véritable publicité sous lequel nous devons vivre. Le gouvernement n'y gagne rien. Qu'on lise la masse des publications quotidiennes, et l'on verra si la liberté entière produirait plus d'excès que nous n'en éprouvons sous le régime actuel?—Je pense tout le contraire. Je pense que le nombre des bonnes publications prédominerait les mauvaises. Je pense que la raison publique ferait promptement justice des mauvais citoyens qui profiteraient de cette latitude libérale des lois, pour s'enfoncer davantage encore dans la mauvaise voie où ils sont entrés; et je crois fermement que les écrits sages, nerveux, raisonnés, librement émis et librement lus, produiraient, dans l'ensemble de la société, un effet puissant et salutaire qui affermirait graduellement les mœurs politiques de la nation.

CHAPITRE IV.

Des Tribunaux qui doivent connaître des délits et de la répression de ces délits de la Presse (1).

—

On a proposé de confier aux grands corps judiciaires la juridiction des délits de la presse, ou de créer un jury spécial, choisi sur la liste générale. Je n'approuve pas la première opinion. J'entends la seconde dans un sens tout autre que celui qu'on lui a donné jusqu'à ce moment : cela va s'expliquer.

Je pense que la connaissance des délits de la presse doit être conservée au jury. La charte d'ailleurs l'exige. En France, je crois que toutes les fois qu'il y a des assises, le jury ordinaire de ces assises doit juger les écrivains accusés comme tout autre classe de prévenus. Mais on verra qu'il est des moments où, faute d'assises permanentes, il faudrait, pour la promptitude du jugement, avoir un jury, non pas spécial, mais formé au contraire comme tout autre jury, et désigné d'avance, afin de pouvoir juger, dans l'intervalle des sessions, les écrivains accusés, sans leur faire attendre, quelquefois trop long-temps, la session encore éloignée des assises ordinaires. Cela serait très-sensible dans le cas par exemple où les écrivains auraient été arrêtés.

Je crois donc que le jury doit être conservé pour juridiction à la presse, mais avec deux modifications essentielles :

1° La majorité remise à 7 voix contre 5 ;

2° Le secret des votes dans le jury.

(1) Les chapitres IV, V et VI ont été écrits en 1835 avant l'adoption des lois de septembre.

Sur le premier point, je serai bref : la conscience publique le comprend : c'est un cri unanime. Les lois ne peuvent autoriser exceptionnellement, pour le jury seul, le droit usurpateur de la minorité sur la majorité, lorsque dans tous nos corps législatifs, administratifs ou judiciaires, c'est la majorité qui décide. Dans un temps agité comme celui où nous sommes, la législation qui met la majorité à 8 contre 4, donne aux coupables des chances trop évidentes d'être acquittés.

Mais je ne voudrais pas que l'on rétablît dans le cas de majorité de 7 contre 5, la nécessité de faire délibérer la cour. L'inconséquence de ce mode de jugement, maintenant que les cours d'assises ne sont composées que de trois magistrats, est encore bien plus évidente que lorsqu'il y avait cinq conseillers.

Effectivement, supposez que le jury ait été partagé ainsi, 7 voix pour la condamnation, 5 voix pour l'acquittement. Si vous faites délibérer la cour, et que la majorité, qui est de 2, se réunisse à la minorité du jury qui est de 5, vous aurez 7 voix pour l'acquittement, et la minorité de la cour, qui n'est que 1, se joignant à la majorité du jury, la porte à 8, ce qui assurera la condamnation.

Or, voyez l'inconséquence. La majorité simple du jury ne vous semblerait pas suffisante pour condamner, et en y joignant la minorité de la cour (qui en soi est une sentence d'acquittement, puisque la majorité de la cour se prononce en faveur de l'accusé), cette sentence d'acquittement donne à la majorité simple du jury la force morale et nécessaire pour condamner, force que cette majorité n'aurait pas eue par elle-même !... Jamais on n'aurait vu un contre-sens plus évident.

Si, pour éviter ce contre-sens, on maintient le système de la loi du 24 mai 1821, la majorité des juges, jointe à la minorité des jurés, acquittera : mais alors on retombera dans l'inconvénient qu'on veut éviter, puisque 7 voix acquittent, malgré 8 qui seront pour la condamnation.

Il faut donc que la majorité de 7 voix contre 5 fasse sentence de condamnation sur le point de fait, sauf au juge d'appliquer la loi (1). — Nouveau point de vue que j'examinerai dans le chapitre suivant, et où il y a aussi d'importants changements à opérer.

Je ne serai pas long non plus sur le secret des votes dans le jury. Tout le monde en comprend la nécessité. Tout le monde sent dans quelle position est un juré, père de famille, chef d'industrie, qui, dans un pays agité de convulsions, est menacé de voir brûler sa maison, tuer sa femme, ses enfants, ruiner ses établissements, par la faction à laquelle appartient le criminel qu'il aura condamné. C'est à cette dépendance fatale que nous avons dû les acquittements les plus scandaleux. Le secret du vote portera remède à ce vice de notre position, et compensera la faiblesse de nos mœurs publiques.

Ici, les gens qui croient que la liberté des peuples ressort de l'atonie de l'autorité publique, ainsi que les esprits superficiels, vont nous accuser d'une contradiction choquante. Quoi! s'écrieront-ils, vous demandez la publicité pour le nom des écrivains, vous voulez qu'ils signent leurs articles dans les journaux, ce qui les exposera aux ressentiments des partis contraires, et vous voulez le vote secret

---

(1) Il n'y aurait qu'une exception à faire, celle où les trois magistrats composant la cour se réuniraient à la minorité du jury.—Alors il y aurait acquittement.

pour les jurés, afin de les mettre à l'abri de ces ressentiments? Peut-on voir rien de plus contradictoire, de plus
partial, de plus injuste?

Point du tout, Messieurs, rien n'est au contraire plus
conséquent; rien n'est plus juste. Quand vous vous faites
écrivains, journalistes, régents de l'opinion publique, personne ne vous y oblige, aucune loi ne vous y contraint.
C'est votre plaisir, votre volonté, votre intérêt, votre disposition d'esprit bien libre et bien individuelle qui vous
y décide. Si les inconvénients de la profession vous effraient,
ne l'exercez pas. Quel droit auriez-vous d'exiger de la fermeté dans les autres, si vous en manquiez vous-mêmes?
—Mais il n'en est pas ainsi des jurés. C'est la loi qui leur
impose l'obligation de juger, c'est une magistrature qu'elle
leur confère, et qu'ils sont contraints d'accepter. Elle va
les chercher par la main, elle les conduit sur l'estrade, elle
les place sur leur siége, et leur dit : —Tu jugeras! —Dès-
lors la loi contracte l'obligation de les garantir contre les
dangers de la charge qu'elle les force d'exercer. Elle ne
peut moralement les exposer et les laisser sans garantie,
ou bien, il en résultera que si elle manque aux jurés, les
jurés lui manqueront. Les jurés ne garantiront pas l'État
des périls qui le menacent, si l'État les expose à un péril
qu'ils n'ont point cherché, et n'emploie pas tous les moyens
que la loi peut fournir pour les en garantir.

Je n'insisterai pas sur ce point. L'évidence est de nature à frapper tous les esprits.

Voyez dans nos colléges électoraux, le secret est la première de toutes les conditions, et en Angleterre le scrutin
secret est la plus importante réforme que les publicistes
les plus libéraux sollicitent, et ont en effet raison de sol-

liciter. — Et tout cela basé sur l'importante distinction que je viens de développer, car les fonctions électorales sont la première des magistratures politiques : et quoique la loi n'attache pas de peines matérielles à leurs désertions, elle impose à tous les titulaires l'obligation morale de les exercer.

CHAPITRE V.

Continuation du même sujet.

Dans le précédent chapitre, nous avons posé deux principes qui demandent de nouveaux éclaircissements.

Nous avons dit que la majorité du jury devait être rétablie à sept voix contre cinq, faisant sentence de condamnation. Mais nous ne nous sommes pas expliqué sur le jury relativement aux crimes ordinaires qui ne sont pas commis par la voix de la presse. On pourrait voir une contradiction dans la loi qui laisserait pour les crimes ordinaires la majorité à huit contre quatre, lorsque pour la presse on la réduirait à sept contre cinq.

Il y a entre les deux cas une différence fondamentale qui pourrait justifier cette anomalie apparente, — sur laquelle, au surplus, je ne m'explique pas définitivement, car il serait fort possible que, pour les crimes politiques, autres que ceux de la presse, le jury dût aussi être remis à sept contre cinq. Cela nécessite un examen particulier. Je ne veux pas le jeter incidemment ici.

Quoi qu'il en soit, les raisons qui, pour les crimes ordinaires pourraient faire maintenir la majorité à huit contre quatre, sont celles-ci :

Dans les crimes ordinaires, le corps du délit doit être constant ; mais il n'est pas constant, il n'est pas certain, il n'est pas démontré que le prévenu soit l'auteur du fait incriminé.

Dans le cas où il n'avoue pas être l'auteur, il faut donc que cette circonstance capitale, base indispensable à toute sentence de condamnation, soit démontrée au jury par des inductions, par des raisonnements, par des témoignages, qui quelquefois sont compliqués, obscurcis par mille détours ou circonstances incidentes.

Le verdict du jury, qui doit être la certitude pour la loi, n'est donc alors que le résultat de probabilités portées, je le veux, au plus haut degré ; mais comme il y a dans les événements humains, des rencontres fortuites qui produisent quelquefois des probabilités qui ressemblent à la certitude, et cependant sont contraires à la réalité des faits, on conçoit que, pour protéger le prévenu contre cette malheureuse et injuste chance, la loi stipule une majorité plus forte, parce qu'alors cette majorité qui le condamne, plus elle est forte, plus elle porte la probabilité près de la certitude. — En Angleterre, on exige l'unanimité, soit pour condamner, soit pour absoudre. Mais il faut que quelque chose de particulier dans le tempérament ou dans les mœurs anglaises modifie l'inconséquence de cette exigeance contradictoire ; l'unanimité consciencieuse, pour ou contre, est très-rare. Et quand elle n'existe pas, c'est simplement le parti le plus entêté qui force l'autre à céder, et à condamner ou absoudre contre sa conscience ; ce qui ne me paraît ni moral, ni juste. Probablement, les jurés convien-

nent le plus souvent que la minorité cédera à la majorité,
et se réunira à elle; et dès-lors on voit que l'unanimité
est ou factice ou mensongère.

Mais dans les délits de la presse, aucun de ces motifs
n'est applicable. Là, il n'y a ni incertitude, ni probabilité, sur la question de savoir si le prévenu est l'auteur
du fait incriminé. Ce point, sur lequel porte le débat dans
la poursuite des crimes ordinaires, n'est même pas discuté dans les poursuites contre la presse. Le fait incriminé est certain, c'est le livre ou l'article de journal qui
est poursuivi; l'auteur du fait est certain, puisque l'auteur
de l'article, ou le gérant qui en prend la responsabilité, est
présent, avoue la rédaction de l'article, et s'en rend l'auteur aux yeux de la loi. Il n'y a donc plus aucun doute
à éclaircir, il n'y a plus de probabilités à consulter, l'accusé n'a plus à craindre qu'une rencontre de circonstances
fortuites lui fasse attribuer un acte qu'il n'a pas commis.
Il n'a pas besoin par conséquent que, contre cette chance
malheureuse, la loi lui donne pour garantie la nécessité
d'une plus forte majorité pour constater le point de fait.

On voit donc qu'il y a dans les deux cas une différence
fondamentale. Il y en a encore une autre également forte.

Un verdict d'absolution dans les crimes ordinaires, si
le coupable est acquitté, ne court pas le risque de corrompre la morale publique. Un homme prévenu d'assassinat est acquitté, mais le fait de l'assassinat n'est pas glo-
rifié par l'acquittement. On ne dit point qu'avoir assassiné une créature humaine, n'est pas un crime; on dit
seulement : — Il n'est pas prouvé que le prévenu soit celui qui a assassiné. — D'où il résulte que l'acte lui-même
reste flétri, et que tout homme tenté d'en commettre un

semblable peut toujours dire : Si je commets un assassinat et qu'il y ait preuve, je serai puni.

Mais quand un écrit coupable d'excitation au meurtre
est acquitté, il est bien certain que ce n'est pas l'auteur
de l'écrit qui est renvoyé de l'accusation faute de preuve,
puisqu'il est reconnu, en fait, que l'écrit est son ouvrage ;
c'est l'écrit lui-même qui est innocenté ; ce sont les maximes infâmes contenues dans l'écrit qui seront sanctionnées
par le verdict légal ; c'est un germe de corruption que la
loi, par l'organe du jury, répand dans la société. Voyez
aussi quel parti les factions absolutistes et républicaines
se sont empressé de tirer des verdicts d'acquittement
qu'elles ont parfois obtenus des combinaisons fausses de
la loi, et des violences exercées moralement sur les jurés.
—Dans de pareilles circonstances, n'est-ce pas une grande
faute que de ne pas regarder une majorité de 7 contre 5
(qui est plus forte que la simple majorité absolue, puisqu'au lieu d'une voix, elle est de deux, ce qui provient
du nombre pair des jurés), n'est-ce pas une grande faute,
dis-je, de ne pas regarder cette majorité comme une déclaration suffisante de la culpabilité ?....

Dans les crimes ordinaires, d'ailleurs, les partis, les
factions ne menacent point les jurés, ne violentent pas
leur volonté en faveur de l'accusé. Loin de là : un simple
assassin, un parricide, un incendiaire, aura contre lui
toutes les opinions. On est presqu'excité, par l'horreur du
crime, à croire l'accusé coupable, avant d'avoir bien exa-
miné le fond des choses. On est sous le poids d'une prévention contre l'accusé : il faut donc lui accorder une garantie contre cette disposition des esprits. Dans les délits
de la presse, c'est tout le contraire : les opinions hostiles

au gouvernement se coalisent dans le jury comme dans les collèges électoraux, comme partout dans le monde. Attaquer le pouvoir établi, ce n'est point un crime aux yeux des adversaires de ce pouvoir; au lieu de condamner le coupable, ils l'approuvent et votent pour lui! Et, dans une pareille situation, on donnerait une nouvelle garantie, non pas à un prévenu, contre l'erreur qui pourrait lui imputer un acte dont il ne serait pas l'auteur, mais à un prévenu qui certainement est l'auteur de l'écrit poursuivi, acte qui a déjà en sa faveur toutes les passions hostiles au gouvernement! De sorte que non content des chances fatales qui sortent malheureusement de l'état des factions, on voudrait en ajouter, en inventer, en combiner de nouvelles, tout exprès pour assurer de plus en plus l'impunité des publications dirigées contre le gouvernement! On voudrait donner aux minorités coalisées le droit légal d'anéantir la décision de la majorité, encore numériquement plus forte que la réunion des deux minorités?... Mais ce serait alors un parti définitivement pris de détruire le gouvernement lui-même!

Cette question me paraît suffisamment éclaircie. Nous allons en traiter une également importante.

Pour que la répression d'un délit de la presse soit efficace, il faut qu'elle soit prompte.

Un journal calomniera le gouvernement, profitera d'une circonstance actuelle pour exciter à la révolte, à la guerre civile; ce n'est pas six mois après, que ce délit doit être jugé. Alors les circonstances sont passées, sa provocation peut avoir porté des fruits funestes, il peut l'avoir réitérée dans l'intervalle. Ou bien, la tranquillité est tout-à-fait rétablie. On est oublieux en notre temps; à peine on se souvient de quoi il est question. Le procès semble une vieillerie de l'autre monde, un anachronisme de rancune. On n'y comprend plus rien.

Pour éviter cet inconvénient, la loi française a donné au procureur-général le droit de citer directement le prévenu sans instruction préalable. — On conçoit que ce droit n'est point abus. L'instruction judiciaire, les interrogatoires, les auditions de témoins, tout cela est utile dans les causes ordinaires où il faut découvrir l'auteur du fait incriminé. Mais ici le fait étant constant, l'auteur du fait étant connu, le corps du délit étant le journal lui-même, à l'appui duquel et contre lequel il n'y a guère de témoignages à invoquer, on conçoit que le prévenu puisse être cité directement devant la cour d'assises, devant les jurés. Cela est simple et naturel.

Mais cette disposition de la loi de France n'est guère exécutable qu'à Paris.

Voici pourquoi :

Pour citer directement le journalisme devant une cour d'assises, il faut d'abord qu'il y ait une cour d'assises constituée.

A Paris, la cour d'assises est à peu près permanente, puisqu'elle tient deux sessions par mois.

Mais à Bordeaux, par exemple, il n'en est point ainsi. Il n'y a de sessions de la cour d'assises que tous les trois mois.

On peut bien, dans l'intervalle, convoquer des assises extraordinaires, s'il y a un nombre d'affaires tel que l'on sente l'insuffisance de la session ordinaire pour les juger toutes.

Mais on n'a point songé à convoquer les assises extraordinaires pour une ou deux causes de la presse qu'il y aurait à juger.

Alors elles vont souvent à trois mois.

Si l'accusé fait défaut, il faut attendre les assises prochaines, et voilà la cause retardée à six mois. C'est déjà une longue impunité, si l'accusé est libre; ce serait déjà un long châtiment, si l'accusé était emprisonné. Dans l'un ou dans l'autre cas, c'est un grand vice de la législation.

A cet état de choses, voici le remède que je verrais : je le soumets aux réflexions des jurisconsultes et de tous les citoyens impartiaux.

En même temps qu'on prendrait sur la liste générale du jury les jurés désignés pour la session ordinaire des assises, on formerait un autre jury, pris également sur la liste générale et d'après les mêmes règles; ce jury serait chargé du service éventuel des assises qui pourraient être extraordinairement convoquées, durant l'intervalle des sessions, pour les délits de la presse.

Alors, quand un délit de la presse serait commis pendant une session ordinaire, ou peu de jours avant, le procureur-général citerait directement devant cette session des assises.

Quand le délit serait commis dans l'intervalle des assises ordinaires, le procureur-général citerait directement devant une cour d'assises convoquée *ad hoc* : elle serait formée du jury désigné à cet effet, présidée par un président de la cour royale et deux conseillers que le ministre désignerait d'avance à cet effet, et le jugement pourrait avoir lieu immédiatement.

J'ajoute même, qu'il serait bien de donner au procureur-général, quand il cite directement, ou à la chambre

d'accusation, quand elle renvoie le prévenu devant la cour
d'assises, le droit d'évoquer l'affaire devant telle cour d'assises qui serait jugée convenable dans l'étendue du ressort
de la cour royale. Ce serait le complément et le moyen
d'exécution de la modification proposée, parce qu'alors il
ne serait pas nécessaire de réunir de si fréquentes cours
d'assises pour cet objet. — Il arriverait même alors que
les jurés présenteraient une nouvelle garantie d'impartialité, ainsi que dans les cas où, sous la législation actuelle,
la cour de cassation, par réglement de juges, évite les
haines locales, et l'empire des ressentiments ou craintes
particulières. On sent qu'un écrivain de Périgueux, par
exemple, jugé à Bordeaux, sera toujours jugé plus im-
partialement que sur les lieux mêmes, et réciproquement.

Je soumets cet aperçu à l'opinion publique. Je crois que
les droits de la société et ceux des écrivains seraient également respectés par cette voie de procéder, et que l'on
n'aurait plus à craindre, ou une longue détention provisoire que nos lois autorisent, ou une longue impunité que
l'état actuel de notre législation autorise également.

Relativement aux amendes ou à la peine de récidive,
il y a bien des réflexions à faire, mais préalablement il
y a un point à examiner.

Les circonstances atténuantes, établies par notre législation actuelle, ne sont soumises à la décision du jury
que pour les crimes; d'où il résulte que pour ceux des
actes de la presse, qui sont qualifiés *délits*, le jury n'a
point à s'occuper des circonstances atténuantes, et que la
loi n'en admet pas.

Cependant, en certains cas, les magistrats qui tiennent
les assises, et qui, relativement à ces délits, jugent cor-

rectionnellement, ont la faculté d'apprécier eux-mêmes les circonstances atténuantes. Ce droit résulte de l'article 463 du code pénal; l'article 14 de la loi du 25 mars 1822 le reconnaît positivement.

Or, ne serait-ce pas une contradiction d'avoir supprimé au jury le droit de déclarer les circonstances atténuantes, qui font partie du point de fait, et de laisser subsister cette faculté entre les mains des juges, qui ne doivent connaître que du point de droit, de l'application de la loi au fait, tel qu'il est caractérisé par le jury? Les circonstances atténuantes ne sont-elles pas une des nuances, une des modifications du fait lui-même? Je conçois bien que les juges en connaissent lorsque, prononçant sans le concours du jury, ils sont à la fois juges et jurés, lorsqu'ils jugent le fait et le droit. Mais lorsque la loi a ôté au jury la déclaration des circonstances atténuantes, elle ne peut, sans contradiction, laisser aux juges, pour ce même cas, le droit de prononcer en vertu de circonstances atténuantes.

Or, pourquoi la loi a-t-elle décidé que, pour les délits de la presse, il n'y aurait pas lieu à la déclaration du jury sur les circonstances atténuantes? C'est que réellement, pour un tel genre de délit, il n'y a pas de circonstances atténuantes. Il existe ou il n'existe pas. L'écrit est un libelle ou n'en est pas un; il est innocent ou il est coupable. Toute la différence qui peut exister entre son plus ou moins de culpabilité, doit être représentée par la latitude discrétionnaire laissée au juge entre le minimum et le maximum de la peine établie par la loi.

Or, si les circonstances atténuantes n'existent pas pour le jury, elles n'existent pas davantage pour le juge.

Je crois donc que, dans l'application des lois aux délits

de la presse conformément au verdict du jury, la faculté
accordée aux juges par l'article 463 du code pénal, doit
être supprimée, et que tout doit se borner au choix que
le juge peut faire depuis le minimum jusqu'au maximum.

CHAPITRE VI.

Continuation du même sujet.

Il résulte des principes que j'ai déjà émis, que les pénalités qui doivent atteindre les délits et les crimes commis par la presse, doivent varier suivant le temps, les
lieux et les mœurs des peuples.

L'application exige des données statistiques, des appré-
ciations de fait que chaque gouvernement doit posséder.
Quand on réforme les lois de presse, c'est principalement le
minimun des peines qu'il faut augmenter. Quant au
maximum, l'Angleterre donne un exemple auquel il faut
réfléchir, car je crois que chez elle, le maximum des peines
pécuniaires contre les attentats commis au moyen de la
presse, est indéfini; c'est la puissance discrétionnaire ou
arbitrale du juge qui le fixe.

Si on élève le maximun des amendes à un taux très-
fort, certainement ce sera une augmentation de répression,
et je ne doute pas que cette perspective ne retienne beaucoup de journaux dans les bornes de la modération. Entreprise de spéculation pour la plupart, fait honteux à
dire, mais que je dis parce qu'il est connu de tout
le monde,— les journaux sentiront que c'est une triste

spéculation que de se ruiner pécuniairement, en même temps qu'ils exciteraient contre eux l'indignation publique.

Cependant on s'accoutume à tout. Ce chiffre élevé pour les amendes paraîtra chaque jour moins redoutable ; on se familiarisera avec lui. Un article un peu trop fort aura passé inaperçu, on en hasardera un qui sera plus fort encore, comptant sur la même indulgence, et, peu à peu, cette amende fixée à un taux élevé, mais cependant borné, ne sera plus qu'un épouvantail sans effet. — Mais, ce à quoi on ne s'accoutume que très-difficilement, c'est une éventualité de peine indéfinie. Quoiqu'alors on punisse peu le coupable, il craint toujours d'être fortement puni. Si l'amende n'est pas fixée dans son maximum, il y a beaucoup à parier que les magistrats feront, dans les premiers procès qui se présenteront, ce qu'ils feraient au reste si le maximum était fixé à un chiffre élevé ; ils ne l'atteindront pas et ils prononceront des amendes modérées, qui s'élèveront successivement, si les délits de la presse continuent avec la même intensité. Mais vienne quelque grande occasion, quelque moment de calamité publique, où les factions voudront faire un grand effort pour en finir ; croyez-vous que le maximum de l'amende, même à cinquante mille francs, les arrêtera ? Croyez-vous que cette peine limitée les retiendra autant qu'une pénalité indéfinie, qui, pour ce cas suprême et terrible, leur montrerait une éventualité sans bornes, extensives comme les périls dont les factions menaceraient l'État ?.... Quant à moi, je ne le crois pas, et c'est précisément pour ces circonstances décisives que je voudrais voir calculer l'économie de la loi : d'autant que le maximum étant élevé, et le juge pouvant graduer l'amende au-dessus du minimum, proportionnellement aux circonstances du crime, et au caractère de provocation qu'il aurait relativement à l'époque où il serait commis, la loi pourvoirait parfaitement aux besoins ordinaires, tout en ayant en réserve une arme dernière contre les grandes catastrophes politiques.

Relativement à l'interdiction portée contre le gérant responsable condamné, de continuer à remplir l'office de gérant, si on ne la prononçait pas pour un délit léger et commis pour la première fois, il faudrait au moins en faire une condition aggravante de la peine attachée aux délits principaux, ou la récidive, Un avocat interdit ne plaide pas, un prêtre interdit ne prêche pas, un magistrat interdit ne juge pas. Pourquoi le gérant, condamné comme coupable, jouirait-il de plus grands priviléges que l'avocat, que le prêtre, que le magistrat, surtout si le journal dont il répond a été condamné pour quelque grave délit, pour quelque crime capital? Surtout s'il s'est rendu coupable de récidive? Evidemment, la loi ne peut plus lui reconnaître un caractère moral suffisant pour une responsabilité dont, par le fait, il s'est déjà montré incapable ou indigne.

Les manifestations insultantes pour la loi et pour la magistrature devraient aussi être interdites. Les souscriptions pour concourir au paiement des amendes, par exemple sont une dérision contre la justice, contre ses arrêts, contre la loi? Les signatures *d'un républicain, d'un ennemi du roi*, et mille autres plus hostiles, publiées dans les journaux condamnés, et jointes à ces souscriptions, sont des insultes pour la monarchie constitutionnelle, pour le roi, pour les chambres, pour la loi fondamentale du pays ?... On doit donc défendre aux journaux, sous les peines les plus sévères, la publication de pareilles souscriptions? Rien ne serait plus facile. On n'aurait qu'à décider que l'amende ainsi acquittée par eux, serait doublée, *ipso facto* ; — les cours d'assises, en prononçant la condamnation, avertiraient le gérant condamné de cette aggravation éventuelle prononcée contre lui. L'arrêt en contiendrait la spécification, et si le journal contrevenait, l'amende doublée deviendrait exigible, sans nouvelles poursuites. Le procureur-général n'aurait qu'à en requérir l'exécution devant la cour, en constatant la contravention; ce qui serait facile, puisque ce serait un fait matériel prouvé par le journal lui-même. Si on faisait insérer la souscription dans un autre journal, on le citerait directement devant la cour d'assises, et l'affaire suivrait la marche ordinaire.

Reste la responsabilité de l'imprimeur : elle peut être ou absolue ou relative.

Dans l'état actuel des choses, le jury peut décider ce point de fait, que l'imprimeur a agi sciemment et qu'il est le premier complice du délit ou du crime, ou bien qu'il a agi sans discernement, qu'il n'a été que l'instrument matériel et sans volonté coupable, du délit ou du crime. La responsabilité de l'imprimeur n'est donc pas absolue.

Si la profession d'imprimeur était libre, si le gouvernement n'avait pas le droit exclusif d'en délivrer le brevet, j'avoue que je ne verrais aucune injustice à ce que la responsabilité de l'imprimeur fût rendue absolue ; c'est-à-dire, que le fait d'avoir imprimé un écrit coupable, le constituât complice aux yeux de la loi, et par conséquent

condamnable par cela seul que l'auteur de l'écrit aurait
été condamné.

Mais dans l'état actuel de notre législation française,
il est des cas où les conséquences de la solidarité absolue
de l'imprimeur avec le journaliste auraient un grave inconvénient. Cet inconvénient serait peu sensible dans une
ville où il y a beaucoup d'imprimeurs. Mais dans une
petite ville où il n'y aurait que trois, deux, peut-être
qu'un seul imprimeur, il résulterait de la loi qui l'attein-
drait d'une manière absolue, la presque impossibilité
d'imprimer quoi que ce fût, surtout dans le cas où une
forte condamnation ruinerait cet imprimeur. Ce ne serait
pas une raison pour l'absoudre s'il était évidemment coupable de participation volontaire à une publication atroce
ou incendiaire; mais c'est une raison pour ne pas le rendre solidaire dans tous les cas où sa participation volontaire, préméditée, complète, ne serait pas absolument démontrée au jury, et surtout dans le cas où le délit ne serait pas d'une nature très-grave.

Je crois donc que la responsabilité de l'imprimeur doit
rester relative et soumise à la décision du jury. On ne
pourrait la rendre absolue, à la rigueur, que pour les
cas tout à fait graves, où la provocation serait tellement
criminelle, qu'il serait moralement impossible que l'imprimeur se fît l'instrument de la publication, sans en avoir
compris la portée. Mais ce serait une exception qui devrait
être rare.

CHAPITRE VII.

De l'Interdiction imposée aux Journaux de rendre compte des débats judiciaires.

La loi qui interdit aux journaux condamnés de rendre compte des débats judiciaires, est, je n'hésite pas à le dire, mauvaise, illibérale; les plaintes que l'on a fait entendre contre elles sont fondées.

Un journaliste rendra un compte infidèle des débats judiciaires; je ne pense pas que cette infidélité de sa part doive rester impunie : mais je crois que la punition qu'a établie la loi française, est un contre-sens impolitique fort dangereux.

Je ne lui reproche point d'avoir rendu l'ordre judiciaire juge dans sa propre cause. Cela doit être nécessairement ainsi. L'ordre judiciaire, pouvoir indépendant, ne peut recourir à aucun autre pouvoir pour protéger sa dignité morale.

Vainement objecterait-on que dans une affaire privée qui concerne un magistrat, et qui est portée devant le tribunal dont il fait partie, ce magistrat est obligé de se récuser, et qu'il devrait en être ainsi à plus forte raison du tribunal tout entier.

L'analogie des deux cas serait fausse. Dans le premier cas, le magistrat doit se récuser parce que sans cela il profiterait de son titre de magistrat pour faire prévaloir ses intérêts d'homme privé, de simple particulier. Mais dans le second, dans le cas qui nous occupe, le tribunal prononce sur une matière d'ordre et d'intérêt public, sur

l'exacte publication des débats judiciaires, sur l'indépendance de la magistrature, et dès-lors il n'y a plus lieu à
récusation, car aucun autre pouvoir que lui ne peut prononcer ni avec droit, ni avec connaissance de cause.

Mais ce que je reproche à la loi que nous examinons,
c'est le genre de pénalité qu'elle a établi contre le journaliste accusé d'infidélité dans le compte rendu des débats
judiciaires. — Cette pénalité, c'est l'interdiction de rendre
compte à l'avenir de ces débats.

De sorte qu'en punition du mauvais usage d'un droit,
au lieu de réprimer le mauvais usage de ce droit sacré,
virtuellement garanti par la constitution qui assure au
peuple français la liberté de la presse et la publicité des
débats judiciaires, on supprime l'usage du droit lui-même.
Au lieu de punir la faute accomplie, on enchaîne l'action
future qui n'est pas encore commise, et qui, peut-être, serait innocente et sincère. Parce que la presse a rendu un
compte infidèle d'une audience, on lui interdit le droit de
rendre un compte fidèle des audiences futures. — Il y a là,
selon moi, législation préventive, faussement préventive,
et non pas répression régulière et constitutionnelle. De ce
que la publicité des débats judiciaires a été blessée par un
compte-rendu infidèle, il ne s'ensuit pas du tout qu'on
ait le droit de tuer cette publicité elle-même. Ce n'est pas
remédier au mal commis, c'est y ajouter un mal plus grand
encore.

A ces graves considérations qui tiennent aux principes
généraux de la liberté de la presse et de la publicité des
débats judiciaires, se rattachent des considérations spéciales qui touchent les matières d'accusation criminelle, surtout en politique. Il est possible que l'opinion des accusés

n'ait qu'un seul organe dans la presse. Si cet organe est
condamné au mutisme précisément sur le débat criminel
qui naît de l'accusation politique, les accusés sont livrés
aux discussions de la presse qui leur est contraire, sans
avoir, eux, aucun moyen de publicité pour tout ce qui
concerne un procès dont leur tête peut dépendre. Ils n'ont
donc plus devant l'opinion publique d'autre garant que
l'impartialité de leurs adversaires. Ce n'est pas assez, tant
s'en faut, surtout dans les moments de tourmente politique ! Et quant à moi, je le déclare, ma conscience me ferait de vifs reproches si j'avais voté une pareille législation.

Pour rester dans l'application véritable des principes
constitutionnels, que fallait-il donc ?—Il fallait d'abord
que la loi obligeât le journaliste qui rendrait un compte
infidèle des débats judiciaires à insérer une ou plusieurs
fois dans sa feuille la rectification officielle qui lui en
serait adressée, afin que la vérité fût mise sous les yeux
qui avaient lu l'erreur, et que l'opinion publique fût
éclairée. De plus, admettre une pénalité d'amende et
même de prison contre le journaliste déclaré coupable, en
ce cas comme dans tous les autres ; mais ne point faire une
règle spéciale pour ce cas particulier, véritable loi exceptionnelle qui, au lieu de se borner à punir le coupable,
frappe la liberté elle-même en établissant une interdiction
partielle de publicité, qui est pire que la censure elle-même ;
car si la censure altère le droit, l'interdiction va plus loin,
elle le détruit.

Le président de toute cour de justice a la police de l'audience : il a le droit d'arrêter la défense dans ses excur-
sions criminelles, lorsque, sortant du terrain qui lui ap-

partient, elle constitue un appel à de nouveaux forfaits.
Le danger que pourrait présenter, sous ce point de vue,
la publicité des débats disparaît, car les paroles qui ne
sont pas prononcées à l'audience ne font pas partie des
débats publics, et les journaux, qui ont incontestablement le droit de reproduire fidèlement ces débats, n'y
trouvent point à reproduire ce qui réellement n'en a pas
fait partie.

Mais interdire aux journaux la faculté de publier les
débats eux-mêmes, les paroles réellement et authentique-
ment prononcées à l'audience, c'est de l'arbitraire tout
pur, arbitraire grâce auquel nul accusé ne jouirait désormais de la publicité que les maximes du droit criminel
assurent à la défense.

Tout en défendant les droits qui me semblent avoir été
méconnus dans la loi française actuellement en vigueur,
je ne prétends pas approuver ceux qui ont voulu l'éluder
au moyen d'un sophisme qu'il n'est pas sans intérêt de
combattre ici.

La loi, disaient-ils, a établi des formalités précises et
détaillées pour la création d'un journal.

Les journalistes frappés de l'interdiction de rendre
compte des débats judiciaires ont rempli exactement ces
formalités.

Ils soutiennent, en conséquence, que le journal qu'ils
ont créé n'est plus celui contre lequel l'interdiction a été
prononcée;

Qu'à ce journal, qui a cessé de paraître, a succédé un
journal contre lequel l'interdiction n'a plus de prise;

Que les tribunaux entrent dans une voie arbitraire, si
au lieu de se borner à l'examen de l'accomplissement des

formalités légales prescrites pour la création d'un journal, ils veulent, une fois ces formalités remplies, examiner si elles ne couvrent pas un moyen d'éluder la loi, en continuant le même journal sous une désignation nouvelle;

Que la chose fût-elle vraie, c'est la faute de la loi qui n'a pas établi des conditions suffisantes pour atteindre son but; mais que le pouvoir judiciaire n'a pas le droit de demander autre chose que l'exécution textuelle et littérale de ces conditions.

Voilà, en peu de mots, toute leur défense. Je ne crois pas qu'on m'accuse de l'affaiblir. C'est bien l'ensemble logique de leurs raisonnements.

Eh bien, cette argumentation ne vaut rien. L'application du droit commun, sans arbitraire et sans tendance exceptionnelle, suffit pour prouver cette vérité.

Sans doute les tribunaux n'ont pas le droit d'aller au-delà des conditions prescrites par la loi pour consacrer l'établissement d'un nouveau journal : à ces conditions, elles n'ont pas le droit d'en ajouter aucune autre.

Mais, elles ont le droit,—et c'est pour elle un devoir rigoureux d'en faire usage,—elles ont le droit d'examiner si le fond, la matière, la cause elle-même de l'acte soumis à leur examen est sincère et véritable : si les formes établies par la loi n'ont pas été employées par les parties pour en voiler la violation; en un mot s'il y a simulation,—et toutes les fois qu'il y a simulation, la découverte de cette simulation détruit l'acte malgré l'exactitude la plus complète des formalités légales qui ont été suivies dans son exécution.

Tels sont, si je ne me trompe, les véritables principes de toute jurisprudence.

Ainsi, supposons le cas où une donation serait interdite par la loi; supposons que, pour éluder la loi, on fasse la vente de l'objet qu'on voudrait donner;

Que cette vente soit parfaitement régulière dans sa forme; que l'acte ne présente aucune nullité; qu'il remplisse exactement toutes les conditions extérieures et positives auxquelles la loi attache la validité d'un acte de ce genre;

Mais que les tribunaux acquièrent, par l'examen des faits, la preuve qu'en réalité ces formalités n'ont été employées que pour déguiser la donation interdite; en un mot, qu'il y a simulation : — je crois pouvoir dire que les tribunaux annulleraient la vente, toute régulière qu'elle fût dans sa forme, et que les héritiers du prétendu vendeur seraient admis à rentrer dans la possession de l'objet donné au moyen de la vente simulée.

Pourquoi? — C'est que la loi ne peut jamais, par les formes qu'elle a établies pour constater la vérité d'un acte, vouloir autoriser l'accomplissement d'un autre acte qu'elle a interdit. Elle ne peut pas se donner ainsi un démenti à elle-même. La présomption légale est sans doute en faveur de l'acte régulier dans sa forme, mais la présomption tombe devant la vérité du fait contraire.

Ainsi, qu'un père, pour avantager l'un de ses enfants au-delà de la quotité dont la loi lui permet de disposer, lui vende un domaine; que cette vente soit complètement régulière dans sa forme, mais que la cour royale acquière, en point de fait, la conviction que la vente n'est qu'un moyen détourné de violer la loi; que, toute régulière qu'elle soit, elle n'est qu'une donation simulée quant à la matière même qui en fait l'objet, croit-on que les magis-

trats hésitassent un moment à passer outre, et qu'ils as-
surassent, par leur arrêt, le succès de cette ruse préméditée contre la loi elle-même? — Non, sans doute.

Eh bien, l'application de ces principes me paraît parfaitement juste dans l'hypothèse qui m'occupe, comme en
toutes sortes de discussions. Un habile faiseur de syllogismes peut inventer des distinctions entre les simulations,
pour prouver que les unes doivent être réprimées et que
d'autres peuvent être tolérées. Ma conviction personnelle
est que l'équité naturelle et la bonne foi, qui doivent servir de base au raisonnement, repoussent des distinctions
de ce genre. Le bon sens guide mieux, ce me semble.
qu'une argumentation trop subtile en de telles matières;
et du moment que l'intention de violer la loi, à l'aide des
formalités qu'elle établit, est constante; du moment qu'en
point de fait, il est certain que cette violation a eu lieu
sous le voile des formalités prescrites par la loi, les magistrats, prononçant alors comme jurés, doivent faire exécuter la loi, c'est-à-dire annuler sa violation.

LIVRE XVIII.

DES MŒURS POLITIQUES.

———

CHAPITRE PREMIER.

De l'Importance des Mœurs politiques.

—

Le développement des mœurs politiques et l'harmonie des institutions gouvernementales avec ces mœurs, est le véritable moyen qui peut accélérer le progrès paisible de l'ordre social, et doit être le résultat d'un bon gouvernement des corps et des esprits.

De même qu'un individu prouve la force de son âme, la vigueur de son esprit, la clarté de sa raison, par l'ensemble, la netteté, la précision de ses actes, de même un peuple prouve la force de ses mœurs politiques, par l'énergie coordonnée de ses volontés; si on le voit hésiter, chanceler, douter de sa marche, soutenir ou contester anarchiquement la bonté des principes les plus opposés, c'est la preuve évidente que ses mœurs politiques s'affaiblissent; que l'esprit public, cette grande âme nationale qui doit faire vivre le corps de l'État, se dissout, s'évapore, se retire de la société dont elle faisait l'unité vivante, dont elle constituait l'être collectif agissant avec constance et discernement.

La force, la sagesse, les limites du pouvoir, n'existent

pas uniquement dans les lois qui lui sont tracées, dans les
constitutions, dans les chartes. Ces trois conditions indispensables à la liberté, la force, la sagesse et les limites
du pouvoir, ont leur existence réelle dans les mœurs politiques de la nation sur laquelle ce pouvoir doit être exercé.
Vainement ferait-on de nouvelles chartes, de nouvelles
lois, de nouvelles libertés, si les mœurs politiques de la
nation s'affaiblissent et reculent; si on les divise, si on les
corrompt, si on détruit ce lien moral, ce point d'appui sur
lequel l'ordre social et la liberté doivent exclusivement s'é-
tayer, point de liberté, point d'ordre, point de progrès :
divagation universelle, bavardages d'écoliers, lois incohé-
rentes qui font quelquefois autant de mal par le bien qu'elles
renferment que par leurs plus mauvaises dispositions; anarchie complète, jusqu'à ce que le ciel, dans sa pitié, fasse
l'aumône au peuple d'un dix-huit brumaire, et que la
force détruise le droit dont on fait un usage absurde, pour
y substituer l'arbitraire sagement dirigé!.... Mais le ciel
ne fait pas tous les jours un Napoléon; mais il ne serait pas
impossible qu'il en surgît de la terre quelque mauvaise
copie, quelque caricature gravée sur le fer... Et Dieu sait
alors ce qui pourrait arriver. Le plus sage, je crois, c'est
de ne pas s'y exposer.

Pour éviter des malheurs qui pourraient naître d'un tel
évènement, il faut maintenir, corroborer, raffermir les
mœurs publiques des peuples. Je vais dire comment il me
paraît qu'on doit s'y prendre.

La première maxime d'une bonne politique, et par
bonne, j'entends celle qui veut conserver les résultats obtenus, est celle-ci : — Qu'il faut faire ou laisser agir les

masses le plus rarement possible, mais qu'il ne faut les faire discuter et délibérer jamais.

La seconde maxime qui se rattache intimement à celle-là, c'est qu'il faut que l'influence vienne d'en haut, au lieu de venir d'en bas; si par malheur on néglige ce point-ci, tout est compromis. Si l'on persiste dans l'erreur, tout est perdu, et la nation périt de ses propres mains.

Les défenseurs des vrais principes constitutionnels doivent comprendre que la défense des lois peut seule être une maxime assez générale pour agir sur tous les esprits à la fois. Ils doivent sentir qu'en poussant le peuple au respect de la légalité, ils en feront un corps compact, puissant, et que rien ne pourra désunir ni entamer.

Il faut que partout la direction soit imprimée dans ce sens. Le peuple perpétuellement prêché sur ce point, sera imbu de cette maxime; il ne discutera point, mais il écoutera discuter : il n'agira pas par voie de fait, par usage de la force, mais confiant dans ceux que la fortune et les lumières placent au-dessus de lui, il suivra sans hésiter la route qu'ils lui traceront. Dans chaque zône de la société, l'influence viendra d'en haut, jamais d'en bas. Le peuple sentira qu'il doit en être ainsi, et spontanément, il demandera l'avis des notabilités sociales quand elles n'auront pas, d'elles-mêmes, songé à le lui donner immédiatement. Il n'imaginera point que la sagesse dépend du nombre; et comme son intérêt clair et bien compris est d'agir sagement, il n'aura pas la folle présomption de se diriger par lui-même dans des matières qu'il n'entend pas.

Lorsque nous disons que l'influence doit venir d'en haut, ce n'est pas du ciel que nous parlons; mais nous disons que, dans chaque situation sociale, les mœurs publiques

doivent être formées de manière que la portion de la société qui est supérieure en fortune et en lumières, donne
l'impulsion aux classes inférieures, au lieu de la recevoir
d'elles. Nous entendons désigner cet état de choses raisonnable et solide, où cent ignorants, parce qu'ils sont cent,
ne prétendent pas avoir raison contre un homme instruit,
parce qu'il n'est qu'un, confondant ainsi le nombre des voix
avec la souveraineté de la raison et de la justice. Nous entendons désigner un état de choses absolument contraire
à l'organisation démagogique, organisation absurde qui
ne permet à l'homme supérieur d'avoir raison, qu'à la condition expresse d'être approuvé par ceux-là précisément
qui devraient soumettre leur avis à son approbation. Nous
ne voulons pas dire par-là qu'il faille mépriser l'opinion
publique; loin de nous ce blasphème! mais que l'opinion
publique doit se former sur celle des gens instruits, et non
pas l'opinion des gens instruits se ployer et s'abaisser sous
les caprices de la multitude.

CHAPITRE II.

De l'Opinion publique.

Il faut diriger l'opinion au lieu de se laisser traîner
par elle. Pour cela, il est indispensable de lui résister
quelquefois et de la redresser quand elle se trompe. Il faut,
en effet, gouverner avec l'opinion, mais non pas être gouverné par l'opinion. — C'est précisément là ce qui distin-
gue l'homme d'État de l'homme de parti.

Un gouvernement doit donc diriger l'opinion publique et non pas lui obéir.

Un gouvernement n'est gouvernement qu'à cette condition.

Sans doute, un gouvernement qui veut résister aux erreurs de l'opinion, peut être renversé par les factions qui s'en emparent pour tourner contre les chefs de la société son poignard à mille tranchants.

N'importe il vaut mieux pour un gouvernement courir le risque d'être renversé pour avoir voulu résister au mal, que de se faire le complice du mal, pour vivre quelques jours de plus, et tomber ensuite déshonoré.

Tel est mon avis.

C'est donc bien à tort que l'on a prétendu qu'il n'existe aucun gouvernement qui puisse se dispenser d'obéir à l'opinion publique quand elle s'est légalement prononcée.

Il est mille circonstances dans la vie des peuples où l'opinion publique n'est qu'une erreur publique, et souvent, qui pis est, une immense et fatale erreur.

Cela est vrai surtout en France; il ne faut que consulter l'histoire pour en être convaincu. Ce n'est le plus souvent qu'en résistant aux erreurs de l'opinion publique qu'on peut diriger utilement les affaires du pays.

Cela est aujourd'hui plus évident que jamais. L'opinion torturée, dénaturée, faussée par la presse périodique démocratique, n'a ni prudence, ni fixité, ni justesse; elle se laisse aller aux inspirations d'un intérêt mal compris, et c'est en lui résistant que, depuis 1830, on est parvenu à grand peine à maintenir en France un peu de gouvernement, qu'elle s'efforce de détruire après avoir tenté de le rendre impossible.

Chamfort disait : — « Combien faut-il de sots pour faire un public ? » — donnant ainsi à entendre qu'il n'en fallait pas beaucoup. — Mais lors même qu'il en faudrait beaucoup, on en trouverait toujours plus qu'il n'en faudrait, et jamais l'opinion publique, ou autrement dit, l'opinion du public, ne serait en défaut pour cela.

Et voyez en 1830 !... Qui connaissait le mieux les intérêts de la France. M. Périer ou M. Laffitte ? — Incontestablement, M. Périer. — Eh bien ! il faut le reconnaître, M. Laffitte représentait bien plus exactement l'opinion publique du moment, cette opinion torrentielle qui poussait la révolution dans les voies de la démocratie. Comment la couronne a-t-elle sauvé la révolution et la France ?... — En prenant pour ministre l'homme d'État qui résistait à l'opinion, et en éloignant celui qui s'en faisait l'organe trop obéissant. — C'est en s'appuyant sur les intérêts, sur les mœurs fondamentales du pays, que Casimir Périer parvint à redresser l'opinion, à la ramener, à la rendre un instrument moins indocile de gouvernement. — Je dis moins indocile, car il s'en faut de beaucoup que l'œuvre soit achevée ; mais elle est du moins achevable. La grande difficulté, c'était de la commencer. Aussi la France n'aura pas dans l'avenir assez de palmes et de reconnaissance pour les bons citoyens qui l'ont entreprise.

CHAPITRE III.

De l'Action préventive de l'Opinion.

—

Si le devoir des hommes d'État est de diriger l'opinion publique, ce devoir n'exclut pas celui qui est imposé à tous les citoyens, de seconder le gouvernement dans cette œuvre de sagesse et d'organisation.

Il ne suffit pas de prêter au pouvoir public une active coopération lorsque le désordre se manifeste; mais il faut encore et surtout, lorsque la paix est rétablie, user de tout son crédit, de toute l'importance que peut donner la confiance de ses concitoyens, de tous ses droits politiques, pour enrayer le mouvement désorganisateur qui tend sans cesse à nous entraîner. Cette pensée est vraie, sociale; et la patrie ne sera réellement et définitivement à l'abri des secousses violentes, que lorsque cette conviction aura atteint tous les esprits et imprégné toutes les volontés.

Avec les institutions constitutionnelles. un gouvernement ne peut agir efficacement qu'avec le concours de tous les bons citoyens. Il réprimera, si l'on veut, les désordres matériels de la rue; mais ces désordres, même réprimés, auront laissé après eux de tristes et profondes traces.

L'action répressive du pouvoir est donc insuffisante, puisqu'elle n'aboutit qu'à atténuer les funestes conséquences de la révolte, sans empêcher la révolte elle-même d'éclater dans les plus florissantes cités. C'est aux citoyens qu'est dévolue la faculté de l'action préventive : eux seuls peuvent prévenir le retour des malheurs qu'entraîne les crises révolutionnaires, et ils ne peuvent le prévenir, nous le répétons, qu'en faisant servir, au profit de l'ordre et de la liberté régulière, toute la valeur personnelle que leur donne leur position ou que leur confère la loi.

« *Nos institutions fatiguées*, a dit M. Royer-Collard, *trahies par les mœurs, résistent mal.* »

Eh bien ! ce n'est pas cela. — Nos institutions ne sont pas fatiguées; au contraire, elles nous fatiguent : plus fortes, plus jeunes, plus ardentes que nous, elles nous usent, elles nous entraînent, elles nous accablent. Il ne fallait pas dire nos institutions fatiguées; il fallait dire nos institutions viciées.

Nos institutions ne sont pas trahies par nos mœurs; au contraire, dénaturées par de fausses interprétations, elles trahissent nos mœurs et les corrompent. Elles paralysent les instincts monarchiques du pays, et font triompher les préjugés démocratiques à l'exclusion des vrais intérêts, des véritables influences répudiées ou engourdies. — Non que nos institutions soient mauvaises par elles-mêmes, mais parce qu'on les a accidentellement viciées à titre de progrès. — Et voilà le résultat de ces prétendus progrès.

Nos institutions ne résistent ni mal ni bien au progrès de la décomposition sociale. Au contraire, elles servent de leviers, d'instruments aux factions de toutes sortes, aux partis de toutes couleurs qui travaillent à décomposer le gouvernement et la société. Ces partis, ces factions s'emparent de nos institutions et les font jouer contre nous-mêmes, à l'aide des fausses maximes que notre irrationnelle complaisance a consacrées comme autant de vérités !... Tant que nous resterons dans cette voie, nous n'aurons pas de gouvernement, parce que nos préjugés, que nous prenons pour des principes, rendent tout gouvernement impossible.

Nous aurons tout au plus un ministère provisoire, un directoire impuissant sous une monarchie illusoire, détruite par les mains qui avaient cru l'établir et la sauver.

Cela changera, le jour où les conservateurs auront le courage d'être conservateurs, et ne craindrons pas d'être appelés *les ultras de la révolution de juillet*.

Ce qui nous manque à nous tous, députés, magistrats, citoyens, c'est le courage civil. Nous ne savons pas être les soldats de notre opinion : nous nous effrayons avec des mots et des qualifications, comme si, par eux-mêmes, les mots et les qualifications avaient une valeur absolue; comme si le bon sens public ne devait pas enfin faire bonne justice de cette polémique niaise qui se traîne terre à terre sur quatre ou cinq dénominations génériques, arguments très-décisifs qui n'ont coûté aucune peine, pas même celle quelquefois d'en chercher la signification dans un dictionnaire !

CHAPITRE IV.

Le prétendu désintéressement politique de certaines opinions, est contraire au développement des mœurs politiques.

Il est très-commun d'entendre ceux qui n'ont pu trouver leur compte avec les institutions de leur pays, proclamer leur parfait désintéressement à tout ce qui se passe sous leurs yeux. Retirés du mouvement politique, retran-

chés, armes et bagages, sur leur mont Aventin, ils ne se
mêlent aux choses d'ici-bas que pour initier, de temps en
temps, leurs concitoyens à leur immuable pessimisme. Si
les institutions de leur pays sont attaquées à main armée,
si elles triomphent de ces attaques, que leur importe? Ils
attendent des temps meilleurs, et ne peuvent que blâmer
le zèle impatient d'amis écervelés qui ne savent pas, comme
eux, se résigner philosophiquement à laisser mûrir les
catastrophes. S'ils voient les agents d'un système en vigueur s'engager dans une voie ruineuse et fatale à la patrie, oh! n'ayez garde qu'ils les avertissent, qu'ils préviennent, par de salutaires rigueurs, le triste dénoûment
qu'ils prévoient. Non, ils aiment bien mieux contempler
avec une joie secrète le malheur qui se prépare, en étudier
tous les progrès, railler les illusions de ceux qui n'ont pas
voulu les suivre dans leur retraite, et se réserver le droit
de profiter de la guerre civile, ou de la condamner tant
qu'elle ne réussira pas.

Pour peu qu'on veuille se rendre compte de ce parfait
désintéressement, on découvre facilement qu'il n'est qu'un
parfait égoïsme. C'est la consécration de la fameuse de-
vise : « Périsse mon pays, plutôt que mes idées ! » C'est
la négation de tout patriotisme, c'est l'idée la plus anti-
sociale qui soit proclamée de nos jours où tant d'absurdes
et fatales doctrines trouvent pourtant crédit.

Tant que les partis s'isolent ainsi les uns des autres, et
se prétendent désintéressés dans les affaires publiques dont
ils n'ont pas le maniement, le bien du pays est, sinon tout
à fait impossible, du moins fort difficile. Comment veut-
on qu'une nation fasse de grands progrès, lorsque l'amélioration de ses institutions n'inquiète guère que ceux dont

l'opinion se rallie aux agents du pouvoir, lorsque toutes les opinions dissidentes se tiennent à distance, et se contentent de jouir des embarras et des fautes de ceux qui sont placés au timon de l'État? « Tout ce que la monarchie fera de mal, dit en pareil cas la république, sera un bienfait pour moi. Tout ce que la majorité sanctionnera de mesures impolitiques, dit à son tour l'opposition, sera un véritable service rendu à mes doctrines. Laissons donc aller les choses, laissons s'user les hommes et s'embrouiller les systèmes; il suffira de nous présenter à point pour recueillir l'héritage de ces institutions impuissantes ou de ces hommes incapables. » C'est ainsi que raisonnent tous les jours les intérêts égoïstes. A leurs yeux, les affaires du pays ne semblent qu'une spéculation particulière dont une coterie seulement doive tirer profit.

Mais si tout le monde fait ainsi, si successivement tous les partis qui ne seront pas à la tête des affaires se croient par cela même libres de ne concourir à l'action gouvernementale que pour en détériorer les effets, à quoi veut-on qu'aboutisse le gouvernement du pays? Que créer, que fonder, qu'améliorer, au milieu de cet antagonisme éternel, et alors que tous les actes, toutes les tentatives du parti gouvernant, soumis à une improbation systématique, ne rencontrent, hors d'un cercle connu d'amis et de partisans, qu'une farouche répulsion, ou, si leur mérite est trop incontestable, qu'une indifférence décourageante? Nous ne craignons pas de le dire, un pays où l'opinion publique ne ferait pas bien vite justice d'un pareil tripotage représentatif, devrait se condamner à n'avoir que les promesses de toutes les coteries qui concourent pour l'adjudication de ses destinées, sans recueillir jamais aucun fruit, aucune amélioration véritable.

Jetez les yeux en arrière, remontez à la première révolution : que voyez-vous? Des partis qui passent et se succèdent, après avoir épuisé, chacun à leur tour, les ressources de la patrie. Ce n'est point l'amour du sang et de la terreur qui a fait 93 : c'est en grande partie le prétendu désintéressement de ceux que la glorieuse révolution de 89 ne pouvait contenter. D'une part, les émigrés quittent le sol de la France; ils croiraient déroger si, par leur présence, ils avaient l'air d'être complices des réformes qui s'opèrent; et, réfugiés au-delà du Rhin, ils se prennent sottement à contempler ce qui se passe en leur pays, attendant du ciel, de la force des choses, et de la coalition des puissances étrangères, que le moment soit venu pour eux de ressaisir le pouvoir. D'un autre côté, les jacobins se séparent de ce qu'ils appellent les trahisons du feuillantisme; ils laissent mourir à la peine les girondins qui avaient entrepris la conciliation de l'ordre et de la liberté, et, confinés dans leurs clubs, indifférents aux plus nobles dévoûments, ils leur suscitent des embarras pour se ménager l'occasion de rire et de profiter de leurs fautes. Abandonné de tous, le parti modéré tomba : après lui 93 était inévitable. Il vint en effet peser de ses deux pieds sur le sein de la patrie égorgée.

Arriva la réaction thermidorienne : était-ce l'annonce d'une ère meilleure? Non, c'était un autre parti qui passait, et d'autres partis qui se retiraient : voilà tout. Le 9 thermidor mena tout naturellement au 18 fructidor; de celui-ci surgit une nouvelle réaction, ainsi de suite. Cela dura quelques années : et quand toutes ces catégories d'ambitieux et de révolutionnaires se furent fructidorisées avec la plus édifiante réciprocité, l'empire vint englober dans son brillant despotisme toutes ces coteries désintéressées qui ne voulaient prendre part aux affaires publiques qu'à la condition de les exploiter elles-mêmes.

Voilà où aboutit ce long et sanglant antagonisme : l'anarchie d'abord, l'absolutisme ensuite. La France avait pourtant versé assez de sang, bu assez d'humiliations, subi assez de malheurs, pour avoir droit à quelque chose de meilleur. Mais il ne pouvait en être autrement. Procéder à la réédification sociale par voie d'exclusion et non par voie de concours, c'est tenter l'impossible.

Ça été la gloire de l'opposition libérale qui a fait la révolution de Juillet, de ne s'être jamais mise en dehors des institutions de son époque. On ne l'a point vue se casemater, comme les républicains de nos jours, entre trois ou quatre principes inapplicables, et n'attendre que de l'excès du mal l'occasion de concourir à la direction politique du pays. Ce n'est pas elle qui eût cru être bien consolée ni bien justifiée, en rejetant sur l'omnipotence de la France officielle, de l'aristocratie bourgeoise, le motif d'une apparente impassibilité. Loin de se proclamer indifférente à aucun des résultats produits par l'application des lois électorales ou autres, elle cherchait à les dominer, à s'en emparer, afin de les améliorer dans le sens des idées et des sympathies nationales. C'est qu'elle comprenait qu'en aucun cas, les citoyens ne pouvaient être désintéressés dans les questions où s'agitent les intérêts de la patrie commune; c'est qu'elle savait qu'il faut toujours intervenir, soit pour combattre loyalement la marche gouvernementale, si elle est mauvaise, soit pour la soutenir, si elle est bonne; c'est qu'elle avait la conscience de ce qu'il y a de triste et de peu honorable dans l'existence d'un parti qui n'a d'autre ressource que de se réjouir des aberrations de ses adversaires, aberrations qui, en définitive, retombent toujours sur le pays et lui sont souvent fatales.

Il ne saurait y avoir de mœurs politiques, fortes et durables, tant que les partis demeurent dans cette ligne de conduite absolue et exclusive tout à la fois; l'État ne peut vivre et prospèrer que par l'action persévérante de tous les citoyens, et, malgré sa sévérité draconienne, la loi antique avait bien raison de flétrir tous ceux qui, dans les débats publics, se croyaient désintéressés et retiraient leur concours.

CHAPITRE V.

Les opinions d'un peuple ne sont pas toujours conformes à ses mœurs et à ses intérêts.

Il est possible que l'opinion d'un pays se trouve en contradiction avec ses mœurs et ses intérêts; ce qui produit, dans les moments de crise, un des plus grands obstacles à la vérité du gouvernement représentatif.

D'abord, en point de fait, si l'on examine les transformations rapides que l'opinion a subies en France depuis quarante ans, croit-on qu'il soit possible que les mœurs et les intérêts du pays, ces deux choses enracinées par les siècles dans le vieux sol national, aient suivi au pas de course les opinions vagabondes et changeantes! Que l'on calcule seulement de 1792 à 1800, de la con-

vention au consulat; de ces années tumultueuses où l'opinion soulevée détruisait tout l'édifice monarchique et
social que les coups du temps avaient déja lézardé, et dont
elle ne trouvait jamais la ruine assez complète, ni assez
prompte; de ces orgies populaires à ces années si peu distantes cependant, où l'opinion applaudissait, soutenait,
excitait la reconstruction d'un nouvel édifice monarchique
bien autrement absolu, bien plus complètement lié, bien
plus sévèrement répressif, que la vieille monarchie tombée sous les coups de l'opinion populaire! Or, croit-on
que, dans ces huit ou dix années, les mœurs et les intérêts du pays eussent changé du républicanisme à l'absolutisme! Non, certes, il n'en était rien; le fond des choses
était le même, et si l'on voulait bien creuser assez profond
dans la nation, on verrait aujourd'hui même que le fond
des choses a bien peu changé depuis.—Mais les apparences, l'opinion seule, ou du moins cette partie de l'opinion
qui surnage dans le monde politique, avait changé sous
le souffle brûlant des passions d'abord, sous le souffle
glacial du malheur ensuite, et définitivement l'opinion
demandait à Napoléon de reconstruire ce que l'opinion
avait détruit.

Car, que l'on ne s'y trompe pas, ce qui fit la force de
Napoléon à cette grande époque de reconstruction sociale,
ce ne furent pas quelques baïonnettes et quelques bonnets
à poils violant le sanctuaire de la représentation nationale. C'était bon pour faire un coup de théâtre, une journée, comme on dit en révolution; mais après? mais vivre
le lendemain? mais gouverner le surlendemain? mais
consolider le troisième jour et rendre ensuite l'établissement
durable?— Voilà ce que ne peuvent faire ni les baïon-

nettes, ni les bonnets à poils, ni l'opinion elle-même ;
voilà ce qui ne peut être fait qu'en s'appuyant sur les intérêts et sur les mœurs du pays. — Or, il y eut entre Napoléon et les gouvernements révolutionnaires qui l'avaient
précédé depuis 1792, cette différence fondamentale, que
ceux-ci avaient obéi aux torrents de l'opinion qui les
emportaient en contre-sens des mœurs monarchiques et
des intérêts de la France, tandis que Napoléon obtint l'assentiment de l'opinion détrompée, en basant sa direction
gouvernementale sur les intérêts et sur les mœurs qu'on
avait trop long-temps méconnus : aussi ces gouvernements
démocratiques croulèrent promptement, et le gouvernement impérial, malgré l'exagération de quelques-unes de
ses parties, malgré la trop grande tension de ses ressorts,
s'éleva puissant et glorieux !

Oui, voilà ce qu'il y a eu de grand et de providentiel
dans la venue de Napoléon au 18 brumaire. C'est une erreur que j'ai peut-être commise moi-même après beaucoup d'autres, que de ne voir dans cette transition historique qu'un acte de soldatesque et de violence. — A la
Granja, oui, il y a eu un 18 brumaire libéral, absurde
et inintelligent, agissant sous l'empire d'une opinion soulevée contre la raison et la justice, contre les véritables
intérêts et contre les mœurs de l'Espagne. Mais le 18 brumaire de Napoléon fut bien autre chose. La pensée domi-
nait l'action, et quand l'action fut accomplie, la pensée se
fit jour, radieuse de vigueur et de prévision. Alors elle
commença son règne, appuyée sur les mœurs et sur les
intérêts, et l'opinion la suivit. — La pensée ! mille fois
heureux le peuple qui pourra faire son 18 brumaire avec

la pensée toute seule, et qui pourra réagir sur l'opinion, en s'adressant à l'opinion elle-même !

Il est tombé cependant, Napoléon, ce colosse de gloire et de puissance ! et pense-t-on qu'il soit tombé sous les coups de l'opinion libérale; qu'il soit tombé parce qu'il avait méconnu les saintes lois du suffrage universel; parce qu'il s'était affranchi, trop complètement sans doute, des harangues de la tribune; parce qu'il avait fait les quatre mille articles de ses codes immortels sans les exposer à la mutilation ou à l'adjonction de quelques milliers d'amendements et de sous-amendements ?

Croit-on que l'empire de Napoléon soit tombé pour toutes ces causes, et même pour ce qu'il y avait en elles de réellement exagéré et illibéral ?... Oh ! si on le pensait, l'erreur serait grande !... Le trop grand abaissement où il avait réduit l'élément démocratique dans son gouvernement, était sans doute un défaut, un vice; mais ce n'était pas un défaut irrémédiable, ce n'était pas un vice mortel pour sa puissance ! On y aurait à peine pensé, si la trop grande multiplicité de ses guerres et l'immense charge qui en résultait n'eussent froissé les intérêts du pays et n'eussent fait violence à ses mœurs, tout en flattant l'opinion belliqueuse de la France. — Car l'opinion de la France est belliqueuse, quoique ses mœurs soient douces et ses intérêts pacifiques. — Ce furent les malheurs publics qui frappèrent au cœur l'empire de Napoléon. Les désastres de Moscou, de Leipsick, furent plus terribles pour lui que les ressentiments d'un libéralisme qui dormait d'un profond sommeil dans la nation.

Si nous voulions parcourir l'histoire du monde, principalement celle de la France, combien nous verrions de fré-

quents exemples de contradictions auxquelles les opinions
se laissent entraîner contre les intérêts et les mœurs
mêmes du pays !... Que de fois nous verrions les hommes
d'État embarrassés, retardés, réduits à l'impuissance de
faire le bien qu'ils méditent, par des opinions fausses,
des préjugés politiques, des engoûments subits pour des
idées nouvelles non encore assez vérifiées, et que l'opinion
accueille à titre de progrès par cela seul qu'elles sont un
changement ! idées nouvelles dont quelques-unes son bonnes et résistent à l'épreuve du temps, mais dont la plupart sont des emportements d'imagination, d'ardeur,
d'ambition : — résultat de l'orgueil, surtout, qui croit
avoir trouvé dans un quart-d'heure d'inspiration ce que
les siècles écoulés n'avaient pas encore aperçu ; qui croit
pouvoir refondre la nature humaine, mépriser le passé, et
créer pour l'avenir un monde légal, régulier, parfait,
systématisé mathématiquement comme une partie d'é-
checs !

Ce qui fait que l'opinion s'écarte ainsi par mouvement
violent des vrais intérêts et des mœurs du pays, c'est que
la nation n'est pas un être collectif, indivisible, agissant et
parlant d'une seule voix. La très-grande partie de ses intérêts ne parle pas ; ils sont silencieux, occupés, sentant le
mal qu'on leur fait, bien long-temps avant d'en discerner
la cause. Il y a une bien grande majorité d'esprits dans
une vaste nation, qui ne peuvent ni ne veulent creuser à fond
les matières d'organisation politique et de législation dans
toutes leurs parties. — Eh bien, ceux-là sont muets et souf-
frants ; ils souffrent long-temps avant d'avoir une influence
directrice sur l'opinion. — Mais il y a dans la nation un
certain nombre de gens qui se croient penseurs, qui sont

parleurs, qui promulguent leurs pensées et leurs paroles, qui improvisent, qui répandent des solutions prétendues à toutes les difficultés : et la masse, bonne, simple, attentive, mais peu susceptible de vérifier les faits, de compulser les citations, de se débarrasser des liens d'un sophisme habilement tissu, répète ces fausses maximes et fait écho à tous ces phraseurs de l'avant-scène. Ainsi l'opinion isolée de quelques hommes marche, grandit, forme un amas de préjugés populaires. — Hélas ! et l'on ne hasarderait pas une expression trop paradoxale, en disant que souvent il n'y a rien de moins réellement national que l'opinion publique !...

Une autre cause influe encore sur cette dissidence des mœurs et des opinions d'un peuple, c'est ce vain respect humain qui impose silence au courage lui-même ; cette timidité d'esprit jointe souvent, et l'on ne sait comment s'expliquer cette déplorable merveille, à la plus grande bravoure du cœur; timidité d'esprit qui paralyse, chez tant de bons citoyens, une énergie patriotique dont ils retrouveraient l'usage contre un danger matériel, mais qu'ils n'osent seulement laisser transpirer dans leurs paroles, quand ces paroles, portées d'écho en écho par la presse démocratique, pourraient exciter contre eux les calomnies et le mécontentement populaire.

Que de gens en France, par exemple, seraient prêts à réprimer l'émeute au péril de leur vie ! Que de gens affronteraient, sans pâlir, les balles de l'insurrection, si elle relevait ses étendards sanglants, et qui n'osent pas avouer publiquement les pensées de répression légale, le désir d'institutions conservatrices, qui cependant germent et se développent chaque jour dans leur esprit! Que de gens,

au jour de l'action, se dévoûraient, — trop tard, peut-
être, — pour le roi, et qui tremblent devant les préjugés
démocratiques, et qui n'oseraient signer, avant leur nom,
cette simple et constitutionnelle formule : *De Votre Majesté, les très-dévoués et très-fidèles sujets !*

Que de gens sont convaincus que, dans la personne
même du roi, réside le pivot sur lequel s'appuie toute l'organisation gouvernementale; que frapper le roi, c'est frapper le pays au cœur, compromettre ses libertés, son avenir, sa vie; que le roi n'est pas lui-même maître de sa personne, qu'elle appartient à la nation; que, de tous les citoyens peut-être, il est le seul qui ne soit pas libre de se
faire tuer, et que pour conserver cette tête si précieuse à
l'État, le gouvernement a le droit, qui constitue son devoir le plus sacré, de veiller à la sûreté personnelle du roi,
d'établir entre les assassins et la poitrine royale une bar-
rière infranchissable, et de ne pas se fier aux vaines illusions d'un fatalisme aveugle dont l'indifférence croirait,
ou ferait semblant de croire, que les assassinats manqués
sont une preuve que les assassinats futurs doivent nécessairement échouer !...

Oui, ces vérités sont au fond de presque toutes les consciences : partout, dans l'intimité des conversations privées,
elles percent, elles se font jour; entre amis, on les dit, on
les répète, on se laisse aller à cette effusion du cœur, si
pleine de bons sens et de vérité. — Mais aussitôt qu'il est
question de braver les préjugés révolutionnaires, de proclamer hautement les pensées salutaires que je viens de
vous dire, le respect humain se dresse pâle et craintif, fan-
tôme glacial dont l'égoïste influence arrête toutes les plu-
mes, fait taire toutes les voix, assombrit et ternit tous les

fronts. On craint d'être appelé rétrograde, réactionnaire ; on craint les calomnies des journaux opposants, qui chaque jour jetteraient vos noms aux haines populaires, qui défigureraient vos paroles, qui vous imputeraient ce que vous n'avez ni pensé, ni dit, ni écrit, et qui, tronquant vos phrases isolées, irriteraient contre vous des gens au fond bien intentionnés, mais trompés, et vous brouilleraient peut-être avec vos meilleurs amis. — Alors chacun se tait, s'isole ; les désorganisateurs révolutionnaires ont seuls la parole ; ils empoisonnent le pays de leur bavardage délétère et calomnieux, et les évènements les plus solennels passent devant nous, s'effacent, s'oublient, sans que nos gouvernants sachent et puissent en tirer aucun moyen d'action conservatrice, sans que nos concitoyens en comprennent la portée. Ainsi, les années s'écoulent, les catastrophes se succèdent, les malheurs se préparent, et la France, inerte, individualisée, anarchisée, sans lien moral, sans volonté collective, se laisse aller au courant qui la porte vers un avenir que les uns lui cachent, et que les autres n'osent pas lui montrer.

Je sais combien il est pénible d'être en butte aux attaques des factions, je le sais par une dure expérience. — Eh ! plût à Dieu que chacun de nous pût rentrer dans les douceurs de la solitude, se livrer aux épanchements de la vie privée, se mettre enfin à l'abri de la calomnie des partis exaspérés ! Certes, je ne demanderais pas mieux pour moi-même ; car, ce n'est pas une douce jouissance que de se voir chaque jour méconnu, calomnié, déchiré ; de sentir que les gens qui vous méconnaissent, qui vous calomnient, qui vous déchirent, ne sont point tous des pervers et des factieux, et qu'il vous faut, au contraire, par

votre dévoûment à la vérité, perdre l'assentiment de beaucoup de citoyens, dont cependant l'approbation vous serait
précieuse et chère. — Il y a dans cette situation morale bien
des épines, bien des amertumes, bien des souffrances, que
les vaines satisfactions de l'amour-propre et les petits succès de la publicité ne compensent jamais suffisamment !...

Mais il faut savoir s'y exposer quand l'intérêt du pays
le demande; il faut savoir, dans des circonstances décisives, prendre une résolution ferme et complète de produire
et de manifester au-dehors les convictions salutaires qui
germent et se développent dans les âmes. — Ce n'est pas
dans la proclamation des principes d'ordre que se trouve
le danger pour la patrie et pour les honnêtes gens; — c'est
dans le silence qui isole ceux-ci, qui les disjoint, qui les
livre un à un à la terreur incessante du respect humain.
— Qu'ils parlent, et tout-à-coup ils verront combien ils
sont plus nombreux et plus forts que les partisans des institutions et des principes de l'anarchie; qu'ils parlent, et
la confiance de la nation se placera spontanément sur eux,
par cet instinct inné qui pousse les êtres pensants vers la
planche de salut qui leur est offerte dans le danger. — Qu'ils
se taisent, au contraire, leur existence, leur nombre, leur
influence, tout sera nié, méconnu, neutralisé. Qu'ils se
taisent, et leurs adversaires parleront de plus en plus fort,
ils tromperont le peuple sur leur nombre, ils paraîtront
d'autant plus influents que le parti de l'ordre le sera moins,
et l'opinion publique, chaque jour plus faussée, finira par
ne plus savoir distinguer le vrai du faux. Les ennemis des
conservateurs les auront calomniés par leurs paroles; et
les conservateurs se seront calomniés, ils se seront perdus
par leur silence !

Ce n'est qu'en secondant le courage et le généreux dé-

voùment des magistrats, en montrant comme eux le désir
de la conservation, de l'affermissement des lois répressives
des désordres sociaux; en s'opposant comme eux à ces
tendances d'impunité que des partis insensés voudraient
cacher sous un voile hypocrite de clémence, que l'on peut
affermir et développer les mœurs politiques d'un peuple;
il faut surtout que les chefs des partis conservateurs soient
bien convaincus que, rougir de la foi monarchique, ce
serait perdre eux-mêmes leur cause, et qu'il leur sera toujours impossible de défendre et de sauver le roi, s'ils n'ont
pas le courage civil nécessaire pour proclamer leurs principes hautement, pour en défendre toutes les conséquences; s'ils ne foulent pas aux pieds, avec dédain, cette opinion publique factice, que les préjugés démocratiques des
uns et le respect humain des autres rendent dominatrice
dans l'État.

CHAPITRE VI.

Les Institutions politiques de la France sont plus démocratiques que ses mœurs.

Je suis fermement convaincu que nos institutions politiques actuelles sont déjà plus démocratiques que les
mœurs publiques de la France, et par conséquent un
nouveau progrès démocratique dans nos institutions serait un contre-sens absurde, une véritable dégradation,
et non un progrès vraiment libéral. Venons à la preuve.

L'essence des institutions démocratiques, c'est que chaque citoyen, exerçant réellement une part de la souverai-

neté politique, a deux qualités positives : premièrement, la capacité; secondement, la volonté d'exercer réellement et lui-même, les fonctions que la loi lui confère.

L'essence des mœurs démocratiques se trouve précisément dans cette capacité, et surtout dans cette volonté. Tout pays où les citoyens préfèrent le soin de leurs affaires particulières au soin des affaires publiques; tout pays où les citoyens ont une tendance générale à servir l'État de leur bourse pour se dispenser de le servir activement de leur personne, et tâchent même, s'il est possible, de ne le servir, ni de leur bourse, ni de leur personne, tout pays semblable, dis-je, est dans ses mœurs essentiellement anti-démocratique, essentiellement anti-républicain.

Or, jetons maintenant un coup d'œil sur la France, sans y mettre trop de mysanthropie, mais aussi en nous préservant de cet enthousiasme de flatterie ridicule, qui improvise des vertus civiques et républicaines toutes factices, là où il n'y a qu'inertie et répulsion, — qu'y verrons-nous?

Une belle et magnifique institution du jury. — Mais il faut la crainte de payer cinq cents francs d'amende pour que l'État ait la certitude que les citoyens quitteront le soin de leurs affaires particulières, et voudront bien consacrer quinze jours à l'exercice de ce droit sacré. Que l'on supprime cette force coërcitive, qu'on laisse chaque juré venir ou ne venir pas, selon sa bonne volonté, et les trois quarts du temps le jury sera comme la chambre des députés, où si souvent les membres ne sont pas en nombre suffisant pour délibérer.

La France possède une institution militaire essentiellement démocratique et républicaine, — la conscription.

Mais aussi chaque citoyen s'efforce de s'y soustraire, et ne consent à servir l'État, de sa personne, qu'après avoir épuisé tous les moyens possibles d'éluder cette obligation. Non-seulement les gens riches, dans les villes, achètent des hommes pour remplacer leurs fils (et certes, rien n'est plus anti-démocratique); mais, dans les villages, dans les campagnes même, les simples artisans, les paysans même un peu aisés, dans les communes où la division des propriétés leur a donné une certaine fortune territoriale, achètent des hommes pour remplacer leurs fils. — Je sais, moi, des paysans, aisés sans être riches, qui ont sacrifié sur leurs sueurs et leurs peines huit cents francs, mille francs, douze cents francs, longuement et laborieusement économisés grâce à des privations sans nombre, pour faire remplacer leurs fils. — Que l'on supprime les mesures coërcitives, les lois contre les réfractaires, la gendarmerie, et l'institution démocratique de la conscription militaire mourra demain sous le poids des malédictions populaires, et nous n'aurons plus d'armée!... Et l'on veut donner des institutions républicaines à un peuple ainsi façonné par ses mœurs, formées elles-mêmes par ses quatorze cents ans de monarchie absolue!... Généreux rêveurs, croyez-vous qu'à Sparte, à Rome, dans les républiques de l'antiquité, il fallût des lois sur les réfractaires, et la gendarmerie pour obliger les citoyens à servir l'État?

Nous avions une institution de garde nationale admirable, et qui était empreinte de principes républicains. — Mais aussi, comme les conseils de discipline avaient quelque chose d'amiable, de benin, d'impuissant, et que leurs condamnations ne pouvaient avoir la force coërcitive des lois militaires sur l'armée elle-même, qu'est devenue la

garde nationale, et comment le service se fait-il? Chacun
cherche à s'y soustraire, l'un pour rester à son comptoir,
l'autre dans son étude, l'autre à ses ateliers, de sorte qu'en
définitive la partie pauvre des citoyens, qui devrait, elle,
en être plus dispensée que la partie riche de la cité, supporte presque tout le poids de ce service, dont chacun veut
se dispenser pour le rejeter sur son voisin!... Et c'est pour
une nation si anti-républicaine que l'ont veut des institutions républicaines?....

Ici, je dois faire une observation importante : c'est que
dans les moments de crises et de dangers, intérieurs ou
extérieurs, le courage et la générosité naturels au peuple
français, lui tiennent lieu d'esprit républicain. Dans ses
moments d'exaltation et d'enthousiasme, vous aurez une
armée spontanée, vous aurez une garde nationale ardente,
volontaire, intelligente, qui laissera tout, qui courra aux
armes, qui donnera au monde, en admiration devant elle,
de sublimes exemples de dévoûment!... Oui, j'en conviens;
que dis-je, j'en conviens!...je le proclame hautement avec
orgueil pour mon pays. — Mais tout cela n'est pas l'état
normal, régulier, tranquille, continu, de la société. C'est
un paroxisme fébrile, qui s'allume, qui brûle, et qui s'é-
teint quand la cause momentanée du danger est éteinte
ou surmontée.—Puis, renaît l'état d'insouciance et d'é-
goïsme; puis, chacun, fatigué d'un effort inaccoutumé,
veut rentrer chez soi, s'occuper de ses affaires et de ses
plaisirs, et l'on dit d'une commune voix : Nous payons
des impôts au gouvernement, qu'il nous laisse donc tranquilles; c'est à lui de payer une force armée pour monter
la garde, pour nous défendre, pour se défendre lui-même.
Quant à nous, il nous trouvera sans doute, si quelque

grande occasion se présente où notre appui lui soit indispensable; mais en attendant, nous voulons rester chez nous, soigner notre fortune, nos affaires, notre famille.

Nous avons un système électoral que l'on trouve trop restreint, et cependant une grande portion des électeurs néglige même d'exercer ses droits. Ils sont, comme les gardes nationaux, tout zèle et tout feu dans les moments de crise; tout glace et tout inertie dans l'état ordinaire de la société. Et c'est en face de cette incurie que l'on a demandé tranquillement qu'on fît des lois qui donnassent à la France dix millions d'électeurs !...

Nous avons une loi municipale où l'on a donné au principe électoral une extension un peu plus grande qu'aux élections politiques. — Eh bien! qu'en est-il résulté?... C'est que, dans une grande partie des communes rurales, l'administration est devenue impossible; que, dans un nombre assez grand, on n'a même pu trouver d'électeurs sachant lire et écrire pour organiser le bureau.

Jamais on n'accoutumera le peuple français à une vie de forum, que ses goûts, ses besoins, ses arts, ses occupations de chaque jour lui rendent impraticable. — La grande majorité des citoyens, occupée aux travaux de son industrie, serait fatiguée des convocations perpétuelles; car le peuple sent que, pour vivre libre, il faut d'abord vivre, et il n'a pas d'esclaves occupés à travailler pour nourrir sa famille. Les propriétaires ruraux eux-mêmes seraient souvent absents par l'effet de la surveillance qu'ils doivent à la terre qui nourrit le peuple. Dès-lors, plus les listes électorales seraient nombreuses et les convocations fréquentes, moins les colléges seraient complets. La partie inquiète et turbulente de la société s'y rendrait seule, et ce que le monde a déjà vu cent fois, arriverait une fois de plus, en dépit de l'optimisme démocratique.

C'est en cela, principalement, que les institutions républicaines sont mauvaises pour la France. Elles sont tellement antipathiques à sa nature, que s'il était accidentellement au pouvoir d'une faction de les y essayer; si la France laissait faire sans s'y opposer; si nous, nous tous qui nous glorifierons toujours d'avoir lutté pour sa liberté pendant les jours de danger où tant d'autres, aujourd'hui si ardents, se mettaient à l'écart, nous nous taisions, et nous nous prêtions à cette expérience fatale dont le résultat détromperait, mais au prix d'immenses malheurs, les plus opiniâtres partisans des erreurs novatrices : eh bien, en ce cas même, malgré ce consentement momentané, les institutions républicaines ne s'établiraient pas dans le pays; elles y sècheraient sur pied, elles y mourraient faute de sève nourricière, comme ces arbres exotiques transplantés sur un sol contraire à leur nature, dans une atmosphère qui les tue. La nation sans liberté, parce qu'elle n'aurait pas su ou parce qu'elle n'aurait pas voulu faire usage des droits politiques dont on l'aurait intempestivement surchargée ; sans tranquillité, parce qu'elle serait la proie des factions qui auraient, à son défaut, accaparé l'exercice de ces droits; sans commerce, sans fortune, sans jouissances sociales, parce qu'elle n'aurait ni liberté ni repos, s'insurgerait violemment contre ces dous funestes, et peut-être, par une réaction qui n'est pas sans précédents historiques, la verrait-on demander à l'arbitraire, ou recevoir du despotisme, l'ordre et la sécurité qu'elle aurait perdus par une imprudence coupable !

On ne doit donc jamais oublier que la France est, par ses mœurs, essentiellement anti-démocratique, que ce brouhaha d'opinions factices dont on remplit bruyamment quelques journaux, n'a aucune racine véritable dans le pays. Non, la France ne veut ni ne peut se gouverner elle-même. Elle veut au contraire être gouvernée. C'est à cet instinct du pays que Napoléon s'adressa, et voilà pourquoi il comprima si facilement l'anarchie dont l'hydre dévorante s'efforce de renaître. Malheureusement il abusa du triomphe; au lieu de s'arrêter dans le juste-milieu, il traversa la liberté monarchique et constitutionnelle pour arriver jusqu'au despotisme d'un pouvoir unique, et se perdit lui-même au milieu d'une auréole de gloire, resplendissante, mais sans stabilité!

CHAPITRE VII.

Histoire des Mœurs politiques en France, depuis 1789.

La race humaine désire ardemment l'amélioration de son sort. Cette amélioration intellectuelle et physique est le progrès que l'ordre social est chargé de réaliser. J'adopterai avec enthousiasme tout ce qui peut concourir à son développement.

Le système populaire, dans lequel on a précipité notre constitution, est-il propre à atteindre ce but? Ou bien est-il, au contraire, l'infaillible moyen de nous écarter de la route directe et de retarder nos progrès réels?

Il faut bien se garder de le compliquer par un vain
étalage d'érudition de collége, dont l'application fausserait
de plus en plus la question. Les révolutions anciennes de
Rome, ou du moyen-âge (en faisant abstraction des factions et des ambitieux qui s'y mêlèrent souvent, non dans
l'intérêt du peuple, mais dans leur propre intérêt), nais-
saient des souffrances matérielles des masses, qu'un ordre
social très-imparfait réduisait à la plus grande détresse.
Les questions politiques, les principes de liberté, n'étaient
ni éclaircis, ni répandus comme ils le sont de nos jours.
Le mal positif, l'effet matériel d'une mauvaise organisation sociale, des chaînes trop lourdes blessaient le peuple : il se soulevait et les brisait ; puis, suivant l'instinct
de la nature, il stipulait quelque garantie politique ou
municipale pour empêcher qu'on ne les rivât de nouveau.

La révolution anglaise substitua à ces convulsions
aveugles pour la plupart, une marche plus rationnelle et
plus élevée. Les peuples qui la firent comprirent que
certains principes fixes, invariables, devaient être la
boussole, le guide de leurs efforts. Ils apprirent à lutter,
à combattre, à vivre, à mourir pour ces principes. Le
résultat de leur victoire fut un gouvernement, imparfait
sans doute comme tout ce qui sort de la main des hommes,
mais qui a enfanté des progrès immenses, tant dans l'ordre matériel que dans l'ordre intellectuel (1).

La révolution de 89 participa de la nature des révolutions anciennes et de la nature de la révolution anglaise.

_____

(1) Il faut observer que dans cette glorieuse révolution de 1688, le peuple
respecta fidèlement la constitution et se garda bien d'en réformer même les abus
les plus évidents.

Toutes les chaînes aristocratiques et féodales furent brisées par le peuple, parce qu'elles le blessaient. Puis, enthousiasmé des nouveaux principes qu'il comprenait mal, il voulut tout reconstruire à neuf, et réaliser en un clin-d'œil des améliorations pour lesquelles ses mœurs publiques n'étaient pas suffisamment développées. On connaît le funeste résultat de ce progrès trop hâté : je n'en parlerai pas. Mes lecteurs suppléeront facilement à mon silence.

Ces principes, dont l'application absolue avait fait tant de mal au peuple, l'empire les proscrivit et les étouffa momentanément. — La nation ne s'en inquiéta guère. C'est qu'en réalité ses mœurs politiques étaient très-faibles ; et quoiqu'en 1789, elle eût voulu dépasser la révolution anglaise de 1688, elle était, même en 1802, bien moins avancée dans la politique vraiment constitutionnelle, que l'Angleterre lors de l'expulsion des Stuarts.

Au lieu de liberté, Napoléon donna de l'ordre administratif. Tout droit politique fut éteint, mais sa main puissante faisait un usage régulier de l'arbitraire... Et malgré son génie, malgré les développements admirables qu'il donna à nos lois civiles, malgré la stricte économie avec laquelle il surveillait l'emploi des impôts, malgré tout ce qu'il fit pour hâter le développement industriel, le pouvoir absolu, même dirigé par lui, ne put garantir le bien-être de la nation. Je dis ceci, laissant de côté les erreurs fatales de son ambition extérieure qui compliquèrent le mal, mais qui n'en était pas la seule cause. Les vrais principes de la liberté manquaient. Sans ces principes, pas de bien-être constant et développé pour les peuples. Ce que Napoléon n'a pu faire, personne ne le fera.

Quand la restauration survint, la nation toute étourdie de cette transition rapide, ne conçut pas une idée exacte de l'état social qui commençait pour elle. On lui fit une charte, elle laissa faire ; on l'aurait faite autrement qu'elle ne s'en serait pas inquiétée davantage. C'était un gouvernement à l'essai. Aucune doctrine politique n'était profondément gravée dans les esprits ; nous étions tous d'une ignorance profonde en droit constitutionnel ; je m'en confesse très-humblement pour ce qui me concerne, et je crois que la grande masse contemporaine était dans la même ignorance. La paix était rétablie, le commerce renouait ses rapports avec le monde entier, une activité depuis long-temps inconnue faisait pénétrer l'espoir dans toutes les classes du peuple, l'insouciance et la gaîté française complétaient les couleurs de ce tableau. Peu d'esprits étaient assez fermes et assez perspicaces pour regarder au-delà.

Je ne tracerai pas la marche historique de la restauration. — Je dirai seulement que deux faits corélatifs y dominèrent. — Le premier fut la tendance, tantôt patente, tantôt dissimulée, du parti aristocratique et sacerdotal, vers la résurrection des principes et des institutions du passé. — Le second fut l'impulsion contraire donnée à la la nation, qui s'attachait d'autant plus aux principes libéraux dont elle avait recommencé l'étude et la pratique, et qui les défendait avec une constance, une gravité, un calme tout à fait nouveau dans l'histoire de l'esprit français.

La lutte de ces deux faits, après quinze ans de durée, nous a conduits à la révolution de juillet, et c'est précisément la nature de cette lutte qui peut seule nous servir à définir le caractère de cette révolution, caractère, selon moi, jusqu'alors inconnu parmi les commotions populaires.

Vainement comparerait-on les trois journées de juillet à l'insurrection des débiteurs romains contre leurs créanciers, et aux insurrections des serfs ou des vassaux du moyen-âge, luttant pour un affranchissement matériel, sans lumières réelles, sans discernement politique, poussés par cet instinct aveugle du malade que la fièvre dévore, et qui se retourne dans son lit de douleur, pour chercher presque au hasard, une position plus favorable.

Rien de pareil dans la révolution de juillet : ce fut le dénoûment de la lutte que nous avons signalée plus haut.

Les mœurs politiques du peuple français avaient fait sous la restauration un progrès immense. Les sentiments, les principes, les volontés, tout s'était assimilé, tout s'était mis en commun, tout s'était systématisé, réuni en faisceau. La nation s'était fait un véritable esprit public qui, dans toute l'étendue du territoire, agissait sympathiquement ; de sorte que les mêmes mesures produisaient partout à la fois la même répulsion, et par les mêmes motifs. Le gouvernement constitutionnel avait porté ses fruits. Son influence puissante était le véritable comité-directeur qui imprimait à toutes nos pensées un but uniforme et certain.

Quel était ce but?

Ce but, c'était la défense de la charte, la défense des droits politiques que son exécution fidèle aurait dû nous assurer, et qu'une faction coupable voulait nous ravir. — De la souveraineté du peuple, pas un mot!

Les masses étaient confiantes dans ceux que la fortune

et les lumières avaient placés au-dessus d'elles, elles suivaient l'impulsion des notabilités sociales et n'avaient pas
la prétention de les diriger.

C'est cette excellente disposition du peuple qui le rendit, dans toute la France, unanime et fort dans sa marche constitutionnelle. Ainsi, la phalange libérale s'avan-
çait en bon ordre, avec un but fixe et certain, la charte :
avec une boussole invariable, la légalité. Point de dispute, point de controverse théorique sur la souveraineté
du peuple, sur l'hérédité de la pairie, sur l'abaissement
du cens. Si, par malheur, de telles questions eussent été
discutées devant les masses, la division se serait aussitôt
introduite parmi elles; chaque avis particulier aurait
voulu prévaloir, plus d'ensemble, plus d'union, et la victoire aurait été perdue.

Les masses ne délibéraient donc pas. Dans les élections,
il en était de même; le peuple plaçait sa confiance dans la
réunion de quelques citoyens éclairés, réunion qui, dans
chaque localité se formait d'instinct, sans élection ni dé-
légation populaire, et qui ne recevait sa mission que de
la raison, que des mœurs publiques. Quand la décision
était prise, les masses électorales l'exécutaient sans la contester, et les masses populaires qui existaient en dehors
des colléges électoraux, y aidaient de tous leurs moyens,
de toutes leurs démarches; puis, applaudissaient au triomphe comme s'il eût été obtenu par elles. — C'est qu'elles
sentaient bien que la partie éclairée de la société, qui seule
décidait alors, ne pouvait prendre de décision que dans
l'intérêt commun de toute la nation.

Voilà ce que nous avons vu, voilà comment le faisceau
de nos mœurs politiques se formait sous nos yeux. Dans

une seule ville, à Paris, sous le ministère Martignac, on prit une direction différente, qui heureusement ne fut pas imitée ailleurs : et lorsque l'on ébaucha une assemblée préparatoire générale pour discuter les candidats, le ministère d'alors l'empêcha d'opérer. Il fit bien pour lui : mais il fit beaucoup mieux encore pour nous; car si une telle méthode s'était propagée, l'anarchie et la division auraient envahi nos rangs, et nous n'aurions pas mené notre barque à bon port, jusqu'au moment de la révolution. Nous nous serions épuisés en vains débats, avant d'atteindre le but.

Si pendant cet intervalle les masses ne délibéraient point, les faisaient-on agir? Encore moins. Quand un abus se présentait, elles s'adressaient à nous, et nous agissions pour elles, toujours en employant l'intermédiaire des lois.

Ainsi s'est préparée la révolution de juillet. Ainsi ont mûri ces immortelles journées, cette grande semaine sans exemple, sans modèle dans l'histoire du monde : ainsi s'est formé ce dévoûment, cette sagesse, cette probité politique de tout un peuple, qui, les armes à la main, sanglant et mutilé, ne commit pas une injustice, ne prit pas une délibération sur lui, ne donna aucun ordre, cherchant au contraire à distinguer au-dessus de lui tous ceux qui pouvaient lui donner des ordres utiles; n'invoquant que la charte, et déposant, sans qu'on fût seulement obligé de lui en adresser la prière, ses armes patriotiques et victorieuses, aussitôt que les magistrats nationaux, les législateurs selon la charte, furent rentrés en possession du forum parlementaire, et du palais des lois!... Tant le peuple alors avait peu de prétention à la souveraineté!

Ainsi donc, ces deux conditions furent accomplies : ne

point faire délibérer les masses, et ne les laisser agir que
lorsqu'il y a absolue nécessité, impossibilité radicale de
faire autrement.

Voici donc quelle a été la marche des mœurs politiques
dans notre pays :

Dans la révolution de 89, point de mœurs politiques
mûres pour la liberté, — instinct contre l'oppression, —
lutte pour la détruire, — ignorance des vrais principes sur
lesquels un nouveau gouvernement pouvait être établi ;
on savait alors mourir pour la liberté, on ne savait pas
vivre pour elle : science moins sublime, et quelquefois
bien plus difficile !

Sous l'empire, absence totale de mœurs politiques, habitude de l'obéissance passive, progrès forcés des intérêts
matériels, progrès incomplets et fautifs, comme tout ce
qui est le produit de la force.

Sous la restauration, naissance des mœurs constitutionnelles ; pratique de la liberté de la presse et de la liberté électorale ; progrès immense dans l'esprit public ; développement des facultés libérales ; force universelle et patriotique qui résulte de ces progrès, et qui produit le
triomphe des trois journées.

Ce progrès immense de nos mœurs politiques a-t-il
continué depuis la révolution de juillet ? — Je réponds,
non ; il a reculé. Je vais le prouver. Pourquoi a-t-il reculé ? — Parce qu'on a substitué de faux et dangereux principes aux principes véritables de la révolution de juillet.
Voilà ma thèse, et j'en conclurai que, loin de nous pousser
dans la voie du progrès, l'impraticable souveraineté du
peuple, que nos adversaires proclament, et devant laquelle

ils reculent eux-mêmes, nous a fait sortir de la bonne
route où nous devons rentrer.

Cet ensemble, cette direction, cette volonté unique qui
constituent les bonnes mœurs politiques, la France l'avait
acquise et ne l'a plus. L'individualité sophistique d'une
fausse souveraineté anarchise chaque jour le corps social.
Cette sympathie universelle qui unissait les citoyens dans
les mêmes doctrines d'un bout de la France à l'autre,
qu'est-elle devenue?... Si nous avions une lutte intérieure
à soutenir, comme par le passé, croit-on que la même
unanimité, que le même bon sens y présidât! La garde
nationale, formée spontanément en juillet par la seule
impulsion des mœurs publiques que nous devions au
système parlementaire, était, dans une crise, une plus
sûre garantie d'ordre, un corps plus compacte, moins di-
visé que nos gardes nationales actuelles; nos commissions
municipales, composées d'instinct par l'influence des mœurs
publiques issues des mêmes doctrines constitutionnelles,
étaient plus fortes, plus unies, plus *pouvoir* que nos corps
municipaux actuels, parce que le développement de nos
mœurs publiques, le progrès de notre ordre social s'est
arrêté, s'est altéré par l'effet du mauvais principe de souveraineté populaire qu'on a introduit et qu'on s'efforce de
réaliser dans les conséquences générales de la révolution,
à la place du principe salutaire qui l'avait produite. De
sorte que la nation est aujourd'hui moins digne et moins
capable d'exercer ses droits qu'elle ne l'était alors.

Ceci n'est point ici une boutade misanthropique, c'est
une triste vérité que j'écris avec peine : je pourrais l'é-
tendre à toutes les autres parties de l'organisation sociale,
je pourrais surtout en faire voir le désastreux empire

dans nos corps électoraux ; c'est là que le défaut d'ensemble, de principes, de système, de volonté rationnelle se
fait principalement sentir, au lieu de l'admirable union
qui y présidait naguère ; et la nation, toute préoccupée,
ne sait plus quel usage elle doit faire de cette extension
nouvelle de droit politique, intempestivement décrétée !. .
Beau progrès vraiment, quand on voit que la plupart des
électeurs ne se rendent seulement plus au scrutin !

CHAPITRE VIII.

Continuation du même sujet.

Dans le précédent chapitre, j'ai fait voir la marche
graduelle de nos mœurs politiques depuis 1789 jusqu'à
la révolution de 1830. Le simple récit des faits tels qu'ils
se sont passés sous nos yeux, aura, je l'espère, convaincu
de la justesse des conséquences que j'en ai tirées.

Ce n'est point, en effet, par un enthousiasme purement
théorique que la nation française s'était attachée au système de la charte : c'est par la pratique des principes
constitutionnels, c'est par les leçons de l'expérience.

La nation vit que toutes les fois que l'ancien régime
préparait un attentat contre elle, il était préalablement
obligé de détruire une des parties de la charte qui faisait
obstacle à cet attentat.

Elle vit que la liberté de la presse, stipulée par la charte,
serait une sauvegarde universelle de tous ses intérêts moraux et matériels.

Elle vit que la liberté électorale, stipulée par la charte,

serait une égide infaillible contre les projets oppressifs de la contre-révolution.

Elle vit que l'indépendance de la pairie corroborait ces deux grandes libertés. Dans les occasions les plus importantes, elle vit que le vote national de cette haute magistrature politique détruisit l'espoir presque réalisé des partisans de l'ancien régime. Si les beaux esprits qui prouvent si doctement aujourd'hui que la pairie n'était rien, parce que la démocratie était tout en France, s'étaient alors amusés à débiter de telles erreurs, la France ne les aurait pas écoutés ; le rejet des substitutions, du 3 pour 100, de la loi destructive de la presse, prouvaient trop clairement que la pairie était quelque chose.

En même temps, le système parlementaire, tout vicié qu'il était par la cour, assurait le repos du pays, l'aisance générale, le développement de l'industrie. A dire le vrai, ces biens étaient dévorés par les entreprises abusives du gouvernement livré à une faction. — Mais la nation voyait clairement d'où venait le bien et d'où venait le mal.

Il n'y avait alors ni doute, ni hésitation, ni controverse. Les faits parlaient tous les jours ; la conviction fut universelle. La France dit : — La charte est bonne ; je la veux ! Malheur à qui la touche ! — Quelques violations partielles, telles que la septennalité et le double vote n'amenèrent cependant pas de soulèvement, parce que ces mesures n'avaient pas encore suffisamment ouvert les yeux de la nation sur l'impossibilité de conserver à la fois la dynastie et la charte. On voulait acquérir par l'expérience la preuve de leur complète incompatibilité ; les ordonnances de Charles X parurent, et tout fut dit. La France tout entière se leva pour défendre la charte, et ses ennemis furent chassés.

Ce grand et sublime tableau de notre histoire contemporaine choque l'intelligence radicale de quelques honorables écrivains qui viennent, après coup, contester à la
France l'honneur et la gloire de ce drame patriotique ;
ils s'inscrivent en faux ; ils portent témoignage contre la
notoriété publique, contre la presse, contre la tribune, contre eux-mêmes ; car il n'en est peut-être pas un, qu'on ne
pût convaincre d'avoir été jadis l'apôtre et le défenseur
des institutions qu'ils sacrifient aux égarements populaires.

S'il faut les en croire, la presse a menti, la tribune a
menti, l'opinion libérale tout entière a menti, quand elle
protestait de son attachement à la charte ; elle voulait renverser les Bourbons et la charte, la charte, imitation ridicule du système anglais, qui lui-même est mort. Système d'antagonisme et non de progrès (ce que prouve sans
doute la décadence de l'Angleterre depuis 1688). Ils assurent « qu'on entourait Charles X d'adulations et d'hom-
mages, ce qui est une façon comme une autre, de renverser les rois ; que le libéralisme n'avait pour la défection que dédain et ressentiment ; mais que ne pouvant
vaincre sans elle, il lui céda le pas, et lui laissa l'honneur
périlleux de monter la première à la brèche, et qu'en définitive, la charte, n'étant qu'une fiction, a dû s'écrouler
pour ne laisser en France que la démocratie et la royauté. »
Ils ignorent sans doute que lorsqu'elles sont seules en présence, il n'y a plus ni monarchie, ni liberté ?

Avant d'examiner toutes les incroyables folies de ce
système, dont le plus petit vice est de confondre des conspirations isolées avec l'opinion et la marche de la France
elle-même, je dois d'abord renier hautement cet exposé

peu fidèle. Qu'il se soit trouvé, en France, quelques hommes protestant de leur attachement à la charte pour la détruire, comment le nier, puisqu'il est des gens qui se sont enorgueillis, depuis, de ce machiavélisme permanent et sans remords? Mais nous, nous, constitutionnels véritables, telle ne fut jamais notre position. Jamais l'immense majorité des Français n'a fait cause commune avec des hommes qui se gardaient bien de parler alors comme ils parlent aujourd'hui! S'ils avaient parlé contre la charte, la France les aurait abandonnés au lieu de les suivre; et si la charte eût été respectée par le trône, le trône n'aurait pas croulé.

Mais la France, cette vieille terre de la franchise, la France ne fut jamais complice de ces rêves insensés que des imaginations patriotiques, mais trop exaltées, ont accueillis après coup pour servir de passeport à leurs projets de rénovation populaire. La France voulait sincèrement la charte, et c'est pour cela que le crime des ordonnances a été justement puni. J'en appelle à tous mes concitoyens : qu'ils choisissent eux-mêmes entre le tableau que je leur ai présenté et celui qu'on veut y substituer maintenant.

Mais si la nation était sincèrement dévouée au système parlementaire de la charte, comment l'a-t-elle laissé détruire si facilement en 1830?—Si le ministère Périer n'était pas venu aux affaires, le système de la charte aurait totalement disparu, et nous n'aurions en France que la démocratie et la royauté, c'est-à-dire que la royauté ne serait plus qu'un vain simulacre, si toutefois elle existait encore; car il ne dépend pas même de ceux qui veulent la conserver, d'y parvenir s'ils lui ôtent toutes les conditions de son existence. Mais la royauté n'est pas encore tout à fait esclave de la démocratie. La pairie, toute affaiblie qu'on l'a faite, existe encore, et elle a pu mettre son *veto* sur les volontés de la démocratie; et la nation ne s'en est point émue, parce qu'elle sait que cet équilibre, cette lutte des pouvoirs est indispensable à sa liberté; que, sans cela, elle tomberait ou sous le despotisme d'un seul, ou sous le despotisme de tous, qui est bien, à mon sens, le plus insupportable despotisme qui soit au monde!

La charte, quoique viciée, existe donc encore comme système constitutionnel, et maintenant, de deux choses l'une : ou les vrais amis de la liberté réveilleront dans les masses cette conviction qui s'est affaiblie, mais qui n'est pas encore détruite, cette conviction que le respect de la charte, de son système, de son admirable équilibre des pouvoirs, peut seul nous sauver de l'anarchie et du despotisme; ou les théories républicaines que nous combattons, prenant en France un nouveau développement, achèveront de séduire et de corrompre les esprits. Dans le premier cas, l'ordre et la liberté régneront en France, nous jouirons de tous les avantages matériels et moraux dont nous avons joui sous la restauration, et nous ne serons plus exposés aux mauvais desseins, à l'esprit rétrograde, aux envahissements contre-révolutionnaires qui, sous la restauration, détruisaient par les hommes tout le bien qui était fait par la charte : nous marcherons ainsi dans une voie de progrès lents mais assurés. Dans le second cas, la démocratie absorbera la royauté; l'action centrale du pouvoir s'affaiblira de plus en plus; le respect pour la loi s'éteindra dans les cœurs; chacun voulant que le pouvoir vienne d'en bas, s'en croira la source et voudra en diriger

le jeu dans son intérêt personnel, s'imaginant que tout est
perdu en France si lui-même n'est pas dans la position favorable que ses capacités et son patriotisme lui assignent;
le cens électoral sera abaissé, puis détruit, pour faire place
à l'extension des droits politiques à tous les citoyens; la
pairie deviendra élective, et disparaîtra bientôt; toutes les
intrigues, toutes les médiocrités, tous les charlatanismes
de carrefours seront en jeu; tous les pouvoirs, tous les
droits, tous les intérêts s'entrechoqueront sans direction,
sans lien, sans ensemble et sans but. La tour de Babel serait un lieu d'harmonie et de bon accord, si on la compa-
rait à la situation de cette pauvre France, quand une fois,
la digue parlementaire étant rompue, la démocratie gou-
vernerait la royauté jusqu'à ce qu'elle l'eût dévorée!

Revenons à notre sujet.

Les mœurs politiques de la France, loin de se développer, se sont donc affaiblies depuis la révolution de juillet.
—La révolution de juillet a été la plus juste, la plus
noble, la plus probe que jamais on ait vue, parce qu'elle
était basée sur de véritables mœurs politiques.

Mais, cette œuvre de quinze années, les préjugés démocratiques de notre ancienne révolution, les ambitions mé-
contentes qui toutes voulaient parvenir à la fois, se mirent à l'instant même à la miner, à la corrompre; et nous
devons le dire avec douleur, le parti ardent qui voulait dominer à tout prix, pour exploiter dans ses seules vues la victoire commune, une fois la force du peuple en action, entreprit de perpétuer le mouvement pour chercher son triomphe, non plus dans les mœurs, dans les lois, dans l'union
des esprits, mais dans l'emploi de la force populaire qua-
ifiée de souveraineté. Pour arriver à ce but, il fallait dé-

truire tout l'ouvrage que nous avions fait depuis quinze
ans. Et pour affermir, disaient-ils, la révolution de juillet,
ceux qui prétendaient la comprendre exclusivement, se
mirent à faire précisément tout le contraire de ce qui avait
été fait pour préparer cette révolution glorieuse et pour
l'accomplir. Ainsi a commencé la destruction de nos mœurs
publiques et l'œuvre de la désorganisation universelle.

Ce fut pour des principes, pour des institutions, que
le peuple, éclairé par nous, s'insurgea dans toute la France;
et comme ces principes étaient définis, clairs, certains, la
marche de la révolution fut précise, uniforme, sans hésitation dans l'étendue de la France entière.

Que si quelque intérêt matériel y mêla son action, ce
fut postérieurement. Ainsi, l'ancienne hostilité contre les
droits réunis éclata à Bordeaux, après la chute du gouvernement. Mais certainement on ne renversa pas l'autorité de Charles X, dans la personne de son préfet, par impulsion contre les droits réunis. — La violation de la liberté de la presse, la destruction des droits électoraux, telles
furent les deux causes qui portèrent jusqu'à l'exaltation le
patriotisme de la jeunesse. Quand le pouvoir fut détruit,
le peuple agit contre l'impôt le plus odieux, parce qu'en
définitive c'est ce qui arrive presque toujours en pareil
cas.

Les théories de liberté absolue, de souveraineté du peuple, n'agirent en rien dans ce moment, quoiqu'elles pussent couver dans quelques esprits isolés. — S'ils en eussent
fait leur drapeau, s'ils en eussent fait le texte de leur presse
périodique ou quotidienne, ils auraient vu tout à coup la
nation se détacher d'eux et déserter leur cause. L'esprit

public était trop fortement imbu du système constitutionnel et des avantages attachés à sa conservation.

La révolution de juillet est donc différente de toutes les
révolutions populaires, anciennes et modernes; elle n'a
point été provoquée par l'oppression du pouvoir sur des
intérèts matériels; elle a été basée sur des principes politiques, non pas vagues, généraux, absolus, mais spécifiés,
positifs et pratiques. — La conservation, la réalisation de
ces principes voilà son but, voilà la carrière dans laquelle
elle a voulu chercher le progrès social.

Pour consolider les résultats d'une révolution, il faut
employer des moyens analogues à ceux qui ont préparé
son succès. La maxime générale que j'ai posée est celle-ci :
C'est que pendant la révolution, et après son accomplissement, il faut que l'influence sociale vienne d'en haut, jamais d'en bas.

Or, pendant la révolution de juillet, la salutaire maxime
que j'indique fut pratiquée partout ; partout le peuple em-
ploya sa force, nulle part sa volonté, soumettant au contraire l'emploi de cette force aux volontés des hommes no-
tables, que l'influence toujours subsistante de nos mœurs
parlementaires lui avait appris à vénérer. Il ne leur imposait pas des ordres, il leur en demandait, et il obéissait
avec autant de respect qu'à un gouvernement régulier.
Gardes nationales, municipalités, ainsi furent formées et
agirent toutes les administrations de la France.

Mais, depuis la révolution, au lieu de maintenir cette
admirable disposition des masses populaires, voilà qu'on
s'est mis, à la tribune, par la presse, dans les lois, dans
les institutions, à pousser le peuple dans une voie toute
opposée. On a cherché à lui persuader que toute raison,

toute justice, tout pouvoir émanaient de lui; que son instinct était infaillible, ses volontés toujours droites, sa raison toujours admirable; que tout, dans l'État, devait être
subordonné à sa décision; qu'en nommant des députés, il
devait en même temps leur intimer ses ordres dans ses
mandats, de sorte qu'invulnérables à toute discussion, ils
n'eussent plus qu'à exécuter ses commandements. On s'est
mis à lui prêcher que, pour que ses affaires fussent bien
faites, il fallait qu'il les fît lui-même; et que, par conséquent, plus le cens électoral serait abaissé, plus le peuple
dominerait les colléges électoraux, et par là le pouvoir,
plus il serait libre et heureux. Ces doctrines folles l'ont
séduit : comment en aurait-il été différemment? Elles flat-
taient à la fois son amour-propre et ses passions. Si quelque vieux serviteur dévoué du peuple a voulu l'éclairer
sur les flagorneries de ses courtisans, on l'a décrié, calomnié, chassé de la communion populaire, et sous peine
d'être privé du droit de plaider la cause de l'ordre à la tribune nationale, nous avons vu les plus austères citoyens
fléchir plus ou moins sous ce débordement démocratique,
n'osant lutter en face, et cherchant quelque biais pour
détourner le torrent! Faiblesse fatale!... car en continuant
ainsi, la France deviendrait tout à fait ingouvernable!

Quant à moi, grâce à Dieu, je n'ai pas hésité une minute; et jamais ami sincère d'un prince ne lui a dit la vérité avec une franchise plus rude, que je n'en ai mis à
dire au peuple mon avis sur les fautes qu'on l'excitait à
commettre; et si je persiste à lui en montrer les conséquences, ce n'est pas pour un vain et misérable triomphe de
vanité, c'est pour lui être utile, concourir pour ma petite
part, à rétablir les mœurs publiques dans la direction

qu'elles n'auraient pas dû quitter, et réparer ainsi le mal pendant qu'il en est temps encore.

Le résultat de la nouvelle direction donnée aux esprits, a été de dissoudre le faisceau constitutionnel des masses populaires : de leur ôter la foi et la confiance dans ceux dont, jusqu'alors, elles écoutaient les avis ; d'ouvrir leur oreille charmée à toutes les propositions décevantes du charlatanisme et de l'intrigue ; de donner issue et chance de triomphe à tout plan nouveau, à toute réforme raisonnable ou non : de déconsidérer ainsi la loi et d'éteindre le respect pour elle dans tous les cœurs ; de précipiter tous les esprits dans un désir de changement à la fois vague et violent, de sorte que chacun, individuellement, ne sachant ni comment ni par où la crise politique doit prendre heureusement fin, s'imagine cependant que la collection de toutes les ignorances individuelles, grâce au dogme miraculeux de la souveraineté du peuple, doit enfanter le topique infaillible, le remède universel à tous nos maux. Et la France, aux yeux d'un étranger qui ne l'aurait pas vue depuis 1830, semblerait avoir subi le sort de ces chevaliers errants qui, parvenus dans les jardins d'Alcine, y perdaient à la fois leur force et leur discernement !

Et pourquoi cette atmosphère dissolvante couvre-t-elle le pays ! Parce qu'on a voulu, contre les lois éternelles de l'humanité, que l'influence sociale vînt d'en bas au lieu de venir d'en haut ; parce que, sous le vain prétexte d'aristocratie, on a banni, on a déconsidéré, dans l'esprit du peuple, toutes les supériorités que la reconnaissance lui prescrivait d'honorer, et auxquelles son intérêt lui prescrivait d'obéir !

CHAPITRE IX.

Continuation du même sujet.

—

· J'ai fait voir, dans le précédent chapitre, comment l'état social, même dans ses moments de crise, même dans ses révolutions, devait recevoir sa direction d'en haut et non d'en bas. Cette maxime, admirablement respectée par la révolution de juillet, fut aussi celle qui assura le succès et la conservation de la révolution anglaise de 1688 ; car on parle bien légèrement, quand on se plaint que cette révolution si salutaire à la liberté, et si féconde en grands résultats, fut principalement dirigée par les hautes classes de la société. C'est pour cela ·précisément qu'elle a fondé un gouvernement libéral, puissant et durable, qui a fait de la petite Angleterre, une des plus grandes nations du monde. Que si j'ai dit qu'on ne devait jamais faire délibérer les masses, on m'objectera peut-être qu'en Angleterre les masses délibèrent parfois, et se livrent à des excès qui cependant n'ont pas détruit le gouvernement créé par la révolution. — Je sais cela. Mais je sais aussi que, loin d'être le beau côté des mœurs politiques de l'Angleterre, c'est au contraire le vice· profond qu'elles portent dans leur sein, au milieu de toute leurs qualités morales et de toutes leurs forces patriotiques : loin d'être le point d'appui de l'ordre social, c'est l'abîme où gronde sans cesse une révolution nouvelle, qui veut, non consolider, mais détruire la révolution accomplie. Si la machine gouvernementale y résiste, c'est qu'elle est depuis long-temps assise, et que la nationalité exclusive du peuple anglais, pris dans son ensemble, prête au pouvoir une force presqu'invincible (1). Je sais qu'au milieu des plus grandes commotions populaires des citoyens de toutes classes, des négociants, des avocats, des industriels, se présentent spontanément devant les magistrats civils, prêtent serment comme constables volontaires; que dès-lors le caractère sacramentel de la loi les investit de toute sa force, de tout son empire, de tout son prestige, et qu'ils se jettent hardiment au milieu de la tempête populaire pour défendre l'ordre et les lois. — Quand nous en serons là, il sera temps de commencer à imiter les meetings radicaux de l'Angleterre. Pas avant : encore, même alors, ferions-nous beaucoup mieux de nous en abstenir. Le caractère des deux nations est trop différent.

Cette objection écartée, voyons comment nos mœurs parlementaires, qui s'étaient si promptement formées sous la restauration, se sont si promptement évanouies depuis la révolution de juillet.

J'ai dit souvent que la France est plus libérale dans ses opinions que dans ses mœurs; qu'elle est pauvre en mœurs politiques. — C'est précisément parce que nous n'avions pas ce puissant fondement de la liberté, que nous avons été obligés, sous la restauration, d'en échauffer, d'en exciter, d'en activer la formation; et c'est aussi parce que cette formation a été si prompte, si rationnelle, si combinée, au lieu de sortir tout naturellement de nos antécédents historiques, comme en Angleterre, c'est, dis-je,

_____

(1) Et malgré tant de moyens de résistance, le gouvernement anglais lui-même est obligé d'avoir quelquefois recours à la force contre ce vice des mœurs politiques de la nation.

par cette raison que cette formation de nos mœurs constitutionnelles a eu plus d'énergie que de solidité : c'est
pour cela qu'elle a pu produire un effet grandiose, mais
instantané, et qu'après cet effort, presque miraculeux,
l'esprit public, tout étonné de lui-même, n'a su comment
s'y prendre pour affermir une révolution qu'il avait faite
d'un seul bond, par un entraînement dont il n'avait pas
deviné les suites, dont il n'avait calculé ni les résultats
ni les dangers.

Nos mœurs parlementaires s'étaient développées trop
vite. Tel est l'inconvénient des progrès trop hâtés. C'était
l'inconvénient inévitable de la situation elle-même. Il fallait agir ainsi, ou succomber sous la contre-révolution ; et
nous n'avons eu le choix ni du moment, ni des armes, ni
du champ de bataille.

On voit dès-lors, par ce premier aperçu, que tout admirable qu'aient été les effets de nos mœurs constitutionnelles, elles manquaient elles-mêmes de solidité. Si nous
les avions acquises lentement et progressivement, comme
l'Angleterre, notre chance eût été bien meilleure. Mais à
quoi bon récriminer contre l'histoire ?

Ici, j'affirme deux choses : d'abord, que le plus grand
intérêt de la France, de l'Europe, du monde peut-être,
était attaché à la conservation de nos mœurs politiques
en France, et que si cet heureux évènement s'était accompli, la révolution de juillet aurait ouvert à l'humanité
une ère de civilisation et de liberté qui aurait éclipsé
mille fois l'éclat et les avantages de la révolution anglaise.
C'est pourquoi je pense que si les réformateurs de la
charte avaient compris la portée immense de l'ébranlement qu'ils imprimaient à notre ordre social, ils auraient

renoncé à cette réforme intempestive. Leur bonne intention, jointe à la préoccupation du moment, fait leur ex-
cuse. Sans cela, ils seraient coupables d'un grand crime
envers la race humaine !

Ensuite, je dis que la conservation de nos mœurs
constitutionnelles était tout aussi possible, tout aussi facile
que l'a été leur destruction ; qu'elle a dépendu du bon vouloir de ceux qui ont détruit, par monomanie ou par ambition, ce qu'il leur aurait été si glorieux de conserver à
la patrie. — Nous trouverons ici de grands noms, mais
aussi de grandes fautes !

Le repos de la France, et par conséquent de l'Europe,
après la révolution de juillet, était inévitablement attaché à cette condition, que le nouveau gouvernement de
la France serait organisé immédiatement, sans troubles
civils, sans tendance à la guerre extérieure. S'il est quelques personnes qui nient ces trois vérités fondamentales,
je me garderai bien de leur répondre.

Or, ces trois points fondamentaux se trouvaient intégralement dans la conservation de nos mœurs constitutionnelles: les trois sources de calamités contraires se trouvaient intégralement dans le système opposé qui a travaillé, malheureusement avec trop de succès, à détruire
nos mœurs politiques, pour substituer son chimérique
gouvernement sans pairie et sans royauté, à la monarchie de la charte, les uns marchant à ce résultat funeste
avec pleine connaissance de ce qu'ils faisaient, les autres
avec civisme et simplicité, ne voyant pas qu'ils organise-
raient ainsi, non pas la meilleure, mais la plus détestable des républiques !

Avec la conservation de nos mœurs constitutionnelles,

point de discussion dangereuse sur la source et la nature
des pouvoirs; certitude complète de la stabilité de la
royauté nouvelle, puisqu'elle nous offrait en elle-même
toutes les garanties de l'entier anéantissement des violations politiques qui nous avaient soulevés contre la dynastie précédente; nulle solution de continuité dans notre
organisation sociale; perfectionnement dans l'édifice, sans
ébranlements dans ses fondations; jeu régulier de nos
chambres législatives qui, éclairées par une presse constitutionnelle, auraient amélioré progressivement notre administration intérieure. En un mot, tous les bons effets
du système de la restauration, purgés de tous les vices
qui les avaient corrompus et qui avaient causé sa chute.

Cela est si vrai que, dans les premiers moments, la révolution de juillet s'étant présentée à tous les esprit sous
cet aspect, il en résulta deux choses : d'abord, absence de
tout trouble civil, absence de toute résistance intérieure.
On sentit qu'un tel ordre de choses était si fort, si voulu
par la nation, que c'était folie de s'opposer à son établissement; secondement, l'Europe monarchique, de son côté,
faisant la même réflexion, adhéra à notre révolution,
parce qu'elle vit à la fois que si la France se maintenait
dans cette route salutaire, les autres États n'avaient pas
les moyens de vaincre un peuple uni, fort par lui-même,
et plus fort encore par l'admiration unanime de tout ce
qu'il y avait d'instruit et de libéral en Europe. Les gouvernements monarchiques sentirent d'ailleurs que la
France ainsi organisée serait morale, industrieuse et pacifique, et ne troublerait pas la paix du monde, si elle-
même n'était pas attaquée; dès-lors, point de dangers
pour eux à l'affermissement de la révolution.

La conservation de nos mœurs politiques offrait donc à la fois trois gages indispensables au bonheur public et au véritable progrès social : un gouvernement stable, la paix intérieure, la paix extérieure. — Quel exemple, et quelle source de perfectionnements pour le reste de l'Europe !

La révision de la charte fut une première et grave atteinte portée à nos mœurs parlementaires, et, comme je l'écrivis alors, d'une situation simple et vraie, nous fit une situation complexe et fausse. L'effet n'en fut pas immédiatement destructif de l'action gouvernementale, mais suspensif de toute sa vitalité. Ce fut l'interruption d'un système auquel on ne substituait définitivement aucun autre système. La nation, tout enchantée de son triomphe, fit peu d'attention à ce symptôme de mort, et chacun répondait, même parmi les hommes éminents à Paris, quand on voulait les forcer à réfléchir sur ce grave malheur : — Laissez faire, laissez faire, avec le temps tout s'arrangera. — Il eût été bien plus rationnel de dire : Laissez faire, laissez faire, avec le temps tout se dérangera. C'est ce que je répondais, et c'est précisément ce qui est arrivé.

Effectivement, les partis voyant qu'on leur laissait un espace vide dans notre organisation politique, s'y lancèrent avec ardeur, et c'est alors qu'on put voir que la réforme de la charte, lors même que dans ses détails elle n'eût pas été aussi imprudente qu'elle l'est, aurait été un grand mal, par cela seul qu'elle ébranlait l'édifice entier; chaque parti, chaque faction voulut en emporter une pièce à son tour. Tout son système fut lacéré, pulvérisé, maudit; la charte de 1830 ne fut pas plus épargnée que celle

de 1814; et l'on entendit un publiciste de l'extrême gauche la traiter publiquement de cadavre de charte. C'était
tout simple. La révision lui avait fait une blessure presque mortelle.

Alors la tribune, la presse, les clubs se mirent à démolir avec ardeur les débris de nos mœurs parlementaires
qui soutenaient encore les débris de la charte. Le respect
pour le trône? on le détruisit en soutenant que la royauté
nouvelle manquait de la ratification intégrale de tous les
citoyens français, consultés individuellement. La pairie?
on soutint qu'il n'en existait plus; que la chambre des
députés était constituante, par conséquent seul pouvoir
dans l'État. La chambre des députés elle-même?.... on
soutint qu'elle n'était rien qu'une usurpation, le fruit
d'un monopole électoral qui dépouillait la nation de ses
droits, et détruisait la souveraineté du peuple qu'on ve-
venait de proclamer.

Alors, les partisans de la branche aînée commencèrent
à s'agiter dans les solitudes où ils étaient rentrés; ils sentirent que l'atmosphère politique était à l'orage, et qu'il
y avait place pour eux au milieu de tant de discordes. —
L'étranger s'inquiéta, vit que la majestueuse unanimité
de la France n'existait plus, et commença à douter qu'il
fût prudent de traiter définitivement avec elle, se réservant de l'attaquer plus tard, si le désordre y faisait de
nouveaux progrès. — Ainsi, l'ébranlement de nos mœurs
politiques nous fit perdre à la fois la stabilité du pouvoir,
l'union intérieure, la sécurité extérieure; le crédit, l'agriculture, le commerce, furent éteints par contre-coup, et
le peuple tomba dans la détresse!

Tout se perdait alors! Quelle statistique affreuse ne

pourrais-je pas faire de l'état moral du pays à cette époque ! — Comment aurait-il été possible que nos mœurs constitutionnelles si jeunes, si hâtées, si forcées dans leur développement, pussent résister à une pareille épreuve, lorsque le gouvernement lui-même, lui qui n'avait de salut à espérer que dans l'appui de ses mœurs conservatrices, les abandonnait à leurs ennemis, faisant chaque jour quelque concession funeste au parti qui, s'appuyant sur la souveraineté du peuple, poussait la France hors de la charte, hors même de la constitution de 91, hors de toute constitution possible autre que le gouvernement de tous, ce despotisme le plus exécrable de tous les despotismes connus?

Alors, Louis-Philippe prit une résolution ferme et patriotique. Le ministère du 13 mars fut créé ; il se mit à l'œuvre. Il entreprit de rétablir, de refaire, de reconstituer nos mœurs politiques. Mais le mal était déjà si immense que la patrie n'aura jamais assez de gratitude pour les hommes qui eurent la courageuse pensée de se dévouer à le réparer, et qui l'estimèrent assez, cette noble France, pour croire qu'en dépit des calomnies et des factions, ils pouvaient encore compter sur son appui dans cette grande et périlleuse entreprise.

Nous ne retracerons pas à nos lecteurs des évènements déjà historiques, et les travaux ministériels d'un homme que la postérité, plus juste que les contemporains, couvrira d'une éclatante gloire. — De la conservation de nos mœurs constitutionnelles dépendait donc le bonheur de la patrie, la paix de l'Europe, la gloire et le salut de la révolution de juillet. Cette conservation était-elle possible? Je réponds qu'elle était possible, et même facile. Ainsi nous compléterons cette discussion.

Le prétexte que l'on a employé pour réviser la charte
n'avait aucun sens, alors même que, par suite d'un absurde préjugé, on n'aurait pas voulu de cette constitution
parce qu'elle était la charte octroyée ; après la révolution,
le fer et le feu l'avaient purifiée. Elle était désormais la
charte conquise, conquise par le patriotisme et la fidélité
sur la contre-révolution.

En se contentant d'anéantir toutes les violations qu'elle
avait éprouvées, la nation française aurait joui d'une liberté plus réelle que quelque nation que ce soit au monde,
du moment que ce pacte fondamental était remis aux
mains d'une dynastie sincère et nationale, dégagée de l'influence nobiliaire et sacerdotale qui avait perdu la faiblesse de la branche aînée.

Mais il n'en a point été ainsi : ce qui est fait est fait., et
je reconnais qu'il faut s'y soumettre. Néanmoins, on ne
peut nier que la révision de la charte, fût-elle excellente
dans ses dispositions de détail, ne fut pas moins un très-
grave et puissant obstacle à la conservation de nos mœurs
politiques. J'en gémis, d'autres s'en félicitent, soit ; mais
toujours est-il que le fait est incontestable.

Cet obstacle était-il insurmontable ?... Non, il ne l'était
pas. La position était sans doute faussée, mais la bonne
volonté des hommes pouvait y remédier et la rectifier.
C'est précisément ce qui a manqué.

Au milieu de la vaste opinion libérale, au cœur même
de la nation, existait une faction plus ardente que tout
le reste, qui ne nous avait pas donné son dernier mot sous
la restauration, et qui se joignait au mouvement des
masses constitutionnelles, se réservant après le succès d'en
exploiter le résultat dans le sens d'une plus grande ré-

forme politique. — Ce parti courageux, actif, violent,
laissa percer ses intentions aussitôt après la victoire de
juillet. L'opinion publique le comprima. Il se rejeta sur
la charte; on y fit brèche pour lui plaire. Il se dit alors :
— Dans peu de temps, je passerai par cette brèche, et
j'arriverai à mon but.

Ce parti renfermait des hommes très-honorables et très-
patriotes. Ceux-là ont fait le plus de mal, par leurs vertus
mêmes qui donnaient plus d'empire à leur nom. Leur
civisme et leur probité ont couvert sous leur manteau
toutes les mauvaises passions qui marchaient derrière eux.

Ils ont donc ouvert l'attaque, et comme la révision de
la charte n'était que suspensive, sans avoir rien constitué
en place de ce qu'elle avait suspendu (le système électoral
et la pairie), toute notre organisation politique a été remise
en question, et les institutions républicaines ont été réclamées à grands cris pour suppléer à la république, que
le parti n'avait pu obtenir en juillet.

C'est donc, en réalité, d'un très-petit nombre d'hommes
qu'est venu le mal, qui n'aurait pas fait des progrès si
rapides, si, du premier abord, la nation en avait compris
toute l'intensité. Mais le respect attaché à des noms justement vénérés, l'illusion des mots, l'habitude de la déférence pour la parole qui réclamait des institutions républicaines, en y joignant les mots *trône populaire*, en-
traînèrent beaucoup d'esprits et le mal gagna.

Qu'une direction contraire eût été donnée par ces
hommes éminents, qu'ils eussent ôté à la faction perverse
qui les suit et qui les dévorera s'ils triomphent pour elle,
le prestige de leur nom et de leur appui, le mal aurait
été étouffé à sa naissance, et tout pouvait être facilement
réparé.

Ils ne l'ont pas voulu! ils ont hasardé le repos de la patrie sur la chance trompeuse d'une fausse sagesse démocratique; ils ont supposé qu'il y a assez de connaissances, d'ensemble, de lumières dans les classes les moins favorisées de la fortune, pour qu'on puisse sans danger leur donner accès dans l'influence gouvernementale du pays!....

S'ils eussent conservé leur appui à nos mœurs politiques, il est évident à mes yeux que la lésion passagère qu'elles avaient reçue, aurait été promptement guérie. Ils ont combattu contre elles, ils les ont détruites; mais comme ils n'ont pu vaincre la nature des choses, leur propre système, qui porte sur une base fausse, n'a pu s'établir et ne s'établira jamais en France, parce qu'il est contraire à l'instinct du pays, et que cet instinct subsiste long-temps encore après que la raison des peuples est détruite ou égarée. Ils n'ont donc rien pu produire, et jamais ils ne produiront rien, si ce n'est l'anarchie morale, qui s'est rapidement propagée.

Encore n'aurait-ce été qu'un malheur supportable, si la faction qui se cache derrière ces noms illustres avait agi loyalement comme eux. Mais toutes les excitations directes ont été employées sur la partie la plus ignorante, la plus brutale du peuple; et de là, ces soulèvements, ces émeutes aussi stupides que coupables, car la masse qui les composait, instrument aveugle et furieux d'une révolution nouvelle dans la révolution, était hors d'état de comprendre un mot aux doctrines politiques qui faisaient le fond du débat!—Puis, l'imitation de ces désordres a gagné les provinces, soit pour une cause, soit pour une autre : nouveaux sujets d'espérance pour nos ennemis étrangers!

Pour quiconque n'a pas réfléchi mûrement à la nature intime de l'homme, il est difficile de croire qu'un levain si peu considérable ait pu, dans un si court espace de temps, corrompre nos mœurs politiques, et, comme une gangrène morale, atteindre jusqu'aux extrémités de la France. — Mais si l'on fait attention à deux circonstances que présente la nature morale et physique, l'étonnement cessera.

D'abord, au moral, observons que l'intelligence de l'homme qui se vivifie par un concours borné, paisible et raisonnable, par la réaction des intelligences semblables, par une discussion calme et désintéressée, se vicie au contraire, presqu'instantanément, par le concours tumultueux, passionné et subit d'une grande masse populaire. Rassemblez, en bloc, la grande majorité d'une nation; faites-la discuter *ex abrupto*, spontanément, librement, les questions qui touchent à ses intérêts, et soyez convaincus qu'il n'y pas d'erreur, pas d'absurdité dans laquelle elle ne se précipite; les sages eux-mêmes y deviendront fous, ou seront honnis. — Passez sur une place publique un jour de fête; prenez trois mille hommes au hasard; faites-les siéger dans une enceinte, discuter, délibérer, et décider une question importante : si vous n'arrivez pas à la destruction, vous arriverez tout au moins au chaos, et la meilleure chance que vous couriez, c'est que l'assemblée se sépare dans l'impossibilité de rien décider.

Or, une fois la souveraineté du peuple proclamée, et les intérêts en présence, on a, par le fait, mis la nation tout entière dans cet état de lutte et de fermentation; de sorte que, quoique très-peu de citoyens sur le grand

nombre voulussent le mal, une grande quantité d'entre
eux s'y est cependant laissé entraîner. En un mot, on a
fait, pour corrompre les masses, un travail contraire à
celui que nous avions fait quinze ans pour les constitu-
tionnaliser. Si le résultat n'a pas été universel, c'est que
la nation française vaut mieux que les principes populaires que l'on s'efforce de faire prévaloir.

Et si l'on compare la nature morale de l'homme à ce
qui se passe tous les jours sous nos yeux dans la nature
physique, on verra que le moindre ferment, quand on
le fait agir au lieu de le combattre, a bientôt aigri une
masse de produits considérables. Avec une barrique de vin
aigri, combien de tonneaux du vin le plus généreux et le
plus pur ne détériorerait-on pas dans un mois, en ré-
pandant graduellement la substance corruptrice sur des
quantités successives que l'on mêlerait ensuite dans des
quantités plus grandes, quand les premières seraient suffisamment altérées?... Eh bien! quand la lie de la société
est émue, soulevée, quand elle est mise en fermentation
dans l'ébranlement d'une révolution faite par la force populaire, c'est ainsi qu'elle agit sur tout le corps social, si
une main puissante ne la force à rentrer dans l'enceinte
qui lui est propre, et n'arrête promptement ce mouvement
désordonné, que j'ai déjà nommé la *guerre du dessous
contre le dessus*, guerre insensée qui ne peut aboutir qu'à
détruire à la fois le vainqueur et le vaincu!

FIN DU TROISIÈME VOLUME.

TABLE ET SOMMAIRES

DES LIVRES ET CHAPITRES.

—————✦—— —— ——

DE LA SOCIÉTÉ, DU GOUVERNEMENT, ET DE L'ADMINISTRATION.

————

TOME TROISIÈME.

————

424

424

FIN DE LA TABLE DU TROISIÈME VOLUME.

www.ingramcontent.com/pod-product-compliance
Lightning Source LLC
Chambersburg PA
CBHW050738030726
47505CB00002B/309